A MALDIÇÃO DO FUSO

LESLIE VEDDER

A MALDIÇÃO DO FUSO

TRADUÇÃO
Sofia Soter

Editora Melhoramentos

Dados Internacionais de Catalogação na Publicação (CIP)
(Câmara Brasileira do Livro, SP, Brasil)

Vedder, Leslie
　A maldição do fuso / Leslie Vedder ; tradução Sofia Soter. – São Paulo, SP : Editora Melhoramentos, 2022.

　Título original: The bone spindle
　ISBN: 978-65-5539-510-5

　1. Ficção de fantasia 2. Ficção juvenil I. Soter, Sofia II. Título.

22-124604　　　　　　　　　　　　　　　　　　CDD-028.5

Índice para catálogo sistemático:
1. Ficção: Literatura juvenil 028.5

Eliete Marques da Silva – Bibliotecária – CRB-8/9380

Copyright © 2022 by Leslie Vedder
Título original: *The Bone Spindle*

Tradução: Sofia Soter
Preparação: Carlos César da Silva
Revisão: Laila Guilherme e Vivian Miwa Matsushita
Projeto gráfico: Bruna Parra
Diagramação: Johannes Christian Bergmann
Imagem de miolo: created by Alessandro Suraci / From Noun Project (corda),
Valeriy / From Noun Project (machados), Alena Artemova / From Noun Project (rosa)
Capa: adaptada do projeto original
Arte de capa: © Leo Nickolls, 2022

Direitos de publicação:
© 2022 Editora Melhoramentos Ltda.
Todos os direitos reservados.

1ª edição, dezembro de 2022
ISBN: 978-65-5539-510-5

Atendimento ao consumidor:
Caixa Postal 169 – CEP 01031-970
São Paulo – SP – Brasil
Tel.: (11) 3874-0880
www.editoramelhoramentos.com.br
sac@melhoramentos.com.br

Siga a Editora Melhoramentos nas redes sociais:
👍 📷 /editoramelhoramentos

Impresso no Brasil

Para minha parceira, Michelle, que é tudo

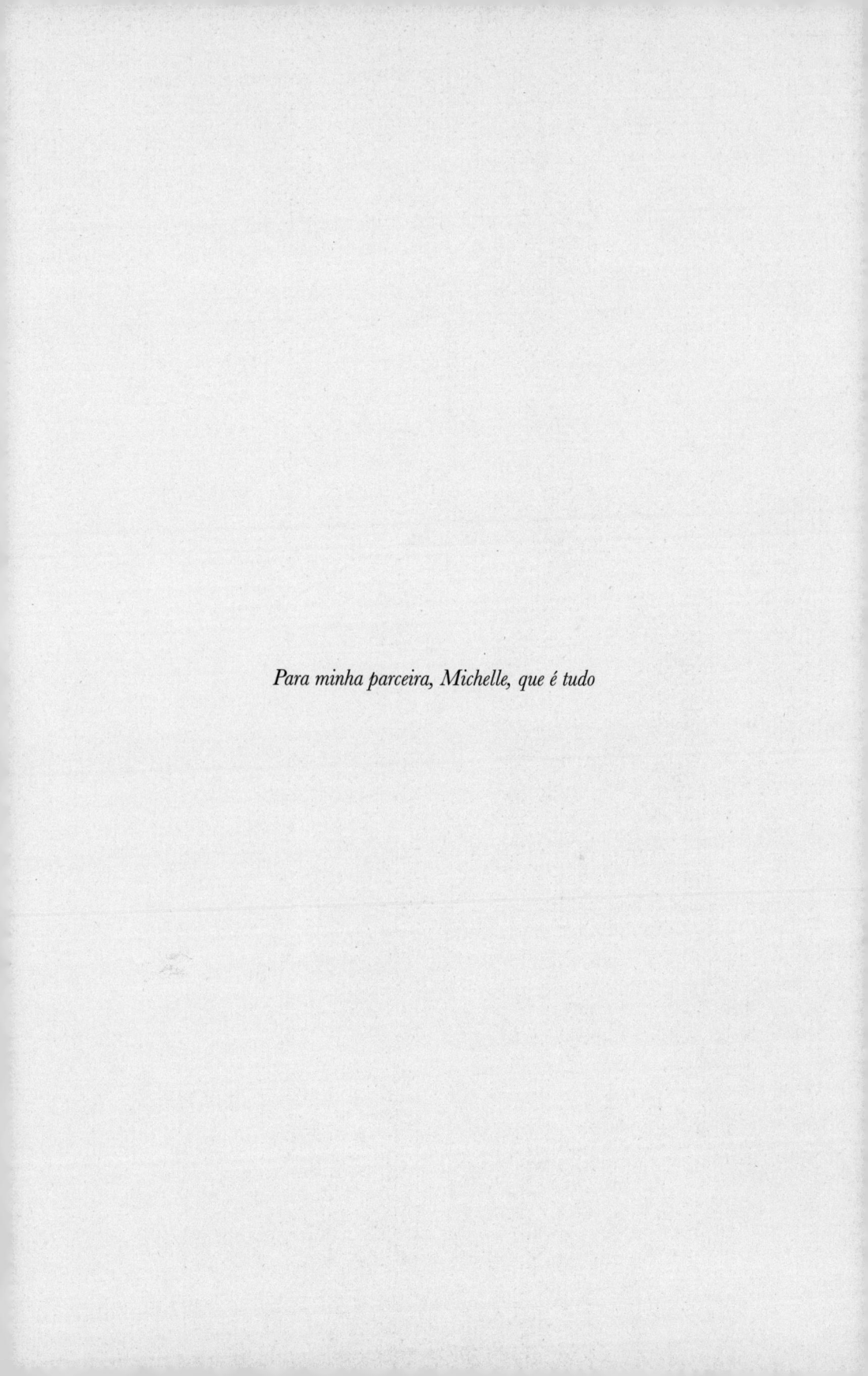

PRÓLOGO

Em uma época distante, em um grande reino mágico, o último rei e a última rainha de Andar tiveram um bebê.

O primeiro filho fora abençoado com magia extraordinária; o segundo, com enorme sabedoria e inteligência. O terceiro nasceu adoentado, à beira da morte. A mãe o batizou de Briar Rose, inspirada pelas roseiras que cresciam nos recantos da floresta e geravam botões mesmo na sombra mais escura.

Na época, a corte real era conduzida por quatro mulheres de poderes incríveis, conhecidas como as quatro Grandes Bruxas. A primeira era a Bruxa das Cobras, que domava feras e fazia transformações magistrais. A segunda era a Bruxa dos Sonhos, que vagava sem esforço por mentes adormecidas. A terceira era a Bruxa das Rosas, descendente da primeira Bruxa-Rainha, Aurora.

A quarta Bruxa era uma anciã, mais antiga do que o próprio reino. Ela carregava um fuso de osso reluzente, com o qual praticava uma magia mais sombria, manipulando o fluxo da vida com seus fios de ouro. Foi ela quem abordou a rainha em seu momento de necessidade, oferecendo um acordo. Ela salvaria Briar Rose, mas queria algo em troca: os feitiços secretos escondidos pela primeira Bruxa-Rainha, proibidos para todos e protegidos por gerações da linhagem real.

Desesperada, a rainha aceitou. A Bruxa dos Fusos teceu com cruéis linhas de ouro e salvou a criança, mas a magia cobrou um preço alto, trocando a vida da rainha pela do filho.

O rei, devastado pela morte da esposa e furioso pela traição da Bruxa dos Fusos, se recusou a cumprir o acordo. Prometendo que ela nunca teria o que desejava, expulsou-a de Andar e ordenou que todos os retratos dela fossem apagados.

A Bruxa dos Fusos jurou vingança, pois esperara vidas inteiras para colocar as mãos nos feitiços secretos. A magia que salvara Briar Rose agora o prendia a ela. Perante a corte e as Grandes Bruxas, ela declarou que, ao fazer dezesseis anos, o príncipe cairia nas sombras e pertenceria a ela para todo o sempre. Quando ele estivesse sob seu poder, a bruxa o usaria para encontrar os feitiços proibidos e destruir o reino que tanto odiava.

As Grandes Bruxas não mediram esforços para romper o elo entre ela e Briar Rose, mas a magia sombria era muito poderosa. Amaldiçoado e condenado, o príncipe foi trancado no castelo, até que, em seu aniversário de dezesseis anos, tocou uma rosa no jardim e espetou o dedo no fuso de osso escondido entre os espinhos. Mas, antes que a Bruxa dos Fusos pudesse reivindicá-lo, a Bruxa dos Sonhos o encantou com um sono imortal e o escondeu em uma torre branca, envolta em uma barreira de rosas.

A fúria da Bruxa dos Fusos foi enorme. Invocando todo o seu poder, ela conjurou um exército para dizimar as Bruxas de Andar: um exército nascido do ódio e da maldade, tempestades de corvos e criaturas diabólicas de ossos deformados, animado por seus fios de ouro. O povo do reino fugiu de suas investidas, que deixaram um rastro de devastação.

Finalmente restou apenas o castelo, cercado por uma impenetrável floresta feita de espinhos. A Bruxa dos Fusos estava à beira da vitória. Contudo, as Grandes Bruxas a enfrentaram uma última vez, sacrificando sua vida em três atos finais. A Bruxa das Cobras se transformou em uma enorme serpente de marfim e se esgueirou pela Floresta de Espinhos para preservar um caminho até o castelo. A Bruxa dos Sonhos colocou sob um sono encantado todos que restaram, para protegê-los até serem acordados ao mesmo tempo que o príncipe. E a Bruxa das Rosas deixou para trás tudo que amava e escapou com os estilhaços do fuso de osso, refugiando-se no reino vizinho de Darfell para plantar as sementes do renascimento de Andar.

Entre os sobreviventes, espalhou-se uma lenda, geração após geração: um dia, uma garota seria atraída pelo fuso, uma garota que acordaria Briar Rose e, ao fazê-lo, conduziria a Bruxa dos Fusos a seu fim.

Uma gota de sangue, uma gota de esperança. O sono da morte quebrado por um só beijo.

1

FI

F I EMPURROU A PORTA E ENTROU NA TAVERNA CAPENGA CONHECIDA POR Barão de Prata. O baque da porta se fechando assustou uma revoada de corvos que ciscavam a poeira seca do lado de fora, e as sombras das asas vistas pela janela despertaram o interesse do salão lotado. Rostos desconfiados a observaram por trás de cálices de estanho com vinho escuro e pratos com restos de refeição. Fi abaixou o chapéu para cobrir os olhos. Ela costurou por entre as mesas e sentou-se ao balcão, onde poderia analisar todo mundo sem demonstrar que era o que fazia. Tinha negócios a tratar ali, o tipo de negócio que talvez atraísse atenção indesejada.

– Chá de limão, se tiver – pediu ela, tocando o cotovelo de uma garçonete. A mulher de cabelos escuros se foi, murmurando "sim, milorde".

Fi era, na verdade, *Lady* Filore Nenroa, seu título oficial desde que completara dezessete anos, poucos meses antes, mas o fato talvez não fosse óbvio, considerando o sobretudo marrom empoeirado e o chapéu de aba larga. Ajudava a protegê-la do sol nas viagens e, aparentemente, também caía bem para manter a discrição. Até ali, ninguém em Darfell reconhecera Fi, mas era só questão de tempo.

Ela tirou do bolso um mapa dobrado e o apoiou no bar, mas logo o pegou de volta, pois a garçonete largou a xícara com tanta força que derramou chá no pires. Com cuidado, Fi desdobrou o mapa, revelando o pedacinho rasgado de pergaminho escondido lá dentro – o motivo real de ela ter ido àquela taverna.

A Barão de Prata não mudara muito no ano que Fi passara fora. Os clientes pareciam sórdidos como sempre. Uma mulher de feições duras brincava com uma adaga de prata, apunhalando a mesa arranhada entre os dedos espalmados, e um jogo tumultuado de dados era pontuado por gargalhadas altas e ásperas e o tilintar do dinheiro mudando de mãos. Um homem careca e macilento, que já virara muitos copos, a encarou da outra ponta do bar. Ao fundo havia salinhas particulares, escondidas por cortinas grossas da cor vinho, para pequenos grupos de nobres e aqueles que não queriam expor o rosto. Ninguém se destacava, mas, ao mesmo tempo, Fi não sabia quem procurava. Ela pegou o pedacinho de pergaminho com a mão curvada e leu os garranchos confusos com a testa franzida.

Me encontre na Barão de Prata ao pôr do sol. Tenho uma oferta irrecusável. Sem assinatura.

O bilhete fora enfiado debaixo da porta dela na pousada Lanterna de Ferro, onde estivera hospedada nos dois dias anteriores. O primeiro instinto dela – e provavelmente o melhor – tinha sido fazer as malas e dar no pé. No entanto, sempre que pegava a mala, acabava relendo o bilhete, estudando o enigma que ele apresentava. Quem sabia que ela estava de volta a Darfell? E o que seria aquela *oferta irrecusável*?

Fi tamborilou no balcão, encarando a luva preta sem dedos na mão esquerda. O mapa amassado tinha sido rabiscado com vários Xs grosseiros, desenhados em seu próprio traço frustrado conforme busca atrás de busca acabavam sem ela encontrar o que procurava. Seguir um bilhete misterioso a um lugar como a Barão de Prata era um ato de desespero.

Ela tirou o chapéu e o apoiou no bar. Sua pele estava bronzeada, o rosto salpicado de sardas devido às horas sob o sol. Passou a mão pelo cabelo castanho-escuro, no comprimento necessário para prender em um rabo de cavalo curtinho na nuca. Ela não se mantinha discreta por ser fugitiva, nem por estar envolvida em tratos suficientemente escusos para acontecerem nas salas dos fundos da Barão de Prata. Só estava evitando o ex.

Ele fora sua primeira suposição horrível quanto ao autor do recado, mas bilhetes misteriosos não faziam o estilo dele. E Fi nunca o vira assinar uma carta sem o floreio característico da pena de bico de prata. Não sobravam muitos suspeitos.

Fi levantou a xícara de chá, inclinando-a para observar o líquido amarelado antes de tomar um gole. Só os anos de aulas de boas maneiras a impediram de cuspir. Era para ser chá de limão. O gosto lembrava mais uma casca velha de limão mergulhada em um balde de água suja.

– Mestre – disse Fi, fazendo sinal para o homem alto de barba aparada que secava copos atrás do balcão. – Isso não é chá. Acho que você serviu água em uma xícara suja.

A expressão do homem sugeria que era o que ela merecia por pedir chá em um lugar como a Barão de Prata.

– Posso jogar fora de graça.

Fi riu. Ela passara o ano anterior na nação costeira de Pisarre, onde chás e especiarias exóticas chegavam do porto todo dia. Permitiu-se divagar nas lembranças de ar salgado e tardes demoradas na biblioteca gigante, cuja parede de janelas tinha vista para o mar e para os limoeiros verdejantes e frondosos balançando ao vento. Ela limpou a testa suja, afastando as memórias.

Ali não era Pisarre; não era nem o mesmo reino. Era a cidade de Raven's Roost, no limiar leste de Darfell, aninhada nas Cragspires, a dois passos do reino destruído de Andar. Ela teria que se acostumar de novo à vida na fronteira: terra árida, vida dura e outras coisas ainda menos agradáveis.

Olhou para o quadro de avisos ao lado do bar. Entre as recompensas oferecidas pelo Mestre da Fronteira em troca de criminosos e as vagas para trabalho braçal com comerciantes, havia um punhado de avisos e desenhos feitos à mão de supostas Bruxas na área. Dessa vez não foi por causa do chá que Fi fez uma careta. Os Caça-Bruxas estavam ficando mais ousados se tinham começado a pregar avisos em lugares públicos, mesmo em um como a Barão de Prata.

Os Caça-Bruxas eram uma seita cruel que acreditava que toda magia era corrupta e jurara impedir que Andar fosse restaurado um dia; talvez os únicos que, depois de cem anos, ainda acreditavam que o grande reino da magia pudesse se recuperar. Eles trabalhavam principalmente no sertão seco e sem lei de Andar, saqueando relíquias mágicas e expulsando Bruxas do reino arruinado. Antigamente, incursões cruzando a fronteira de Darfell eram raras, mas nos últimos tempos eles tinham começado a perseguir

Bruxas nas cidades de fronteira, onde a Guarda estava sempre sobrecarregada. O olhar de Fi se demorou no esboço de um homem de cabelo fino usando um grande brinco de cristal.

Ela fechou o punho enluvado por baixo do balcão. Não havia nada a fazer. Caça-Bruxas eram proibidos em Darfell, mas ainda trabalhavam em segredo, sumindo pelas colinas quando a Guarda da Fronteira era enviada. Pior ainda, parecia que, quanto mais difícil ficava a vida em Darfell, mais dispostas a fazer vista grossa as pessoas se tornavam. As cidades de fronteira um dia tinham sido as mais prósperas da região, repletas de comerciantes que iam e vinham de Andar. Contudo, desde o colapso do grande reino da magia, a área toda decaíra, deixando o povo atormentado, faminto e desesperado.

A porta se escancarou com um estrondo, e uma figura entrou a passos largos na taverna. Uma garota baixa e corpulenta avançou na direção de Fi, vestindo um sobretudo vermelho-ferrugem que descia até os joelhos e cobria uma túnica cinza e uma calça escura gasta. O cabelo castanho-acinzentado fora trançado e amarrado em um nó, e ela trazia um machado de guerra pendurado nas costas, a lâmina cega cintilando entre as escápulas. O que chamou a atenção de Fi, no entanto, foram as botas pesadas, de sola grossa e salto anabela. Ela as reconheceria em qualquer lugar. Eram feitas sob medida, para dar alguns centímetros a mais à mulher que as usava.

Shane: a caçadora de aluguel.

Fi apoiou a xícara no pires e guardou o mapa no bolso conforme Shane abria espaço entre as mesas a cotoveladas, em vez de dar a volta nelas, como seria mais educado. Shane se largou no banco ao lado de Fi. A bolsa de lona pesada caiu ao chão com um baque.

Fi acenou com o bilhete.

— Você — disse, seca. — Você me mandou isso aqui?

— É.

Shane sorriu. A garota vinha das Ilhas Steelwight ao norte, mas morava na fronteira fazia tempo bastante para se vestir como os outros pioneiros e exploradores grosseiros: ou seja, com roupas de viagem puídas, cobertas por uma espessa camada de sujeira, a pele branca queimada no rosto. Os olhos cinza-azulados estudaram Fi.

— Foi difícil te encontrar.

– Pelo visto não foi difícil o suficiente – resmungou Fi, empurrando o chá, que definitivamente não era adequado para beber. – Como você me achou?

– Um amigo em comum me contou que você tinha voltado – disse Shane, levantando as sobrancelhas.

Fi olhou de relance para os cartazes na parede, procurando o desenho do homem de brinco de cristal. Shane se apoiou no bar, virando o pescoço para enxergar. Ela retorceu o rosto em uma careta quando notou o que Fi observava.

– Ah, não acredito!

Shane se levantou do banco e andou até os avisos de Bruxas.

As conversas de algumas mesas silenciaram. Shane cruzou os braços, encarando a parede antes de levantar a mão e rasgar os cartazes sobrepostos. Era tão baixa que, mesmo com aquelas botas, precisou pular para alcançar os mais altos. Quando bateu pesadamente no chão, ela se virou para olhar feio para o salão. Fi não sabia se Shane estava irritada porque o *amigo em comum* do qual falavam estava em destaque no quadro de avisos, ou se só odiava Caça-Bruxas em geral. Shane era conhecida por sua justiça agressiva; a taverna provavelmente tivera sorte por ela não ter enfiado o machado na parede.

Shane amassou o último pedaço de papel em uma bolinha e se voltou para o barman.

– Você aí – avisou. – Não deixe aquela escória colar esse tipo de lixo aqui!

– É um quadro público – disse o homem, sem demonstrar preocupação, nem pelos avisos em si, nem por eles estarem despedaçados no chão.

Shane bufou.

Por mais satisfatório que um escândalo pudesse ser, os clientes que frequentavam a Barão de Prata não se deixavam envergonhar por uma caçadora furiosa. Não que Fi fosse dizer aquilo a Shane. Não estava a fim de brigar. Elas só tinham trabalhado juntas uma ou duas vezes antes, e nunca tão próximas, mas Fi não esquecera o temperamento da garota.

Shane voltou a sentar, de frente para o salão calado, os cotovelos apoiados no bar, desafiando qualquer um a se pronunciar. Ninguém a encarou.

– Covardes – sibilou Shane.

Fi sacudiu a cabeça.

– Não é esforço demais para uma mera visita?

– Na verdade, tenho uma proposta – disse Shane.

Fi revirou os olhos. Uma *proposta* para ela e todo mundo ali, já que estavam todos atentos ao que elas diziam.

– Tem certeza de que quer *propor* tão publicamente?

Shane riu, resfolegante, e deu de ombros, indicando que não se importava. Não era ela que tentava evitar atenção. Fi conteve uma onda de irritação.

– Mestre, vamos pegar uma salinha lá nos fundos.

Ela tirou duas moedas de cobre da algibeira na cintura e as empurrou sobre o balcão.

O homem largou o pano de prato, aceitou o dinheiro e olhou de maneira repreensiva para o machado de Shane.

– Nada de armas nos fundos.

– Eu não estou armada – disse Fi, levantando a bainha do casaco e girando devagar para mostrar o cinto.

Além da algibeira de dinheiro, ela só carregava uma corda com um anel liso na ponta, presa em um nó apertado.

– E eu não vou me desarmar por isso – acrescentou Shane.

O barman não se deixou convencer.

– Se o machado não ficar aqui, você fica.

– Nem pense em me separar das minhas coisas! – advertiu Shane de forma acalorada, visivelmente se preparando para o tipo exato de exibição pública que Fi tentava evitar.

– Eu cuido disso – disse Fi, indo até as costas de Shane e soltando com habilidade o machado das tiras.

Era mais pesado do que esperava, e a lâmina de metal cambaleou em direção ao chão antes que ela conseguisse levantá-lo e colocá-lo no balcão. Olhando mais de perto, viu como a arma era bem-feita, o cabo de madeira gasto, mas polido, e a lâmina curvada entalhada em um padrão de nós entrelaçados. Ela chutou a bolsa estufada de Shane para baixo de um banco.

– Pronto, problema resolvido – falou, empurrando Shane para os fundos.

– Eu sei de cor tudo que tem naquela bolsa, até as bolinhas de poeira! – gritou Shane, por cima do ombro. – E eu vou notar se você mexer no machado, mesmo se for para polir as manchas!

Fi sacudiu a cabeça, empurrando a garota uma última vez para atravessarem as cortinas de uma salinha.

— Chega de escândalo.

Do jeito que se portava, era difícil acreditar que Shane era um ano mais velha do que Fi.

A pequena sala estava mergulhada em sombras, iluminada apenas por velas compridas e tremeluzentes em castiçais de ferro forjado. Uma mesa redonda e algumas cadeiras ficavam encostadas na parede. A grossa cortina de veludo se fechou atrás delas, abafando os ruídos do bar.

— Você sabe que aquele cara só pegou meu machado, né? – disse Shane, jogando-se em uma das cadeiras de espaldar alto. — Eu posso facilmente te matar aqui com uma adaga escondida.

— Mas seria muito mais difícil destruir os móveis no processo – argumentou Fi, sentando com cuidado na beirada de uma cadeira –, o que acho que era a maior preocupação dele.

Shane riu, recostando-se na cadeira.

— Esqueci como você sabe ser grossa.

— Fique à vontade para ir embora quando quiser – sugeriu Fi, tranquila.

— Era um elogio! – protestou Shane. — E, enfim, nós duas nos arrependeríamos. Você não leu o bilhete? Tenho uma oportunidade irrecusável.

Fi a olhou de relance, mas Shane se apoiou na mesa, de repente séria.

— Encontrei uma coisa enquanto explorava uma ruína lá por Haverfall – falou. — É um mapa... que você vai querer ver.

Fi estalou a língua, se recusando a cair na armadilha.

— Tem muitos mapas circulando por aí, a maioria de ruínas já descobertas faz tempo. Por que esse é tão especial?

Shane sorriu com malícia.

— É no Porta-Joias das Bruxas – disse ela, tirando um pedaço de papel da túnica e colocando-o na mesa com um floreio.

O mapa parecia antigo. Entre as manchas e as dobras, Fi reconheceu a cadeia de montanhas elevadas que se erguiam logo além de Raven's Roost. Entre elas se estendia um vale profundo, repleto de lagos alpinos e cachoeiras altas, todos apinhados nas margens do rio que cortava o desfiladeiro como uma veia.

Até cem anos antes, a área fora parte de Andar. Caçadores de tesouros chamavam a região de Porta-Joias das Bruxas porque, por mil anos até a queda do reino, Bruxas tinham se congregado ali, construindo casas e esconderijos secretos, fortalezas e mirantes encaixados em curvas ou empoleirados em escarpas, tudo tendo se transformado em uma fileira de ruínas perdidas, cravejando a ravina como joias em uma corrente. Tinha sido abandonado quando Andar ruíra e as Bruxas fugiram. Tecnicamente, naqueles dias era parte de Darfell. O vale todo era um entremeado de armadilhas e contra-armadilhas, prédios inteiros projetados para proteger relíquias e tesouros de Ordens Mágicas havia muito mortas.

O olhar de Fi percorreu o mapa. Ela franziu a testa, prestando mais atenção.

– Acho que alguém te fez de boba. Não tem nada aqui.

Além do relevo geográfico, não havia marca alguma, nem mesmo estradas.

– Olhe.

Shane aproximou o mapa da vela, chegando tão perto que Fi temeu que o mapa desaparecesse em segundos. Finalmente ela viu. Alguma coisa começava a aparecer: linhas de tinta escura reveladas pelo calor, se derramando pelo pergaminho como se água encharcasse a página. *Tinta invisível*. Quando as linhas acabaram de surgir, o rio no centro do Porta-Joias das Bruxas se encontrava coberto por grossas curvas de vinhas, das quais pendiam rosas ocre florescentes.

Fi pressionou a página com um dedo, percorrendo as espirais e voltas complexas, impressionada.

– Não são quaisquer vinhas. São palavras em uma das línguas mágicas.

Inúmeras Ordens Mágicas tinham existido na longa história de Andar. Muitas delas criaram línguas próprias, para manter os feitiços em segredo.

– É a Ordem da Rosa Divina – acrescentou.

– Foi o que imaginei – disse Shane. – As rosas entregam o jogo.

Seria possível? A Ordem da Rosa Divina era a mais antiga e poderosa de todas, da qual toda Bruxa na linhagem real participara. Shane estava certa. Não era um mapa do tesouro qualquer.

– Agora você entendeu por que te trouxe isso. O que está escrito? – perguntou Shane.

Fi se aproximou, inspirando o perfume de papel velho ao estudar as letras elaboradas.

– Diz "entre as rosas".

– Que dica, hein? – resmungou Shane. – Tem uma dúzia de rosas nesse desenho. Quer dizer que o mapa pode apontar para qualquer uma delas?

– Não. Não é nenhuma delas – disse Fi, incapaz de conter a empolgação na voz. – No alto das vinhas... Está vendo esse botão de rosa que ainda não abriu? – perguntou, indicando o noroeste do desfiladeiro, um ponto na beirada de um penhasco. – Às vezes as Bruxas da Rosa Divina usavam botões de rosa para apontar alguma coisa escondida em seus escritos... coisas importantes demais para registrar, para o caso de caírem em mãos erradas.

Shane apertou os olhos.

– Mas esse penhasco fica a menos de um dia de viagem daqui! Nem é no desfiladeiro! Como ninguém o encontrou até hoje?

Fi sacudiu a cabeça.

– Acho que vou descobrir quando chegar lá – falou, uma fisgada de antecipação na barriga, tentando não demonstrar a ansiedade. – Por quanto você está vendendo o mapa? – perguntou, pensando na algibeira leve.

– Vendendo? – Shane riu. – Não estou vendendo. Estou procurando uma parceira. Você já foi caçadora de tesouros... *já foi* bem boa, inclusive. Não imagino que todo o seu talento tenha acabado ao longo de suas viagens grandiosas.

– *Nenhum* talento meu acabou – retrucou Fi.

– Ótimo – disse Shane, batendo na mesa. – Então está contratada. O acordo de sempre: o tesouro é todo meu, os livros e essas baboseiras históricas são seus, e ninguém mexe nas relíquias mágicas.

A divisão funcionava para Fi, a não ser que encontrassem só tesouro; mas imaginava que seria igualmente frustrante para Shane se encontrassem apenas livros.

– Espera! – protestou Fi. – Ainda não concordei.

– Mas vai – disse Shane, convencida. – Seu olhar não se desviou do mapa desde que o abri.

Fi sentiu o rosto corar. Ela se orgulhava de esconder bem o que sentia, mas Shane a enxergara perfeitamente. *Que discrição, hein?*, pensou, irritada.

– Tá bom – disse Fi, estendendo a mão por cima da mesa. – Fazemos este único trabalho, e depois cada uma segue sua vida.

– Este único trabalho – concordou Shane, apertando a mão dela.

O gesto foi áspero, como tudo em Shane.

– Vamos nos encontrar duas horas antes do amanhecer na encruzilhada depois da antiga torre de vigia – disse Fi, já calculando o que precisaria levar para uma expedição daquela.

Shane soltou um gemido de dor.

– Duas horas *antes* do amanhecer? É por isso que você não consegue um parceiro.

Fi sentiu um aperto desagradável no peito. Era só implicância, como os outros insultos que trocavam, mas bateu um pouco fundo demais. Afinal, ela só tivera um parceiro, até que... bom, até que não tinha mais.

Seu rosto deve ter deixado transparecer alguma coisa, porque Shane voltou atrás de repente.

– Desculpa. Esquece, só estou com fome. Ah, e caso você esteja se perguntando sobre o bilhete, estou ficando no quarto do lado do seu na Lanterna de Ferro. Foi assim que te achei tão fácil – explicou Shane, pegando o mapa inestimável, amassando-o e enfiando-o embaixo da camisa. – Vou arranjar um rango.

Ela quase comprou briga com a cortina, tentando ir embora rápido.

– Eu recomendaria outra taverna – disse Fi.

O gosto amargo do chá ainda incomodava sua língua. Ela não arriscaria comer ali.

A cortina se fechou com um sussurro, deixando Fi sozinha com seus pensamentos. Ela estava prestes a firmar outra parceria, apesar de ter jurado nunca mais seguir por aquele caminho. Pelo menos Shane não se parecia em nada com seu antigo parceiro – seu ex, em qualquer sentido da palavra.

Devagar, Fi tirou a luva e a deixou de lado. Ela aproximou a mão da vela gotejante, olhando pela milésima vez para a marca queimada em sua palma: uma borboleta caixão-de-defunto estilizada, escura como tinta, com caudas longas que desciam pelo pulso antes de se curvar em direção às asas angulares e pontudas. Era a marca de uma maldição, o presente de despedida de seu antigo parceiro, logo antes de ela fugir de Darfell, no ano anterior.

Fi cerrou o punho. Ela voltara por um motivo: para descobrir como quebrar a maldição da borboleta. Procurara por inúmeras ruínas, mergulhara em livros esquecidos em bibliotecas antigas, e nada continha a resposta que tanto buscava. O mapa de Shane podia ser outro beco sem saída. Mas as Bruxas da Rosa Divina tinham sido mestres na magia de defesa e proteção. Talvez tivessem deixado alguma coisa para trás, alguma coisa que pudesse ajudá-la. Talvez fosse finalmente sua oportunidade de limpar o passado e se livrar da horrível marca.

Ela não era a mesma pessoa de um ano antes, e não cometeria os mesmos erros.

Nada de parceiros. Era mais seguro assim – especialmente para o coração.

2

SHANE

SHANE LEVANTOU DA CAMA SOBRESSALTADA, TODOS OS SENTIDOS EM ALERTA máximo. Ela piscou para afastar o sono. Estava no quartinho da Lanterna de Ferro. Pela escuridão que adentrava a janela, ou estava muito tarde, ou muito, muito cedo.

Um barulho a despertara. Ela não sabia o que era, mas a fez trincar os dentes. Shane escutou com atenção. Nos tipos de lugares em que costumava se hospedar, dava para ouvir todos os ratos e baratas correndo pelas vigas, mas a Lanterna de Ferro era mais chique, com paredes de pedra e portas de carvalho grosso. O silêncio incomodou seus ouvidos. Finalmente ela escutou: o rangido de um passo em uma tábua solta, como alguém se esgueirando pelas profundezas do prédio. Podia não ser nada, mas... Shane soltou um palavrão, chutando as cobertas para longe.

Ela enfiou os pés nas meias e nas botas e correu até a porta, xingando a bolsa que quase a derrubou. A canela latejou pela colisão violenta com o cabo de madeira do machado. Mancando, Shane pegou a arma e saiu para o corredor.

O espaço sem janelas estava no breu. Ela se agarrou à parede, a fria lâmina de metal do machado contra a coxa. A porta de Fi estava bem fechada. Shane considerou acordá-la, mas, se descobrisse que estava só perseguindo um gambá assustado pela pousada, a nova parceira não precisava saber.

A Lanterna de Ferro era uma pousada ampla bem às margens de Raven's Roost. O nome vinha das duas lanternas gigantescas que queimavam a noite toda, uma de cada lado do portão. Shane já estava próxima o bastante para ver a luz vermelha vacilante invadindo as janelas da frente.

Outro passo. Vidro quebrado estalando. Shane levantou o machado. Quem ou o que estivesse acordado estava no saguão.

Uma sombra se soltou da parede à frente, avançando para se agachar à porta de entrada. Shane congelou. Então a silhueta virou a cabeça, e ela vislumbrou sua nova parceira destacada pela luz fraca. O cabelo castanho de Fi estava solto sobre os ombros, e a camisola branca estava amarrotada.

Fi chegara antes, mas pelo menos Shane pensara em levar uma arma. Shane se aproximou até conseguir tocar o cotovelo de Fi. A garota deu um pulo que quase a fez sair do corpo. Seu olhar assustado se voltou para Shane, mas ela logo relaxou de alívio e levou um dedo aos lábios, fechando a cara – como se Shane fosse ter todo o trabalho de descer o corredor silenciosamente só para estragar tudo ao soltar "que surpresa você por aqui". Ela se abaixou e se posicionou ao lado de Fi, espreitando pelo canto da porta.

A luz da lanterna dava ao cômodo um brilho sinistro. Entre as sombras se erguia uma figura vestida toda de preto, a capa jogada sobre o ombro. Um homem mais baixo, careca, estava escondido perto do cotovelo do primeiro, torcendo as mãos. Vidro cintilava no chão. Eles tinham quebrado uma das janelas para abrir a fechadura. Fora aquele o barulho que acordara Shane. Ela se esforçou para entender os cochichos roucos.

– Tem certeza de que ela está aqui? A garota do machado?

As entranhas de Shane se contorceram.

O homem mais baixo assentiu, a luz doentia iluminando sua pele macilenta.

– Shane. Não sei quem era a outra, a garota do chapéu, mas ouvi as duas falando sobre um tesouro grande.

Shane finalmente reconheceu o dedo-duro. Ele estava na taverna, curvado sobre o bar, quando ela rasgou os avisos de Bruxas que estavam na parede. Fi fechou a cara, e, mesmo sem dizer uma palavra, Shane *sentiu* a parceira dando uma bronca nela por *fazer a proposta de forma tão pública*.

– Encontre as duas.

O homem da capa se virou, e Shane vislumbrou olhos sombrios acima de um nariz pontudo como um bico, e um amuleto de topázio amarelo reluzindo no pescoço pálido. O sangue dela congelou quando seu olhar desceu para a longa espada de lâmina de serra enfiada no cinto dele, o ferro cortado por espinhos de aparência assustadora. Shane soltou um palavrão. Só um tipo de bandido carregava uma espada daquelas.

— Caça-Bruxas — falou para Fi, sem emitir nem um som.

Fi congelou. Pela primeira vez, demonstrou preocupação. Shane não a culpava. Ela também não dava muita atenção a Caça-Bruxas, para o bem ou para o mal, quando começou a circular por Darfell. Três anos depois, contudo, ficava enjoada só de pensar neles.

Havia um código implícito entre caçadores de tesouros: a primeira pessoa a percorrer uma ruína tinha direito ao tesouro. Os Caça-Bruxas pensavam diferente. Vagando pelas fronteiras em matilhas sarnentas, eles juravam ter poder sobre todas as relíquias mágicas e todos os tesouros no Porta-Joias das Bruxas, e não eram contra adquiri-los à força. Com aquelas capas pretas esvoaçantes, lembravam a Shane urubus, arrancando tudo das ruínas e deixando só a carcaça, roubando o que queriam e, muitas vezes, botando fogo no resto.

Ela não sabia para que usavam as relíquias, se as vendiam, destruíam ou trancavam em algum lugar por segurança. Mas sabia o motivo de eles carregarem aquelas espadas horrorosas: para que ninguém tivesse coragem de se meter em seu caminho.

Shane estava totalmente desperta, o sangue vibrando e todos os músculos se preparando para uma briga.

— O que a gente faz? — sussurrou Fi, tão próxima que Shane sentiu as palavras em sua nuca.

Ela apertou a mão ao redor do machado. O dedo-duro tinha encontrado o livro de registros da pousada, onde estavam listados todos os hóspedes e quartos, e passava a mão avidamente pelas colunas. Em um segundo ele as encontraria.

Ela agarrou o ombro de Fi, afastando-a da porta.

— Pegue nossas malas. Depois saia pela janela dos fundos e me espere.

— Por quê? — sibilou Fi, olhando de relance para o saguão. — O que você vai fazer?

— Atrasá-los.

Fi parecia querer discutir, mas mordeu a língua ao ver a expressão de Shane.

— Não deixe que te matem — murmurou ao se afastar, os passos descalços silenciosos.

Shane deu dez segundos de vantagem para a parceira. Em seguida, se ergueu das sombras e passou pela porta. A lâmina do machado refletiu o vermelho-escuro da luz vacilante.

— Estão me procurando?

Os intrusos se viraram.

— É ela! A caçadora — sibilou o dedo-duro da taverna.

Ele deu um passo para trás, na direção da porta, o olhar fixo no machado. Shane enxergava melhor o Caça-Bruxas dali. Brutal, de ombros largos, era pelo menos uns trinta centímetros mais alto do que ela, as botas pesadas chocalhando ao avançar. Ele desembainhou a espada, batendo o dorso da lâmina na palma da mão.

— Ouvi que você encontrou alguma coisa valiosa em uma ruína Bruxa, menininha. Pode me dar.

— Ou o quê?

Shane apoiou o machado no ombro e encarou o homem.

O rosto do Caça-Bruxas se contorceu em escárnio. Ele desviou o olhar para a arma dela.

— E você lá sabe usar isso?

Shane sorriu. Ela o sentia analisá-la, subestimá-la. Era o que todo mundo fazia desde que ela pegara no cabo daquele machado pela primeira vez, quando ainda era pequena demais para aguentá-lo. Nunca se cansava de provar que estavam errados.

— Sei usar — falou. — Mas, contra alguém como você, nem vou me dar a esse trabalho.

No tempo de um suspiro, ela girou e chutou com força o banquinho do estalajadeiro, lançando-o contra as pernas do Caça-Bruxas, que caiu no chão, desajeitado. Antes que ele conseguisse pegar a espada, Shane puxou o candelabro alto e o jogou nele, o metal pesado ecoando na pedra. Em seguida ela saiu correndo, balançando o machado, um sorriso feroz no rosto.

Dava para ouvir cuspe e palavrões, o Caça-Bruxas se esforçando para levantar. Ela se lançou para dentro do quarto, bateu a porta e trancou a fechadura.

Passos pesados ecoaram atrás de Shane. O Caça-Bruxas desistira de ser discreto. Assim que ela escancarou a janela, um corpo bateu na porta do outro lado, determinado a derrubá-la. Ela se jogou na escuridão e caiu com um estalido no mato malcuidado.

Fi estava agachada, segurando as malas. Shane quase riu ao ver a nova parceira, ainda de camisola, mas com o chapéu de viagem gasto enfiado na cabeça.

Fi a olhou de relance.

– Shane, está tudo...

– Vai, vai! – sibilou Shane, empurrando Fi para os arbustos.

A última coisa que ouviu foi a porta no quarto vazio cedendo enquanto elas corriam noite afora.

– Será que a gente escapou?

Shane se apoiou no tronco nodoso de um pinheiro enquanto observava os primeiros feixes de luz do sol penetrarem na escuridão da floresta. Ela deu uma mordida em uma maçã que encontrara no fundo da mochila. Entre os visitantes-surpresa e a fuga às pressas, não tivera tempo para o café da manhã.

– Parece que sim – respondeu Shane. – Mas é melhor não baixar a guarda.

Depois de terem se safado por pouco na pousada, elas só tinham parado de correr ao adentrar os contrafortes, as duas ofegantes. Shane não vira sinal dos homens que as perseguiam, mas Caça-Bruxas nunca viajavam sozinhos. Eles eram como baratas: se visse uma, era sinal de que outras estavam rastejando por perto.

Shane olhou de relance para o matagal atrás do qual Fi tinha sumido.

– Eles vão nos alcançar se você demorar muito mais para se vestir.

– Pode confiar, serei muito mais rápida se minha camisola não ficar presa em todos os cardos daqui até o Porta-Joias das Bruxas.

Shane riu.

– Sabe, se você dormisse de roupa, nunca teria esse problema.

– Esse é o conselho de alguém que tem muita experiência com fugir pela janela de madrugada – disse Fi. – Não planejo desenvolver esse hábito.

Shane não podia negar.

Fi ressurgiu completamente vestida, com uma camisa azul por baixo do sobretudo marrom e o cabelo preso em um rabo de cavalo. Shane observou a parceira, analisando-a. Fi era atraente, até, com atentos olhos cor de mel misturada com verde e pele de um tom quente e bronzeado, mas não fazia seu tipo. Shane gostava de garotas, mas não de sabichonas estudiosas – ainda mais se fossem mais altas do que ela.

Fi tinha a reputação de ser uma das melhores caçadoras de tesouros, principalmente porque estudara tudo que já fora escrito sobre o reino destruído de Andar. Mas ela também tinha um ex-namorado famoso com quem supostamente travava uma guerra eterna. Diziam as más-línguas que a briga tinha sido tão feia que Fi abandonara a caça aos tesouros e fugira do país, e Shane sabia que era melhor não se meter numa confusão daquelas.

Enquanto Fi colocava a mochila, Shane pegou o mapa. Ela olhou com irritação para o pergaminho amarrotado e sem nenhuma vinha de rosa.

– Segura isso. Vou pegar a tocha para a gente ver aonde tem que ir. Sempre dá para confiar nas Bruxas para deixarem tudo o mais complicado possível...

– Não precisa – disse Fi, tirando um pergaminho do bolso.

Quando ela o abriu, Shane viu que Fi tinha desenhado um esboço das vinhas retorcidas no próprio mapa e marcado com um círculo o ponto onde o botão de rosa estivera.

– Você copiou meu mapa! – acusou Shane, relutantemente impressionada. Fi só vira o original por um ou dois minutos, no máximo.

– Tenho boa memória – disse Fi, dando de ombros.

– Boa o bastante para roubar um tesouro bem debaixo do meu nariz – resmungou Shane.

Fi a ignorou. Ela se debruçou sobre o mapa e pegou uma bússola, que girou algumas vezes até se dar por satisfeita.

– Por aqui – falou, avançando sem esperar por Shane.

Apesar de a ruína parecer próxima, a caminhada levou a maior parte do dia. Os relevos baixos do percurso deram lugar às montanhas altas conforme Shane seguia a parceira por trilhas ziguezagueantes entalhadas na rocha. Cedros e sálvia verde-prateada farfalhavam nas colinas veranis. Pelo que Shane vira, o reino de Darfell era quase todo composto de montanhas – parecia que ela estava sempre escalando uma colina ou rolando ladeira abaixo. O sol quente brilhava no céu limpo, e ela praticamente sentia a pele clara queimar.

Em dias como aquele, Shane sentia saudades da neblina das Ilhas Steelwight, com suas cachoeiras, florestas verde-esmeralda e tempestades que fustigavam as orlas rochosas. Seu reino natal era uma rede de ilhas em um arquipélago enevoado, cada uma o lar de um dos oito clãs e comandada por um Rei da Guerra. Agora era a estação das águas lá, e toda a ilha de Rockrimmon estaria cintilando de gotinhas prateadas agarradas às folhas. Ela imaginou a avó sentada no círculo de pedras musguentas à beira do brejo, cantando com a voz rouca "Ó águas frágeis", uma cantiga folclórica sobre o espírito de uma menina afogada que se tornara guardiã do bosque de salgueiros.

Era a história preferida de Shane e do irmão. Quando eram menores, eles davam as mãos e se desafiavam a olhar para a água vítrea, esperando ver o fantasma. Tudo que viam era o próprio reflexo: gêmeos quase idênticos, distinguíveis só pelo cabelo comprido e desgrenhado de Shane.

"Minha guerreirinha indômita." Era como a avó a chamava. Tão ávida para enfrentar o mundo que nascera três minutos e meio na frente do irmão gêmeo.

Entretanto, com aquelas lembranças vinha tudo que ela preferia esquecer. As brigas amargas. As promessas desfeitas. Os anos vendo o rosto do irmão se tornar mais frio e distante, sua posição como primogênita abrindo um abismo entre os dois. Todas as razões pelas quais ela abandonou Steelwight e a família para sempre.

Shane não era só uma guerreira do norte, como dava a entender. Também era filha de um Rei da Guerra, o soberano de Rockrimmon, e herdeira do trono. Seu direito por ter nascido três minutos e meio antes do irmão; um direito que ela nunca quisera.

– Acho que dá para pegar um atalho por aqui.

A voz de Fi interrompeu o devaneio de Shane. Ela empurrou para longe as lembranças, seguindo a parceira através de uma parede de coníferas espinhentas.

Na teoria, Shane gostava da ideia do atalho. Na prática, era preciso se enfiar por um túnel de espinheiros que a agarravam como se estivessem à sua espera. Quando saiu do outro lado, aos tropeços, ela estava familiarizada com tudo que rastejava e deslizava naquele reino.

Quando se levantou, Shane encontrou Fi encarando uma parede íngreme de rochas. O penhasco se erguia diante delas, as sombras da floresta de pinheiros profundas e pesadas. Parecia, assustadoramente, um beco sem saída.

– É isso? – perguntou Shane.

– É o lugar do mapa – disse Fi, evasiva.

Shane olhou para os lados.

– Não estou vendo rosas.

Na verdade, não estava vendo nada. Nenhuma fortaleza em ruínas. Nenhuma estátua misteriosa. Aqueles velhos mapas nem sempre eram confiáveis, mas, se alguém tinha se dado àquele trabalho todo só para esconder o canto preferido para piqueniques das Bruxas reais, Shane ia ficar revoltada.

– *Entre as rosas* – murmurou Fi distraída, e levantou o rosto. – Rosas nascem ao sol. Temos que subir.

– Isso eu sei fazer.

Shane caminhou até o pé da escarpa, estudando afloramentos e fissuras em busca dos melhores apoios. Ela apertou os olhos ao notar uma marca estranha.

– Ei! Olha isso aqui.

Ela limpou uma camada de líquen amarelo, revelando as espirais de uma rosa entalhadas na rocha – e de outra, e mais outra, uma corrente de rosas indicando um caminho até o topo.

Entusiasmo remexeu a barriga de Shane na escalada do penhasco. Finalmente estava começando a sentir: a emoção de encontrar uma ruína, sempre perigosa e imprevisível. Era por isso que tinha se tornado caçadora de tesouros. Ela gostava do pagamento – por ter chegado a Darfell sem nada, sabia o valor de ter um montão de dinheiro quando precisasse –, mas vivia pelo desafio, nunca sabendo o que esperar e confiando nas próprias habilidades para superar a situação outra vez.

Ela chegou ao topo primeiro e se virou para observar a parceira. Fi deu um passo em falso e o pé escapou, mas Shane a segurou antes que ela escorregasse, e a puxou com facilidade para cima da plataforma.

Fi a olhou de soslaio.

— Você é mais forte do que parece — falou a contragosto, provavelmente o mais próximo de um elogio de que era capaz.

Shane sacudiu a cabeça.

— Parece que chegamos.

À frente dela estava um solar alto, construído na rocha do penhasco, com vista para um lago reluzente. As paredes de pedra estavam tão cobertas por hera e rosas que Shane facilmente teria passado por ali sem nem notá-las. A distância, seria indistinguível dos escarpados. Era o tipo de coisa que Bruxas inventavam. Elas eram cheias de segredo, em geral; não era de surpreender que Fi se desse tão bem com elas. Shane achou ser capaz de identificar o esqueleto de uma torre que um dia se erguera acima da enorme ruína, mas que havia muito colapsara na base da casa. Parecia que uma boa brisa forte derrubaria o solar inteiro do penhasco.

Fi avançou na direção da entrada, e Shane correu para alcançá-la. Ela ajudou a parceira a afastar rosas e hera e revelar uma porta de madeira. Estava muito retorcida e escurecida pela podridão, encaixada em ângulos tortos no batente. Uma janela poeirenta em forma de meia-lua reluzia acima da porta.

Fi se debruçou sobre o caderno, agarrando um pedaço de carvão para copiar uma linha de marcas elaboradas entalhadas na porta. Pareciam muito as marcas do mapa. Olhando por cima do ombro de Fi, Shane viu que o caderno estava repleto de anotações semelhantes, grupos de símbolos antigos rabiscados até as margens.

— Mais rabiscos da Rosa Divina, né? Esses dizem o quê?

Fi estava hipnotizada, passando o dedo pelas reentrâncias da madeira.

— Me dá um minuto...

— Ou podemos abrir a porta — sugeriu Shane, segurando a maçaneta ornamentada de metal e empurrando-a.

Para sua surpresa, a porta se entreabriu com um rangido das dobradiças enferrujadas.

Fi soltou um grito indignado. Ela se levantou rápido, espanando a poeira da roupa.

– Dizia *uma gota de sangue, uma gota de esperança* – falou, irritada, enfiando o caderno na mochila.

– E agora, melhor ainda, abriu.

Era uma inscrição bem ameaçadora para a porta de uma Bruxa, mas não chegava nem perto do pior que Shane já vira.

Fi a olhou uma última vez.

– Pronta?

– Nasci pronta – respondeu Shane.

Elas se abaixaram para passar pela porta e desapareceram no espaço estreito.

Só tinham andado alguns passos quando Fi parou de repente. Shane esqueceu o que ia resmungar sobre "parceiras rudes que atrapalham o caminho" conforme os detalhes da casa surgiram da penumbra.

A luz do sol se derramava pela porta destruída atrás delas, jogando suas sombras no chão de pedra de um saguão de entrada encardido. Um lustre de cristal girava devagar, pendurado em uma corrente enferrujada. Com mais atenção, Shane notou que os cristais eram esculpidos em rosas elaboradas e que o anel de metal tinha a forma de um emaranhado de espinhos. Seria lindo, se não estivesse envolto em uma camada espessa de teia de aranha repleta de moscas mortas.

– Que acolhedor – resmungou Shane.

Fi pulou pedaços de madeira podre espalhados como ossos pelo chão. Ela afastou a cortina de teia de aranha grudada no fim do corredor e parou, espantando uma aranha peluda do ombro. Shane sentiu um aperto na barriga e precisou se lembrar de que usar o machado contra aranhas seria um exagero – era para isso que servia o salto da bota. Ainda assim, estava feliz por Fi tomar a dianteira.

– E aí, tem alguma ideia do que é isso tudo? – perguntou Shane.

– Não tenho certeza – disse Fi, passando a mão por um desenho de rosa gravado na parede. – Este solar tem séculos, mas há sinais de que alguém esteve aqui recentemente.

Shane se calou, ficando em alerta na mesma hora. "Recentemente" significava que talvez houvesse perigo à espreita nas sombras. Será que os Caça-Bruxas tinham conseguido encontrar o lugar sem o mapa? Ou, pior ainda, teriam chegado antes delas? Ela apertou os olhos para observar o corredor lúgubre, seus ombros tensos. As paredes de rocha estavam inclinadas pelo peso da casa, e ela sentia um cheiro úmido entre as pedras, provavelmente do mofo crescendo nas rachaduras.

– "Recentemente" quanto? – perguntou, cochichando.

Fi limpou as mãos na calça.

– O texto na porta com certeza tem menos de cem anos – disse ela, soando quase animada. – O que significa que alguém esteve aqui depois da queda de Andar.

– Ah, isso é o que eu chamo de *recente* – resmungou Shane, sarcástica.

Ninguém se daria ao trabalho de passar quase um século à espreita. Ela resistiu ao impulso de acertar a cabeça de Fi com o salto de sua bota.

É só um trabalho, Shane lembrou. Depois cada uma seguiria o seu caminho, muito mais ricas. Ela se imaginou mergulhada até a cintura em uma pilha de ouro e girando em um dedo uma coroa incrustada de pedras preciosas.

Uma porta encaixada na parede parecia ser o único caminho. Shane franziu a testa. Ela odiava ser conduzida pelas ruínas como um rato em um labirinto. Como se quisesse provocá-la, uma aranha de aparência horrenda deslizou por um fio, as pernas articuladas escorregando até sumir debaixo da porta.

Fi pegou a bandana e limpou as teias da maçaneta. Ela empurrou a porta e abriu caminho, cuidadosa, até o cômodo seguinte. Era uma área mais estreita, com as paredes se afunilando até o teto, dando a impressão de que a construção poderia desabar em cima delas. Também era estranhamente escuro. Seis janelinhas em forma de meia-lua estavam incrustadas em uma parede, mantendo a sala em crepúsculo perpétuo.

Se é para se dar ao trabalho de instalar janelas, pensou Shane, *por que não fazê-las de tamanho suficiente para iluminar a sala?* A porta fechou com um estalo, fazendo-a encolher os ombros até as orelhas.

O cômodo só continha uma coisa: uma mesinha de pedra, sobre a qual estavam quatro estátuas, cada uma do comprimento do braço de Shane. Havia uma porta torta na parede oposta.

– Vou testar a porta – disse Fi.

– Ótimo. Eu cuido das estátuas bizarras, então – resmungou Shane, arrastando os pés até a mesa.

De perto, ela via que as estátuas representavam quatro figuras idênticas de mantos longos e capas esvoaçantes, os capuzes próximos do rosto, escondendo suas feições. Cada estátua estendia suas mãos de pedra, oferecendo uma chave cintilante.

– A porta está trancada – confirmou Fi, girando a maçaneta.

– Bom, não por muito tempo. Deve ser uma dessas chaves.

Shane olhou para as estátuas, as sobrancelhas franzidas. Se uma fosse a certa, as outras provavelmente eram muito, muito erradas; ela não queria descobrir que armadilhas perigosas a Rosa Divina deixara para trás. Shane passou o dedo por uma das mãos de pedra, espanando uma camada de poeira grudenta para ver melhor a primeira chave.

No instante em que seu dedo tocou o metal frio, a chave desencaixou da reentrância na mão da estátua e caiu com um baque na mesa. O barulho se perdeu instantaneamente em um som muito mais alto: o rangido ensurdecedor de mecanismos antigos ganhando vida atrás das paredes. Shane agarrou a mesa enquanto a sala tremia. Barras de ferro desceram do teto, metal arranhando rocha.

Fi estava encostada em uma parede, analisando a porta. Ela mal conseguiu pular para longe antes de as barras baterem no chão, bem onde ela estivera. Lascas de pedra voaram com o impacto.

Todas as paredes estavam bloqueadas; todas, exceto aquela em que ficava a porta trancada.

– Fi! – gritou Shane, preocupada a contragosto.

A outra garota estava se levantando, ofegante. Ela lançou para Shane um olhar de raiva.

– Cuidado com o que faz! – disse Fi, irritada.

Shane riu, nervosa.

– Acho que era a chave errada.

– Isso foi uma piada?

Fi se abaixou para pegar a chave que caíra ao chão. Ela a sacudiu na cara de Shane.

– Por que você arrancaria uma das chaves? – perguntou.

Ora, isso era um pouco injusto.

— Não *arranquei uma das chaves*. Mal encostei nela.

— Talvez seja melhor não encostar em nada, então — aconselhou Fi, brusca.

Shane não sabia se merecia aquilo — tinha reputação de cabeça quente, não cabeça oca.

— Sem problema — disse Shane. — Fique à vontade para me mostrar como escolher entre quatro estátuas idênticas.

O sarcasmo não afetou Fi, que só tinha olhos para a chave de bronze ornamentada. Ela a girou entre os dedos e se voltou para a mesa, nitidamente fascinada pelo quebra-cabeça da sala. Shane não fazia ideia do que Fi estava procurando ao examinar as estátuas por ângulos diferentes, espiando por baixo dos capuzes e até pegando a bandana suja de teia de aranha para limpar a mesa de pedra. *Ou talvez seja uma espécie de vingança estranha*, pensou, quando Fi a fez levantá-la para olhar mais de perto as janelinhas em meia-lua, a bota cutucando de maneira implacável sua coluna.

Finalmente, Fi parou no meio da sala, os olhos fechados, puxando uma orelha, distraída. Era um clássico olhar de "estou pensando". Shane estivera esperando um olhar mais de "entendi tudo".

Shane bateu o pé.

— Vamos chutar — sugeriu. — Agora temos uma chance em três de acertar. Sempre fui bem sortuda.

Fi bufou.

— Não vou confiar minha vida à sua sorte.

Shane queria dizer que ela estava exagerando, mas provavelmente não era exagero. Havia muitas formas de morrer em armadilhas de lugares como aquele. Depois de estarem trancadas, a sala poderia ser alagada por água ou tomada por areia, as placas do piso poderiam se abrir e jogá-las em um poço de pregos, ou pior. Por outro lado, Shane talvez morresse de tédio na espera por uma decisão de Fi.

— E aí? — insistiu.

— Xiu! Estou pensando — disse Fi, fechando os olhos. — Andar era conhecido por suas poderosas Bruxas. Devem ser as figuras das estátuas. Quatro estátuas, quatro Bruxas...

— Deixa a aula de história para lá — disse Shane. — Esquerda, direita ou centro?

— As estátuas devem representar as Grandes Bruxas que serviram à última família real de Andar — disse Fi apressada, nitidamente ciente de que a paciência de Shane estava se esvaindo. — Eles ergueram estátuas das Bruxas no pátio do castelo, estátuas gigantescas que olhavam de cima para a praça central... e para as quais as pessoas olhavam de baixo! — falou, a voz se erguendo no fim, o clássico sinal de "*a-há!*" que Shane esperara. — Pega uma tocha — disse Fi com animação, enfiando a mão no bolso.

— Mandona — resmungou Shane, mas não deixou de sorrir.

Não fazia sentido trabalhar com alguém como Fi se não fosse escutá-la.

Quando finalmente encontrou uma tocha na sacola abarrotada, Fi já estava pronta, com sílex e acendedor. Shane afastou a lona pesada que envolvia a tocha, revelando um bordão de metal embotado, uma ponta coberta por breu e panos encharcados em combustível para pegar fogo rápido. Os olhos dela arderam devido ao cheiro acre. Fi acendeu a faísca com a facilidade da prática, e a tocha flamejou.

— O que quer que eu faça com isso?

Antes de Shane acabar a pergunta, Fi pegou a tocha e se voltou para as estátuas. Curiosa demais para se ofender, Shane se aproximou por trás de Fi e a viu aproximar a tocha da primeira estátua, cuja chave tinha caído. Um rosto surgiu das sombras sob o capuz.

Shane suspirou, sibilante. As feições grotescas da estátua estavam contorcidas em uma careta cruel, e os olhos duros de pedra pareciam encará-la de frente. Por instinto, beliscou o nervo entre o polegar e o indicador. Era um truque que a avó ensinara para o caso de ela encontrar um dos espíritos errantes dos nevoeiros das lendas de Steelwight, que supostamente teciam ilusões para atrair viajantes aos penhascos rochosos. Shane tinha bastante certeza de que os espíritos do nevoeiro não existiam, mas mesmo assim desenvolvera aquele hábito. A dor a despertava como nenhuma outra coisa.

Fi a olhou, impaciente.

— Não é magia — falou. — É um truque do projeto. As feições só podem ser vistas quando iluminadas por baixo.

Ela levou a tocha até a segunda figura encapuzada. Outro rosto horrível surgiu à luz bruxuleante, mostrando dentes afiados.

– Essas figuras devem imitar as grandes estátuas do pátio do castelo de Andar. Só podem ser vistas por baixo – explicou.

– Odeio armadilhas que dependem de entender de história – murmurou Shane, incomodada com os olhos de pedra que ainda pareciam segui-la.

Fi sacudiu a cabeça.

– Não é só isso. Tudo nessa sala é uma pista.

– Ah, *isso* eu sei que é exagero – disse Shane, olhando ao redor, para uma grande quantidade de nada.

Fi suspirou, frustrada.

– As janelas são altas e fundas para a sala ficar escura o bastante para disfarçar o truque das esculturas, mas não escura a ponto de encorajar a acender uma tocha. E, quando você ativou a primeira armadilha, apesar de o resto todo da sala tremer, as estátuas ficaram perfeitamente imóveis. Elas estão presas para não conseguirmos levantá-las – disse Fi, dando de ombros. – E ainda tem a mesa.

Shane mal acreditava no que ouvia.

– A mesa? – repetiu, quando Fi passou a tocha para a terceira estátua.

– Isso – murmurou Fi, já desatenta.

Dessa vez a luz revelou o rosto suave e sereno de uma mulher, os cílios baixos, encarando a chave em suas mãos estendidas.

– É feita de uma pedra refletora para a luz subir até o rosto das estátuas – explicou.

Shane assobiou, impressionada. Ela formara muitas parcerias pontuais ao longo dos anos, mas aquela era a primeira vez que sentia ter encontrado alguém à altura.

– Eu sei. Os detalhes dessas armadilhas antigas são incríveis – disse Fi, inteiramente desatenta ao que de fato impressionara a outra garota.

Shane sacudiu a cabeça.

– Então agora posso pegar a chave?

Fi piscou, como se tivesse esquecido o que estavam fazendo ali, e por quê. Ela passou a tocha na frente da última estátua, só para confirmar, e revelou um sorriso demoníaco.

– Acho que temos a resposta – concordou, apontando a terceira estátua para Shane.

A lógica de Fi era clara – impecável, na opinião de Shane. Ainda assim, ela prendeu a respiração ao pegar a chave da mão da terceira estátua. Os dentes de metal se soltaram sob o menor dos toques, mas daquela vez não houve o baque de engrenagens de mais uma armadilha ativada. Shane suspirou, aliviada. Talvez tivessem passado pelo pior.

Ela precisou forçar a chave a se encaixar na fechadura enferrujada, mas, quando conseguiu, foi fácil girá-la. Ao ouvir o clique do mecanismo, Shane tentou empurrar a maçaneta, mas a porta estava danificada pelo tempo e pela umidade, e os cantos tinham ficado presos no batente. Shane empurrou de novo. Nada.

– Me dá uma mãozinha aqui? – pediu por cima do ombro.

Fi se aproximou de Shane, e as duas se apoiaram com força na porta.

Com um estalido alto, a porta cedeu para a frente, e de repente as duas caíram aos tropeços na sala seguinte. A porta traiçoeira bateu atrás de Shane, mergulhando-as na penumbra. A tocha saiu voando da mão de Fi, rolando pelo chão. Em meio às sombras vacilantes, Shane notou o brilho de um fio esticado de um lado ao outro do cômodo – bem a tempo de vê-lo estalar contra o tornozelo de Fi quando elas caíram, sacudindo os braços.

Uma armadilha, Shane entendeu. E sua parceira a ativara.

3

FI

F I ARQUEJOU AO ATINGIR O CHÃO DE PEDRA. ELA PRECISOU SE ESFORÇAR para se recompor. A escuridão e o cheiro de mofo e podridão a deixaram tonta.

– Fio de armadilha! Fio de armadilha! – gritou Shane bem em seu ouvido, tendo caído por cima de Fi quando elas desabaram.

Ela já sentia hematomas se formando em cinco ou seis lugares.

Fio de armadilha? Fi largou a mochila pesada e passou a mão freneticamente pelo chão. Ela não enxergava nada no brilho vermelho da tocha.

No momento caótico depois de escancarar a porta, Fi vislumbrara o cômodo: cadeiras de madeira com pernas roídas, um grupo de cestas podres, um tear desmoronado e uma roda de fiar encostada na parede. *Uma sala de costura?* Parecia que, se alguém fosse instalar uma armadilha ali, seria na porta.

– Não estou vendo fio nenhum – disse Fi.

– É que você já ativou a armadilha! – latiu Shane, largando a própria mochila também.

Fi piscou.

– Então por que você não falou? Gritar "fio de armadilha" é confuso.

– Quer mesmo discutir sobre isso agora? – perguntou Shane.

Fi se levantou com dificuldade. Agora que prestava atenção, ouviu um barulhinho estranho de cliques, seguido pelo sibilar de algo sendo atirado nas sombras. De repente, Shane a agarrou por trás, jogando-a de novo no chão.

Clink! Alguma coisa pontuda quicou na parede atrás delas.

Fi abaixou a cabeça.

— O que foi isso?

— São flechas ou dardos! — alertou Shane quando mais um sibilou acima delas.

Fi se obrigou a se concentrar, tentando identificar de onde vinham pelos assobios no ar. Ela viu um brilho metálico pelo canto do olho: um dardo curto de metal cruzando a luz da tocha antes de desaparecer nas sombras. Os dardos deviam estar saindo das paredes.

— O fio deve ter ativado a armadilha. Se estivéssemos de pé, já estaríamos todas furadas. Foi sorte você ter nos derrubado na entrada.

— Eu não... quer saber, dane-se — disse Shane, avançando apoiada nos cotovelos. — Se estamos em segurança aqui embaixo, não é melhor a gente esperar?

Enquanto falava, outro assobio soou, seguido do tilintar de um dardo aterrissando perto o suficiente para Fi sentir calafrios.

— Segurança é relativa — alertou Fi. — Estão vindo de todos os lados.

— Talvez tenhamos outro problema — disse Shane.

A tocha de metal tinha rolado até os restos de uma cesta de vime, que pegara fogo. Fi sentiu o calor crescer conforme as chamas lambiam uma cadeira derrubada.

— Deixe-me pensar — sibilou.

Um dardo atingiu o chão ao lado do cotovelo dela. Shane soltou um palavrão e se arrastou para trás.

— À vontade, parceira!

Fi forçou-se a limpar a mente. Ela ouvia o estalar das chamas famintas, o assobio dos dardos, a respiração ofegante de Shane... e aquele clique estranho, encoberto pelo resto. Era alto demais para sair das paredes. *Clique, clique, clique*, como uma roda girando.

Fi entendeu o que a incomodava naquele cômodo. Apesar de os móveis estarem todos podres, a roda de fiar estava intacta. Não podia ser feita de madeira. Quando o fio se rompera, ativando a armadilha, provavelmente movera a roda, e a roda estava conectada aos dardos. *De alguma forma*. Ela ia precisar descobrir depois.

– Quando eu falar, prepare-se para se mexer.

Fi se ajoelhou e rapidamente desatou a corda do cinto. Era uma corda suave ao toque, macia depois de tantos anos de uso. Ela envolveu com a mão direita o anel na ponta. Um dardo sibilou perto de sua orelha.

Em um segundo ela se levantou, girando o pesado anel. Soltou-o bem baixo, arremessando-o no que devia ser a direção da roda, *se* ela estivesse lembrando bem. A corda voou com precisão treinada, e Fi ouviu o baque esperado de metal contra metal. No escuro, ela mal enxergava a ponta da corda presa nos raios da roda, que parou bruscamente.

O coração de Fi flutuou de alívio. Ela estava certa: a roda era conectada aos mecanismos na parede. A roda começava a puxá-la, numa tentativa de se soltar. Fi enrolou a corda com mais força ao redor do punho. Se relaxasse por um segundo sequer, os dardos voltariam a voar. Pior ainda, a fumaça estava começando a queimar sua garganta, ameaçando sufocá-la.

– Shane, agora! Abra a janela!

Ela puxou a garota pelo casaco e a empurrou na direção de uma linha fraca de luz, o encaixe da janela na parede externa. Se as persianas não estivessem tão malcuidadas, talvez nem fosse visível. Shane soltou um grito ao tropeçar em um tear quebrado.

Uma nuvem repentina de fumaça envolveu Fi, fazendo-a engasgar. As chamas pulavam entre as cestas podres, e não demoraria para o fogo cercá-la. Mantendo a pressão na corda, ela avançou na direção do fogo, chutando pedaços de madeira para afastá-los da tocha. Jogou para o lado uma cadeira magrela e cambaleou para a frente, a roda puxando a corda com avidez. A roda estalou. Um dardo voou, rasgando a manga da camisa de Fi.

– Shane! – gritou ela, desesperada.

– Já sei, já sei – retrucou a voz irritada. – Mas essa porcaria de trinco está presa...

Fi lutou contra a corda, a roda de fiar puxando-a para a frente.

– Esquece! Vou quebrar! – gritou Shane.

Uma lufada de ar. Fi se abaixou. O dardo afundou em uma cesta flamejante, o cabo de metal reluzindo entre as chamas furiosas.

Fi estava dividida. Ela podia soltar a corda e tentar se esconder, mas isso deixaria Shane vulnerável. Enrolou a corda com mais força no punho, apertando os dentes e se segurando com as duas mãos. Dessa vez, quando a corda puxou, Fi usou o peso de seu corpo para impedir o mecanismo de se mexer.

– *Toma*!

Ela ouviu o grito de Shane um segundo antes de o machado acertar as persianas de madeira, rachando-as com um estalo incrível. Feixes de luz penetraram o cômodo. O rosto determinado de Shane brilhava quando ela levantou o machado de novo. Lascas de madeira caíram no chão.

Finalmente Fi enxergava contra o que estava lutando. A corda tinha mesmo se embolado nos raios da roda de fiar. Uma barra de metal se estendia do centro da roda até um buraco na parede de pedra, sem dúvida ativando o mecanismo toda vez que girava. As paredes estavam salpicadas de buraquinhos, as pontas de dardos de metal cintilando nos furos escuros.

A corda queimava a pele de Fi. Ela não ia aguentar muito mais.

O olhar dela recaiu sobre o cabo de metal da tocha. Firmando os pés, ela manteve a corda enrolada na mão direita, mas soltou a esquerda, que esticou na direção da tocha. Fi se esforçou o máximo possível, até os músculos dos ombros e das costas protestarem. Ela só conseguiu esbarrar no cabo com a ponta dos dedos.

Um giro súbito da roda de fiar a puxou de volta. Dois dardos voaram na direção de Shane, perfurando a madeira rachada acima da cabeça da caçadora.

Ela estava ainda mais longe da tocha, e as chamas só faziam crescer. Fi tomou uma decisão rápida.

– Shane, se abaixa! – alertou, antes de soltar a corda.

A roda de fiar se soltou com um solavanco, liberando uma enxurrada de dardos. Fi mergulhou. Puxando a manga do casaco por cima da mão, ela pegou a tocha de metal. Dava para sentir o calor através do tecido grosso enquanto se levantava e corria até a roda. Fi pulou os últimos passos e enfiou a tocha de metal no espaço entre os raios e o braço comprido da roda, emperrando-a de vez.

Um último dardo voou acima de sua cabeça, viajou através da sala e mergulhou em sua mochila, que mais parecia uma almofada de alfinete.

Fi se largou no chão, aliviada. Shane conseguiu se soltar do tear quebrado, que estava enroscado em seu pé. Sem a tocha encharcada de combustível para alimentá-lo, o fogo se consumiu rápido, esvaindo-se pelos últimos restos de palha e madeira bolorenta.

Era gostoso deitar as costas doloridas no chão de pedra. Fi se espreguiçou, esticando-se o máximo que conseguia, e piscou quando passou os dedos por um bastidor de bordado feito de prata. Ela o pegou, curiosa. Era minúsculo, menor que seu punho.

– Sabia – disse ela, distraída, olhando pelo aro – que, além da magia, a Ordem da Rosa Divina era conhecida por seus bordados? Muitas de suas relíquias são lindas tapeçarias bordadas.

– Sério? – perguntou Shane, pisando nas últimas chamas para apagá-las. – Quase fomos mortas por uma roda de fiar velha e bolorenta, e você quer falar de artesanato?

Fi se levantou, constrangida.

– A roda não está bolorenta. É feita de metal. Foi assim que...

Shane levantou uma mão.

– Deixa pra lá. Só quero saber se essas ruínas já cansaram de tentar nos matar.

Ela avançou mais no cômodo, chutando as cadeiras quebradas do caminho como se tivessem proferido alguma ofensa pessoal.

Fi girou o bastidor outra vez, resistindo à vontade de passar um sermão na parceira sobre os detalhes daqueles *artesanatos*. As Bruxas da Rosa Divina eram famosas por sua magia de amarração, e muitas tinham a capacidade de bordar feitiços em tudo, de capas e tapeçarias elaboradas a pequenos talismãs da sorte. As curvas de vinhas e rosas bordadas ou costuradas em suas produções têxteis muitas vezes eram feitiços poderosos, disfarçados de decoração. Ela se perguntou que feitiço fora tecido usando aquele bastidor minúsculo de prata, bem do tamanho necessário para bordar um bolso ou um lencinho.

Fi deixou o bastidor de lado e se levantou, chegando mais perto para desembolar a corda dos raios da roda. Ela ainda estava tentando desembaraçar um nó horrível que prendia o anel quando Shane gritou, animada, detrás dela:

– Ei, Fi, vem ver isso!

– Um segundo! – gritou ela de volta, puxando a corda.

– Você vai querer ver isso agora.

– Não pode...

A corda se soltou toda de uma vez, e Fi caiu sentada no meio da sala. *Que graciosa*, se repreendeu, desejando que seu rosto não ardesse tanto quanto as cestas incendiadas. Felizmente Shane não notara. Fi olhou para Shane, que abria uma cortina de veludo devorada por traças, revelando uma parede de pedra amarela.

A parede inteira estava coberta por texto: linhas e mais linhas da linda escrita da Rosa Divina, as runas curvilíneas brilhando em cor-de-rosa na luz do fim da tarde. Fi encarou a porta, boquiaberta, tendo esquecido o constrangimento. Shane puxou as cortinas até que elas se soltaram e caíram no chão.

Fi enroscou a corda no braço, enfiando o anel sob as voltas para prendê-la. Ela se aproximou da inscrição.

– Me diga que não é o enigma mais longo do mundo – disse Shane, a voz arrastada.

– Não – suspirou Fi, o olhar percorrendo o fluxo de palavras. – Parece um trecho de um livro. "Conforme se aproximava o aniversário de dezesseis anos do príncipe, o reino entrou em desespero, pois mesmo as Grandes Bruxas, com todo o seu poder, não tinham encontrado forma alguma de salvá-lo da maldição..."

Fi se interrompeu. Ela conhecia a história, saberia recitá-la de cor.

– É a lenda de Briar Rose, o príncipe adormecido – disse ela. – É o final, pelo menos.

A única pergunta era: o que estava fazendo ali, naquela ruína, naquela parede? Seria algum tipo de teste? Algum tipo de recado?

Shane já estava resmungando sobre aulas de história de novo, mas Fi a ignorou, lendo o trecho por alto. Ela se agachou para ficar na altura da última linha.

– "O príncipe foi trancado no castelo para se manter protegido. Mas foi tudo em vão. Briar Rose espetou o dedo em um espinho na roseira do jardim..."

Havia algo de estranho naquela frase, mas Fi deixou para lá, concluindo a leitura:

— "E caiu em sono encantado, aguardando o beijo que o libertaria."

Fi franziu a testa, apoiando as mãos nos joelhos.

— Acho que falta alguma coisa.

— Falta — concordou Shane. — A parte em que, antes de fugir do reino, uma Bruxa maravilhosamente rica da Rosa Divina escondeu todo o tesouro aqui para encontrarmos.

Fi franziu o nariz.

— Não é isso.

Alguma outra coisa a incomodava, alguma coisa sobre Briar Rose. Pelo canto do olho, ela vislumbrou a roda de fiar.

É isso. Aquela era a parte errada. Ela ouvira a história do príncipe Briar Rose quando ainda era muito nova; nova o bastante para puxar a barra da camisola da mãe e interrompê-la, perguntando:

"O que é um fuso?"

A mãe apontara para a ilustração: o príncipe no jardim, a mão estendida na direção do que parecia uma lâmina branca e cintilante escondida entre as rosas.

"Fusos são usados para fiar linho e lã em linha. Lembra um carretel com um cabo comprido. Mas, nas mãos da Bruxa má, foi uma arma horrível."

— Essa parte está errada — disse Fi para Shane, o dedo se aproximando do texto. — Briar Rose não espetou o dedo em um espinho. Foi em um fuso.

Fi tocou as palavras... e seu dedo afundou na pedra, como se esta fosse feita de areia.

Ela arquejou. Afastou a mão e tocou, hesitante, outra linha da inscrição. Era maciça, os sulcos entalhados das letras sólidos sob sua pele. Shane socou a parede acima dela, com resultados semelhantes.

Fi olhou de novo para onde as palavras retorcidas traduzidas como "espinho" começavam a desaparecer. Hesitou por um momento antes de limpar as outras letras. Elas se desintegraram, alguns grãos cintilantes de areia caindo ao chão. Ela e Shane se entreolharam, os olhos arregalados.

— É magia de verdade, né? — perguntou Shane, beliscando o nervo na mão de novo.

Fi não podia culpá-la. Ela própria mal acreditava.

— Acho que é — sussurrou.

Era extremamente raro encontrar magia de verdade nas ruínas. Poucos feitiços sobreviviam à morte de quem os conjurara, motivo pelo qual a maioria das armadilhas no Porta-Joias das Bruxas se constituía de mecanismos, não magia. Algumas das Bruxas poderosas de outrora tinham sido capazes de impregnar objetos com magia – as muito procuradas relíquias mágicas –, e mesmo isso era raro.

O lugar onde ela limpara as palavras ainda estava macio como areia, esperando alguma coisa.

– Talvez você tenha que preencher – sugeriu Shane.

Fi levantou o dedo, mergulhando a ponta com cuidado na areia. Ela apoiou a outra mão contra a parede e congelou, encarando o dorso da luva. Será que devia mesmo fazer aquilo? Já tinha se encontrado com magia poderosa, e fora muito ruim. Mesmo através da luva, Fi jurava sentir a borboleta ardendo em advertência em sua palma.

– O que foi? – perguntou Shane. – Esqueceu como se escreve? Acho essa língua maluquinha.

Fi resistiu ao impulso de discutir a noção de que a linda escrita da Rosa Divina seria *maluquinha*. O coração dela martelava as costelas. Por dentro, contudo, sabia que se arrependeria se virasse as costas, se nunca descobrisse o que estava do outro lado daquela parede, o que as Bruxas da Rosa Divina protegiam ali.

Fi acabou de escrever as letras longas e curvilíneas que diziam *fuso*, e se afastou para examinar o trabalho. Por um momento, as letras pareceram endurecer, tornando-se entalhes na pedra, como o resto da parede. Em seguida, a história toda começou a estremecer, transformando-se em areia fina e chovendo no chão. E não eram só as letras...

Fi tropeçou em Shane ao se afastar. A parede estava se desintegrando, virando pó dourado diante delas. Uma nuvem brilhante ficou suspensa no ar, e, quando baixou, a parede inteira tinha desaparecido, revelando um cômodo aquecido pela luz do pôr do sol.

Quando elas passaram pela abertura, parecia que tinham adentrado uma casa inteiramente diferente. Dali podiam ver o lago e o vale, uma vista emoldurada por arcos esculpidos de pedra amarela raiada que levavam a uma varanda em ruínas. O guarda-corpo – composto de uma fileira de rosas de bronze enroscadas – estava muito manchado, e Fi viu pelo menos um lugar em que o assoalho de madeira caíra totalmente, permitindo que ela olhasse para as águas profundas abaixo dali. Precisaria tomar cuidado ao caminhar.

Fi só conseguia pensar em quão belo aquele lugar deveria ter sido, mesmo cem anos antes, até as últimas Bruxas fugirem. Era o tipo de construção que provavelmente ficaria de pé por mais mil anos se tivesse sobrado alguém para cuidar.

Na luz do anoitecer, a poeira flutuante do feitiço rompido ardia como lascas de ouro, iluminando estantes que iam de uma parede a outra, repletas de tudo que fora escondido ali: frascos antigos de vidro colorido; xícaras de porcelana fina, pintadas à mão com rosas avermelhadas; e rolos de tecidos caros, tingidos de bordô e cobalto, as cores distintas dos fabricantes de seda do sul de Andar. Fi não via artesanato como aquele desde as lojas de antiguidades em Pisarre. Darfell era um reino rico em minério, madeira e vinho, mas a maior parte de sua exportação era de matéria-prima. Artefatos como aqueles tinham que ser de Andar. As prateleiras cediam com o peso de livros antigos, marca-páginas de tecido grosso saindo de entre páginas amareladas.

– Agora sim!

Fi olhou de relance para Shane, que se jogara no tesouro. Um baú gasto na ponta oposta do cômodo transbordava de correntes de ouro e joias enfileiradas. Uma coroa de prata incrustada de diamantes cor-de-rosa já estava apoiada, torta, na cabeça da garota. Fi suspirou. Naquele aspecto, Shane era como todos os outros caçadores de tesouros que já conhecera.

Fi tinha acabado de dar a volta em um buraco no assoalho barulhento, dirigindo-se aos livros, quando algo chamou sua atenção. Uma alcova estreita fora entalhada na parede perto da varanda, e lá dentro estava uma mesa baixa e comprida, coberta por uma toalha preta. Alguma coisa brilhava no centro da mesa, cintilando como lascas de mármore branco. Não, Fi reparou quando se aproximou, *era osso*.

Ela chegou mais perto e encarou os pedaços estilhaçados de um fuso de osso, lisos e branquíssimos, como se recém-polidos. Ela não conseguia desviar o olhar. Algumas gotas vermelho-ferrugem estavam grudadas na ponta, e Fi de repente se perguntou se era o fuso da história, o que fora escondido no jardim de Briar Rose.

O braço dela pareceu se mexer sozinho. Quase a contragosto, ela se viu estender a mão até o pedaço quebrado do fuso. Sibilou quando alguma coisa arranhou seu dedo, fazendo-a se afastar. Só então notou a pontinha quebrada do fuso, escondida entre as outras partes, afiada e cortante.

De repente, ficou difícil pensar. A escuridão invadiu os cantos de sua visão, e todo o sangue de seu corpo pareceu fluir no sentido contrário, deixando-a tonta. Fi caiu aos tropeços na varanda frágil. As pernas dela tremiam como se estivesse em um terremoto. Uma gota de sangue brotou na ponta de seu dedo. Fi a encarou, hipnotizada, as palavras da porta das ruínas ecoando em sua mente.

Uma gota de sangue, uma gota de esperança...

– Fi, cuidado!

O grito de Shane trouxe Fi de volta à consciência de repente. Não tinha sido imaginação: as tábuas gastas do assoalho estavam *mesmo* tremendo e rangendo. A varanda estava entrando em colapso sob seu peso. Um estalido alto percorreu o ar quando as vigas de sustentação se soltaram dos encaixes na parede de rocha.

Fi deu um pulo, mas já era tarde. Ela sentiu uma fisgada no estômago quando a varanda toda entrou em colapso, arrastando um pedaço grande do cômodo também.

Sem saber o que fazer, jogou a corda nos arcos esculpidos. O anel de metal quicou na pedra – e então ela estava caindo, perdendo o fôlego. Shane se jogou na beirada do chão destroçado, o braço esticado sobre a fenda. A distância entre elas parecia de quilômetros. Fi, mergulhando no ar até o lago, só escutava o eco de Shane gritando seu nome.

Pelo menos não arrastei nenhum dos preciosos livros comigo.

Esse foi seu último pensamento antes de atingir a água.

4

FI

Fi INSPIROU PROFUNDAMENTE QUANDO O GELADO LAGO ALPINO RODOPIOU ao seu redor.

A varanda desmoronara e atingira a água primeiro, quebrando a tensão da superfície, então ela não fraturou nada ao mergulhar. Mas aquele era o menor de seus problemas. Para todos os lados, o lago estava repleto de lascas de pedra e madeira descendo em espiral pelas profundezas sombrias. Um tijolo pesado voou pela água a centímetros de sua cabeça. O frio ardeu em sua pele, mas Fi conteve o grito que tentou sair de seus pulmões, sabendo que precisava de todos os segundos possíveis de ar. Ela chutou com toda a força, tentando subir à superfície.

A luz dourada do sol estava fraca e diluída acima dela. Fi a perdeu em uma nuvem de bolhas quando alguma coisa escura e pesada afundou no lago: um pedaço do guarda-corpo de metal ornamentado com rosas e espinhos. Vinha bem na direção dela. Fi se lançou para o lado, chutando o perigoso guarda-corpo para afastá-lo. Um espinho afiado rasgou sua calça, e de repente ela começou a engasgar, engolindo água congelante. Fi se contorceu em direção à superfície. Seus dedos atingiram o ar frio por um segundo – até que alguma coisa a puxou cruelmente para o fundo, de volta à escuridão.

Engoliu o suspiro de pânico. A perna dela estava presa nas rosas de metal. Ela a puxou, mas continuou enganchada entre uma vinha de metal e um pedaço quebrado da grade. Um espinho enferrujado afundou em sua panturrilha, um pouco acima da bota, soltando um esguicho de sangue que se espalhou pela água como tinta. As mãos de Fi atravessaram as espirais vermelhas conforme ela afundava, o peso horrível do guarda-corpo puxando-a cada vez mais fundo.

Ela não conseguia se soltar. Seu peito estava tão apertado que sentia como se estivesse sendo esmagada. O coração batia cem vezes por segundo, mas todos os outros músculos tinham congelado.

Fi olhou para o brilho distante da superfície. A água ao seu redor estava turva, um borrão de bolhas brancas. Em um momento, os pulmões cederiam e ela inspiraria água, e pronto. Fechou os olhos.

Ela os abriu de repente, quando um clarão de luz a envolveu e uma mão quente segurou a dela.

Fi piscou, tentando entender o que via. Um garoto flutuava ao seu lado na água – o garoto mais lindo que já vira. Sua pele era macia e pálida, e o cabelo curto e dourado se espalhava ao redor da cabeça como uma auréola, um cacho fino emoldurando os olhos azuis cintilantes. A calça escura e a blusa branca e larga ondulavam, como se embaladas por um vento primaveril agradável. Um casaco pesado de veludo azul flutuava ao redor de seus ombros como uma capa. Ele estava sorrindo – sorrindo para Fi, olhando-a com tanta serenidade que ela também se acalmou, os batimentos do coração suaves como plumas a seus ouvidos.

Fi piscou de novo, tentando afastar aquela imagem de sua mente atordoada. Ouvira falar de alucinações que pessoas tinham à beira da morte, mas, se fosse o caso, ela não deveria ver alguém da própria vida? Os pais? Amigos? O ex, se o destino fosse especialmente cruel? Tinha certeza de que nunca vira aquele garoto. Sem pensar, entreabriu os lábios para perguntar quem ele era, mas sufocou quando a água gelada invadiu sua boca. *Não inspire*, implorou. *Se respirar, acabou tudo.*

Ela engasgou, desesperada para impedir a água de chegar aos pulmões. O garoto entrelaçou os dedos pálidos nos dela e a puxou para seus braços, um puxão leve que a soltou do guarda-corpo de metal. O azul estontante dos olhos dele era tudo que ela via. Ele se impulsionou para cima, nadando na direção da superfície, e, ao mesmo tempo, seus lábios vermelhos como rosa tocaram os dela, um beijo que a deixaria sem ar se ela já não o tivesse perdido muito antes. A boca do garoto era macia e convidativa, e, melhor ainda, ela descobriu que respirava de novo, os pulmões se expandindo no peito.

Fi apertou os dedos nos ombros do casaco de veludo do garoto, perdendo-se no calor e na doçura do longo beijo. Ele tinha gosto de flores, como se tivesse uma gota perfeita de néctar de madressilva na língua.

Ela irrompeu na superfície com grande estardalhaço. Gotículas prateadas de água voaram ao seu redor, reluzindo nos últimos raios do sol poente. Fi girou na água, em busca do garoto que a salvara. O lago estava vazio.

A cabeça de Fi estava a mil. Antes de se questionar, mergulhou de novo, o lodo ardendo em seus olhos enquanto ela vasculhava a água turva. Não havia nenhuma figura de cabelos dourados aguardando sob a superfície. Ele simplesmente se fora.

Um calafrio percorreu o corpo de Fi. O garoto não podia ser uma alucinação porque, pelo que ela sabia, alucinações não podiam salvar ninguém do afogamento – nem tocá-la. Fi levou os dedos aos lábios, distraída. Se não estivesse congelando, seu rosto com certeza estaria ardendo em chamas.

A parte teimosa dela queria ficar bem ali onde estava até entender tudo, mas outro calafrio a obrigou a se mexer. Apesar de ser verão, a noite estava quase chegando nas montanhas altas. Se Fi não saísse do lago e se secasse rápido, estaria em apuros. Felizmente, como filha de historiadores, Fi começara a acampar e investigar histórias esquecidas em lugares inóspitos antes mesmo de aprender a andar. Ao contrário da maioria das famílias nobres de Darfell, os Nenroa eram um Clã de Fronteira, pura e simplesmente. Técnicas de sobrevivência tinham sido aprendizado básico, assim como ler e escrever.

Ela cruzou a água, analisando os penhascos ao redor do lago antes de se dirigir à margem mais distante, desculpando-se com Shane em silêncio. Tinha certeza de que a garota estava bem, já que o chão só cedera onde Fi estava, mas escalar as escarpas sob o solar seria impossível. Ela nadou de lado até a margem mais baixa, observando as pedras afiadas que pareciam sorrir para ela, como uma fileira de dentes tortos. Alguns peixes de barbatanas compridas fugiram quando Fi apoiou as mãos em uma grande plataforma de granito e se impulsionou para fora do lago.

Só havia um lugar em que ela conseguia pensar para procurar ajuda; Shane provavelmente iria para lá também. Ou se encontrariam lá, ou não se encontrariam.

A inclinação não era tão íngreme, mas foi uma subida demorada e difícil para suas pernas trêmulas. Fi agarrou um maço de sálvia e o soltou de repente quando o galho espinhento furou sua pele. A cabeça dela estava a mil com a lembrança do fuso de osso que cintilara em uma luz estranha, seu magnetismo sombrio que a atraíra contra a vontade. Fi acariciou a ponta do dedo, onde o fuso a espetara. Sob o céu de fogo, a ferida quase parecia ter voltado a sangrar, um cachinho vermelho enroscado em seu dedo como uma linha enrolada.

Fi sacudiu a cabeça, afastando pensamentos sobre fusos, relíquias e garotos lindos de lábios vermelhos como rosa que desapareciam como fantasmas. Ela não tinha tempo para especular. Além de todos os seus outros problemas, provavelmente havia Caça-Bruxas em meio àquelas colinas, e Fi não teria nenhuma chance se os enfrentasse sozinha. Considerou experimentar alguns dos palavrões mais criativos que ouvira sua nova parceira resmungar, mas, mesmo inteiramente sozinha, não era capaz de ser tão vulgar.

Ela chegou ao topo da colina quando a lua surgiu. A brisa, tão agradável na tarde quente, agora fazia seus dentes baterem. Teria que arriscar uma fogueira. Trabalhou o mais rápido que conseguiu, juntando galhos secos e montando um círculo em um pequeno bosque cerrado de pinheiros. Em seguida, procurou no bolso as ferramentas que sempre carregava, não na bolsa, mas junto ao corpo: o sílex e o acendedor.

Fi se encostou em uma pedra, lembrando que já estivera em situações piores e escapara. Ela acariciou os sulcos do escurecido acendedor de ferro que um dia fora de seu pai. Se fechasse os olhos, conseguia imaginar as mãos grandes e quentes dele ao redor das dela, pequenas e trêmulas, na primeira vez que a ensinara a acender uma fogueira – quando tinham saído em busca de uma antiga câmara de cristal e acabaram caindo pelo túnel de entrada. Naquele dia, também não tinham acesso a mochilas, só ao conteúdo dos bolsos.

— O sílex bate no ferro, Filore, não o contrário — explicara o pai, enquanto ela martelava o sílex sem parar.

Filore não entendia como ele conseguia se manter tão calmo. A rocha cinzenta e lisa do túnel se erguia ao redor deles, o lugar fundo e frio como um túmulo. Eles não tinham a menor chance de sair escalando — a menina tinha oito anos e era pequena, eles não tinham corda e uma das pernas do pai estava virada em um ângulo estranho. Ele tentara disfarçar, cobrindo a perna retorcida com o casaco, mas Filore já tinha visto. Ele a quebrara na queda.

O rosto severo de Dom Nenroa costumava ser suavizado por um sorriso, mas agora ele estava pálido, o cabelo grosso emaranhado e embaraçado com terra e galhos. Uma rachadura descia no meio de uma das lentes de seus óculos retorcidos.

— Não está funcionando — insistiu Filore.

Ela apertou as mãos em punho ao redor das ferramentas. Eles tinham esvaziado os bolsos, mas tudo que encontraram fora uma bússola e algumas moedas amassadas de cobre, o caderno do pai, com capa de couro, e o bastãozinho de carvão que Filore usava para registrar o relevo de esculturas e runas. Além do sílex e do acendedor. Nada que pudesse salvá-los.

Do outro lado estava uma porta verde enferrujada, entalhada com as letras quadradas de uma língua mágica que ela ainda não aprendera. Lá dentro supostamente havia uma câmara cujas paredes eram incrustadas de milhares de cristais cinzentos esfumados que brilhavam com luz própria. Em qualquer outro momento ela teria ficado enfeitiçada por uma descoberta daquelas, inspecionando a fechadura e exigindo saber o que as runas diziam, letra por letra. Naquela circunstância, porém, ela só queria voltar ao acampamento, onde estaria cercada dos outros pesquisadores da sociedade histórica dos pais, ouvindo-os discutir que ordem de Bruxas deixara para trás as relíquias mais poderosas. No fundo, sempre torcia para a preferida da mãe, a das Bruxas com poder de andar em sonhos. Pensar na mãe fez seus olhos arderem.

Filore tentou de novo, friccionando o sílex e o acendedor. Uma faísca saltou do metal, mas morreu antes de cair na pilha de folhas mortas. Ela sentiu a garganta apertar ao pensar em quão longe estavam do círculo de barracas de lona escondidas entre os pinheiros. Ninguém os encontraria ali por acaso.

— Nunca vamos sair — disse Filore, engolindo as lágrimas.

— Claro que vamos — disse o pai, sorrindo. — Temos tudo de que precisamos.

Ele abriu o punho dela com gentileza, revelando o ferro escurecido e retorcido.

Filore riu com desprezo.

— Porque você é Bruxa e sabe transformar isso em um gancho de escalada?

Ele riu. Dom juntou o cabelo dela na nuca e o puxou de leve, como um rabo. Ela odiava quando ele fazia aquilo.

— Qual foi a maior magia já feita? — perguntou ele, não pela primeira vez.

Filore revirou os olhos, mas respondeu o que aprendera:

— A invenção das palavras.

— Isso mesmo — disse o pai, e pegou as mãos dela de novo, aproximando o sílex da extremidade lisa do acendedor. — Este é só outro tipo de linguagem. Estamos nos comunicando por fumaça. Quando acendermos o fogo, sua mãe verá a fumaça e virá nos resgatar. Desde que ela não tenha se perdido no livro de novo.

— Não se perdeu — disse Filore, a voz um pouco mais firme. — Ela estava estalando a língua e folheando as páginas. Só faz isso quando não gosta do que leu.

— Bom, ela devia saber que não vale a pena ler o relato de Rivarcha sobre a fundação de Andar — disse o pai, dando uma piscadela. — Que bom que Lillia nasceu dois séculos depois dele, ou acho que teriam saído no braço.

Filore arquejou quando uma faísca finalmente pegou, soltando uma fumacinha fraca das folhas e dos galhos. O pai se curvou e soprou a pilha até uma chama clara arder em seu centro. Filore viu as espirais de fumaça prateada subirem aos céus.

Ela tentou devolver o sílex e o acendedor, mas ele sacudiu a cabeça.

— Acho melhor você ficar com eles. Nunca se sabe quando virão a calhar.

***

Fi abriu os olhos com o som de agulhas secas estalando no fogo. Ela sorriu. Como muitos acadêmicos, seu pai a ensinara muitas coisas que não tinham nenhuma aplicação prática, mas aquela habilidade salvara sua vida muitas vezes.

– Obrigada – murmurou para a memória, guardando as ferramentas no bolso.

Quando as chamas se espalharam para os galhos mais compridos, Fi tirou as roupas molhadas, estendendo o sobretudo e a calça na pedra para secar e torcendo as roupas de baixo mais leves. Ela as sacudiu acima da fogueira até estarem quentes o suficiente para vestir, mesmo úmidas; não ia arriscar ser pega ali e obrigada a fugir pelada. Pela primeira vez, se arrependeu de ter feito Shane carregar as mochilas.

Fi abraçou os joelhos. Estava machucada, exausta, faminta e morta de sede, apesar de toda a água do lago que engolira. Todos os galhos estalando e estouros na fogueira lembravam figuras encapuzadas prestes a cair em cima dela pelas árvores. Ela ainda estava angustiada com tudo o que acontecera, sem saber se deveria acreditar no que vira. Uma imaginação criativa parecia mais plausível do que a ideia de um belo garoto à espera sob o lago que desaparecera após um beijo muito amistoso.

Fi bateu com a testa nos joelhos. Ela ia afastar aquele garoto – aquele beijo – da memória para sempre. *Não envolva o coração*, lembrou a si mesma. Ainda assim, demorou muito para adormecer, virada para a fatia torta de lua através da moldura escura dos ramos de pinheiro.

Naquela noite, sonhou com uma torre de pedra branca repleta de rosas. Folhas verdes e espessas percorriam as paredes reluzentes. Rosas silvestres cor-de-rosa saíam como uma onda pela pequena janela curvada da torre, subindo tão alto que irrompiam pelas ripas do telhado cônico.

A sala dentro da torre estava igualmente verdejante, mas ali as rosas eram vermelho-sangue. As flores preenchiam cada canto, pendendo como rubis brilhantes das paredes e do teto. Bem no meio da sala, um emaranhado de vinhas cercava uma cama larga, rodeada por cortinas finas, abertas onde o tecido fora rasgado pelos espinhos. Uma lufada de vento correu pelas rosas, fazendo-as estremecer e suspirar.

Um garoto dormia em meio às rosas – um garoto de cabelo dourado, lábios vermelhos e um belo casaco de veludo. Mesmo que ele estivesse com os olhos fechados, tranquilos em sonho, de alguma forma ela sabia que eram de um azul brilhante e estonteante.

Fi acordou de sobressalto, arquejando.

Seu salvador era Briar Rose, o príncipe adormecido.

5

SHANE

Shane caminhou pela floresta, um braço levantado para proteger o rosto do açoite dos galhos baixos dos pinheiros. Estava coberta de arranhões e hematomas, graças às árvores, aos arbustos, às pedras e aos riachos que percorrera desde o pôr do sol. Os pinheiros grossos cortavam o luar em fiapos da finura de teias de aranha. Ela soltou um palavrão ao tropeçar em *outro* tronco derrubado, fazendo alguma criatura noturna soltar um som que lembrava uma gargalhada.

Shane se considerava especialista em sobrevivência em florestas. Infelizmente, a primeira regra da sobrevivência em florestas era basicamente *não fazer trilhas em montanhas desconhecidas à noite*, muito menos sem luz, e ela já a pisoteara. Shane fez uma careta quando esmagou alguma coisa com a bota. Não sabia se tinha pisado em uma área de cogumelos úmidos ou algo muito mais nojento.

— O que quer que seja, tomara que não estivesse vivo — resmungou.

Ela apoiou a mão em um tronco e ajeitou a carga. A alça da mochilinha de Fi não parava de escorregar por seu braço, e o peso de sua mochila lotada deixava uma marca permanente em seu ombro. O chapéu de Fi balançava no alto. Shane estava começando a se arrepender de ter guardado todo o tesouro. Tá, não estava, mas se arrependia de ter que carregá-lo por tanto tempo. Ela simplesmente não tivera coragem de sair de mãos abanando do solar depois de perder a única coisa que levara.

— Ah, claro — resmungou. — Cuidado, Shane. Pare de puxar as coisas, Shane. Deixe comigo. Assim, quando *eu* puxar alguma coisa, posso levar metade das ruínas comigo.

O estômago de Shane se revirou. Tarde demais, ela desejou não ter lembrado a expressão de choque no rosto de Fi quando estendera o braço para a parceira, já caindo no lago.

Shane estivera a dois segundos de mergulhar atrás dela quando um clarão de luz irrompeu da água, tão forte que a fez piscar para afastar as manchas. Fi emergiu um momento depois, tossindo e ofegante. O alívio atingiu Shane com a força de um coice. Ela não fazia ideia do que fora aquela luz — era forte demais para ser reflexo da água —, mas, desde que a parceira não tivesse morrido, não se importava.

O alívio se esvaíra quando Fi virara a cabeça, mergulhara de novo e finalmente saíra pela margem oposta. Shane supunha que isso significava que a parceria tinha acabado. Não era bom. Ela havia terminado muitas parcerias, mas nunca perdera uma em um penhasco.

A maioria das parcerias de Shane durava uma missão — se é que chegava a tudo isso. Normalmente, a culpa era dela. A avó insistia que chamá-la de "teimosa que nem uma mula" era uma ofensa às mulas, porque nenhuma criatura em Steelwight era tão cabeça-dura quanto Shane. Mas Shane não podia evitar. Sabia o que queria e sabia o certo, e não cedia em nenhuma das duas coisas. Era assim que tinha acabado com seu primeiro e mais antigo parceiro: o machado amarrado entre as escápulas.

Aos sete anos, esperava-se que os filhos dos Reis da Guerra escolhessem a arma que carregariam por toda a vida. A escolha de arma de um guerreiro era considerada profundamente significativa e, no caso de um herdeiro, prenúncio do tipo de líder que seria. No aniversário deles, Shane e seu irmão gêmeo tinham sido levados ao arsenal, onde uma fileira de armas os aguardava — espadas, arcos, gládios, maças e machados —, todas da mais fina fabricação e incrustadas de prata reluzente.

Shayden esperara pacientemente o mestre de armas analisá-lo e fazer uma recomendação, mas Shane só tinha olhos para o machado, com sua lâmina curva, que lembrava uma foice.

Ela ainda lembrava o momento em que envolvera o cabo de bétula entalhado com as mãos pequenas e puxara com toda a sua força. Era tão pesado que nem conseguira levantá-lo.

O pai parara atrás dela, o rosto pálido e sério.

— O machado de guerra é muito grande para uma coisinha que nem você, mesmo quando crescer. Escolha outra coisa.

Shane segurou com mais força. Fogo furioso ardeu em seu peito, mas não por causa do pai. Por causa da arma.

— É minha cerimônia de escolha, e escolho o machado!

— Shane — disse bruscamente o pai, em aviso.

— Eu cuido disso.

A avó de Shane se aproximou. Uma mulher alta de cabelo grisalho comprido, ela era, também, uma espécie de machado velho de guerra. Ergueu o machado sem dificuldade, avaliando seu peso com a mão enrugada.

— O machado de guerra, a arma de um conquistador — falou. — É o símbolo do andarilho bravio, caótico e obstinado, que carregará a bandeira da guerra para muito longe. Há armas melhores para alguém do seu tamanho. Armas melhores para uma futura Rei da Guerra do clã Ragnall.

— Não.

Shane apertou os dentes. Do outro lado do arsenal, Shayden a encarava, os olhos cinzentos arregalados, a mãozinha agarrando uma espada de punho incrustado de pérolas, símbolo de sabedoria e lealdade.

A avó bufou.

— Está bem. Se quiser o machado, vai ter que aprender a usá-lo. E, primeiro, vai aprender a levantá-lo — falou, dirigindo-se à parede e pegando um machado menor, do tipo que lenhadores carregavam no cinto. — Pelas próximas três semanas, você vai cortar lenha para minha lareira com isso. Só depois disso, se eu estiver satisfeita, começaremos seu treinamento.

— Isso não é um machado de batalha! — protestou Shane.

A gargalhada rouca da avó preencheu o arsenal.

— Você não está pronta para o machado de batalha. Um machado de lenha velho é o suficiente. Mas, se quiser escolher uma arma mais adequada...

Shane pegou o machado de lenha antes que a avó pudesse impedi-la. Ainda era muito pesado, mas ela o apoiou com força no ombro, encontrando o olhar duro da mulher.

— *Nunca.*

Shane ainda se lembrava de como seus pequenos braços tremeram de cortar lenha dia após dia, cada nervo e músculo ardendo tanto que ela mal conseguia dormir à noite. Não sabia se aquela velhota a estava torturando, ou se achava que podia fazer Shane desistir. Três semanas depois, contudo, suas mãos estavam cobertas de calos grossos e ela conseguia bater com o machado na lenha sem nem suar.

Aos doze anos, já era a melhor guerreira de sua geração. Tão boa que impressionava até a avó. Durante tudo aquilo, Shayden estava bem a seu lado. Jogando um odre de água da beira do campo de batalha. Beliscando Shane se ela roncasse em reuniões do conselho. Correndo atrás dela das ameias até o topo da torre de vigia, se esparramando na laje fria e corrigindo Shane quando ela inventava o nome das constelações de que não lembrava.

— *Aquela é a serpente marinha gigante, pronta para esmagar Rockrimmon com suas mandíbulas fortíssimas.*

Shayden afastou o cabelo desgrenhado da cara.

— *Não é uma serpente. É o Arco da Moça do Escudo. O que protegeu Steelwight do ataque de cem navios, cujas flechas atravessavam os cascos mais espessos.*

Shane franziu o nariz, considerando as estrelas.

— *Eu acho que parece uma cobra. Talvez seja uma moça domadora de cobras. A maior Rei da Guerra de todas, com seu cinto de cobra, seu machado...*

— *E aquela deve ser a cabeçona dela* — disse Shayden, apontando com o queixo para a lua, baixa no horizonte.

Shane gargalhou.

– Os melhores guerreiros sempre são os melhores Reis da Guerra.

– Não é o que o Pai diz. Ele diz que liderar vai muito além de lutar.

– Que pena que sou ruim em todo o resto – disse Shane, mostrando a língua. – Decorar leis e tratados e o nome de todos aqueles diplomatas chatos.

– Talvez você lembrasse se parasse de chamá-los de Cara de Raposa e Bafo de Texugo – provocou Shayden.

Shane riu com ele. Às vezes as responsabilidades de ser a próxima Rei da Guerra a esmagavam como um fardo impossível, a cada ano mais pesado. Ela se sentia melhor ali no alto, com Shayden – só eles, as estrelas e todos os barulhos da noite de Rockrimmon: fogueiras crepitando nas torres, ondas quebrando e navios balançando nas amarras do porto lá embaixo. Ele mostrava a língua quando sabia que a irmã estava prestes a falar alguma besteira. Ela sempre falava mesmo assim. Quando tinha dúvidas sobre tudo que se esperava de um Rei da Guerra e não se aplicava a ela, Shane pensava em Shayden, seu espelho, que sabia fazer tudo que ela não sabia.

– Olha. Os Apaixonados – disse ele, apontando pela fresta entre os merlões para duas estrelas brilhantes se erguendo acima do mar, cintilando nas ondas distantes, sempre lado a lado.

Shane riu.

– Não são os Apaixonados. São as Estrelas Gêmeas. Eu e você – falou, virando-se para se apoiar nos cotovelos. – Não importa que eu seja a primogênita. Ainda assim somos gêmeos. Devíamos ser Reis da Guerra juntos. Eu posso fazer a parte divertida, tipo as conquistas e as batalhas cerimoniais. E você pode fazer toda a parte chata.

– Ei!

Shayden empurrou o rosto dela com sua bota, e Shane se arremessou contra ele, rindo enquanto caíam, embolados. Shane se permitiu acreditar – pelo menos por um momento – que ela e Shayden não podiam ser separados e que nada nunca se colocaria entre eles.

***

O pio baixo de uma coruja se fez ouvir por entre as árvores. Shane deixou a lembrança se esvair. Houve uma época em que ela acreditara que Shayden era seu parceiro perfeito, o único companheiro de que precisaria. Mas fazia muito tempo, e agora ela tinha uma nova parceira com quem se preocupar. Se viajasse a noite toda, chegaria à torre escondida nas montanhas próximas, a torre do amigo que tinham em comum. Ela torcia para que Fi tivesse a mesma ideia.

No meio de um emaranhado de abetos cerrados, Shane parou. Alguma coisa faiscou entre as árvores: uma luz vermelha estranha, o brilho de uma fogueira na clareira mais adiante. O nariz dela estremeceu com o cheiro de fumaça e de alguma coisa gordurosa no fogo. Ela deu um passo na direção da clareira e logo parou, os instintos de luta a advertindo para ficar às sombras. A noite de repente estava grudada a seus ouvidos.

– O que você viu, Tavian?

Shane prendeu a respiração. Ela o via, finalmente: um homem alto na beirada da luz do fogo, espreitando o escuro, assim como ela espreitava do escuro. A luz atingiu seu rosto, e Shane se encolheu. Era o Caça-Bruxas da pousada, de quem ela e Fi mal tinham conseguido fugir.

Shane se jogou no chão, mordendo a língua quando o joelho bateu com força em uma pedra. Tavian se virou para o som bruscamente.

– Tem alguma coisa ali, Aris – sibilou.

Shane tirou uma mochila por vez, devagar. Considerou pegar o machado, mas não era uma arma discreta, e não seria muito útil na clareira estreita. Ela precisaria confiar na adaga em seu cinto, se fosse necessário. Mantendo-se agachada, avançou. Pela primeira vez ser baixa não seria uma desvantagem.

– Tem cem coisas ali – disse a primeira voz, o tom suave de uma mulher, grave e desinteressado. – Esquilos e coelhos e tudo que rasteja, e ninguém quer nada com você. Sente-se e coma. Estou de saco cheio das suas reclamações.

Através da borda de um arbusto de carvalho, Shane espreitou o acampamento. Tavian coçou o nariz adunco, trocando nervosamente o peso do corpo de um pé para o outro, enquanto a companheira, uma mulher bronzeada de cabelos escuros, se debruçava sobre a panela de ensopado.

Um amuleto de topázio característico pendia do pescoço dela. *Outra Caça-Bruxas*, pensou Shane, resistindo à vontade de cuspir. As capas pretas estavam manchadas pela poeira e pelos brejos lamacentos da floresta, e, atrás deles, Shane viu dois cavalos presos em cordas frouxas. Um par de lâminas serrilhadas embotadas e ameaçadoras estava apoiado em uma árvore.

Tavian encolheu os ombros.

– E se for a Bruxa?

Shane notou que ele retorcia um aviso de Bruxa, o mesmo aviso que estivera bem no meio do quadro da Barão de Prata. O rosto amarrotado do homem com brinco de cristal aparecia no papel amassado.

– O Bruxo do Papel não é mais sua principal preocupação – disse Aris, irritada, retorcendo a boca. – Você viu aquele clarão mais cedo. Era magia das boas, talvez até da luz. Não é coincidência que tenha acontecido depois de você perder as meninas.

Magia? A cabeça de Shane estava a mil. Ela não pensara muito no clarão da água, mas, até onde sabia, Fi não fazia magia nenhuma. Então, o que tinha *mesmo* acontecido no lago? E em que tipo de confusão sua parceira se metera?

– Não sabia que elas eram Bruxas – insistiu Tavian.

– Não importa o que elas são – disse Aris, seu olhar implacável na luz vermelha. – A magia corrompe, é veneno. Causou a ruína de Andar e atraiu a ira da cruel Bruxa dos Fusos contra todos nós. Cria o mal. Se deixarmos as Bruxas ganharem força, acontecerá de novo… e de novo, e de novo! – insistiu ela, chutando um pedaço de lenha para a fogueira, fazendo a panela balançar nas correntes. – Não podemos arriscar. As garotas têm que morrer.

Aquilo era algo que Shane nunca quisera ouvir de um Caça-Bruxas. Ela já se metera em confusão com eles antes, mas nunca naquele nível.

– Eu falei que ia encontrá-las, não falei? – lamentou-se Tavian.

– É melhor encontrar mesmo – disse Aris. – Agora cale a boca e pare de estragar o jantar.

Tavian resmungou mas obedeceu, largando-se, pesado, no tronco.

Shane apoiou os cotovelos na terra, avaliando as opções. Dois contra um seria difícil, e ela nunca se metera com um Caça-Bruxas que não lutasse de forma cruel. Por outro lado, já estavam atrás dela e de Fi. Mesmo esquecendo isso, aqueles Caça-Bruxas estavam praticamente acampados no quintal do Bruxo do Papel. Shane duvidava muito que conseguissem encarar o Bruxo do Papel – ele era o Bruxo mais poderoso que ela já vira –, mas seu lar era um santuário para animais, Bruxas e todo tipo de desajustado em fuga. Alguns deles talvez não tivessem tanta sorte.

Shane olhou para as espadas de novo, a luz da fogueira iluminando os dentes afiados. Em seguida, analisou os cavalos.

Talvez fosse uma boa oportunidade. O transporte do tesouro seria bem mais rápido a cavalo, e ela também abriria caminho para Fi.

Decidida, Shane se levantou, com cuidado para não fazer barulho. Ela só precisava se esgueirar até a carga, pegar o machado e atrair os Caça-Bruxas para a mata, um de cada vez.

Parou abruptamente quando alguma coisa agarrou seu pé. Shane olhou para baixo e quase soltou um palavrão que a entregaria. O salto da bota ficara preso entre duas raízes nodosas do arbusto de carvalho. Ela puxou a bota de couro com força, mas esta nem se mexeu. Shane olhou de relance para a fogueira. Se os Caça-Bruxas a notassem, ela não teria chance nenhuma.

Shane puxou mais uma vez. Seu peito inflou de alívio quando sentiu alguma coisa se soltar. Contudo, era apenas seu pé que deslizara para fora da bota – o que ela notou quando caiu com tudo no matagal, as costas batendo em um amontoado desgrenhado de zimbro, um pé calçado e outro descalço. Ouviu-se um ruído quando os Caça-Bruxas se levantaram de um salto, esquecendo o jantar.

– Isso não foi esquilo nenhum! – exclamou Tavian.

– Fique aqui – sibilou Aris. – Vou conferir.

Shane apoiou as mãos no chão e afastou o cabelo do rosto. O machado ainda estava a uns três metros dali. Talvez o alcançasse se corresse, mas era mais provável que acabasse com uma adaga enfiada nas costas. Ela se levantou aos tropeços, escondendo-se nas sombras de uma árvore e tirando o casaco pesado, que segurou pelo colarinho. Em seguida, apertou as costas contra o tronco e prendeu a respiração, escutando atentamente.

A floresta estava em completo silêncio. Os grilos e as corujas tinham parado de emitir sons. Ela sentiu seiva grudar em seu pescoço e algum inseto com patas demais se arrastando por seu braço, mas se obrigou a ficar imóvel.

Avistou algo com o canto dos olhos: o brilho de uma lâmina polida. Aris estava muito próxima dela, andando pela mata com a espada erguida. Shane esperou até que a mulher se aproximasse da árvore. Então pulou e bateu com o casaco pesado no rosto da Caça-Bruxas.

Cega e surpresa, Aris se desequilibrou, cuspindo palavrões e se debatendo com o tecido. Ela brandiu a espada de maneira descontrolada. Shane pegou a arma pelo cabo, segurou as mãos ossudas da mulher e empurrou o pomo da espada na barriga da oponente. Aris caiu na terra com um gemido, encolhida.

Uma já foi, falta o outro, pensou Shane, sorrindo e se abaixando para recuperar o casaco.

A peça de roupa provavelmente salvou sua vida. Uma espada cortou o ar onde seu pescoço estivera meros segundos antes, os dentes serrilhados e afiados afundando no tronco da árvore. Lascas de madeira explodiram acima de Shane, enchendo o ar do perfume ácido do pinheiro.

Tavian fora paranoico demais para obedecer e esperar no acampamento. Ele manejava a pesada arma melhor do que Shane esperava, e seu olhar tomara aquele ar febril de todos os Caça-Bruxas.

– Bruxa! – gritou Tavian, puxando a espada e investindo contra ela, segurando o cabo com as duas mãos. – Você não vai escapar de mim de novo!

Shane não tinha tempo para discutir aquela história de Bruxa. Ela apenas conseguiu sair do caminho, largando o casaco e tropeçando, o pé só de meia afundando em um monte de agulhas pontudas de pinheiro. Desembainhou a adaga, mas a arma não seria páreo para uma espada daquele tamanho. Seu oponente pensara o mesmo, julgando pela forma como a atacou.

Adaga de isca, então. Shane fingiu que ia bloquear o golpe, mas, em vez disso, se agachou, esticando uma perna para fazer o oponente tropeçar. Tavian desviou, mas sua espada ficou presa na árvore, o que deu a Shane alguns segundos de vantagem. Ela precisaria aproveitá-los ao máximo – Aris estava gemendo, o que significava que a luta estava prestes a ser dois contra um de novo. Se Shane conseguisse se afastar um pouco, poderia surpreender Tavian com um chute alto e derrubar a espada das mãos dele.

Tavian puxou a espada de volta, se desequilibrando. *Agora.* Shane levantou a perna para chutar, mas acabou caindo quando seu pé descalço escorregou em um tronco coberto de musgo que estava no chão. A adaga saiu voando de sua mão.

Shane gemeu. Quem a mataria não seriam os Caça-Bruxas, mas aquela floresta vingativa.

O homem soltou um berro vitorioso. Shane recuou, apoiada nos cotovelos, até bater contra um pinheiro grosso. Sua guerra contra o mato lhe dera uma ideia. Quando Tavian se ergueu acima dela, Shane puxou um galho grosso e o soltou. As agulhas afiadas voaram no rosto do homem como um punhado de pregos.

Ele tropeçou. Shane se levantou de um pulo, e se deleitou com o barulho da bota pesada acertando o rosto dele, a espada voando pela escuridão quando ele caiu de joelhos, uivando e segurando o nariz. Ela o chutou nas costelas por garantia, tremendamente satisfeita quando a cabeça dele bateu contra o tronco coberto de musgo ao desabar.

Shane pegou a adaga, ofegante. Então sorriu, girando a arma uma vez e a enfiando de volta na bainha. Ela pisou nas costas de Aris em aviso.

– Ganhei de vocês com uma adaga e um sapato – anunciou.

Os olhos de Aris ardiam de ódio.

– Você vai se arrepender de se alinhar às Bruxas. Magia só traz destruição...

Shane enfiou o pé na barriga da mulher, que se calou, tossindo.

– Sei, sei – resmungou Shane, roubando a corda enroscada do cinto de Aris.

Quem tinha ouvido um discurso fanático de Caça-Bruxas conhecia todos.

Ela se apressou em amarrar os Caça-Bruxas e carregou as coisas até mais perto da fogueira. Estava dando um laço no cadarço da bota perdida quando escutou uma voz melodiosa às suas costas:

– Isso, sim, é inesperado.

Shane pulou para pegar o machado. Segurou o cabo e parou quando uma silhueta surgiu à luz da fogueira, afastando o capuz. Era uma garota, talvez da idade de Fi, com a pele bronzeada e uma cascata de largos cachos escuros caindo pelas costas. Usava uma túnica justa que se abria no quadril, presa por um corpete que enfatizava suas curvas. O forro carmesim da capa se iluminou ao redor dela, brilhante como as brasas crepitantes. Contra o escuro da noite, ela era hipnotizante.

– Quem é você? – perguntou Shane.

A garota levantou as mãos.

– Só estava procurando aqueles Caça-Bruxas.

Shane segurou melhor o machado.

– Você não parece um soldado da Guarda da Fronteira. E espero mesmo que você não seja um deles – acrescentou, apontando para os reféns com o polegar.

– Não sou – disse a garota, sua boca, pintada com um batom vermelho escuro, se retorcendo em um sorriso provocante. – Se quiser provas, é só ver como eles estão me recebendo.

Shane olhou para trás. Tavian estava com os olhos brancos e arregalados de medo. Ele gritou alguma coisa por trás da mordaça, se debatendo contra as amarras.

A garota soltou uma gargalhada suave.

– Ele está tentando te avisar que sou uma Bruxa perigosa.

Shane sentiu o coração bater nos ouvidos.

– E é?

– Perigosa? – repetiu a garota, se divertindo. – Definitivamente. Mas hoje só vim recuperar um certo item que está na posse desses dois. Não pertence a eles, posso garantir – acrescentou perante o olhar de Shane. – A não ser que eu esteja interrompendo um assalto e você já tenha se apossado da carga deles?

– Não sou uma ladra! – protestou Shane.

Ela viu a garota andar devagar até os alforjes, mantendo-se bem distante dos Caça-Bruxas contorcidos.

– Você é bem corajosa de estar aqui no meio da madrugada, correndo atrás de Caça-Bruxas... – disse Shane, largando a frase no ar, na esperança de que a garota cativante oferecesse seu nome.

– Pode me chamar de Red – respondeu. – E você me dá crédito demais. Eu planejava entrar discretamente no acampamento quando eles pegassem no sono, não atacá-los sozinha – continuou, a capa assobiando ao se arrastar no chão quando ela se ajoelhou para revirar os alforjes. – Estou impressionada. Não é todo mundo que ousa encarar Caça-Bruxas. Você também deve ser bem perigosa.

– Shane – se apresentou. – Caçadora de aluguel.

– Shane – repetiu Red, testando o nome. – Ah... achei!

Ela se levantou rapidamente, segurando uma caixinha de ferro.

– O que é isso? – perguntou Shane.

– É o que os Caça-Bruxas usam para transportar relíquias mágicas.

Shane deu um pulo para trás, desconfiada.

– Que tipo de relíquia?

– Nada *tão* perigoso – prometeu Red.

Ela abriu a caixa e tirou o que parecia uma joia arcaica: cinco anéis de ônix conectados por correntinhas minúsculas e cintilantes.

– É para usar em cada dedo da mão esquerda, como uma espécie de luva – explicou Red.

– Mas serve para quê?

Red dirigiu a ela um olhar significativo.

– Bom, *se* você souber usar, serve para pressentir magia, mesmo se escondida.

Não era tão ruim. Na verdade, Shane pensava em uma dezena de usos práticos para caçadores de tesouros. Mas Red não parecia ser caçadora de tesouros. Ela olhou para a garota outra vez, analisando-a.

– Para que você quer isso?

– Vamos fazer o seguinte.

Red se aproximou, olhando para Shane sob os cílios escuros. Elas provavelmente seriam da mesma altura, não fosse o salto grosso da bota de Shane.

– Você me conta o que veio fazer aqui hoje, e eu te conto o que vim fazer – propôs Red.

Perante o silêncio de Shane, Red riu.

– Foi o que achei – falou, e sacudiu os anéis de ônix, fazendo-os tilintar. – Um conselho de graça: talvez você queira sair daqui. A mata vai se encher de Caça-Bruxas daqui a pouco.

– Como você sabe disso? – perguntou Shane, desconfiada.

– Você não viu aquele clarão mais cedo? Foi magia da luz. Vai atrair todo tipo de atenção errada.

Shane sentiu as entranhas afundarem.

– Não me diga... – resmungou, olhando irritada de relance para os reféns amarrados.

Red se demorou, observando Shane com atenção repentina.

– *Você* teve alguma coisa a ver com o clarão?

A verdade estava na ponta da língua, mas algo a fez hesitar.

– Não.

– Que pena – disse Red, sacudindo a cabeça. – Magia da luz é extremamente rara. A maioria das Bruxas da Luz pertence à linhagem real de Andar. Seria um feito e tanto encontrar uma delas.

Ela se virou na direção da mata.

– Espera! – disse Shane, antes mesmo de pensar. – Se precisar de algum lugar para passar a noite, conheço um abrigo seguro.

Ela não sabia se Red era mesmo Bruxa, mas era definitivamente inimiga dos Caça-Bruxas, o que já bastava.

– Que fofa, mas não precisa – disse Red, olhando para trás por cima do ombro. – Sou perigosa, lembra?

A voz era brincalhona, mas algo nela causou um calafrio em Shane, que ficou sem fôlego quando seu olhar encontrou o de Red.

– Shane – disse a garota de novo, o nome descendo por sua língua como se ela o provasse. – Não vou esquecer.

Assim Red se foi, a capa flamejante esvoaçando enquanto ela desaparecia entre as árvores.

– A gente se vê, Red.

O nome ardeu na língua de Shane como uma faísca.

Mistério e perigo. Tudo que ela amava em explorar ruínas, no corpo de uma garota estonteante. Shane também não ia esquecê-la tão cedo.

6

FI

Fi tirou o casaco, aproveitando o sol da manhã que batia em seu rosto. Ela passara uma noite agitada e acordara cedo, exausta, mas feliz por deixar os sonhos para trás.

Estremecendo na luz cinzenta antes do amanhecer, com as roupas ainda úmidas e a fogueira apagada até as cinzas, sentira que nunca se aqueceria, mas algumas horas escalando as colinas íngremes mudaram essa impressão. Ela ficou de olho em sinais de perseguição, galhos quebrados ou pegadas na terra, mas não encontrou nada. Agora olhava para a ampla extensão de cardos roxos e flores silvestres, as árvores tão altas e finas que a mais leve das brisas fazia a floresta toda balançar. As silhuetas escuras dos pássaros revoavam entre os pinheiros.

Pelos seus cálculos, devia estar quase chegando à torre. O nó apertado em seu pescoço finalmente afrouxou. Ela ficaria em segurança ali.

Fi amarrou o casaco na cintura e continuou o caminho, espantando uma nuvem de abelhas ao atravessar uma moita de linho azul-claro. Na luz do dia, o garoto loiro que a salvara lhe parecia um mero sonho. Ela lera tantas versões da história de Briar Rose – o grande reino de Andar destruído pela Bruxa cruel e o príncipe adormecido à espera de um beijo – que não era surpresa o fuso ter lhe dado ideias. *Claramente, sou mais romântica do que imaginei*, decidiu Fi, limpando fezes de cervo da bota com um pedaço de pedra.

Ela estava quase convencida disso quando uma estrutura conhecida se ergueu à sua frente, a torre torta fazendo até os pinheiros altos parecerem pequenos.

Talvez fosse melhor mesmo o Bruxo do Papel viver tão longe na floresta, pois Fi imaginava que os vizinhos teriam reclamado de seu gosto estético. A casa era uma estranha combinação de choupana rústica de madeira e torre de pedra altiva, e a torre em si era uma obra de arte, mais larga a cada andar, dando a impressão de estar estranhamente desequilibrada, com uma oficina redonda fechando o terceiro andar. Uma pequena espiral de fumaça cinzenta escapava do telhado cônico da torre. Ele estava em casa.

Fi pulou a cerca de madeira, que chegava a seus joelhos, assustando dois cervos que mastigavam pés de feijão perto da lateral da casa. O Bruxo do Papel era vegetariano, e os animais locais aproveitavam muito sua horta cheia. Fi lembrava-se de brincar ali quando criança, correndo atrás de coelhos pelo quintal enquanto os pais consultavam o Bruxo.

Ao pensar nos pais, ela apertou a mão ao redor da marca da borboleta e engoliu uma onda de amargura.

Na época, não sabia como era perigoso para o Bruxo do Papel viver na fronteira, pela qual os Caça-Bruxas pareciam avançar mais a cada ano. A maioria das Bruxas em Darfell morava na capital, bem distante do território de Caça-Bruxas, ou tinha se mudado para os portos agitados de Pisarre, onde seus talentos eram mais bem-vindos.

Havia um entalhe na forma de um tinteiro e de uma longa pena na porta de carvalho. Como sempre, estava aberta. Fi empurrou a porta para entrar.

– Olá – chamou.

– E aí! – respondeu uma voz.

Fi entrou. A choupana tinha um único cômodo amplo, então ela podia ver tudo de uma vez: a pequena cozinha, com grãos de poeira flutuantes cintilando, os tapetes coloridos espalhados pelo chão de pedra, e a figura muito conhecida sentada à mesa da cozinha, com comida o bastante para pelo menos três pessoas.

– O Bruxo do Papel falou que você vinha – disse Shane de boca cheia. – Se não tivesse dito, eu teria ido te procurar.

A caçadora tinha puxado uma caixa de lenha para usar de apoio para os pés, e parecia extremamente satisfeita. O chapéu de Fi se encontrava na outra ponta da mesa.

– Fiquei preocupada com você – concluiu Shane depois de engolir.

– Aposto que ficou – murmurou Fi, encarando um prato cheio de fatias de melão e morangos frescos.

Ela esperara encontrar Shane ali, mas ver sua parceira devorando um biscoito generosamente coberto de geleia não era o reencontro que esperava.

– Como você chegou aqui antes de mim? – perguntou.

Shane estava do lado oposto do lago; seu trajeto deveria ter sido maior. A parceira lambeu o dedo, sorrindo.

– Dei sorte e arranjei uns cavalos.

Havia uma história por trás daquilo – uma que Fi provavelmente não queria ouvir –, mas teria de ficar para depois. Assim como seu estômago vazio. Ela olhou para a mesa, desejosa, antes de se sacudir.

– Preciso ver o Bruxo do Papel. Ele está?

Shane apontou com o polegar para as escadas em espiral que levavam à torre.

– Acho que ele está queimando alguma coisa lá em cima – falou, antes de limpar uma mão apressadamente na camisa e pegar algo na mesa. – Ah, olha, ele deixou isso para você. É dos seus pais. Por que o Bruxo do Papel está cuidando da sua correspondência?

– Você abriu? – perguntou Fi, o estômago dando um nó de raiva.

Ela avançou e pegou a carta, dobrando o papel por cima do selo rompido e enfiando-a no bolso.

– Não se preocupe. Era um saco, então já esqueci – disse Shane, como se aquilo desculpasse minimamente seus modos horrendos.

– No futuro, se poupe de uma leitura insossa e não mexa nas minhas coisas – disse Fi, irritada.

Shane levantou as sobrancelhas, e Fi conteve um palavrão. Demonstrar raiva revelava mais do que gostaria. Ela se obrigou a respirar fundo.

– Obrigada por esquecer – acrescentou.

Ela quase parou ali, mas hesitou no caminho da escada, apoiando uma mão no espaldar da cadeira de Shane.

– Você não viu mais ninguém comigo no lago, né?

Shane franziu o nariz.

– Que pergunta estranha.

E eu não sei?! Fi cutucou as tranças emboladas na cabeça de Shane.

– É sério.

– Tá – resmungou Shane com uma careta. – Não, não vi ninguém. Mas *vi* um clarão esquisito, e depois você saiu e começou a se debater na água. Tem certeza de que está tudo bem?

Ela inclinou a cadeira para trás, concentrando o olhar em Fi.

– Vamos ver.

Sem aviso, Fi soltou a cadeira de Shane. A garota se debateu, quase caindo para trás, e soltou um palavrão. Fi subiu os degraus íngremes da torre com um sorriso discreto.

Ela seguiu pela escada em espiral até chegar à porta da oficina no último andar.

A sala circular era repleta de resmas e mais resmas de papel. Rolos de folhas grossas, cor de creme, ficavam encostados na parede, e havia três escrivaninhas pequenas, cobertas de todo tipo de tinteiro e pena imaginável, plumas longas de aves de rapina misturadas a plumas brancas menores e cascas secas de junco. Um pratinho cinza opaco continha bastões curtos de carvão. Contra a parede oposta, uma escada elaborada em espiral levava a uma escotilha no telhado. O chão da sala era coberto por folhas sobrepostas de papel, algumas marcadas por símbolos estranhos, outras rabiscadas em caligrafias mágicas fluidas que Fi reconhecia. Como a maioria das Bruxas, o Bruxo do Papel trabalhava sua magia por um meio – no caso dele, a escrita de feitiços elaborados. "Pequenos desejos", descrevera, na primeira vez que explicara seu poder para Fi – na época, uma criança de olhos arregalados na enorme oficina farfalhante de penas e páginas.

Ela queria que ele fizesse grandes magias, como nas histórias antigas. O Bruxo do Papel se ajoelhara a seu lado, com um sorriso. "Magia está em tudo – plantas, animais, até pessoas", explicara. "Bruxas só têm um pouquinho a mais. Feitiços nos ajudam a canalizar a magia natural para tarefas, mas, quanto maior o feitiço, maior o risco de consequências indesejadas. Por isso, magia maior nunca deve ser usada de modo imprudente. Minha magia funciona melhor para pequenos feitiços – um encanto para afastar doença, proteger de magia sombria, ou fazer um jardim florescer. Pequenos desejos."

Fi passou pela porta, olhando para as lanternas artesanais de papel que pendiam do teto. O Bruxo do Papel estava no braseiro no meio da sala, vestindo sua roupa de costume, um manto branco com uma faixa prateada. Uma mecha comprida de cabelo loiro-prateado pendia sobre seu ombro, envolvida por fios azuis e com um sininho de prata na ponta. Um pedaço de papel dobrado queimava em suas mãos. Sob o olhar de Fi, ele se curvou para soprar as folhas retorcidas, fazendo as brasas arderem enquanto as cinzas subiam em espirais. Faíscas vermelhas e pedacinhos de papel esvoaçaram, escapando pela chaminé com a fumaça.

– Veio me observar da porta, Filore? – perguntou o Bruxo do Papel, sem nem precisar se virar.

Como ele consegue?, perguntou-se Fi. Apesar daquela história de pequenos desejos, ela sempre suspeitara que o Bruxo do Papel era capaz de muito mais do que demonstrava.

Ela pigarreou, sem jeito.

– Não queria interromper.

– Já acabei – disse ele, espanando as cinzas das mãos e se virando para ela.

Seu rosto era pálido e amigável, e ele a olhou com um sorriso tranquilo, o brinco de cristal cintilando ao refletir a luz.

Fi passara a manhã toda tentando decidir como começar a história. No fim, não precisou dizer nada. Conforme o Bruxo do Papel se aproximava, seus olhos se arregalaram e ele estendeu a mão para Fi, pegando seu punho com cuidado. Ele abriu a mão dela devagar, revelando o leve brilho avermelhado enroscado em seu dedo como um fio escarlate.

– Ah, essa magia é poderosa – sussurrou ele, o brinco tremendo quando ele ergueu o rosto bruscamente. – O que você anda fazendo, querida?

Fi sentia-se atordoada. Era exatamente o que *não* queria ouvir. Por mais humilhante que fosse ouvir gargalhadas do Bruxo do Papel e de Shane, ela esperava ter imaginado a história toda. Engoliu as emoções que ameaçavam sufocá-la. Pânico não ia ajudar em nada. Ela precisava manter a cabeça fria.

– Em uma ruína, espetei o dedo em um fuso de osso...

– O fuso de Briar Rose.

O Bruxo do Papel a segurou com mais força.

— Acho que sim — disse Fi, seca, encontrando o olhar azul e atento do homem. — Na verdade, sei que vai parecer impossível, mas acho que eu o *vi*. É… alguma maldição?

A mão esquerda, maculada pela marca da borboleta, doeu quando ela pronunciou aquelas palavras. Quanto azar uma pessoa precisaria ter para acabar amaldiçoada duas vezes?

O Bruxo do Papel soltou um suspiro comprido.

— Não é maldição nenhuma, Filore — disse o Bruxo, segurando a mão dela entre as dele. — É o que todos nós, descendentes de Andar, esperamos há anos. Significa que você está destinada a despertar Briar Rose.

— Eu? Não, não pode ser — disse Fi, dando um passo para trás e puxando a mão para se soltar. — Só porque fui descuidada com um fuso?

— Esse fuso de osso é o mesmo que espetou Briar Rose, e foi enfeitiçado com uma magia muito particular — disse o Bruxo do Papel, franzindo os lábios. — Se você viu Briar Rose, não há dúvida. É você.

— Não posso ser — protestou Fi.

Ela esfregou o dedo com força na calça, como se pudesse limpar a marca assim. Houve uma época em que ela daria tudo por uma oportunidade daquelas, para se tornar parte da história que estudara e ver o reino de Andar com os próprios olhos. Mas como poderia salvar Briar Rose de uma maldição, se não sabia nem se salvar?

— Não quero isso — insistiu.

A expressão do Bruxo do Papel era de compreensão.

— Acho que não funciona assim, querida — falou suavemente.

— Então é isso? Está decidido. Simples assim? — perguntou Fi, estalando os dedos. — E agora eu preciso acordar o príncipe adormecido… com o beijo do amor verdadeiro.

Em todas as histórias, todas as tapeçarias, todas as cantigas, era sempre o *beijo do amor verdadeiro*. Como uma cética, Fi nunca acreditara naquilo. Mesmo ignorando todas as outras formas em que a história provavelmente fora exagerada, como era possível se apaixonar por alguém adormecido?

— Não há feitiço que funcione assim — respondeu o Bruxo do Papel com um toque de humor. — Amor e magia são forças diferentes. Seu coração é independente, Filore. Às vezes um beijo é só um beijo.

O peito acelerado de Fi se acalmou, mas, no fim, não mudava muito. Ela não era uma heroína, nem uma aventureira. Nem mesmo uma caçadora de tesouros.

– Sou a pessoa errada – declarou, decidida.

– Tem certeza? – perguntou o Bruxo do Papel. – Talvez ser guiada por um propósito maior te faça bem – disse ele, levando o olhar atento para a mão enluvada de Fi. – É muito fácil se deixar consumir por uma maldição.

– Estou cuidando disso – resmungou Fi, fechando a mão em punho e enfiando-a no bolso.

Por que todo mundo queria tanto se meter nos assuntos dela?

O Bruxo do Papel sacudiu a cabeça.

– Já faz mais de um ano que você me pediu ajuda. Não trairei seu segredo, nem sua confiança, mas gostaria que você se confidenciasse com alguém. Seus pais, talvez?

– Não – disse Fi, a voz tensa o bastante para estourar. – Deixe os dois fora disso.

O rosto do Bruxo do Papel era severo.

– Não se vive assim… correndo desesperada atrás de qualquer rumor sobre a maldição da borboleta, mantendo todo mundo afastando.

– Fiz parceria com Shane, não fiz? – disse Fi, desviando o olhar.

O resto, ela não podia negar. Quando fora acometida pela maldição da borboleta, sozinha e afastada da caça ao tesouro, passara meses tentando arrumar a vida, seguidos por meses e mais meses correndo atrás dos sussurros mais distantes sobre a maldição. Ela não estava pronta para desistir.

– É por esse motivo que tudo isso aqui precisa acabar – falou, levantando o dedo marcado pelo fuso. – Pode se livrar disso? Por favor?

O Bruxo suspirou pesadamente.

– A magia de amarração da Rosa Divina é muito poderosa. Mas posso tentar.

Voltando-se para uma de suas mesas, o Bruxo alisou na madeira escura uma larga folha de papel acetinado. Ele fechou os olhos, deixando os dedos passarem pelas plumas das penas, até se deter em uma preta, que parecia ter pertencido a um corvo. O Bruxo do Papel mergulhou a pena em um tinteiro de vidro, sacudindo o sininho amarrado no cabelo por cima do ombro enquanto trabalhava. Ele encostou a pena na página e mexeu a mão em um arco amplo, deixando para trás um padrão vermelho-sangue. A runa era complicada demais para que Fi a acompanhasse, especialmente porque ele a desenhou sem nunca levantar a pena da página. Os últimos traços eram finos como linhas desfiadas, a ponta curva arranhando a página quando a tinta secou.

– Venha cá – disse o Bruxo do Papel, chamando Fi para o lado do braseiro.

Ela mal teve tempo para registrar o símbolo complexo retorcido nas beiradas, quase como a caligrafia da Rosa Divina, antes que o Bruxo do Papel o jogasse no fogo. Faíscas e cinzas estouraram do braseiro, parecendo flutuar nas mãos do Bruxo do Papel quando ele a estendeu por sobre as chamas.

– Estenda a mão – instruiu ele.

Fi obedeceu, tremendo.

O Bruxo do Papel segurou a página incendiada nas mãos e soprou. Os pedacinhos queimados do papel arderam, vermelhos, e esvoaçaram, se desintegrando ao redor da mão de Fi. Ela arquejou, devido à dor repentina e ardida. A ponta do dedo dela voltou a sangrar, como se tivesse acabado de ser espetada.

O fogo cresceu de repente, tornando-se um branco ofuscante, e a força de um vendaval atingiu Fi, jogando ela e o Bruxo do Papel para trás. Fi se agarrou a uma cadeira, o espaldar esculpido machucando seu tronco. Levou alguns segundos para afastar as manchas pretas dos olhos, piscando, e, quando conseguiu, viu a oficina em desordem, tinteiros derramados, as lindas penas espalhadas pelo chão. Pedacinhos de papel e cinzas flutuavam no ar. Algumas das lanternas penduradas tinham murchado, como se queimadas.

O Bruxo do Papel encontrava-se largado contra a outra parede, inconsciente.

– Temo que não seja tão fácil romper nosso vínculo.

Fi se virou. Ela perdeu o fôlego ao ver a figura de cabelos dourados descansando na escada que subia para o telhado da torre. Ele estava relaxado, as costas apoiadas nas mãos, o casaco de veludo azul se espalhando pelos degraus como um lago reluzente. Havia cinco botões de prata aninhados no tecido, cada um gravado com uma rosa e espinhos.

— Não se preocupe com o Bruxo — disse o garoto com um gesto distraído. — Ele só está dormindo.

Fi estava dividida. Queria verificar se o Bruxo do Papel estava bem, mas estava hipnotizada pela figura do lago e do sonho, que de repente parecia muito concreta.

— Você é Briar Rose — disse ela, a voz pouco mais que um sussurro.

Os olhos azuis do garoto cintilaram quando ele assentiu, cachos dourados caindo em seu rosto.

— Mas... é impossível — protestou Fi. — Você devia estar dormindo, escondido em Andar.

— Estou — disse o garoto, apoiando o queixo na mão. — Embora seja bonitinho, você não precisa me chamar pelo meu nome completo. Pode me chamar de Briar. *Rose* é o segundo nome dado a todas as Bruxas da linhagem real.

Mesmo com a cabeça a mil, Fi não conseguiu conter a curiosidade.

— E você não é *Rose*?

— Não foi o que eu disse — respondeu o garoto, levantando a mão e fazendo uma pequena faísca branca dançar entre os dedos. — Sou um Bruxo da Luz muito poderoso, e você pode me chamar como quiser, mas... — falou, se inclinando para a frente, capturando o olhar de Fi e a faísca em sua mão. — É um pouco formal para o nosso relacionamento, não acha?

Fi lembrou-se do toque macio de seus lábios e lutou contra o calor traidor que subia por seu pescoço.

— E que *relacionamento* seria esse? — perguntou, cruzando os braços.

— Você acredita em amor à primeira vista?

O sorriso de Briar era meio brincalhão e meio sério, e Fi sentiu as entranhas se retorcerem.

— Acho muito improvável — falou —, visto que, na primeira vez que você me viu, eu estava me afogando e me debatendo.

Os olhos de Briar cintilaram.

— Por outro lado, na primeira vez que você *me* viu, eu te resgatei, corajosamente, das profundezas.

Que sorte: ela tinha a oportunidade de conhecer uma das figuras mais lendárias da história, e ele estava todo saidinho pra cima dela.

– Isso não conta – disse Fi, seca. – Eu nunca teria caído se não fosse por aquele fuso amaldiçoado, então você era o motivo de eu me afogar.

Briar riu.

– É difícil discutir.

Ele se levantou, gracioso, descendo os degraus até parar na frente de Fi. Era alto – ela não tivera como notar no lago –, esbelto e, pelo visto, um Bruxo. Seu sorriso era brincalhão, e ele emanava um perfume intoxicante de rosas. Fi mordeu o lábio, um método quase tão eficiente quanto o beliscão de Shane para afastar ilusões. Infelizmente, o garoto não desapareceu, mesmo que, se Fi não estivesse enganada, seu casaco tivesse *atravessado* o corrimão esculpido e elaborado no caminho.

Uma ideia lhe ocorreu de repente.

– Você é um fantasma? – perguntou, ao mesmo tempo fascinada e um pouco nervosa.

Lendas antigas nem sempre eram confiáveis. Talvez o príncipe adormecido tivesse morrido muitos anos antes.

– Nada disso – fungou Briar, parecendo um pouco ofendido.

Fi não estava convencida. Ela levantou a mão e a pressionou contra o peito dele. A mão o atravessou. Não houve mudança de pressão, nem de temperatura, só uma sensação esquisita, como a eletricidade que pairava no ar após a tempestade. Fi sentiu um calafrio nos braços e mexeu os dedos, experimentando.

Briar olhou para o lugar onde a mão dela sumira dentro de seu casaco.

– Isso é bem íntimo para alguém que ainda nem se apresentou.

Fi afastou a mão de imediato, calor subindo até seu rosto.

– Me chamo Fi – falou, distraída. – Mas não entendi. Você era concreto no lago. Eu... te senti.

Ela se forçou a não se contorcer só de lembrar.

– Já falei, sou um Bruxo poderoso.

Briar passou a mão, distraído, pela mesa bagunçada do Bruxo do Papel. Os dedos dele atravessaram os papéis e as penas, sem fazer nem uma pluma farfalhar.

— Estou usando magia para aparecer aqui — continuou —, assim como usei magia para salvá-la no lago. Mas é melhor avisar que aquilo exigiu quase todas as minhas forças. Temo que não possa ajudá-la de novo até me recuperar.

— Me ajudar? — disse Fi. — Com o quê?

— A quebrar a maldição do sono, claro.

As chamas no braseiro do Bruxo do Papel pareceram estalar quando Briar deu mais um passo à frente.

— Você é minha salvadora, afinal — falou.

Fi sentiu aquele aperto desconfortável no peito de novo, o fardo pesado de uma responsabilidade que não queria. Tinha os próprios problemas — até a própria maldição!

— Você faz ideia do que está pedindo? — perguntou, rouca.

— Basta atravessar a Floresta de Espinhos, adentrar o castelo adormecido e me despertar.

Ele não falou "com um beijo", mas Fi ouviu a continuação com tanta força quanto se ele tivesse gritado.

— Suas informações estão extremamente datadas — retrucou ela. — Primeiro, estamos no reino vizinho, em Darfell. Seu reino, Andar, está infestado de Caça-Bruxas. Mesmo *se* eu conseguisse passar por eles, as ruínas ao redor do seu castelo são fatais. Metade das pessoas que entram simplesmente desaparece. E ninguém nunca conseguiu atravessar a Floresta de Espinhos.

Quando ainda era caçadora de tesouros, ela considerara arriscar a sorte uma ou outra vez — não com ideias bobas de romper a maldição, mas pelos livros e achados históricos espetaculares que deveriam estar preservados no castelo perdido de Andar. No fim, lhe parecera perigoso demais, mesmo na época em que ainda fazia coisas perigosas por pura emoção.

Briar franziu as sobrancelhas.

— Faz exatamente quanto tempo que estou adormecido?

— Cem anos — respondeu Fi.

Briar apertou os olhos como força, como se tivesse levado um tapa, e Fi desejou ter dourado a pílula.

— Eu senti a passagem dos anos — sussurrou ele. — Sabia que fazia muito tempo. Mas cem anos?

Ele apertou os lábios, formando uma linha fina.

– Sinto muito – disse Fi, a voz fraca.

Era difícil olhar para Briar, pois reconhecia aquela expressão. Era a mesma em seu rosto quando ela atravessara rios de chuva para chegar à porta do Bruxo do Papel, enlameada e encharcada, marcada pela maldição, sem nada em seu nome, nem lugar aonde ir. A mesma expressão que via no espelho quando desejava desesperadamente uma saída para a maldição da borboleta.

Uma garota amaldiçoada conhece um garoto amaldiçoado.

Parecia o começo de uma daquelas fábulas moralistas, em que todo mundo acabava pior do que começara.

– Sinto muito – repetiu com mais força –, mas não sou a pessoa certa para salvá-lo. Você precisa escolher outra pessoa.

Os olhos azuis de Briar Rose não traziam mais um ar de provocação. Ele estava totalmente sério, a luz do fogo formando sombras estranhas em seu rosto.

– Impossível. Não te escolhi; foi o fuso. Estamos presos pela magia.

Ele andara até o lado oposto do braseiro. Quando estendeu a mão sobre o fogo, ela viu que uma gota de sangue escorria pelo dedo dele, como se sangrasse. Finalmente entendeu que não era sangue. Era o mesmo traço vermelho que marcava seu próprio dedo. Parecia cintilar na luz bruxuleante, se estendendo pela fumaça – até ela.

– Estamos conectados, Fi – falou, e a garota se assustou ao ouvir seu nome pela primeira vez na boca dele. – No momento em que você espetou o dedo, a maldição do sono que me aprisionou todos esses anos se enfraqueceu, só um pouco. É por isso que estou aqui. Mas aquele fuso pertencia a outra Bruxa, uma Bruxa que assombra meus pesadelos e meu reino. Ela sentiria a magia despertar em seu fuso também.

A boca de Fi secou.

– A Grande Bruxa que traiu Andar.

As chamas enfraqueceram, como se sufocadas por um vento frio. A Bruxa dos Fusos era a vilã de inúmeras histórias, o monstro usado para apavorar crianças. Aqueles que tinham fugido de Andar levaram lendas de seus poderes sinistros – que ela controlava cadáveres de feras, drenava vidas de Bruxas com fios dourados, cavalgava em revoadas de corvos e os usava como espiões e companhia. E, acima de tudo, que ela era praticamente imortal. Desaparecera nas ruínas de Andar um século antes, pelo que alguns esperavam ser para sempre. Mas e se estivesse à espreita no reino arruinado desde então, só esperando?

Pela primeira vez, Fi sentiu uma pontada de medo. Os pássaros que vira nas árvores do lado de fora da torre do Bruxo do Papel – eram os gaios e os tordos de costume, ou algo maior, mais ameaçador, escondido pelas sombras? Ela só se lembrava das asas escuras batendo.

– Ela está me procurando – disse Briar. – Então, como a garota destinada a me despertar, ela também vai te procurar. Nossa única chance é romper a maldição antes que ela nos alcance.

– Quer dizer que eu não tenho escolha.

As palavras soaram vazias aos seus ouvidos. Ela queria continuar a discutir até encontrar uma brecha, mas tinha experiência o bastante com magia para saber que, em geral, não havia brechas. Se não houvesse saída, sua única opção era acabar com aquilo o mais rápido possível.

– Então acho que vou a Andar – declarou.

– Vou te acompanhar pelo caminho inteiro – prometeu Briar.

Aquilo, Fi preferiria evitar.

– Não posso te encontrar lá? – perguntou, esperançosa.

– Você me privaria da oportunidade de conhecê-la melhor? – perguntou Briar, o tom de humor voltando à voz. – Afinal, você planeja me beijar do outro lado. É meu primeiro beijo, por sinal.

Fi o olhou, seca, pensando no momento do lago. Briar riu, como se pensasse na mesma coisa.

– Bom, meu primeiro beijo de verdade – falou. – Além disso, é o destino. Faz anos, *cem* anos, que sonho com você, aguardando o momento em que nos apaixonaremos.

– Também não acredito em destino – disse Fi com firmeza, esmagando o calafrio que percorreu seu corpo.

Ela já notara que o príncipe era saidinho, e se irritou por deixar-se afetar. Briar curvou os lábios em um sorrisinho estranho.

– Você não acredita em destino, nem em amor à primeira vista. No que acredita?

Fi mordeu o lábio antes de responder algo de que se arrependeria – não por se importar com os sentimentos de Briar, mas porque estava prestes a revelar que já acreditara naquelas duas coisas, antes que sua fé fosse destruída por um garoto quase tão belo quanto o príncipe Briar Rose. Ela não cometeria o mesmo erro outra vez.

– Justo – disse Briar, quando ela não respondeu, e inclinou a cabeça, se aproximando mais um passo. – Então terei que convencê-la, não é? Da existência do amor e do destino.

De repente, ele voltou a ser a figura do lago, misterioso e estonteante, tão próximo que o perfume de rosas ameaçou atordoá-la.

– Se eu estiver certo, e *estivermos* destinados, nos apaixonaremos de qualquer forma. Nem repetirei a palavra *amor* antes que você a diga. Se você estiver certa, e destino não existir, acho que nos beijaremos e seguiremos com a vida.

Fi franziu o nariz.

– Não parece ter muita vantagem para mim, de qualquer forma.

– Bem, não posso oferecer nada equivalente ao amor de um príncipe – brincou Briar, se curvando. – Mas, como recompensa por me salvar, te darei qualquer tesouro do reino de Andar que seu coração deseje.

As possibilidades eram infinitas. Briar provavelmente imaginava que ela escolheria joias inestimáveis ou cetros de ouro, mas Fi podia pedir um livro de feitiços raro de uma das Ordens Mágicas secretas, só mencionadas no subtexto de histórias antigas, ou o lendário *História de Andar*, que diziam ocupar quarenta volumes encapados em couro. Ou alguma coisa ainda melhor, como uma relíquia que rompesse maldições e a livrasse da marca da borboleta.

Fi ainda se lembrava da última página de seu livro de contos, ilustrada com um castelo branco cercado por rosas, sob um céu azul-claro. "E, no dia em que a maldição for quebrada, a Floresta de Espinhos se desfará em pó, as ruínas serão varridas como areia, e o povo do castelo despertará do sono encantado para restaurar o grande reino das Bruxas." Era impossível saber quanto daquilo aconteceria, e quanto era uma narrativa desejosa. Contudo, se a lenda de Briar Rose era real, talvez o resto também fosse.

– Então só preciso te beijar, e todo o seu reino será restaurado? – perguntou Fi.

– Temo que nem seus belos lábios tenham tanto poder – disse Briar com uma piscadela. – Só a destruição da Bruxa dos Fusos pode libertar meu reino de vez. Mas, antes de perderem o castelo, as Grandes Bruxas estavam trabalhando em um método para detê-la. Quebre a maldição do sono, e o coração de Andar voltará a bater. As Bruxas adormecidas se erguerão, entrarão em batalha e, finalmente, levarão à derrota da Bruxa dos Fusos. Tudo começa com você, Fi.

Briar se endireitou e ofereceu um sorriso torto, com as mãos atrás das costas.

– Então, faça isso para salvar um reino, ou pelo tesouro... ou pela chance de provar que estou errado quanto ao destino.

Fi mordeu o lábio.

– Que tal todas as opções? – sugeriu, ácida.

Ela jurara nunca mais se apaixonar. Briar podia ser lindo e se considerar irresistível, podia até ser um Bruxo poderoso, mas Fi não tomava mais nenhuma decisão com o coração. Só com o cérebro.

– Pelo visto terei trabalho pela frente – disse Briar com um sorriso. – Infelizmente, não tenho o poder de continuar muito mais tempo aqui. Mas nos veremos.

– Como assim? – perguntou Fi, sentindo o peito afundar.

Briar deu de ombros.

– Estamos conectados. Quando você estiver acordada, posso vir vê-la. Quando estiver dormindo, talvez apareça nos *meus* sonhos.

Ele acenou com os dedos antes de desaparecer, fazendo o casaco de veludo esvoaçar.

Fi sacudiu a cabeça, afastando o pensamento. O que quer que Briar falasse sobre destino, ela se recusava a acreditar em forças invisíveis que mexiam com as pessoas contra sua vontade. Ela tomava as próprias decisões, e só precisava *não* se apaixonar. Não poderia ser tão difícil, poderia?

7

SHANE

Shane se recostou na cadeira, lambendo o resto de geleia de um prato com estampa de margaridas. Ao longe, ouvia os barulhos de Fi enfiando mantimentos em alforjes e do Bruxo do Papel correndo atrás dela, perguntando sem parar se ela tinha tudo de que precisava para a jornada. Shane riu. Estava certa de que nada naquela torre velha e malcuidada prepararia Fi para o que viveria.

Shane ainda estava perturbada com tudo que a parceira contara após descer a escada. Só Filore Nenroa conseguia ficar séria enquanto narrava uma história sobre ser assombrada por um príncipe morto-vivo e se tornar a heroína que resgataria Andar de sua maldição centenária. Shane poderia ter suspeitado que era tudo piada, não fosse pelo Bruxo do Papel, parado bem atrás de Fi, assentindo com ar sábio e apertando um pano frio contra um galo na cabeça. Parecia uma missão bastante perigosa, e um ótimo jeito de morrer. Shane não deixou de pensar que tinha escapado daquela parceria na hora certa.

Por isso, definitivamente não estava atenta aos passos firmes das botas de Fi quando a garota pegou sua bagagem, se despediu do Bruxo do Papel uma última vez e fechou a porta com um estalido.

O silêncio que se seguiu era ensurdecedor. Shane não precisava se virar para saber que o Bruxo do Papel a encarava, as sobrancelhas franzidas de decepção. Ela sentia o olhar dele queimando seu pescoço como se fosse o sol do meio-dia.

– Você vai mesmo deixá-la ir sozinha?

Shane jogou o peso para a frente, as pernas da cadeira batendo no chão com um estrondo.

– Não é problema meu, e não sou boba de me meter.

Ela estendeu a mão para pegar uma maçã, mas o Bruxo do Papel se inclinou sobre a mesa e puxou a fruteira, tirando-a de seu alcance. Shane bufou. Ninguém era capaz de tanto julgamento e presunção quanto um Bruxo.

– Ela não estava procurando companhia – argumentou Shane.

A história de Fi tinha poucos detalhes, e Shane sentia que provavelmente teria sido mantida inteiramente em segredo se Fi acreditasse que poderia sair da torre sem contar.

– Além disso – continuou –, dei um dos cavalos para ela. De graça.

– Não me parece uma troca muito justa – disse o Bruxo do Papel, pousando a fruteira de volta na mesa e apontando para a mochila estufada de Shane. – Você saiu dessa missão cheia de tesouros, e sua parceira conseguiu o quê? Um mergulho no lago, um cavalo velho e um fardo enorme, que você vai deixá-la carregar sozinha.

Shane se ajeitou na cadeira, desconfortável. Ele nem mencionara a horda de Caça-Bruxas que estava atrás de Fi. O café da manhã de repente lhe pareceu muito pesado.

– Ela não pediu ajuda – resmungou.

– E imagino que você nunca tenha recebido ajuda que não pediu – disse o Bruxo do Papel.

A voz dele era baixa, mas ele dirigiu a Shane um olhar significativo.

Shane enfiou os dedos no casaco. Mesmo ali, na cozinha ensolarada do Bruxo do Papel, era muito fácil se imaginar em outro momento, um ano e meio antes: encolhida em uma cabine nos fundos de uma taverna barulhenta no oeste de Darfell, com um olho roxo, encarando os restos de comida em um prato de estanho martelado, talvez no ponto mais baixo de toda a sua vida.

> *Ela tinha jantado costelas tão magrelas que não se surpreenderia se na verdade tivessem lhe servido carne de rato. Não que pudesse pagar por*

algo melhor. Só lhe restavam duas moedinhas de cobre. Tudo o que tinha era uma mochila puída com roupas remendadas e o machado, solto a seus pés, com o brilho embotado. Shane jamais se sentaria desarmada em um lugar como aquele.

Bêbados se empurravam e gritavam, um mais barulhento do que o outro, e um cara no bar definitivamente a olhava com desaprovação. Talvez tivessem se cruzado em seu último trabalho, quando ela fora guarda-costas de um comerciante trapaceiro que comandava casas de apostas espalhadas pela capital e precisava que alguém desse uma sacudida nos clientes que não pagavam as dívidas. Ou quem sabe no trabalho antes desse, de guarda em um armazém de maçãs e grãos, a uma rua de distância de onde pessoas brigavam por migalhas. Era difícil saber. Desde que chegara a Darfell, já fizera muitas coisas das quais não se orgulhava.

Shane se deixou cair para a frente, batendo a cabeça na mesa com um baque. Sentada ali, cercada pelo odor de vinho derramado e suor, era difícil não refletir sobre sua decadência.

Ela passara quinze longos anos lidando com todas as implicações de ser herdeira de um Rei da Guerra. Quinze anos incapaz de corresponder às expectativas do pai. Quinze anos vendo Shayden ser ignorado e deixado de lado, um mero enjeitado aos olhos do pai. Ela era a melhor guerreira, mas Shayden era melhor em todo o resto – política, diplomacia, administração, direito –, e todos sabiam disso. Contudo, a tradição dizia que o primogênito do Rei da Guerra herdaria o trono, e seu pai não era de ir contra as tradições. A não ser que ela não deixasse escolha.

Por isso ela fez o que fez. Abandonou Rockrimmon, deu as costas à sua herança, entrou de gaiata em um navio mercante e decidiu ganhar a vida em outro lugar. Só não tinha sido exatamente como o esperado.

Ela vagara pelo reino à beira-mar de Pisarre e chegara a Darfell, certa de que podia se sustentar como mercenária. Contudo, o significado do cargo era diferente ali do que em sua terra natal. Nas cidades fronteiriças decadentes, mercenários eram meros bandidos contratados, pagos para moer uns aos outros no soco enquanto os clientes conduziam acordos clandestinos. E por todo lado havia rumores de Caça-Bruxas que ofereciam pagamentos exorbitantes para qualquer pessoa de poucos escrúpulos. Não era a vida que ela procurava.

Alguém esbarrou na mesa, e a borda dura da madeira bateu em seu rosto inchado. Shane ergueu a cabeça, encarando, atordoada, o prato vazio. Ela nunca poderia voltar a Steelwight. Àquela altura já teria sido deserdada, para a desgraça do clã Ragnall, e o posto, passado para Shayden, como era correto. Mesmo se decidisse admitir a derrota e voltar para casa com o rabo entre as pernas, não tinha como pagar pela viagem.

— Que expressão triste.

Shane se virou bruscamente, chocada ao ver um homem com uma imaculada capa branca sorrindo para ela. Tudo nele gritava que não pertencia àquele lugar, do brinco reluzente de cristal aos olhos azuis amigáveis. Se ele ainda não tivesse sido furtado, seria no próximo beco por que passasse.

O Bruxo do Papel saiu educadamente do caminho quando um bêbado se jogou contra a porta, apertando a barriga.

— Você é Shane, a mercenária?

— Se não estiver aqui para me contratar, pode vazar — resmungou ela.

O Bruxo do Papel riu.

— Estou aqui para te contratar, sim. Ando procurando alguém com talentos como os seus.

Shane se virou tão rápido que bateu com o cotovelo na mesa.

— Ah, é? Para fazer o quê? — perguntou com irritação, exausta daquele lugar, daquele homem e daquele reino. — Alguém te deve dinheiro? Quer que eu meta a porrada em um desafeto, roube alguma coisa, quebre alguns joelhos?

— Nada tão desagradável.

O Bruxo do Papel empalideceu. Ele se curvou um pouco e falou mais baixo:

— Tenho vários amigos. Às vezes esses amigos se veem em problemas com... maus elementos.

Shane poderia jurar que ele olhara de relance para as silhuetas de capa preta no bar.

— Estou procurando alguém como você para ajudá-los a sair dessa — concluiu ele.

— Não cobro barato — avisou Shane, apesar de estar blefando.

Os olhos do Bruxo do Papel se enrugaram, como se ele soubesse.

— Pago bem — disse ele —, começando por hospedagem sempre que precisar, assim como uma refeição de graça... e um banho — acrescentou por fim, franzindo o nariz. — Pode não ser tão emocionante quanto seus outros trabalhos, mas garanto que será muito melhor para a consciência.

Ele ofereceu a mão, a manga comprida esvoaçando como se sob uma brisa distante. Por um breve momento, Shane sentiu que podia voltar a respirar.

Ainda assim, ela se conteve.

— Por que está me oferecendo isso?

O homem loiro sorriu.

— Porque tenho o que oferecer — falou simplesmente, os olhos cintilando.

— Que tipo de pessoa dá as costas a alguém em apuros?

Eram aquelas as palavras ecoando na mente de Shane quando a lembrança se esvaiu e ela se pegou olhando para o chapéu de viagem empoeirado de Fi, esquecido sobre a mesa. O Bruxo do Papel ainda a olhava com atenção. Shane gemeu. Em seguida se levantou da cadeira, pendurando a sacolinha de viagem no ombro com um suspiro.

— Tá. Tá bom! Mas esse favor é grande, e eu e você estaremos quites quando acabar.

O Bruxo do Papel só fez sorrir. Shane chutou a mala de tesouros para baixo da mesa.

— Isso ainda é meu! — gritou para trás, pegando o chapéu de viagem.

Ela escancarou a porta da torre e se dirigiu aos cavalos, esmagando os repolhos do Bruxo do Papel por puro rancor.

Fi não tinha ido longe. Quando Shane chegou à cerca, ela estava soltando o cavalo marrom com olhões pretos, falando calmamente com o animal e acariciando o focinho branco. O sorriso carinhoso dela sumiu quando dirigiu a Shane um olhar de desconfiança.

— Você esqueceu isso — disse Shane, jogando o chapéu para Fi.

– Obrigada – respondeu Fi.

Contudo, ela ainda estava com aquela expressão tensa, o rosto retorcido como se chupasse limão. Shane se recostou na cerca gasta, tentando parecer relaxada, apesar do segundo cavalo, menor, que resfolegava em seu cabelo.

– Então, andei pensando...

– Não deu para pensar muito nos cinco minutos desde que saí – interrompeu Fi.

Shane ignorou a alfinetada.

– Talvez eu deva, sabe, ir junto.

Fi parou de agradar o cavalo e se voltou para encará-la.

– Ir junto? – repetiu. – Não acabei de explicar o perigo ridículo dessa situação toda?

– Tinha uma história de feitos heroicos, também – respondeu Shane. – Andar era um reino bem rico. Parece que salvá-lo pode merecer um pagamento legal.

Fi engasgou.

– Uma missão e nos separaríamos, era esse o acordo, lembra?

– É, mas, pessoalmente, não sinto que essa *uma missão* acabou – respondeu Shane.

Ela selou o cavalo preto, soltando-o da cerca e prendendo sua pequena mochila.

– Odiaria deixar o trabalho pela metade – continuou –, e parece que cairia bem você ter alguém para te proteger.

Shane estava começando a suspeitar que Fi não estava tão calma e controlada quanto tentava demonstrar. Ela ofereceu uma mão.

– E aí, que tal? – perguntou. – Parceiras?

Fi encarou Shane por muito tempo, até revirar os olhos e montar no cavalo.

– Não posso te impedir, imagino – falou Fi.

– Uau, obrigada, Shane – resmungou Shane, montando na sela. – O que eu faria sem você? Que gratidão enorme por você ter escolhido me acompanhar nesta missão impossível por pura bondade.

"Não posso te impedir" não era a resposta que ela esperava, mas Shane nunca deixava nada pela metade. Se fosse se juntar a Fi, seriam parceiras até o fim, e parceiras aguentavam piadinhas sarcásticas e tremenda ingratidão.

Elas avançaram, trotando, descendo a colina pelo jardim do Bruxo do Papel. Shane piscou quando Fi as guiou na direção oposta ao sol da manhã.

– Andar não fica para o outro lado? – perguntou Shane, apontando vagamente para o leste.

– O único jeito de chegar a Andar é por um dos postos de fronteira, e eles só liberam quem tem passe – explicou Fi, impaciente.

– Passe? – perguntou Shane, que nunca prestara muita atenção a questões chatas e oficiais, como permissão para fazer o que quisesse. – Não tem que pedir especificamente para a Guarda da Fronteira?

Não parecia uma aventura, só muito tempo desperdiçado lambendo… as botas de um bando de nobres pomposos.

– Normalmente tem.

Shane estalou os dedos.

– Bom, estamos com pressa, né? Melhor encontrarmos um caçador de tesouros ou mercenário qualquer e *pegar emprestado* um passe. À força.

– Genial – disse Fi, seca –, exceto pela parte em que os mercenários que nos *emprestarem* os passes vão nos denunciar à Guarda da Fronteira, e seremos presas tentando voltar a Darfell com passes roubados. Qual é sua sugestão nesse caso?

Shane franziu o nariz.

– Bater na Guarda da Fronteira?

– Que lindo. Se não te incomodar, optarei pelo plano em que ninguém vai preso – disse Fi. – Como um dos Clãs de Fronteira, a família Nenroa tem passe permanente. Meus pais deixavam guardado no armazém de Raven's Roost.

Shane riu.

– Não dava para ter explicado isso logo?

Fi revirou os olhos de novo, acelerando.

Shane estalou a língua e se apressou para alcançá-la.

– Dane-se. Você que é a mandona… – começou, mas mudou de ideia ao ver o olhar irritado de Fi. – Quer dizer, você é quem manda.

***

A torre do Bruxo do Papel ficava aninhada nas montanhas a leste e ao norte do Porta-Joias das Bruxas. Mesmo se locomovendo a cavalo, já era noite quando chegaram ao alto de uma colina e viram Raven's Roost. Fi não parecia incomodada com o horário. Também não consultara a parceira quanto a cavalgar por horas sem descanso. Fi, Shane lembrou, não era uma parceira muito atenciosa, e ela já estava se arrependendo de ter se comprometido com aquilo a longo prazo.

Elas apearam nos limites da cidade. Shane nunca vira Raven's Roost tão morta. Até a Barão de Prata já estava fechada, a placa balançando e rangendo acima delas quando guiaram os cavalos pelas ruas sufocadas por névoa.

Shane sentiu um calafrio e parou de repente, puxando Fi para as sombras. O eco distante de passos apressados preencheu o silêncio quando um trio de silhuetas escuras surgiu. O corpo de Shane ficou tenso. A bruma escondia seus traços, mas ela reconheceria os mantos pretos em qualquer lugar.

– *Caça-Bruxas* – sibilou, levando a mão ao machado.

Fi segurou sua manga.

– Espere.

Os Caça-Bruxas se moviam furtivamente – estava claro que eles não procuravam briga, mesmo que Shane estivesse muito disposta a brigar. Eles se agruparam sob a janela da taverna, e, quando se afastaram, folhas de papel amarelado e amarrotado tinham sido presas ao muro: novos avisos, expostos abertamente. Seriam arrancados antes do amanhecer, mas não antes de os delinquentes de Raven's Roost darem uma olhada.

Shane teve um pressentimento desagradável ao se aproximar, apertando os olhos para enxergar os cartazes. Era ainda pior do que imaginara. Ela apertou o maxilar, cutucando uma das folhas de papel que estava na altura de seus olhos.

– Não acredito! – sibilou, furiosa, olhando para seu próprio rosto em um cartaz de Caça-Bruxas.

Pelo menos achava que devia ser seu rosto. Era seu nome, mas o desenho rabiscado a fazia parecer um ogro atarracado e raivoso.

– Também não – suspirou Fi. – Nunca vi uma recompensa tão alta por informação.

Informação? Shane olhou para o papel de novo. Com mais atenção, viu que não estavam procurando só por ela. Era um aviso conjunto, oferecendo uma quantidade obscena de dinheiro "pelo paradeiro da Caçadora Shane e de sua parceira desconhecida, possível Bruxa da Luz". O desenho ao lado do dela era vago, só a silhueta de uma garota de cabelo curto. Pelo visto, a identidade de Fi ainda era misteriosa, mas, com tanto dinheiro em jogo, não o seria por muito tempo.

Fi pareceu bastante perturbada.

– Como eles sabem da magia da luz de Briar?

– Odeio te dar essa notícia, mas todo mundo que estava por aquela montanha viu magia da luz irromper do lago. Sabe qual é a maior tragédia aqui? – perguntou Shane, arrancando o cartaz e sacudindo o desenho do ogro raivoso na cara de Fi. – Isso não parece nem um pouco comigo.

Uma velha baixinha e irritada ia acabar nas mãos dos Caça-Bruxas, e ela nem teria a satisfação de esmagar o nariz de Tavian.

Fi sacudiu a cabeça.

– É *essa* a pior parte? Vem, fugitiva. Melhor sairmos da rua.

Shane se encolheu dentro do casaco enquanto Fi as guiava, ainda um pouco chateada com a situação. Mesmo assim, não conseguiu conter um assobio quando pararam na frente de um largo portão de ferro e amarraram os cavalos à grade.

A princípio, a casa não parecia pertencer a uma família rica, o que provavelmente era bom em uma cidade cheia de viajantes e baderneiros. Como as vizinhas, possuía dois andares e era construída em madeira e pedra, com janelas estreitas protegidas por barras de ferro para afastar invasores. O que entregava eram os detalhes: o tremoceiro cultivado com cuidado que crescia no pequeno pátio, o bronze polido da aldraba e as dobradiças lubrificadas do portão, que nem rangeu quando Fi o abriu. Ao olhar mais de perto, Shane notou que as barras de ferro nas janelas eram todas estilizadas, esculpidas com caligrafia rebuscada e artística. Os Nenroa tinham investido muito tempo e dinheiro naquele lugar.

Ela estava a caminho da porta quando Fi a agarrou pelo ombro do casaco, apontando com a cabeça para o outro lado do quintal.

– Por aí, não. É mais fácil entrar pelos fundos.

Que estranho. Certo, Shane era fugitiva, mas só fazia cinco minutos. Ninguém tinha acordado para ver os cartazes. Ainda assim, ela não questionou nada até terem se enfiado por entre uma fileira de arbustos espinhentos nos fundos da casa e parado sob a varanda do segundo andar. Fi desenrolou a corda do cinto e balançou o anel de metal da ponta em uma rotação lenta, medindo a distância para jogá-lo.

Shane cruzou os braços.

— Sabe, quando você falou dos *fundos*, achei que tivesse uma porta.

Fi deu de ombros.

— Tem uma porta lá em cima.

Shane olhou para a porta em questão, entalhada em madeira polida e incrustada com três pequenos painéis de vidro chanfrado.

— Muitas visitas chegam por aqui?

— Falei que era mais fácil, e é mesmo — insistiu Fi, apesar de Shane ver que as pontas de suas orelhas estavam vermelhas.

Fi soltou o anel, que voou silenciosamente pela abertura estreita na grade da varanda, dando três voltas ao redor de uma barra, firme o bastante para ela puxar. A garota olhou de relance para Shane.

— Confia em mim, tá? — falou.

Em seguida, começou a subir pela corda, enroscando-a com destreza nas pontas das botas e escalando com as mãos.

— Não sei se já chegamos ao estágio da confiança — resmungou Shane baixinho.

Contudo, ela não conseguiu dizer mais nada, pois precisou de muita concentração para escalar a corda carregando um machado nas costas, as solas grossas das botas escorregando na fibra trançada. Shane fez uma anotação mental para se lembrar de trocar de sapato da próxima vez que fosse visitar os Nenroa.

Quando Shane chegou à varanda, tossindo e ofegando, Fi já estava à porta. Ela mexeu na maçaneta de bronze e soltou um raro palavrão.

— Eles nunca trancam — murmurou, olhando para a casa.

— Talvez tenham cansado de visitas entrando desavisadas pela varanda — sugeriu Shane, esfregando as mãos ásperas para abrandar a assadura.

Fi a ignorou. Ela passou um momento inspecionando a porta, observando a fechadura com a testa franzida, como se fosse um quebra-cabeça complexo. Finalmente se afastou e bateu com o cotovelo em uma das janelinhas de vidro chanfrado, estilhaçando com um estrondo o painel. Shane riu.

— Ah, é, mais fácil, com certeza.

— Silêncio — sibilou Fi, como se não tivesse acabado de quebrar uma janela.

Ela enfiou a mão no espaço escuro e tateou. Com um clique, a porta se abriu, revelando cacos do vidro cintilando sobre um tapete ornamental grosso. O reflexo de Fi tremeluziu no vidro quebrado quando ela se enfiou pela porta.

Shane estava começando a duvidar que a casa pertencesse mesmo aos Nenroa, suspeitando que talvez Fi tivesse decidido *pegar emprestado* um passe de fronteira de outro nobre azarado. Contudo, sua parceira visivelmente sabia por onde seguir no corredor escuro — ela pegou duas velas de um nicho estreito da parede e desviou com destreza da quina de uma mesinha que espetou com força o quadril de Shane. Fi acendeu as velas com uma pequena lamparina de vidro e enfim entrou por uma porta, a luz revelando um cômodo tão bagunçado que Shane não sabia se as duas caberiam lá dentro.

— É o escritório dos meus pais — disse Fi.

— Escritório? — repetiu Shane. — Parece um ferro-velho.

Estantes cobriam as paredes, se fechando ao redor dela, todas transbordando de relíquias estranhas — de adagas antigas e urnas com alças quebradas a uma cesta de vime repleta de pedras com entalhes em espiral. Shane quase tropeçou em um porta-guarda-chuva cheio de mapas, rolos amarelados da altura dela. A impressão era de que alguém poderia morrer soterrado ali sem sequer ser notado.

Fi caminhou até a escrivaninha surrada e começou a abrir as gavetas como se fosse assaltar o lugar. Ela suspirou.

— Não está aqui. Dê uma olhada na escrivaninha do depósito no fim do corredor.

— Me lembre de novo o que estamos procurando? — perguntou Shane.

Nem todo mundo crescera junto de historiadores famosos.

— É uma ficha mais ou menos desse tamanho — explicou Fi, fazendo um quadrado com as mãos. — Vai ter o selo do Mestre da Fronteira queimado em um lado e o nome Nenroa no outro.

Com esforço, Shane conseguiu sair do escritório, apesar de quase carregar consigo um cabideiro que agarrou seu cabelo. Fi apontou para a esquerda, e Shane desceu o corredor naquele sentido, os passos abafados pelo carpete espesso. O lugar estava em silêncio. Shane se perguntou por que Fi insistira em arrombar a porta da própria casa. Tentou não se perguntar quem acendera as lamparinas que gotejavam nos nichos das paredes.

Ela havia acabado de encontrar a porta do depósito quando outra coisa chamou sua atenção. Uma pintura lustrosa estava pendurada no fim do corredor, as cores parecendo se misturar na luz difusa das velas. Shane parou embaixo dela. Um homem e uma mulher estavam na frente de um jardim, cada um com a mão em um ombro de uma criança magrela. Darfell era um reino com todo tipo de gente, muitos de cabelo escuro e pele de tom quente e bronzeado, como os Nenroa. O homem da pintura usava óculos de arame, e a trança cacheada e comprida da mulher era decorada por grampos de pérola. *Dom e Lillia Nenroa* – Shane lembrava os nomes do envelope de Fi.

Fi não se parecia muito com os pais, mas as três figuras tinham o mesmo sorriso, além de carregarem livros empoeirados. Shane ficou aliviada de saber que estavam mesmo roubando dos Nenroa, afinal.

O alívio não durou. Ela mal começou a revirar a mesa quando sentiu algo frio e pontiagudo ser pressionado contra sua coluna. Shane congelou, reconhecendo perfeitamente a ponta da besta em suas costas.

– Pare o que estiver fazendo, ladra, e vire-se bem devagar.

Shane queria se chutar – ou chutar Fi. Já que a outra garota estava fora de seu alcance, ela fez o que mandaram, levantando as mãos e se virando para encarar uma mulher mais velha, de pele clara e cabelo grisalho fino. Ela apertava a besta com as mãos enrugadas. Shane provavelmente conseguiria vencê-la, mas *teoricamente* não estava fazendo nada de errado, e não queria ser responsável por nenhum quadril quebrado. Além disso, àquela distância, mesmo mãos trêmulas tinham pouca chance de errar.

– Certo – disse Shane. – Admito que a aparência não é boa. Mas não sou ladra.

– O que mais você seria – perguntou a zeladora –, remexendo as coisas do Lorde Dom no meio da madrugada?

– Sim, era o que eu estava fazendo, mas…

Shane desistiu de negociar, olhando de relance para a porta.

– Ei, Fi! – chamou. – Uma ajudinha aqui!

Essa quase foi a última coisa que ela disse na vida. A velha zeladora se mexeu mais rápido do que parecia possível, e Shane engasgou quando uma mão ossuda agarrou seu colarinho e a puxou para a frente com força surpreendente.

– Eu deveria saber que você tinha cúmplice! – sibilou.

Shane se debateu contra a mão.

– Não, não é...

– Nina, não!

A mão largou o pescoço de Shane quando a zeladora se virou, besta em riste. A arma caiu no chão, os olhos da mulher se iluminando imediatamente.

– Lady Filore! Quanto tempo!

De repente, ela voltara a ser uma senhorinha doce, a camisola esvoaçando quando correu para abraçar Fi, que aguentou razoavelmente, dando tapinhas desajeitados nas costas de Nina depois de alguns segundos, para indicar que era hora de parar.

A mulher se afastou.

– Você me assustou. Não ouvi você e sua... amiga baterem na porta.

Ela olhou com desconfiança para Shane, que ficou feliz em retribuir o olhar.

– É minha parceira, Shane – disse Fi, indo parar ao lado dela. – Estávamos com pressa – explicou, sem explicar nada.

– Se é o que diz... – falou Nina, mas não soou nada convencida.

– Olha, a gente precisa do passe da fronteira – prosseguiu Fi. – Está aqui?

Nina franziu a testa.

– Seus pais levaram para a casa principal já faz algumas semanas, quando foram passar o verão em Idlewild. Você não soube? Lady Lillia disse que escreveria.

– Estou um pouco atrasada com minha correspondência – admitiu Fi a contragosto.

Shane coçou o pescoço, cada vez mais confusa com a postura esquiva de Fi. Ela metera o nariz em uma das cartas na torre do Bruxo do Papel – nada além de papo-furado sobre o jardim da mãe e alguma expedição enorme que estavam planejando, com um convite velado para Fi se juntar a eles. Shane não vira nada ali que pudesse fazer alguém dar meia-volta e fugir.

Ela pigarreou, sem deixar de notar o olhar que a zeladora deu para a besta.

– Sabe, Idlewild fica bem no sopé das colinas. Não é tão longe. Podemos dar um pulo lá.

Se olhar matasse, a expressão de Fi teria feito Shane cair dura ali mesmo. Nina suspirou, agarrando a camisola.

– Ah, seus pais amariam vê-la...

– Não!

A palavra foi dura e alta demais na casa silenciosa. Shane encarou Fi, que tentava se conter, oferecendo um sorriso forçado a Nina.

– Como falei – prosseguiu –, estamos com pressa. Além do mais, não é tão importante.

– Como assim, não... ai! – exclamou Shane quando Fi deu uma cotovelada forte em suas costelas. – Certo – murmurou. – Engano meu.

A zeladora olhou de uma para a outra, confusa. Finalmente pareceu desistir.

– Você vai passar a noite aqui, não vai? Vou arrumar seu quarto.

Pela expressão da mulher ao olhar para Fi, Shane de repente se perguntou se Nina cuidava da casa desde que Fi era a menininha da pintura, o rosto ainda iluminado por um sorriso fácil.

Fi suspirou, derrotada.

– Vamos ficar. Uma noite.

Aquilo pareceu acalmar Nina, que saiu a passos apressados, feliz por ganhar aquela pequena disputa. Shane também estava bem feliz com o prospecto de uma cama gostosa e macia, mas, no segundo em que Nina se foi, Fi se voltou contra ela, furiosa.

– Não vamos chegar nem perto da casa dos meus pais. Não se meta nos meus assuntos.

Shane deu um passo para trás, surpresa. Ela não demorou para encontrar palavras:

– Perdão. Eu por acaso imaginei a conversa em que você disse que o passe era nossa maior prioridade e que não iríamos a lugar nenhum sem ele?

— Sei de outro lugar onde poderemos arranjar um — resmungou Fi entre os dentes. — Só fique de fora, e não mencione meus pais na frente de Nina outra vez. Nem esta jornada. Nem o príncipe Briar Rose, nem nada. Vou levar os cavalos para o estábulo.

Com isso ela se virou e saiu correndo da sala, a vela tremeluzindo desvairada no caminho.

— A confiança é uma via de mão dupla, sabia? — gritou Shane.

Ela não esperou resposta. Nitidamente, sendo parceira de Fi, respostas seriam raras.

8

FI

Fi amassou a carta e se virou para a janela, o olhar perdido.

Estava sentada na beirada da cama de dossel na qual dormira tantas noites quando mais nova, as cortinas macias de cor creme penduradas em um aro prateado caindo sobre os quatro cantos altos. Era como se o quarto estivesse congelado no tempo. Ela reconhecia todos os livros nas estantes e as lembrancinhas das viagens de família encaixadas entre eles. As gavetas ainda estavam cheias de suas roupas velhas, até algumas que ela não vestia havia anos. Os pais de Fi estavam sempre indo de um lugar ao outro, correndo atrás de rumores de ruínas inexploradas e grandes áreas históricas, e raramente se davam ao trabalho de mexer nas próprias coisas. Um dia, as casas dos Nenroa seriam sítios arqueológicos para um descendente azarado revirar. Só não seria ela.

Arrependida da aspereza, Fi desamassou a carta, tentando esticar os vincos contra a coberta pesada. A carta em si era igual a todas as que recebia: notícias breves na bela letra cursiva da mãe, contando sobre os esquilos de Idlewild que atacaram a horta de tomates e o bigode feio que o pai se recusava a raspar. Ela até conseguia imaginar a briga. Fi sorriu ao pensar nos pais, que discutiam rápido e faziam as pazes rápido, meio apaixonados por qualquer novo local fantástico em que se encontrassem. A carta terminava como sempre.

Quando você vai voltar para casa, Filore? Seu pai e eu estamos mortos de saudades.

Ela achava que aquelas palavras tinham perdido a capacidade de tocar seu coração, mas, ali – em seu quarto antigo, cercada por sua vida antiga –, Fi achou difícil digeri-las.

Fazia um ano que não via os pais; o ano mais longo de sua vida. Ela deixara de ser Filore Nenroa, a melhor caçadora de tesouros de Darfell, e se tornara um zé-ninguém, se escondendo em celeiros vazios e catando restos de comida despejados pelas pousadas. De uma só vez perdera a família, a segurança e até a noção de quem era. E aprendera a viver com um novo medo angustiante: a possibilidade de que aquele ano seria só o primeiro de muitos que passaria sozinha.

Seus olhos começaram a arder. Não era que não quisesse voltar para casa – só não podia. Ela apertou a preciosa carta com a mão, lembrando-se da mãe no jardim, segurando um punhado de dedaleira na mão enluvada, ensinando a Fi sobre venenos. O pai e a empolgação de apresentar a ela uma nova língua mágica, a aula se enveredando por história e folclore até virar um passeio de campo, os dois se esgueirando entre arbustos de framboesa para encontrar um poço antigo cujas águas supostamente traziam prosperidade. A família toda passava as noites de inverno encolhida na biblioteca, a cara enfiada em livros, se entreolhando por cima das páginas.

Tudo aquilo se fora. Era o que significava a maldição da borboleta: ela não tinha mais lar, nem nunca mais o teria. Fi dobrou a carta e foi até a penteadeira antiga para guardar o papel na primeira gaveta, onde não teria que vê-lo. Ela encontrou seu reflexo no espelho. Uma garota com olhar sombrio, a camisola larga e a luva sem dedos que nunca tirava. Nem mesmo para dormir.

Fi nunca fora acusada de ser bonita. Já fora acusada de ser inteligente, muitas vezes, tanto como elogio quanto como insulto, mas não era como se considerava, pelo menos desde que deixara alguém se aproveitar dela.

Eles estavam no coração do casarão, ela e o parceiro, as primeiras pessoas em décadas – talvez séculos! – a entrar naquele lugar. As botas tinham deixado pegadas iguais nas camadas de poeira e sedimento. Luz colorida descia das lindas lanternas de vitral que pendiam do teto, e a pele do seu parceiro estava salpicada com a imagem de borboletas reluzentes, gravadas pela luz do fogo atravessando o vidro do mosaico. Eles tinham encontrado o escritório secreto do Lorde das Borboletas, às vezes conhecido como Bruxo Errante, um homem poderoso destinado por uma maldição a vagar até o fim dos dias.

– Filore... pegue!

Ela se virou instintivamente, quase derrubando a lamparina que trazia na mão direita e estendendo a esquerda. Os dedos se fecharam no frio cabo de metal de um abridor de carta estilizado, e ela gritou quando o material queimou sua palma – e queimou e queimou, mesmo depois de ela largá-lo, deixando-o cair com um baque na poeira.

– Sinto muito por termos chegado a isso.

Fi só conseguiu gritar de novo, caindo de joelhos e agarrando o punho com tanta força que os ossos doeram. Ela não conseguia mais ouvir o parceiro enquanto encarava a queimadura em sua pele: a marca da borboleta errante.

Fi encarou a luva. Nada a impedia de sentir a marca; ela podia usar uma manopla de aço e ainda ver as asas retorcidas desenhadas em sua pele, como se queimadas a ferro. A maldição da borboleta errante a destinava a levar infortúnio a qualquer lar em que se demorasse muito – ou seja, por mais de três dias.

Uma vez, ficara mais tempo na casa de uma tia distante, antes de compreender plenamente a magnitude da maldição, e acordara na quinta noite em meio a um incêndio que devastou o casarão, deixando para trás apenas destroços. Fi ainda se lembrava da expressão assombrada da tia, parada na neve, encarando os escombros com o cabelo sujo de cinzas, os dois filhos pequenos apertados em um abraço. Aquele momento às vezes permanecia atrás dos olhos de Fi quando ela tentava dormir, a voz trêmula da tia dizendo "Estamos destruídos". No fundo, Fi sabia que o que ouvira fora "Você nos destruiu".

Fi aprendeu a continuar em movimento, porque, sempre que parava, parecia que a maldição estava bem nos seus calcanhares. Ela adoecera em Pisarre e ficara lá deitada, febril, na casa de um amigo da família, enquanto pequenos acidentes começaram a afetar o ambiente: objetos perdidos, vigas caídas e uma queimadura feia, feita por uma chaleira derrubada. O senhor da casa estivera em um acidente de carruagem e quase morrera. Eles não culparam Fi, mas, por outro lado, ela não lhes contara sobre a maldição, só se desculpara incessantemente pela febre. Jurou para si mesma que nunca mais deixaria a maldição ferir ninguém.

Então ela estava à caça de sinais da borboleta, tentando descobrir o que acontecera com o Bruxo Errante, e se ele próprio tinha escapado da maldição. Era uma figura antiga, mais lenda do que qualquer coisa, e era difícil encontrar informações sólidas sobre ele. Na grande biblioteca de Pisarre, finalmente encontrara uma referência promissora à sua oficina subterrânea, escondida em um lugar de enorme poder mágico. Ela esperava que fosse o Porta-Joias das Bruxas, mas até então não encontrara nada.

Enquanto isso, não podia voltar à casa da família. O Bruxo do Papel avisara que, como as maldições mais impiedosas, a da borboleta estava ligada a seus sentimentos. Quanto mais amava um lugar, mais perigosa e poderosa se tornava a magia. Ela não fazia ideia do que aconteceria se voltasse a Idlewild, mesmo que por apenas uma noite, com sua fartura de relíquias mágicas e estantes transbordando de livros de feitiço. Ela só sabia que não podia ser o motivo de coisas horríveis acontecerem com sua família.

E não conseguia encará-los. Seus pais advertiram-na sobre caçar tesouros. Avisaram para não se meter com relíquias mágicas perigosas. Avisaram, sobretudo, para se manter bem longe do ex. Fi não ouvira, e eles ficaram muito decepcionados, mesmo antes de tudo dar errado. Ela não retornaria para casa até dar um jeito na situação. Sozinha.

Voltou à estante, passando um dedo pelas lombadas poeirentas e folheando os papeizinhos que sobressaíam entre as páginas. Distraída, pegou um dos volumes mais grossos: *A Ordem da Rosa Divina*, de Antonia Gregoire, um relato perigosamente especulativo sobre a fundação da ordem real de Bruxas. Ela sorriu quando abriu o livro e meia folha de papel escorregou para o chão. Nunca se pegaria um Nenroa rabiscando nas margens, então anotações daquele tipo eram comuns, apesar de pelo menos na metade das vezes estarem enfiadas nos livros errados. Ela pegou o papel e leu o comentário escrito pela mãe: *Inteiramente implausível. Ver a história mais seca de Rivarrcha, p. 1280.*

Fi se lembrava da história mais *seca* de Rivarrcha sobre as Ordens Mágicas de Andar. Era incrível que o historiador mais famoso de Andar tivesse conseguido transformar um tema tão fascinante em uma leitura tão entediante. Fi passara o verão todo, aos doze anos, encolhida na biblioteca de Idlewild para tentar chegar ao fim da série de oito volumes.

Não por coincidência, fora o mesmo verão em que os amigos da mãe de Fi, Lorde e Lady Alfieri, de outro Clã de Fronteira, tinham ficado hospedados em Idlewild, com as duas filhas. Fi nunca passava tanto tempo com crianças da mesma idade, e não se sentia muito à vontade com elas. Mais de uma vez se refugiara à mesa de jacarandá sob a janela ensolarada da biblioteca, se perdendo nos volumes velhos e poeirentos.

— Filore?

Ela ergueu o rosto do livro com um sobressalto, tentando não demonstrar que estivera prestes a pegar no sono em cima do papel amarelado e grosso coberto de letrinhas minúsculas. A mãe encontrava-se atrás dela, uma ruga entre as sobrancelhas.

— Você não devia estar lá fora com as meninas? — perguntou Lillia.
— Ana e Tomasina só ficarão por mais dois dias.
— Fico mais feliz aqui — disse Filore com firmeza, virando a página.
— Isso é mais interessante do que elas.

Lillia sorriu, sentando-se na cadeira ao seu lado.

— Ora, isso é simplesmente impossível. O quarto volume de Rivarrcha põe para dormir até os acadêmicos mais sisudos.

Ela se aproximou, atenta ao rosto da filha, mas Filore se recusou a encontrar seu olhar.

Quando Ana e Tomasina chegaram, ela tentou fazer amizade. Contudo, mesmo que já fosse fluente em quatro línguas mágicas e soubesse recitar os nomes de todas as líderes de Andar, de Aurora a Amarise, não entendia as meninas Alfieri. Elas não estavam interessadas em história nem em Bruxas antigas. Só queriam falar de música, política, que herdeiro de que família nobre estivera envolvido em escândalos, e outros temas sobre os quais Filore não sabia nada, nem queria aprender.

Naquela tarde, enquanto as meninas almoçavam no jardim, Filore tentara outra vez. Aninhara nas mãos, para mostrar a elas, uma tarântula que encontrara rastejando sob a lenha. O pai a ensinara a pegá-las com cuidado, sem assustá-las, para que não picassem. Filore achara a aranha fascinante. As meninas Alfieri discordaram.

— Que nojo — declarara Tomasina, olhando feio para Filore, enquanto a irmã se escondia atrás dela, gritando. — Qual é seu problema?

Filore não soubera responder. Até aquele momento, ela não imaginara que tivesse problema nenhum. Supunha que todo mundo era criado assim: saindo em expedições, debatendo história na mesa do jantar, aprendendo a pegar aranhas e cobras peçonhentas. Não notara que os filhos dos outros Clãs de Fronteira todos se conheciam, estudavam juntos, fofocavam entre si. Já tinham alianças, amigos e inimigos. E Filore estava de fora.

Filore olhou de relance para a mãe. Lillia usava um vestido vermelho-borgonha e brincos de pérola reluzentes, e a luz do sol destacava as sardas em seu rosto. Ela era a imagem da nobre perfeita, exceto pelo cabelo frisado escapando da trança preta e comprida, prova de que andara revirando o sótão lotado. De algum modo, sua mãe conseguia ser as duas coisas: historiadora e dama. Filore não sabia fazer isso. Mais ainda, não queria. Então por que a pergunta de Tomasina doera tanto?

A mãe pareceu decidir que não diria nada. Ela afastou o cabelo escuro dos olhos de Filore.

— Bom, deixe para lá. Faça um descanso do Rivarrcha... vamos dar uma olhada nesse daqui.

Ela empurrou o livro pesado e, em seu lugar, deixou um livro de histórias infantis.

Filore lhe lançou um olhar inexpressivo.

– *Acho que estou meio grandinha para histórias inventadas.*

Lillia riu, um som melodioso que ecoou pelos painéis de mogno da biblioteca.

– *Nunca se é grande demais para isso! Metade do que historiadores fazem é ler livros de histórias antigas como este.*

Ela abriu o livro. A página cintilava com uma ilustração de tinta craquelada, uma Bruxa conjurando uma enorme coluna de água.

– *Pessoas inventam histórias para explicar coisas – continuou. – Terremotos, pestes, talvez um feito mágico incrível. Toda história inventada começa com uma pitada de verdade.*

A mãe parou de falar, olhando para Filore como se quisesse garantir que ela estava ouvindo, e em seguida sorriu com alegria, passando as páginas até o início da história seguinte.

– *Além do mais – prosseguiu –, veja essas belíssimas iluminuras. Me passe a lupa.*

Filore não conseguiu deixar de rir com a visão da linda mãe olhando pela lupa de cabo de bronze, um dos olhos do tamanho de um pires através da lente convexa. Ela observou a iluminura, apertando os olhos: um arbusto espinhento de rosas carmim e areia dourada circundando uma serpente branca cujo corpo comprido formava a primeira letra da história, que começava, como todas, com "Muito tempo atrás". Ela reconheceria aqueles três símbolos em qualquer lugar: areia, rosa e serpente, os símbolos das últimas Três Grandes Bruxas.

Apesar de já tê-la visto cem vezes, não deixou de analisar a pintura a óleo das três mulheres na página seguinte. Primeiro, a Bruxa das Cobras, alta e severa, carregando uma serpente prateada enroscada como uma pulseira na pele castanho-alaranjada do braço. Em seguida, a Bruxa dos Sonhos, de pele marrom e cachos cheios, piscando e levando um dedo aos lábios, como se prestes a contar um segredo fantástico. A Bruxa dos Sonhos era a preferida de sua mãe. Enfim, vinha a Bruxa das Rosas, praticamente adolescente, com feições solares e uma coroa de botões de rosa aninhada no cabelo dourado.

Filore seguiu o traço do desenho com o dedo, a página suave e frágil de tanto ser manuseada. Quando ela era menor, suas histórias preferidas eram sobre as Grandes Bruxas. Elas a faziam pensar que, se fosse inteligente, corajosa e esperta o bastante, seria capaz de superar qualquer coisa. Talvez, contudo, aquilo só fosse verdade nos contos de fadas.

Ela não notou que a mãe a abraçara apertado até ouvir o sussurro de Lillia:

– Você é exatamente quem deveria ser, Filore. E, o que quer que aconteça, sempre poderá voltar para nós.

Filore não ousou olhar para ela, temendo que lágrimas escorressem dos olhos ardidos.

Elas continuaram passando as páginas até Filore esquecer tudo: a falta de jeito, o constrangimento e o nojo na expressão de Tomasina. Às vezes, ser diferente era solitário; mas, outras, abraçada à mãe, perante as histórias das Bruxas, parecia a melhor coisa que ela poderia ser.

Fi guardou a anotação no livro de Gregoire e o devolveu à estante, limpando a poeira com a palma da mão. Ela se perguntou se agora era parte da história de Andar e se, um dia, ela e Briar seriam pequenas ilustrações em algum livro infantil. A mãe adoraria.

Uma pequena pintura quadrada de Lillia ficava pendurada ao lado da estante. O olhar de Fi percorreu o rosto da mãe, a boca curvada em um sorriso amigável e os olhos dirigidos a algo além da tela.

– Minha mãe era mais bonita, mas não sorria muito para retratos.

Fi se virou. Briar estava encostado casualmente no dossel da cama, o olhar atento concentrado na pintura.

– Não assuste as pessoas assim! – sibilou Fi, tentando acalmar o coração acelerado.

Briar não mudara nada, o mesmo casaco de veludo esvoaçando nos ombros, apesar de parecer quase preto no luar fraco que entrava pela janela.

– Perdão – disse ele, parecendo sinceramente constrangido. – Acho que perdi o hábito de me anunciar. Mas avisei que viria visitar.

"Quero conhecê-la." As palavras que Briar dissera na torre ecoaram na memória de Fi, mas ela as afastou, sacudindo a cabeça e encarando o espírito. Ela certamente não esquecera sua nova bagagem mágica, mas não estava com vontade de receber visitas.

– Bom, da próxima vez, pense em bater na porta – sugeriu. – Ou nem venha.

Briar levou uma mão ao peito, como se ela o tivesse ferido fatalmente. O brilho em seus olhos azuis o entregou.

– É evidente que causei uma péssima primeira impressão. Se quiser qualquer chance de te conquistar, terei que descobrir o que exatamente você não gosta em mim.

– Talvez eu só não goste de gente que invade meu quarto sem aviso e insulta a minha mãe – retrucou Fi, esforçando-se para não corar.

Briar riu.

– Não foi um insulto. Ou pelo menos não era a intenção.

Ele se aproximou, entrando no espaço iluminado pelo luar. Fi teve que conter o impulso de atravessá-lo com a mão de novo. Era estranho estar ao lado de alguém que parecia tão real e mesmo assim estar inteiramente sozinha.

Briar apontou com a cabeça para a pintura.

– Minha mãe era singularmente linda. Dizem que é daí que vem minha beleza irresistível – disse ele, dirigindo a Fi um sorriso audacioso, e ela revirou os olhos, mesmo sentindo que só fosse servir como encorajamento. – Contudo, ela morreu logo depois que eu nasci, então isso é praticamente tudo o que sei dela.

– Ah. É.

Fi não sabia o que dizer. Conhecia bem a lenda, mas era a primeira vez que pensava naquilo para além da história. Briar era uma pessoa de verdade, o que significava que as pessoas que ele perdera também eram de verdade. E ele perdera tudo. Quando olhou para ele de novo, ele lhe pareceu muito mais jovem, melancólico e triste, só um menino de dezesseis anos contando segredos para uma desconhecida porque era a única pessoa com quem ele falara em cem anos. Solitário, como Fi era solitária.

De repente, Fi acreditou entender o que Briar fazia ali. Talvez a questão não fosse mesmo conhecê-la. Talvez fosse não ficar tão sozinho.

– Briar, você...

Você está bem?, era o que ia perguntar. As palavras se esvaíram quando ela notou que Briar não estava mais ao seu lado, mas atrás dela, inspecionando as lembrancinhas nas prateleiras da estante.

– Você está fuçando minhas coisas? – perguntou Fi, cruzando os braços sobre a camisola.

Briar se sobressaltou, coçando a nuca.

– A curiosidade me venceu – falou, o que nem se assemelhava a um pedido de desculpas. – Nunca saí do castelo.

– Por cem anos, né?

Briar sacudiu a cabeça.

– Antes disso, até. Fui uma criança destinada a sucumbir à magia das trevas. Era perigoso ir a qualquer lugar.

Fi não conseguia nem imaginar. Ela crescera com toda a liberdade que podia pedir – *e toda a corda para me enforcar*, pensou com amargura.

Briar se virara de novo, curvado até quase grudar a cara em uma estátua pequena de madeira.

– O que é isso? – perguntou.

Fi cedeu, se juntando a Briar ao pé das prateleiras altas.

– É um amuleto da sorte, esculpido por um mestre artesão nas ilhas próximas à costa de Pisarre – explicou. – Deveria garantir bom tempo, mas acabamos com seis semanas de chuva.

– Tenho certeza de que você ficou linda, com lama até os cotovelos – brincou Briar, e seu olhar percorreu a prateleira, se demorando em uma faca com punho de osso. – Isso é lindo.

– Tem quase quinhentos anos – disse Fi, passando o dedo pela empunhadura esculpida com flores e folhas.

Era uma herança de família, supostamente feita por um de seus ancestrais.

Briar riu.

– E eu achando que cem anos era muito tempo.

– Comparado com a maioria dessas coisas, você é relativamente novo – disse Fi de modo relaxado, contrariando suas expectativas.

De alguma forma, seu coração já não lhe pesava tanto. O quarto voltara a ser só um quarto, repleto de boas lembranças que poderia compartilhar.

A voz de Briar tinha certo humor.

– Aposto que é por isso que não gosta de mim. É a idade. Você acha que sou muito velho.

Ele inclinou a cabeça por cima da estante, piscando para ela por trás dos buracos de uma máscara de bobo da corte com um nariz comprido e adunco.

Fi tentou conter uma gargalhada.

— Até que você é jovial, para alguém de cento e dezesseis anos.

Briar se endireitou, um sorriso brincalhão nos lábios.

— E você é muito madura para os dezessete, então acho que somos perfeitos um para o outro.

Antes que Fi pudesse protestar, ele se voltou para a estante, apontando para alguma coisa acima da cabeça dela.

— E o que é esse objeto? – perguntou.

Ela firmou um pé na prateleira mais baixa e subiu, feliz por mudar de assunto. Apoiou o cotovelo contra uma fileira de atlas tortos. Um objeto de metal polido reluzia no luar.

— Ah. É uma lamparina de acampamento – disse Fi, pegando a lanterna e pulando para o chão. – É dobrável... viu?

Ela endireitou as peças de metal, uma a uma, até estar segurando uma pequena lamparina, as barras cruzadas formando uma gaiola elaborada.

— É invenção do meu pai – explicou.

— Seu pai é um fabricante de lamparinas? – supôs maravilhado Briar.

— Historiador – corrigiu Fi, mordendo a bochecha para conter o sorriso.

— Outra profissão nobre – garantiu Briar. – Posso?

Fi não teve tempo de perguntar o que ele queria. Briar ergueu uma mão, e uma faísca de pura magia branca brotou no escuro, crepitando na ponta do dedo. Fi inspirou bruscamente quando a faísca pulou para dentro da lamparina. De repente, ela estava cara a cara com Briar de novo, encarando seus olhos azuis e a curva suave de sua boca. Ela não lembrava quando eles tinham se aproximado tanto. Um cacho dourado caiu sobre os olhos dele, quase reluzindo no calor da lamparina, de volta à vida depois de tanto tempo no escuro.

Briar inclinou a cabeça. A gargalhada dele foi tão silenciosa que era praticamente só uma vibração.

— Então você tem mesmo o sorriso da sua mãe.

— Como assim? – perguntou Fi, piscando.

Briar deu de ombros.

— Bom, eu não sabia. Você nunca tinha sorrido para mim.

Fi sentiu o calor conhecido subir até o seu rosto. Ela abaixou a lamparina, para que a luz não a entregasse.

O toque grave de um sino a sacudiu. Fi se virou para a janela. O sino no centro de Raven's Roost toava, e ela contou doze badaladas antes de o som morrer. Não notara que já estava tão tarde. Sua oportunidade de dormir por algumas horas se esvaía. Por um momento, rindo com Briar, ela esquecera tudo: a maldição, a Bruxa dos Fusos, até os avisos dos Caça-Bruxas pregados pelas ruas.

Quando se voltou para o príncipe, a expressão dele era melancólica, como se sentisse a mudança pesada no ar. Ele fechou o punho, e a faísca branca se apagou, deixando os dois no breu.

— Você vai ter que me mostrar o resto outro dia — disse ele baixinho.

Fi colocou a lamparina de volta no lugar. Ela sentiu a garganta apertar, e tomou cuidado para contornar Briar no caminho para a cama; não podia imaginar atravessá-lo, não quando ele lhe parecia tão oco. Briar só falou de novo quando ela se deitou.

— Quer que eu vá embora? — perguntou.

Fi apertou o lençol branco e macio com a mão. Era impossível não ouvir o que ele queria mesmo dizer: *Por favor, não me mande embora*. Ela respirou fundo, inspirando o perfume conhecido de lavanda e alecrim, os sachês que a mãe sempre deixava sob os travesseiros.

— Pode ficar — disse ela por fim. — Mas, dormindo, não serei boa companhia.

— Ainda será a melhor companhia que tenho em muito tempo — respondeu Briar.

Fi puxou o lençol, cobrindo-se até o queixo. Ela só passara um ano amaldiçoada, mas já sentia que o coração murchara, tornando-se uma mera casca. Sabia como era deitar-se no escuro e desejar desesperadamente ouvir a respiração sonolenta de outra pessoa, algo que provasse que não estava só. Ela viu Briar caminhar até a janela e se encolher no parapeito largo, o cotovelo apoiado no joelho, olhando para a cidade adormecida.

— É melhor não ficar tão só.

Ela não sabia exatamente a quem se referia, se a ela ou a Briar. Antes que pudesse pensar melhor, rolou para o lado, apoiando o rosto no travesseiro.

– Então talvez eu apareça mais vezes. – Fi ouviu Briar sussurrar enquanto ela pegava no sono.

Durante a noite, sonhou com a torre branca e reluzente de novo, mas, daquela vez, estava enevoada e chuvosa, gotas pesadas pendendo lágrimas das pétalas de rosas. Enquanto observava o garoto adormecido, o quarto foi ficando cada vez mais vazio, a cor se esvaindo das rosas até restar somente uma gaiola de paredes frias, espinhos cruéis e uma só janela, coberta por chuva cinzenta.

9

BRIAR ROSE

BRIAR SE APROXIMOU DA JANELA, OLHANDO PARA O MUNDO ESCURO DO outro lado do vidro. A lua pendia como um arco prateado sobre os silenciosos prédios da cidade, que parecia a Briar muito pequena, cercada por névoa e limitada em todos os lados por uma sombria floresta de pinheiros. Ele crescera com a vista do reluzente jardim do castelo e, além dele, as ruas de paralelepípedos da próspera capital de Andar, Leonnese, o ar ecoando os ruídos de rodas de carroça e comerciantes gritando e bandeiras reais azuis tremulando em cada telhado. À noite, velas ardiam nas janelas, tantas que a cidade piscava sob ele como um mar de pirilampos. Mas aquelas lembranças eram velhas. Fazia muito tempo que a única vista da torre era um labirinto de espinhos.

O farfalhar de lençóis atraiu seu olhar para a garota adormecida na outra ponta do quarto. Ela estava encolhida de lado, uma mão enfiada debaixo do travesseiro e a outra abraçando o corpo, a respiração lenta e regular enquanto sonhava com lugares distantes. As cortinas diáfanas do dossel da cama esvoaçavam ao redor dela. Briar apoiou o queixo na mão.

Ele passara tanto tempo imaginando-a, e errara praticamente tudo.

Desde pequeno, Briar crescera sabendo o que todo o reino de Andar sabia: que a Bruxa dos Fusos viria pegá-lo e ele sucumbiria à magia das trevas e se transformaria em algo podre e vil, cedendo a seus desejos.

Quando ele espetara o dedo no fuso, achara que era aquilo – o fim. Contudo, a Bruxa dos Sonhos aparecera para ele uma última vez. Ao conjurar sobre Briar seu sono encantado, ela pedira que ele não se desesperasse, pois aquela maldição fora feita para ser quebrada. Ela prometera que uma garota apareceria, destinada a despertá-lo com um beijo.

    Desde que se vira na torre branca, a promessa da chegada daquela garota fora o que o mantivera vivo. A irmã dele sempre dissera que a única coisa forte o bastante para conter uma maldição era o amor, e, no fundo do peito, ele se agarrara à crença de que seu amor por aquela garota poderia romper o poder da Bruxa dos Fusos sobre ele de uma vez por todas. Então sonhara com o momento em que eles se encontrariam, com um amor tão poderoso que espantaria cem anos de solidão.

    Quando finalmente se viu cara a cara com ela na torre do Bruxo, simplesmente deixou tudo sair: amor, destino, o fim da maldição, todos os desejos que ele guardara no peito por um século. Fi o olhara como se fosse louco. Fora, possivelmente, a pior declaração de amor do mundo.

    Briar resistiu à vontade de afundar o rosto nas mãos. Não sabia se conseguira avançar com aquelas promessas grandiosas de conquistá-la, ou se, na verdade, dera incentivo para Fi não gostar dele. Contudo, não sabia o que mais poderia fazer. Naquele momento na torre, quando ela o rejeitara abertamente, ele ficara desesperado por uma chance – qualquer que fosse – para fazê-la mudar de ideia.

    Ele esperava, mais do que nunca, não ter estragado tudo. Não por causa do destino, da solidão ou de um sonho disforme sobre uma garota, mas porque nunca conhecera ninguém como Filore Nenroa.

    Ela era esperta e não se impressionava com facilidade. Ele esperava arrebatá-la com sua beleza, sua magia ou sua fama de príncipe lendário. Entretanto, era Briar quem se sentia arrebatado, uma onda atordoante de calor encheu seu peito quando ela o atravessou com o braço e discutiu sobre amor à primeira vista. E ela era tão inteligente, listando informações como se tivesse engolido enciclopédias inteiras, fazendo Briar desejar ter passado mais dos cem anos anteriores na biblioteca do castelo. Ela saíra de casa, se aventurara pelo mundo e aprendera tantas coisas que Briar nunca soubera, coisas que ele queria muito conhecer. E ela era blasé. Briar não sabia se alguém a deixara daquele jeito, ou se ela desconfiava naturalmente de qualquer coisa que pudesse atravessar com o braço, mas mal podia esperar para descobrir.

Sendo um príncipe amaldiçoado, escondido no castelo, Briar não tinha saído muito, mas sempre supusera que, quando chegasse a hora, seria naturalmente cativante e charmoso. Fi não parecia cativada. Ela passava a maior parte do tempo com a testa franzida, como se ele fosse um inseto que ela ainda não sabia se esmagaria.

Apesar disso – ou talvez por causa disso –, nada fora mais recompensador do que ganhar aquele primeiro sorriso dela.

Ele estava viciado. Queria mais. Estava transbordando de emoções que não sentia fazia cem anos. Júbilo galopante e incontido ao pensar em viajar ao lado de Fi. Antecipação vibrante ao imaginá-los discutindo com humor, Fi encarando-o com aquele olhar agudo e seco enquanto tentava não sorrir. E havia o buraco dolorido que se abria em seu peito quando ele pensava na maldição. Será que Fi estaria em perigo por tentar salvá-lo? Como aquilo nunca lhe ocorrera antes? Em todo o tempo que sonhara, nunca imaginara desejar que a salvadora não o salvasse.

Um fiapinho de dúvida se esgueirou por sua mente. Briar fechou o punho no casaco, esmagando um dos botões de rosa prateada contra a palma. Ele estava pedindo para ela encarar a magia das trevas que derrotara as Grandes Bruxas, que derrubara Andar no auge de seu poder – a magia que o carcomia fazia cem anos, o triturava, procurando um caminho. E se Fi não pudesse salvá-lo? E se ninguém pudesse? E se ela morresse ao tentar e ele acabasse sozinho de novo, e de vez?

A lamparina do outro lado da rua se apagou, sufocada pela névoa crescente. O quarto pareceu mais escuro de repente, e mais frio, as sombras caindo sobre ele como dedos deformados.

Não pense nisso, lembrou Briar. *Não pense na maldição.*

Quando ele era pequeno, sua irmã lhe dissera que a magia era como um desejo. Respondia a intenções. Briar estava tão profundamente enredado na magia das trevas da Bruxa dos Fusos que, em seus momentos de maior desespero, duvidava que acabaria livre. Às vezes, jurava que sentia a Bruxa dos Fusos o alcançando através da vasta distância, convidando-o a ceder à maldição, a deixá-la engoli-lo.

Ele vivia com medo do que aconteceria, para que coisas cruéis ele seria usado quando estivesse sob o poder da maldição. Contudo, um pensamento sempre afastara a escuridão, e ela finalmente estava à sua frente, mais concreta do que nunca.

Ele se virou para olhar para Fi, delineando os traços de seu rosto. Ela se revirou em sonho, resmungando sobre ter acabado a tinta. Briar curvou a boca em um sorriso. Ela romperia a maldição, ele tinha certeza. Fi não era quem ele imaginava, e talvez fosse essa sua melhor característica.

10

SHANE

Shane se recostou na parede sob o toldo da pequena botica, puxando, irritada, o capuz da capa que pegara emprestada dos Nenroa.

Fi a acordara horas antes do amanhecer, fazendo-as ir embora de Raven's Roost sob o manto da escuridão. Shane tinha certeza de que não tinham sido vistas, porque até os pássaros tinham a decência de estar dormindo àquela hora. Depois de cavalgar o dia todo, finalmente pararam para comprar mantimentos em Wistbrook, o último entreposto comercial antes de entrarem nas Cragspires a caminho do Ducado de Bellicia.

Fi, em sua discrição costumeira, dissera que iam arranjar passes em Bellicia, e nada além disso. Ela também recusara qualquer possibilidade de pegar quartos com camas confortáveis na pousada local – aparentemente, aquele luxo era reservado para quem não estava sendo procurado. Shane fora instruída a abaixar a cabeça e evitar confusão, o que, na prática, significava esperar encolhida na frente das lojas, sufocada sob a pesada capa de viagem, enquanto Fi negociava o dinheiro delas.

O mínimo que a parceira podia fazer era se apressar!

Shane olhou pela vitrine poeirenta da botica onde Fi sumira. As estantes lá dentro eram repletas de vinhas feitas de argila e centenas de frascos de vidro colorido, tudo reluzindo ao sol. Depois de comprar os artigos de primeira necessidade, Fi decidira fazer uma parada em busca de informação. Twyla, a boticária, era amiga do Bruxo do Papel. Fi *deveria* estar se informando sobre atividades dos Caça-Bruxas no local, mas parecia que ela e a lojista estavam envolvidas em uma longa discussão sobre herbologia. O olhar de Fi se acendeu quando a mulher de pele marrom apontou, animada, para as ervas secas que pendiam do teto.

Shane estudou a mecha grisalha no volumoso cabelo castanho-avermelhado de Twyla, se perguntando se a mulher era Bruxa. Era difícil saber algo assim em Darfell, onde tantas Bruxas faziam o possível para se misturar à população.

Em Steelwight, magia era domínio das sábias da aldeia e dos eruditos dos Templos Verdes. Os mais poderosos eram os anciãos, homens e mulheres com o corpo coberto por tatuagens de constelações e das oito ilhas do arquipélago de Steelwight. Eram professores, curandeiros e viajantes que falavam do chamado das florestas antigas, pessoas que sempre sabiam onde encontrar fontes de água doce e que mistura fedorenta acabaria com a febre de uma criança. Até o pai arrogante de Shane respeitava, a contragosto, o poder dos eruditos. O Bruxo do Papel a lembrava muito das sábias de sua aldeia. Provavelmente era por isso que sentira o impulso de confiar nele quando se conheceram.

Cinco minutos, decidiu Shane quanto à parceira enrolada. Depois disso, sendo ou não fugitiva, ela entraria.

Depois da botica, as ruas se abriam para uma barulhenta feira ao ar livre, com vozes pechinchando e galos cacarejando nos telhados. A maioria dos fregueses passava bem longe de Shane. Ela devia estar com uma aparência bem suspeita, encolhida nas sombras com o capuz levantado em um dia ensolarado. Por outro lado, batedores de carteira eram comuns por aquelas bandas, então talvez ela se encaixasse bem.

Shane experimentou seu olhar mais ameaçador contra a próxima pessoa que a encarou com desconfiança. O jovem homem empalideceu e apertou o passo, agarrando a sacola de figos roxos e carnudos. Shane ainda estava contendo uma gargalhada quando um tumulto começou em uma das barracas da feira.

– Ladra! – ergueu-se a voz ultrajada de um homem em meio ao burburinho, seguida pelo grito de uma garota.

Shane não enxergava o que estava acontecendo em meio à multidão que parara para assistir ao escândalo na barraca da joalheria.

– Me solta! – exigiu a voz da menina.

Shane olhou de relance para a botica. Fi certamente daria uma bronca nela por isso, mas...

Ela se afastou da parede, abrindo caminho às cotoveladas para enxergar melhor, e ficou paralisada ao ver uma figura conhecida.

– Red! – soltou.

Red deu meia-volta, os olhos se arregalando um pouco, surpresa de encontrar Shane. Um homem alto e musculoso – um segurança contratado, pela cara – segurava Red pelo punho enquanto o comerciante bem-vestido por trás da mesa gritava acusações.

Red vestia a mesma blusa e o mesmo corpete do bosque, mas combinados com uma saia fina de cor carmesim que esvoaçava ao redor dos tornozelos. Os cachos escuros estavam presos com grampos, e havia joias cintilando em seu cabelo. Com a mão livre, ela se agarrava a uma sombrinha dobrada – que estava prestes a ser usada como arma, se Shane estivesse interpretando bem a expressão irritada da garota.

– Tira as mãos de mim, seu bruto!

Red tentou desvencilhar o punho, mas o segurança torceu o braço dela para cima, fazendo-a soltar um assobio de dor.

Shane já tinha visto o bastante.

– Ei! Solta ela – grunhiu, avançando com o mesmo olhar de ameaça que experimentara antes.

O guarda não ficou nem um pouco intimidado, mas o comerciante de joias pareceu se afetar.

– Isso não é da sua conta – cuspiu ele. – A garota roubou um anel muito valioso da minha mesa. Reviste-a! – ordenou ao guarda.

O homem olhou Red de cima a baixo com um sorriso lascivo. Alguma coisa dentro de Shane se endureceu como ferro. De repente, ela não se importava se Red tinha roubado dez anéis. Um segurança sorridente passando a mão em Red sob a desculpa de revistá-la estava na curta lista de coisas que não aconteceriam de jeito nenhum.

– Se encostar nela, vou quebrar seus dedos – advertiu ela.

Red conseguiu se soltar, puxando a mão com um barulho de nojo. O olhar que dirigiu a Shane por cima do ombro era ao mesmo tempo agradecido e calculista, e ela se virou para o comerciante com expressão de desafio.

— Mande seu homem guardar essas mãos nojentas, e eu deixo ela me revistar.

Ela apontou para Shane com o queixo.

— Como assim? — sibilou Shane, surpresa.

— Não está interessada? — perguntou Red, erguendo as sobrancelhas.

Shane ficou aliviada por não precisa responder.

— Tá. Reviste os bolsos dela, mas tudo em público! — disse o comerciante, irritado.

O segurança se afastou, olhando atentamente para o rosto encapuzado de Shane. Ela esperava que o homem não fosse do tipo que prestava atenção em avisos de Bruxas.

Red deixou a sombrinha de lado e levantou as mãos quando Shane se aproximou, a boca curvada em um sorriso provocante.

— Tem certeza de que é boa ideia? — perguntou Shane em voz baixa.

Da última vez que vira Red, a garota *estava* roubando alguma coisa.

— Vá em frente. Não deixe essa gente toda esperando — brincou Red.

A multidão se avolumara ao redor delas, animada para ver no que aquilo ia dar. Shane olhou feio para a plateia, então passou as mãos pela lateral do tronco de Red, batendo nos volumes da saia, tentando não pensar muito no que estava tocando. Contendo o frio na barriga, enfiou os dedos nos bolsos de Red e os virou do avesso.

O primeiro bolso estava vazio. O segundo continha uma bolsinha de veludo e um grampo de cabelo decorado com um rubi, igual aos outros do cabelo de Red. A bolsinha estava tão cheia de moedas que Shane supôs que Red andava se saindo bem como ladra, mas nada de anel. Ela devolveu as coisas de Red enquanto o comerciante bufava.

— Ela não tem nada.

— Tem certeza? Talvez seja bom revistar meu corpete — sugeriu Red, piscando os longos cílios para Shane. — Aposto que dá para esconder alguma coisa aqui.

Shane sentiu um calafrio. Ela não sabia se Red era Bruxa, mas definitivamente tinha um senso de humor malévolo.

– Não sei onde você escondeu meu anel, mas sei que o pegou! – gritou o comerciante, socando a mesa. – Pegue-a!

O leão de chácara avançou, agarrando Red. Shane se meteu entre os dois e o pegou pelo cotovelo, girando seu corpo para jogá-lo voando por cima do ombro. Ele caiu na mesa do comerciante com um estrondo. Pulseiras brilhantes e colares de contas de vidro se espalharam pela areia, e o capuz de Shane pendeu para trás, expondo seu rosto à multidão.

– Ei! É a caçadora Shane, dos avisos sobre Bruxas! – gritou alguém.

Shane tentou se virar para ver quem a reconhecera, mas só viu um mar de rostos desconhecidos.

– Acho que essa é nossa deixa – cochichou Red. – Corra!

Ela agarrou a mão de Shane, e de repente saíram voando pela feira, caos irrompendo às costas delas.

Shane escutava os berros do comerciante mandando seus homens segui-las. Alguns outros na multidão tentavam bloqueá-las, correndo entre as fileiras de barracas e pulando barris e fardos de feno. Red dirigiu a ela um olhar atrevido. Em seguida, entrou em uma curva fechada e arrastou Shane por um beco, deixando os perseguidores comendo poeira.

O coração de Shane estava a mil, e não era só pela fuga. Ela não conseguia desviar o olhar da expressão de puro prazer no rosto de Red. Os olhos dela cintilavam, como se sorvesse cada segundo. Red era exatamente o tipo de garota que a avó de Shane falaria para evitar – um aviso que ela desafiaria com alegria.

– Por aqui – chamou Red, arrastando Shane pela passagem estreita entre dois prédios de pedra.

Mal havia espaço para uma pessoa, muito menos para duas, e Shane acabou esmagada contra Red, o peito macio da garota subindo e descendo contra o seu. Um cacho escapara dos grampos e caía no rosto em forma de coração.

– Eles nos perderam – sussurrou Red, conforme os gritos da perseguição ficavam mais distantes.

Ela então levantou o queixo para olhar para Shane, que parou de respirar, encarando o rosto corado de Red, sua boca entreaberta, os olhos escuros e cheios de segredos fitando-a. Elas estavam com os narizes praticamente encostados. Shane não sabia que coração sentia bater, se o dela ou o de Red, mas estava acelerado. Ficou tonta com a proximidade.

– Obrigada – conseguiu dizer, tentando manter a voz tranquila.

A gargalhada de Red vibrou contra seu rosto.

– Tenho muita experiência em fugir de multidões furiosas.

Shane se obrigou a se concentrar, escutando com atenção. A rua para além do beco estava silenciosa.

– Acho que já é seguro – disse.

– Talvez a gente deva esperar mais uns minutos, bem assim.

O sussurro de Red acariciou o pescoço de Shane, mas ela logo se apertou contra Shane e saiu para a rua, sacudindo as saias para tirar a poeira e as teias de aranha do beco. Ela pegou a sombrinha e a encostou no ombro.

– Vem – chamou Red. – Vou te mostrar outro jeito de sair da cidade, para o caso de aquela gente voltar para te procurar.

– A maioria das pessoas estava te procurando – argumentou Shane, mas levantou o capuz mesmo assim.

Ela alinhou os passos aos de Red, olhando para a garota com curiosidade enquanto caminhavam grudadas aos prédios.

– Então – falou –, acabei de te ajudar a roubar o anel daquele cara?

– Quer me revistar de novo para conferir? – perguntou Red, dirigindo um olhar travesso a Shane. – Eu não me preocuparia. Só hipoteticamente, o anel *talvez* fosse uma relíquia mágica, e *talvez* fosse melhor o comerciante se livrar dele.

– E isso faria da pessoa que o pegasse uma caçadora de relíquias? – insistiu Shane, afastando um varal de roupas para Red passar por baixo.

Shane sempre mantivera distância dos caçadores de tesouros irresponsáveis o bastante para ir atrás de relíquias mágicas, já que normalmente era impossível saber se as relíquias tinham sido enfeitiçadas com magia perigosa até pegá-las. Red, contudo, parecia saber exatamente o que fazia.

A garota levou um dedo à boca pintada.

– Acho que você pode dizer que localizo e adquiro itens raros.

– Desconfio que essa descrição se assemelhe à de uma ladra.

– É mesmo, não é? – retrucou Red, piscando inocentemente para Shane.

De perto, os olhos castanho-escuros dela pareciam grandes como os de uma corça, mas Shane nunca conhecera uma corça tão esperta.

Elas já estavam quase nos limites da cidade. Shane tinha acabado de se abaixar para ajudar Red a passar por cima de uma pilha de engradados quebrados quando um borrão de pelo marrom saiu correndo da pilha, cuspindo e bufando. Shane vislumbrou olhos amarelados logo antes de o cão desgrenhado arreganhar os dentes, as orelhas inclinadas para trás.

– Cuidado! – gritou Shane.

Red nem pestanejou. Em um gesto rápido, jogou a sombrinha para o lado e se ajoelhou na terra, esticando as mãos.

A criatura era coberta por pelo marrom e caramelo sujo e várias cicatrizes cruzadas, como um dos cães selvagens que rondavam os assentamentos nas montanhas em busca de restos de comida. Uma cicatriz prateada comprida reluzia entre os pelos acima da orelha deformada. Se o animal fosse brutal como parecia ser, Red estava prestes a perder um dedo.

– Red – sibilou Shane com urgência.

– Xiuuu, você vai assustar ele.

A voz de Red estava baixa e calma. O cachorro rosnou, um barulho no fundo da garganta, os pelos do pescoço eriçados enquanto ele as observava, desconfiado.

– Você não vai me machucar, vai, lindo? – sussurrou Red, tão baixo que Shane mal a escutou.

Em seguida ela começou a cantarolar uma melodia doce e melancólica, como uma canção de ninar triste. A música mexeu em alguma coisa no fundo do peito de Shane, trazendo à tona lembranças que ela acreditava ter enterrado.

O cachorro piscou devagar, sentando-se nas patas traseiras. O rosnado feroz se transformou em um choramingo de súplica quando ele empurrou o focinho contra a mão aberta de Red. A boca de Red se curvou em um sorriso. Ela parou de cantarolar e colocou a mão sob o focinho do animal, coçando seu queixo e fazendo-o bater o rabo contra o chão. Shane a observou, fascinada.

– Como você fez isso? – perguntou, descendo dos engradados.

Red deu de ombros.

– Sempre levei jeito com animais. Gosto mais deles do que de pessoas.

– Eu deveria ficar ofendida?

– Bom, se servir de consolo, *você* é a pessoa mais animalesca e feroz que já conheci.

Red a olhou por cima do ombro.

– Ei! – protestou Shane.

– É um elogio – garantiu Red antes de voltar a atenção para o cachorro, desembaraçando o pelo dele. – Animais fazem sentido. Mesmo quando são perigosos, mesmo que pareçam ferozes, eles sempre têm motivo. Pessoas, por outro lado, podem ser absurdamente cruéis.

Shane se perguntou o que veria no olhar de Red se a garota não tivesse desviado o rosto de propósito.

– Diferentemente de você – disse Red de maneira carinhosa para o cachorro desgrenhado. – Você é um docinho.

O cachorro aparentemente concordou, latindo e pulando para lamber o rosto dela. Red riu quando o cão a derrubou, e o som foi tão caloroso e vulnerável que, por um momento, Shane sentiu que via uma garota inteiramente diferente, uma que acabara de conhecer.

Um dos grampos de Red caiu e deslizou pela areia. Shane o pegou e, relutante, enfiou a mão no bolso, desembrulhando o lenço para revelar seu último pedaço de carne-seca. Era das boas, o tipo que ela nunca encontraria nas reservas vegetarianas do Bruxo do Papel. Era boa demais para um vira-lata. Mas...

– Aqui, garoto – chamou Shane, jogando a carne na grama.

O cachorro saiu de cima de Red e engoliu o petisco, sacudindo o rabo sem parar.

– Coração mole – acusou Red, com um sorriso.

O cachorro levantou as orelhas e, um segundo depois, foi embora, se afastando da cidade a passos largos. Red se levantou e recuperou a sombrinha. Shane engoliu em seco, pensando que não era justo Red ficar ainda mais bonita com o cabelo bagunçado e o vestido coberto de manchas de patas sujas.

Shane foi na frente, saindo da cidade e entrando no bosque. Ela tentou ficar de olho em qualquer pessoa que pudesse segui-las, mas acabava sempre olhando para Red, estudando-a pelo canto do olho. Shane sempre fora atraída por garotas bonitas, e Red era perigosamente bonita. Contudo, havia mais alguma coisa ali, algo escondido e misterioso que fazia Shane querer saber tudo sobre ela.

Quando chegaram à clareira onde ela e Fi tinham deixado os cavalos, a parceira a esperava com as mochilas aos pés e o rosto tenso.

– Até que enfim. O que aconteceu com o plano de ficar de cabeça baixa? Não pode passar cinco minutos sem se meter em confusão... Ah.

Ela parou abruptamente quando notou Red.

– Ignorando o fato de que você passou *muito* mais do que cinco minutos naquela loja – respondeu Shane –, esta é Red, a garota de quem falei. Red, esta pessoa mal-educada é minha parceira de caça ao tesouro, Fi.

– Temo ser o motivo para sua parceira ter se metido em confusão – disse Red. – Ela correu para me resgatar na feira, e as coisas saíram do controle.

Fi olhou para Shane com uma expressão que indicava que pediria detalhes depois.

– É a cara da Shane.

– Ei, a gente saiu ilesa – disse Shane, pigarreando. – Isso é seu, Red – falou, oferecendo o grampo.

– Perfeito.

Red deixou a sombrinha de lado, os dedos acariciando a mão de Shane ao pegar o grampo. Pelo olhar sedutor, era claro que não fora acidente. Fi encarava Shane com tanta força que parecia capaz de abrir um buraco nela, mas Shane não conseguia nem olhar para a parceira, de tão inteiramente hipnotizada que estava por Red, que capturava os cachos e os prendia na nuca.

Quando ela se abaixou para pegar a sombrinha, Shane notou alguma coisa aparecendo sob a gola da blusa, um vislumbre de tinta preta na pele. *Uma tatuagem?* Shane só conseguiu identificar uma curva sinuosa e algo afiado, como uma presa.

Um olhar para Fi confirmou que ela estava atenta ao mesmo lugar, com a testa bem franzida.

Red se voltou para elas.

– Bom, é melhor eu ir. Tenho uma questãozinha para resolver, afinal.

Ela abriu a sombrinha, e Shane, chocada, viu um pequeno anel de prata cair dali, bem na palma da mão de Red.

– Você pegou mesmo!

– Nunca falei que não tinha pegado – lembrou Red. – Talvez a gente se veja na estrada.

Tendo dito isso, ela saiu rebolando, jogando o anel distraidamente de uma mão para a outra.

Fi cruzou os braços, encarando Shane.

– Então é esse seu tipo.

– Que tipo? – perguntou Shane, distraída.

– Perigosa.

Shane piscou, lembrando especialmente que Red dissera a mesma coisa. Ela fez uma careta e deu um peteleco no ombro de Fi.

– Meu tipo é qualquer uma que não seja você.

Fi sacudiu a cabeça e largou uma mochila no colo de Shane, assobiando para chamar os cavalos.

– Vem. Twyla tem um chalé nos limites da cidade e disse que podemos passar a noite no sótão.

– Claro… sótão gelado, pousada confortável. Dá na mesma – resmungou Shane.

Mesmo assim, ela não conseguiu se impedir de virar a cabeça mais uma vez, procurando um último brilho vermelho entre as árvores.

11

SHANE

Shane tinha certa experiência em dormir em sótãos, assim como em lugares menos aconchegantes. Para um sótão, o de Twyla era até confortável: sem ratos, sem mofo, nem muita poeira. Contudo, era apinhado de coisas, com montes de ervas secas e outros ingredientes – se da botica ou da cozinha, Shane não sabia – empilhados até o teto inclinado. Sacos de farinha ficavam precariamente encostados em uma torre de potes de mel, algumas cebolas secas estavam soltas no chão. A única preocupação verdadeira de Shane era se mexer durante o sono e acabar esmagada por uma avalanche.

– Podem montar suas camas perto dos nabos – sugerira Twyla, passando a cabeça pelo alçapão e entregando a Shane uma pilha de mantas. – O chão é um pouco inclinado, mas o cheiro é mais agradável do que no canto oposto, perto do alho. Já ouvi reclamações.

– Você parece bem calma com a ideia de nos abrigar aqui – disse Shane, tirando uma caixa de unguentos do caminho.

– Bom, vocês não são as primeiras a passar uma ou duas noites no sótão.

Frente à expressão de surpresa de Shane, Twyla riu, covinhas surgindo em suas bochechas.

– Conheço o Bruxo do Papel faz muito tempo – disse ela. – Os amigos dele parecem ter tendência a se meter em confusão. Se precisarem de alguma coisa, é só socar o chão.

Shane já escolhera o lugar sob a única janela quando Fi subiu para o sótão, com dificuldade de se equilibrar na escada por causa dos dois pacotinhos que carregava sob o braço.

— Não desconfiaria que alguém tão alegre estivesse abrigando fugitivas — anunciou Shane, embolando a capa para servir de travesseiro.

— Suponho que não seja má notícia, nem para ela, nem para nós — disse Fi. — Aqui. Trouxe presentes.

Ela se abaixou para passar pelos cachos de cebolas amarelas pendurados no teto e ofereceu a Shane alguma coisa quente, embrulhada em um guardanapo de pano.

Shane abriu o embrulho e encontrou um pão doce crocante, transbordando de maçã e canela. Ela deu uma mordida ávida, suspirando de satisfação.

— Eu precisava mesmo disso — falou, a boca cheia.

— Abriu o apetite, fugir daqueles caçadores de recompensa? — perguntou Fi, seca, dando uma mordida bem mais contida na própria comida.

Shane contara o que acontecera na feira, e, apesar de Fi não ter dito muita coisa, suas sobrancelhas franzidas eram bem expressivas.

Shane sacudiu o pão doce na direção dela.

— Continuo profundamente ofendida por acharem que minha cara é feia assim.

Fi bufou.

— Aproveitei para conversar com Twyla sobre nosso problema com os Caça-Bruxas. Parece que um esquadrão todo foi visto perto da estrada principal. Vamos ter que nos ater às trilhas de carga da montanha. Mais um motivo para tomarmos o cuidado de não sermos notadas.

Ela falara no plural, mas se referia a Shane.

— Não comecei a briga — protestou Shane.

— Mas tenho certeza de que se meteu nela de cara — retrucou Fi.

Shane não podia negar.

— O que eu devia fazer? Deixar Red ser apalpada pelo leão de chácara do comerciante? Você teria feito o mesmo, admita.

— Provavelmente — cedeu Fi, suspirando. — Mas, Shane, quanto você conhece a Red?

– Sei que ela é boa em conseguir o que quer – sugeriu Shane, lembrando-se do sorriso tímido de Red quando o anel caíra da sombrinha.

– Estou falando sério – disse Fi mordendo o lábio, como se dividida quanto ao que falar, e olhou para Shane. – Vi a tatuagem no pescoço dela.

Shane se lembrava da marca.

– Acho que pode ser um pedaço de uma tatuagem de lacre – admitiu Fi. – Nunca vi pessoalmente, mas já ouvi falar que, depois da queda de Andar, quando os Caça-Bruxas começaram a ganhar poder, às vezes tentavam lacrar a magia das Bruxas, tatuando um símbolo no pescoço delas.

– Como assim? – perguntou Shane, horrorizada.

– Não funcionava – continuou Fi, apressada –, então abandonaram o hábito e começaram a expulsar as Bruxas de Andar. Mas dizem que ainda acontece às vezes, nos principais redutos de Caça-Bruxas – explicou, mordendo o lábio. – A forma serpenteante… pode ser parte do símbolo das cobras gêmeas comendo uma o rabo da outra – disse, mexendo os dedos distraída e desenhando uma forma semelhante a um oito na poeira: duas cobras entrelaçadas mostrando as presas. – Para os Caça-Bruxas, esse símbolo representa a magia e o mal, eternamente conectados e se devorando. Não tenho certeza, mas a posição da tatuagem combinaria.

Shane ficou em silêncio, tentando digerir aquilo.

– Parecia velha – disse enfim.

– O quê?

– A tatuagem parecia velha. Desbotada.

– Então ela provavelmente nasceu em Andar – disse Fi, pegando mais um pedaço do pão, mas parecendo ter perdido o apetite. – Ainda tem alguns assentamentos nas montanhas do norte, longe do castelo e da Floresta de Espinhos, mas os Caça-Bruxas comandam aquela área toda como caudilhos. Não é um bom lugar para uma Bruxa nascer.

Shane sentiu nojo e raiva. Ela sabia ler nas entrelinhas. Fi estava dizendo que alguém fizera aquilo com Red, alguém que temia seu poder. E, pela aparência, acontecera quando ela era muito nova.

De repente, ela se lembrou da voz suave de Red ao acariciar o pelo desgrenhado do cachorro perdido. "Mesmo quando são perigosos, mesmo que pareçam ferozes, eles sempre têm motivo. Pessoas, por outro lado, podem ser absurdamente cruéis." Será que Red testemunhara crueldade absurda em primeira mão? Talvez enxergasse além das cicatrizes do cão porque sabia como era ser ferida a ponto de ficar com marcas.

Sem notar, Shane esmigalhara o resto do pão no punho fechado. Desde aquele primeiro momento em que se conheceram na floresta, havia algo em Red que atraía Shane. Red era como um quebra-cabeça com as beiradas montadas e o meio bagunçado, e Shane não sabia como encaixar tudo. Contudo, pensar em alguém ferindo Red – quando ela era jovem, quando não fizera nada para merecer – era como um corte a faca. E Shane simplesmente a deixara ir embora.

– Por que você não me contou isso mais cedo? – exigiu.

Fi corou.

– Por que será? O que quer que tenha acontecido com Red é problema dela. Não era meu direito expô-la dessa maneira.

Claro que Fi pensaria daquela forma. Ela venerava a posição de *nunca-contar-nada-para-ninguém*. Fi não entendia. Tinha pessoas como o Bruxo do Papel, Shane e seus pais, pessoas que garantiam que ela nunca estivesse sozinha, mesmo se quisesse ficar. Pela forma como Red acariciara a cabeça machucada do cachorro, Shane imaginava que ela não tinha ninguém.

– E se Red estiver envolvida em alguma confusão e precisar de ajuda? – retrucou Shane.

Fi franziu a testa.

– Não acho que seja problema nosso.

– E se precisar da *minha* ajuda?

Só ao falar, Shane reparou quanto queria que aquilo fosse verdade. Ao correr pela feira de mãos dadas com Red, e ao esmagar seu corpo contra o dela no beco, a um sopro de distância, ela sentira algo que não sentia fazia muito tempo. Desejo.

Fi a olhou com uma secura desinteressada que Shane se sentiu murchar.

– Tá. É besteira. Mas a gente se conectou – insistiu ela. – Sabe, às vezes a gente conhece alguém e parece...

– Se você disser que foi amor à primeira vista, vou enfiar o resto desse pão na sua garganta – advertiu Fi, irritada.

Shane piscou, surpresa por Fi, normalmente tão contida, perder a compostura. Foi então que percebeu que não estavam mais falando de Red, e sim de Briar Rose e sua interferência repentina na vida de Fi.

— Bom, eu *ia* dizer que parece coisa do destino — disse Shane, coçando o pescoço, envergonhada. — Mas soa mesmo um pouco dramático. Só não é tão dramático quanto *salvadora prometida de um príncipe de contos de fadas*.

Ela esticou o pé, cutucando a bota da parceira.

— Nem me diga — concordou Fi, forçando um sorriso e tossindo, constrangida. — Eu não devia ter sido grossa assim.

Faltava a palavra "perdão" naquele pedido de desculpas, mas Shane aceitaria mesmo assim.

— E aí, seu príncipe espiritual já apareceu para uma visita? — perguntou, tomada de repente por uma ideia horrível. — Ele não está aqui agora, né?

Ela apertou os olhos e voltou-se para o sótão encardido, temendo que um fantasma real estivesse à espreita atrás dos alhos.

Fi soltou uma gargalhada.

— Não. Ele só apareceu uma vez até agora. Mas sonho com ele toda noite desde que espetei o dedo naquele fuso — disse, abraçando as pernas e apoiando o queixo nos joelhos. — Ainda é difícil acreditar que, entre tanta gente, o fuso de osso *me* escolheu. Não consigo deixar de achar que foi um equívoco.

Fi encarava a mão, mas não a marcada pelo fuso. Olhava para a luva. Shane não sabia que história era aquela, mas sabia como acabar com a expressão complicada no rosto da parceira. Era fácil mexer com Fi, afinal.

— Pelo menos você teve o bom senso de me implorar por companhia — disse Shane, jogando os braços para trás da cabeça.

Fi fez um som de desdém, mas um sorrisinho surgiu em seu rosto.

— Não é bem assim que eu lembro.

Quando caiu entre elas um silêncio mais caloroso, o pensamento de Shane voltou-se para Red.

— Se Red for mesmo de Andar, talvez a gente a veja de novo.

— Talvez — concordou Fi. — Se me lembro bem dos provérbios de Steelwight, encontrar uma pessoa três vezes por acaso é sinal de que o destino as quer juntas. Da próxima vez, talvez você possa flertar até tirar umas respostas dela.

A voz de Fi era seca, mas sua sobrancelha erguida indicava a Shane que estava rindo por dentro.

Shane amarrotou o guardanapo e o jogou em Fi.

— Nem pense que não te vi toda corada olhando para o nada. O príncipe Briar Rose não é um vovozinho corcunda de cento e dezesseis anos, né? Deixa eu adivinhar: jovem, bonito, loiro...

Fi se levantou abruptamente, mas não antes de Shane ver suas bochechas ficarem vermelhas. A resposta era sim.

— Vou pegar mais umas mantas com a Twyla — disse Fi, abrindo o alçapão e descendo a escada correndo, antes de passar a cabeça para dentro do sótão mais uma vez. — Durma um pouco. Quero ir embora *antes* do amanhecer.

— Claro que quer — resmungou Shane.

Mesmo assim, ela ainda estava sorrindo quando se espreguiçou entre os maços de funcho doce, contente em deixar por isso mesmo.

O SONO ESCAPOU DELA NAQUELA NOITE. MUITO DEPOIS DE FI ADORMECER, enroscada nas cobertas, Shane se pegou olhando para o pedacinho de céu noturno visível pela janela redonda do sótão. A estranha canção de ninar de Red atiçava sua memória, mas ela não sabia a melodia, então acabava por misturá-la às notas de "Ó águas frágeis". Pela primeira vez em anos, Shane se viu pensando na única garota que já partira seu coração: Kara, com o cabelo preto como as asas de uma gaivota e os olhos verdes como o mar congelado sob o sol do inverno. Sua noiva em Rockrimmon.

O mais silenciosamente que conseguiu, ela rolou para o lado e tirou a adaga de prata da bota, girando entre os dedos o cabo esculpido. De um lado estava Astaluna, a princesa da lua; do outro, Daghorn, o grande guerreiro do mar que a trouxera para a terra. Era uma das histórias de amor mais antigas de Steelwight, mesmo que não fosse exatamente feliz. Astaluna sentira tanta saudade de sua casa na lua que erguera as grandes geleiras nas montanhas nevadas, convocando os raios de luar para formar uma ponta de luzes de arco-íris até o céu. Ela passara a maior parte da vida sozinha, voltando só nas profundezas do inverno para visitar Daghorn e os filhos, e, sempre que caminhava pela ponte entre a lua e a terra, a aurora ondulava pelos céus, e os passos da princesa da lua cintilavam em tons de azul e verde.

Shane ganhara a adaga de presente de noivado de Kara, que fora prometida à caçadora quando as duas eram muito novas. Na época, Shane só vira a história dos amantes naqueles entalhes, mas agora ela se perguntava se havia um significado mais profundo por trás da escolha de Kara: a princesa da lua que voltara aos céus. Em troca, Shane lhe dera um manto bordado com os símbolos tradicionais da beleza: margaridas cor-de-rosa e galantos. As margaridas eram as flores preferidas de Kara – a única coisa que Shane lembrava sobre ela quando voltara a Rockrimmon para se preparar para o casamento.

> *Ela ainda se lembrava de estar ao lado de Shayden, em frente ao portão, as mãos suando, à espera de Kara, terceira filha do rei de Icefern – a garota com quem deveria passar o resto da vida. Seu estômago estava todo embolado. Passara a manhã tentando persuadir Shayden a vestir a túnica cerimonial do herdeiro e tomar seu lugar, só aquela vez, mas eles não conseguiam mais fazer aquele tipo de troca, pois ele estava quinze centímetros mais alto do que ela.*
>
> *Kara fora mandada para ser criada sob a proteção de Rockrimmon quando ainda tinha idade para correr despreocupada pelas campinas, sujando o vestido até os cotovelos enquanto buscava margaridas cor-de-rosa perfeitas para fazer coroas de flores. Eram sempre três: uma para ela, uma para Shane e uma para Shayden. A garota que desceu da carruagem forrada de pele não se parecia nada com a figura que estava gravada na memória de Shane. Com dezesseis anos, enquanto Shane tinha quinze, ela parecia impossivelmente elegante e bela, com o vestido longo de musselina azul-gelo e o cabelo preto trançado em uma coroa. Não mais uma protegida, mas a rainha prometida de Shane.*
>
> *Shane não fazia ideia de como agir perto dela. Sempre que sentava ao lado de Kara em um banquete ou ouvia sua gargalhada melodiosa do outro lado da sala, sentia-se enjoada e tropeçava nos pés repentinamente enormes. Kara era como um dos espíritos do nevoeiro das*

lendas antigas: tão perfeita que não podia ser de verdade. Nas semanas após o retorno da garota à corte, Shane se refugiava mais do que nunca no telhado da torre de vigia, aproveitando os momentos a sós com Shayden de novo.

Até que em certa noite, uma como qualquer outra – ela e Shayden olhando para as estrelas, rindo e implicando um com o outro –, uma voz suave chamou pela primeira vez:

– Posso subir?

Kara se encontrava nas ameias, olhando-os de baixo. Por um segundo, Shane quase recusou. Ela não queria compartilhar aquilo; sempre pertencera só a eles dois. Contudo, Shayden já tinha estendido a mão e puxado Kara para o topo da torre.

Kara se instalou entre eles e apertou a grossa camisola de lã contra as pernas. Lá em cima, longe da corte, ela não parecia mais tão intocável, o cabelo solto nas costas e a luz das fogueiras destacando as sardas em seu rosto rosado.

Shayden parecia estar pensando a mesma coisa.

– Fico surpreso de você ter escapado da tia Annor vestida desse jeito. O que ela dizia mesmo? – disse Shayden, deixando a voz mais aguda e sacudindo um dedo em riste. – A maquiagem de uma dama é sua armadura. Nem um fio de cabelo fora do lugar!

Kara caiu na gargalhada, contendo o barulho com a mão. Shane gemeu e falou:

– Não faça isso... você fica igualzinho a ela!

A velha e severa tia Annor viera para Rockrimmon com Kara quando a garota era criança, e a mulher não se incomodava de correr atrás da futura Rei da Guerra com uma escova de cabelo. O couro cabeludo de Shane doía só de pensar.

– Ela ainda é implacável – avisou Kara. – Felizmente, dorme como um defunto, ainda mais quando toma vinho de arando-vermelho.

– Bom, gosto mais de você assim – disse Shane, pensando em como Kara ficava rígida usando os vestidos elegantes de gola alta.

– Mas você também dizia que gostava mais quando eu tinha galhos presos no cabelo – lembrou Kara. – Então sabemos que você não é muito exigente.

Depois disso, foi fácil voltar ao ritmo antigo, os três comparando impressões sobre os velhos cortesãos e discutindo sobre de quem era a culpa por Shayden uma vez ter ido parar no tanque das lavadeiras. Shayden e Kara tinham certeza de que fora de Shane. Conforme o constrangimento se esvaía, Shane se pegou sorrindo até o rosto doer e tentando se exibir, inventando histórias sobre as constelações, o que não fazia desde a infância.

– Aquele é o lobo desgrenhado perseguindo a lua.

Shayden revirou os olhos para Kara.

– Não é um lobo. É um cervo prateado que guia crianças perdidas na floresta.

Shane bufou.

– Que sem graça. É um lobo que abocanhou a lua, e todos os pedacinhos babados que caíram se tornaram novas estrelas.

Kara franziu o nariz, rindo. Shayden se aproximou e deu um tapa no pescoço de Shane.

– Não fala babado. *Sua vez, Kara.*

Kara inclinou a cabeça para trás, enrolando distraidamente uma mecha de cabelo no dedo. Shane a vira fazer aquilo quando sonhava acordada na corte, olhando para o outro lado do salão, para Shane e Shayden sentados ao lado do trono do pai. Pela primeira vez, Shane se perguntou se Kara estivera pensando nela.

O braço de Kara resvalou no dela, e Shane sentiu um formigamento até a ponta dos dedos dos pés. Não era apenas sua noiva. Era sua melhor amiga de infância. E agora seriam só os três outra vez: Kara, Shane e Shayden. Como fora no passado.

Uma lufada de vento outonal percorreu a torre. Kara estremeceu.

– Está com frio? – perguntou Shane.

Só muito depois lhe ocorreria questionar por que Kara não levara o novo manto, o presente de noivado de Shane, aquele bordado com margaridas cor-de-rosa. Na hora, tudo que ela percebeu foi que Shayden e ela se mexeram ao mesmo tempo: Shayden tirando a capa pesada, e Shane abrindo a sua para Kara se aninhar junto a ela.

Por um momento, os dois ficaram imóveis. Shane sentiu que algo importante acontecia, algo incrivelmente frágil tentando se equilibrar. Kara olhou para ela, depois para Shayden, e, muito devagar, se aproximou de Shane e apoiou o rosto em seu ombro. Shayden ficou quieto.

— E aquelas duas? — perguntou Kara, apontando para as estrelas gêmeas pairando sobre o mar.

O peito de Shane se inflou.

— São...

— Os Apaixonados — interveio Shayden, antes que ela pudesse dizer "Estrelas Gêmeas".

Shane tentou encontrar o olhar dele, mas o irmão se afastou, dando as costas para ela e encarando o breu.

Mesmo assim, ela não entendeu. Shayden parou de ir à torre com ela, mas Shane mal notou. Estava envolvida demais com Kara, meio apaixonada pela menina que Kara fora e meio apaixonada pela garota que ela se tornara, que fazia o coração de Shane bater dos jeitos mais estranhos.

Aqueles sentimentos arderam em seu peito por meses, ficando mais fortes a cada toque acidental. Até que, em uma noite perfeita, quando as duas estavam encolhidas no quarto de Shane, a neve reluzente lá fora e as espirais de gelo cintilando na janela, ela fora ousada e se aproximara para beijar Kara. A garota permitira, os lábios macios e entregues sob os de Shane, mas sem retribuir o beijo.

Shane se afastou, magoada.

— O que foi? — perguntou Kara. — Eu te desagradei?

O coração de Shane afundou como uma pedra.

— Você não me quer — disse ela, cada palavra como uma estaca em seu peito, porque, de repente, ela via a verdade, clara como o dia. — Você prefere meu irmão.

— Gosto de garotos e de garotas — respondeu Kara, sem que os olhos verdes e frios demonstrassem qualquer sentimento.

— Não foi o que eu disse. Você o ama?

Centenas de pequenos momentos passaram por sua mente — todos como aquele na torre, quando Kara olhara para os dois e escolhera Shane, não porque queria, mas porque devia.

Shane fechou os olhos. Ela sabia que deveria se sentir traída, mas estava só atordoada.

— Não importa — disse Kara, a voz impossivelmente calma, como se toda palavra fosse sincera. — Não muda nada entre nós.

— Como pode dizer isso? — perguntou Shane. — Você ao menos me ama? Acredita que pode me amar um dia?

Kara pareceu magoada.

— Eu gosto muito de você, Shane. E sempre serei fiel.

— Não quero fidelidade! — disse Shane, pegando as mãos de Kara. — Quero amor... amor de verdade. Quero que sejamos destinadas.

Shane entrelaçou os dedos nos dela com força, procurando uma faísca de calor entre elas. Mas os dedos de Kara estavam frios, tão frios que Shane se perguntou se a garota não era mesmo um espírito do nevoeiro.

— E somos. É nosso destino governar juntas. Liderar Rockrimmon juntas. Só não é nosso destino nos apaixonar.

Shane se afastou, largando as mãos de Kara.

— Como isso pode bastar para você?

— É meu dever — disse Kara, como se não fosse nada.

Dever. Era sempre questão de dever — uma palavra que Shane odiava mais a cada dia, conforme se aproximava a data de sua confirmação e seu pai tentava forçá-la a caber nos moldes de um verdadeiro Rei da Guerra. Se ela se casasse com Kara, era aquilo que poderia esperar: uma vida de dever. Uma ruptura entre ela e Shayden. Um casamento com uma garota que nunca a amaria. Um futuro em que ninguém teria o que desejava.

— Shane — começou Kara, se aproximando.

Shane se afastou.

— Vá embora.

A mão de Kara hesitou no espaço entre elas, até se abaixar.

— Perdão — sussurrou, e foi embora.

Shane não disse nada. Apenas apertou o maxilar para conter as lágrimas.

12

FI

Fi se espreguiçou e olhou para as Cragspires, o vento do alto da montanha assobiando em seus ouvidos. Alguns metros abaixo, a planície acabava, dando lugar a uma vista vertiginosa dos picos pretos de granito, afiados como pontas de lança, que davam nome à cordilheira Cragspires. O perfume de prímula e jacinto silvestres encheu seu peito. Se fechasse os olhos, ela quase esqueceria que estava cansada, suja e dolorida depois de quatro dias exaustivos na sela.

— Cansei dos seus atalhos.

Fi revirou os olhos e se voltou para a parceira. Elas tinham parado para os cavalos beberem água em um riacho largo e raso que cortava a trilha, formado pelo derretimento da neve no verão ou pelas tempestades vespertinas. Os cavalos adentraram a água gelada, pastando a grama fina que crescia nas fendas. Shane sentou-se encolhida em uma rocha, segurando uma bota entre dois dedos, esfregando para tirar a alga e o lodo da sola.

— Até agora, você nos arrastou montanha acima, quase nos derrubou de uma ponte capenga e tentou me afogar em um atoleiro infestado por mosquitos – disse Shane, sacudindo a bota enlameada de maneira furiosa. – Para quem tem pressa, você perde muito tempo.

— Tecnicamente, foi um charco – disse Fi.

Ela tomou o cuidado de não dizer que não teriam perdido tempo nenhum se as pernas de Shane fossem um pouco mais compridas. Fi pulara o trecho lamacento sem dificuldade, mas Shane afundara até a panturrilha e precisara fazer força para soltar a perna do barro.

Shane esfregou a bota vigorosamente uma última vez e a levantou para inspecionar antes de se voltar para Fi.

– Então, "nunca estive em Bellicia". Como é?

Shane tinha o talento de sempre puxar o assunto sobre o qual Fi menos queria conversar. Fi tentou manter a expressão neutra.

– É o posto de controle de fronteira mais próximo à Floresta de Espinhos – disse simplesmente. – Não passam muitos viajantes por lá.

– Mas você já esteve lá – disse Shane.

– Já estive em muitos lugares.

– E tem certeza de que vamos conseguir passar? – insistiu Shane. – Porque, sabe, na minha opinião, deixamos nossa melhor opção montanha aba...

– Conheço muito bem sua opinião sobre o assunto – interrompeu Fi, irritada.

Shane continuava insistindo em enfiar o dedo na ferida desde a noite na Casa Nenroa, sutilmente e não tão sutilmente indicando que queria saber qual era a situação da família de Fi.

– O Duque de Bellicia é o Mestre da Fronteira – continuou –, então não vai ser difícil conseguir os passes.

Shane assobiou.

– Você conhece gente importante mesmo.

Não é isso tudo, pensou Fi. Na verdade, ela não queria nada com Bellicia, mas, entre isso e levar a maldição ao lar da família, bom, tivera que escolher.

Elas tinham deixado a casa de Twyla antes do amanhecer quatro dias antes, dirigindo-se ao sul e a leste, no sentido do Ducado de Bellicia. Tinham se mantido afastadas das estradas mais populares, tomando trilhas de carga antigas que serpenteavam pelos desfiladeiros íngremes. Àquela altura, as trilhas eram imprevisíveis, e muitas vezes se estreitavam até se tornarem rastros apertados, pelos quais era difícil até fazer os cavalos passarem.

Fi tinha muita experiência com viagens difíceis. Já sua nova parceira ainda estava se ajustando. Shane comprava briga com tudo, de um lagarto a um arbustinho de sálvia, e contava um sem-fim de histórias sobre salvar suas ex-parceiras incompetentes das formas mais improváveis. Fi preferia nem pensar em como seria descrita em fábulas futuras. Ainda assim, se pelo menos metade das histórias de Shane fosse verdade, Fi estaria feliz de ter a proteção da caçadora no caso de um confronto com um Caça-Bruxas.

Foi um pensamento incômodo. Fi esticou o pescoço, analisando os penhascos. Ela não vira Briar muitas vezes desde aquela noite em Raven's Roost. Às vezes o avistava mais ao alto de uma colina, uma faísca azul piscando tão rápido que parecia uma mera ilusão causada pela luz. Fi não sabia se ele estava conservando a magia ou ainda aprendendo a aparecer para ela, mas toda vez sentia uma pontada de ansiedade, lembrando-se do aviso dos Caça-Bruxas à procura de uma "possível Bruxa da Luz". Eles estavam mais perto da verdade do que ela gostaria.

Fi sacudiu a cabeça para afastar os pensamentos e apertou o chapéu com força. Shane calçara a bota e acariciava o pescoço do brilhante cavalo preto, oferecendo a ele uma das últimas e preciosas maçãs. Fi estalou a língua.

– Se tiver acabado de se arrumar, é melhor voltarmos para a estrada...

Ela foi interrompida pelo pio áspero e agudo de um pássaro. Olhou de relance para a margem da trilha, onde a água escorregava pelo penhasco em uma dúzia de riachos minúsculos. Alguma coisa se mexia lá embaixo. Ela se aproximou e viu uma plataforma estreita de rocha molhada, com algumas penas pretas e manchas de cor ferrugem. Mais de uma dúzia de corvos encontravam-se empoleirados ali, bicando uma massa ossuda entre eles.

O estômago de Fi se revirou com os ruídos que as aves carniceiras faziam ao comer. Ela não conseguiu evitar pensar na Bruxa dos Fusos, que usava corvos como espiões. O dia de repente lhe pareceu mais frio, a brisa deixando sua pele arrepiada.

Dois pássaros se atracaram, asas batendo loucamente enquanto brigavam por um pedaço específico. Por entre as penas, Fi vislumbrou a criatura no meio. Era outro corvo, enorme, o bico brilhante aberto e as asas esparramadas como um trapo esfarrapado. O corpo fora tão carcomido que lembrava uma mão esquelética. Os olhos mortos e leitosos pareciam voltados diretamente para ela. Até que piscaram.

Fi arquejou e deu um passo para trás, tropeçando. Sua bota escorregou em uma pedrinha, que foi lançada para longe e caiu bem no meio da revoada de corvos. De repente, o ar se encheu deles, todos voando ao mesmo tempo, se erguendo como uma maré preta gigantesca. Asas escuras esvoaçavam ao redor dela em uma cacofonia de gritos penetrantes e furiosos. O cavalo dela se encolheu, os olhos arregalados e assustados; Fi agarrou as rédeas para impedi-lo de fugir.

– Ei, calma!

Fi virou bem a tempo de ver o cavalo preto empinar, jogando a cabeça para trás. O ombro do animal bateu no peito de Shane. Fi engasgou de horror quando viu a parceira cambalear para trás, se aproximando do penhasco. O calcanhar de Shane atingiu a borda, e ela balançou em um equilíbrio incerto, todos os músculos de seu corpo tensos. Finalmente ela se arremessou para a frente e caiu de joelhos no riacho.

– Shane! – gritou Fi, correndo até a parceira e agarrando o braço dela, para afastá-la da beirada. – Está tudo bem?

– Pássaros malditos! – berrou Shane, muito ocupada para responder, sacudindo o punho na direção da revoada que sumia no céu antes de olhar para Fi com a cara fechada. – Como eu disse… vamos repensar esse atalho.

Quando Shane deu a última maçã para os coitados dos cavalos assustados, Fi não demonstrou objeção.

O coração dela ainda martelava devido ao quase acidente. Engolindo bile, ela esticou a cabeça para além da beirada de novo, em busca do pássaro morto, mas ele não estava mais lá. Ela abraçou a barriga revolta. Não era possível que o pássaro morto tivesse saído voando com os outros, era? Ou que os olhos leitosos tivessem mesmo piscado?

Fi queria se convencer de que fora imaginação, mas sabia que não era o caso. Ela não acreditava em coincidências. Outra coisa a estivera observando por aqueles olhos mortos e leitosos: a Bruxa consumida por ódio de Andar e Briar Rose – e, finalmente, também por Fi. Era a sensação de andar por um beco escuro na calada da noite, e os calafrios que sentiu a avisaram que ela não estava mais sozinha.

Fi estremeceu. Nunca sentira medo das lendas sobre a Bruxa dos Fusos, mas havia uma diferença entre ouvir uma história de magia das trevas e vivê-la. A impressão daqueles olhos mortos-vivos a acompanhou, mesmo quando elas foram embora.

Ainda era naquilo que pensava horas depois, após montarem acampamento em um prado perto do limite das árvores e assistirem ao sol se pôr em meio às Cragspires. A noite era silenciosa, exceto por grilos, pelo vento suave e por Shane, que roncava como um javali selvagem ao lado da fogueira fumacenta. Tensa, Fi sentou com o queixo apoiado nos joelhos, encarando a escuridão.

Ao vislumbrar um movimento pelo canto do olho, ela levantou a cabeça, imaginando asas pretas, mas era só o casaco de Briar balançando conforme ele sentava ao lado dela, abraçando os joelhos. A pele dele parecia cintilar à luz do fogo, translúcida como porcelana fina.

— Não consegue dormir?

Fi o encarou com severidade.

— Não. E talvez nunca mais consiga, agora que lembro que você gosta de aparecer de madrugada sem avisar.

Briar deu de ombros, desamparado.

— Eu estou sempre dormindo, então não vejo diferença entre o dia e a noite. O que te mantém acordada?

Fi emitiu um barulhinho evasivo, nada animada para se confidenciar com alguém que poderia desaparecer em meio à primeira frase.

— Considerarei isso um convite para adivinhar — disse Briar, se inclinando com avidez para a frente e seguindo o olhar dela até o cânion obscurecido pela noite. — Está com medo de um deslizamento de pedra, né? Uma pedrinha, e vocês duas vão sair voando pelo penhasco. Kabum!

Ele abanou a mão, indicando o paredão de pedra para além da área iluminada pela fogueira.

— Eu não *estava* com medo disso — resmungou Fi, de repente muito atenta aos sons de cada pedrinha. — Tenho algumas preocupações mais imediatas.

— Como cobras? — sugeriu Briar, solícito, e seu sorriso largo indicava que ele estava fazendo aquilo de propósito, sem dúvida. — Afinal, vocês estão dormindo aqui no chão, onde cobras enormes lagarteiam no sol a tarde toda.

Fi também não precisava ser lembrada daquilo — ou começar a se perguntar se a rachadura na rocha atrás dela continha um ninho de animais escamosos escorregadios.

– Ah, e bandoleiros? – acrescentou Briar, animado. – Já ouvi várias histórias sobre bandoleiros na estrada.

Bandoleiros não eram um perigo no alto das Cragspires, onde não valia a pena roubar ninguém. Caça-Bruxas, contudo, iam aonde as presas estivessem. Fi estremeceu, pensando de novo nos avisos de Bruxa.

– É uma viagem perigosa – disse Briar, erguendo uma mão a fim de usar os dedos para contar. – Há muitos motivos para preocupação. Hipotermia, inanição, insolação...

– Sim, Briar – disse Fi, irritada, um pouco mais alto do que gostaria. – Podemos morrer a qualquer momento. Não faço ideia de como já dormi um dia.

Briar riu, mas era um ruído suave, que parecia esvoaçar ao redor dela com a brisa.

– Acho que você terá que me contar no que está pensando, afinal.

Fi ajeitou o sobretudo sem olhar para ele.

– Havia corvos na estrada hoje. Um estava...

Ela se calou, sem saber como descrever o que vira, e ainda menos certa de que queria fazê-lo.

– A Bruxa dos Fusos me encontrou, não foi? – perguntou, afinal.

– Não temos como saber com certeza. Mas, se não tiver encontrado, encontrará em breve – disse Briar, a expressão sombria. – Mas os corvos são meros espiões. Acho que você ainda não está em perigo. Estamos muito longe de Andar.

Fi o encarou com um olhar inexpressivo.

– Então é isso que devo esperar, caso sobreviva às cobras e aos deslizamentos?

– Algo me diz que você é do tipo que se prepara para tudo – disse Briar, seus olhos azuis dançando à luz da fogueira. – E, não se esqueça, prometi acompanhá-la ao longo de todo o trajeto.

– A não ser que você suma de novo – disse ela de maneira incisiva.

– Acho que não vai acontecer – disse Briar, analisando as próprias mãos, e sorriu para ela por trás dos dedos. – Mas, se acontecer, saiba que até meros minutos com você valem mais do que...

– Pare antes de passar vergonha.

Ou de me fazer passar vergonha!, pensou Fi, desesperada. Contudo, ela se sentia mesmo melhor. Definitivamente não sentira saudade de Briar – não era possível sentir saudade de alguém que mal conhecia –, mas a noite era menos sufocante com ele a seu lado.

Briar riu. Então arregalou os olhos e se aproximou dela. Fi sentiu uma fisgada no peito, o coração dar um pulo.

– Você tem uma pequena passageira – disse.

Como assim? Fi piscou, confusa, e notou que Briar olhava para a manga da camisa amarrotada dela, onde uma lagarta rastejava por entre as dobras.

Fi foi espantá-la, mas Briar sacudiu a cabeça.

– Eu ajudo.

Franzindo a testa para se concentrar, ele levantou uma mão. A lagarta preta e peluda subiu no dedo esticado dele – e continuou andando, o dedo tornando-se sólido, em vez de fantasmagórico, sob as várias patas do inseto. Fi mal teve tempo de se mostrar impressionada antes de Briar piscar e de a lagarta atravessá-lo, indo parar na calça de Fi.

Quando a lagarta se recompôs, sacudindo-se de maneira raivosa, Briar fez uma expressão de tamanha timidez que Fi não pôde deixar de rir. Se lagartas podiam sentir irritação, aquela era uma prova.

– Quase consegui – disse ele.

– Bom, não vou confiar em você para me carregar tão cedo.

Fi pegou a lagarta com a ajuda de uma folha, se esticando para trás até conseguir deixá-la em segurança na grama alta.

– Provavelmente é uma boa ideia – admitiu Briar. – Continuarei a treinar.

Ele sacudiu a mão, e pequenas faíscas de magia pularam de seus dedos como centelhas ofuscantes.

Fi olhou para ele com curiosidade.

– O que você pode fazer, afinal?

Briar pigarreou, adotando um tom formal.

– Como seu acompanhante, posso proporcionar companhia e conversas, além de carregar coisas por distâncias muito curtas.

A expressão dela, de quem não achava graça nenhuma, o fez rir.

– Você quer dizer como Bruxo da Luz – continuou ele. – Posso causar faíscas, luz, calor... às vezes ilusões.

Ele encontrou o olhar dela e enfiou a mão na fogueira crepitante. Fi perdeu o fôlego, mesmo sabendo que aquilo não poderia machucá-lo. Briar girou a mão, e, ao fazê-lo, as chamas se enroscaram umas nas outras até dar a impressão de que ele segurava uma rosa escarlate. As pétalas flamejantes lambiam seus dedos.

– Mas não é só isso – disse Briar, puxando a mão de volta, a fogueira voltando ao normal. – Esses são só uns truques que consigo fazer por causa da minha *afinidade* com a magia da luz.

O olhar de Fi se demorou no resquício da rosa.

– Não sabia que afinidades podiam ser tão fortes.

Afinidades eram a expressão mais natural da magia de uma Bruxa. Bruxas que tivessem afinidade com plantas poderiam fazer sementes brotarem; as com afinidade com vento poderiam invocar uma lufada de ar; afinidades com fogo, uma labareda. Todas as Bruxas podiam usar a magia da afinidade sem treinamento, mas qualquer coisa mais complicada exigia canalizar a magia por meio de feitiços. Para muitas Bruxas, dominar os feitiços de um só livro era trabalho de uma vida inteira. Bruxas com poder suficiente para grandes feitos mágicos eram poucas e raras, e suas estátuas gigantescas se erguiam no pátio do castelo de Andar. Fi não sabia quão complexa era a magia de ilusões, mas sabia que Briar devia ter muito poder em mãos, para aquela rosa ser um mero truque.

– Viu? Eu sabia que ia conseguir te impressionar – disse Briar, satisfeito. – Minha afinidade com a luz é tão forte que eu nem conseguia controlar quando era pequeno. Então, quando tinha medo de escuro, iluminava o quarto como um farol e impedia as babás de dormirem.

– Pronto, agora você estragou tudo – disse Fi, seu fascínio substituído pela imagem de um Briarzinho de cabelos dourados sendo posto para dormir por uma babá exausta com olheiras enormes. – Que bom que você passou dessa fase.

– Você ainda nem me viu fazer feitiços *de verdade*.

Os olhos dele pareciam cintilar no escuro, como se a desafiassem a perguntar.

Feitiços de verdade. A cabeça de Fi estava a mil.

Mesmo sem ter uma gota de magia, ela sempre fora fascinada pelos livros de feitiço deixados para trás pelas Ordens Mágicas de Andar.

Diferentemente das afinidades inatas, feitiços eram aprendidos, e iam muito além de simplesmente cantarolar algumas palavras específicas – alguns funcionavam por meio de runas ou sigilos, e outros eram rituais complexos, como uma sequência de movimentos que deveria ser feita em um recipiente de água parada que refletisse a lua. Uma vez, Fi tropeçara em um livro cujos feitiços eram todos escritos como composições musicais.

Muitas Bruxas também usavam meios para concentrar a magia. O meio do Bruxo do Papel era tinta e papel, mas os meios podiam ser quase qualquer coisa, de relíquias antigas a punhados de areia. Algumas Bruxas até usavam cores para isso. Fi se lembrava de uma das primeiras expedições com o pai, quando adentrara o escritório de uma Bruxa cujo meio era a cor azul, e ficara fascinada pelas cortinas azuis, pelos sinos com borlas compridas e azuis, pelo lustre de vidro colorido como safiras. O chão estava coberto por cobalto triturado e folhas murchas de jacinto, e ela deixava pegadas azuladas no pó conforme andava.

Era por isso que Fi se esforçara tanto para aprender as línguas mágicas. Ler um livro de feitiços era como ser transportada de volta à era de ouro da magia e espreitar das sombras enquanto Bruxas combinavam ingredientes raros na quantidade precisa ou canalizavam a magia por meio de padrões cruzados feitos com pedras branquíssimas. O coração dela deu um pulo ao pensar que, se Briar continuasse por ali, ela talvez pudesse ver os feitiços espetaculares de perto. Era muito mais impressionante do que a habilidade de brilhar no escuro.

Briar se aproximou de repente, o nariz a meros centímetros do dela. A pele de Fi pinicou devido à proximidade do toque.

– Ah... entendi por que você não gosta de mim.

Isso de novo? Fi se afastou até uma distância segura, cruzou os braços e esperou.

Briar soltou um suspiro dramático.

– Você acredita que minha posição é muito acima da sua. Sou um Bruxo poderoso, um príncipe, e você é a mera filha de um fabricante de lamparinas – disse ele, e Fi sentiu sua boca se curvar em um sorriso. – Não acredita que me permitiram me envolver com você. Mas, garanto, sou mestre em desafiar expectativas.

– Você certamente não é o que eu esperava, levando em consideração as histórias – admitiu Fi.

– Bom, você também – provocou Briar, abrindo um sorriso rápido e atordoante. – Você é muito mais do que eu esperava.

Ele a pegara de surpresa de novo. Fi desviou o olhar, corada, espantando lagartas imaginárias das mangas. Ela pigarreou com força.

– E você se dignou a se juntar a uma Ordem Mágica, apesar de sua posição altíssima, tão superior ao resto de nós?

Algumas afinidades se predispunham a tipos de feitiço específicos, como profecias e cura, mas muitas podiam ser usadas para quase qualquer coisa: transformação, ilusão, guerra, amarração. A magia da luz era a afinidade mais rara, mesmo no ápice da era de ouro de Andar.

Briar inclinou a cabeça, olhando para as estrelas.

– Na verdade, nunca fui iniciado em uma escola de magia. Como não podia sair, aprendi pessoalmente com as três Bruxas mais poderosas do reino.

Ele ergueu as sobrancelhas, esperando que ela entendesse.

Fi estava boquiaberta de choque.

– As Três Grandes Bruxas? – perguntou. – Suas *professoras particulares* foram as *Três Grandes Bruxas*?

– Acho que você se refere às Três Grandes Intrometidas – corrigiu Briar, jogando uma folha na fogueira crepitante. – Muito preocupadas com me manter dentro do castelo.

Fi não conseguiu conter uma gargalhada, mas a abafou logo, olhando de relance para Shane, do outro lado da fogueira. Ela sempre imaginara as Grandes Bruxas como mulheres cheias de dignidade, figuras solenes e trágicas que deram a vida por um príncipe fadado à desgraça. Era difícil pensar nelas assim e ao mesmo tempo imaginá-las arrastando um jovem Briar de volta aos estudos pela gola do casaco.

– Então é assim que você consegue aparecer para mim? – perguntou. – Com a magia das Grandes Bruxas?

– É, mas não como você pensa – disse Briar, sua voz tornando-se pensativa, e ele ergueu um dedo no ar, estendendo-o para Fi. – Não é um feitiço que aprendi. É um feitiço que foi feito contra mim.

No brilho fraco da fogueira, ela viu de novo: a marquinha ao redor do dedo dele, como um fio vermelho enroscado ali.

– É a magia de amarração que foi lançada no fuso. A magia que nos une. Quando eu passeava em sonho, estava sempre preso ao castelo de Andar, mas agora esse fio nos une – disse Briar, largando-se de costas na terra com um suspiro e cruzando os braços sob a cabeça. – Não estou mesmo aqui, Fi. Isso tudo, meu corpo, minha voz, até minha habilidade de toque, vem do meu corpo que está sonhando em Andar. Sou só magia da luz agora. Acho que nem *conseguiria* fazer feitiços de verdade.

Fez-se um longo silêncio enquanto Fi digeria aquilo. Devia ser frustrante para ele ter tanto poder nas mãos e ainda assim estar tão preso. Ela sentiu que poderia imaginar como era, pelo menos um pouco.

Briar rolou de lado, dirigindo um olhar solene a Fi.

– Mas provavelmente consigo brilhar se você quiser.

– Por favor, não! – cuspiu Fi, irritada por levar Briar a sério por um segundo sequer.

Briar deu de ombros, a pequena contração no canto da boca se assemelhando a um sorrisinho vitorioso. Ele voltou a se deitar de costas.

– Não ia querer estragar a vista, de qualquer forma.

Fi olhou para cima. Era uma noite clara, mas não lhe parecia nada especial. Ainda assim, quando entrou no saco de dormir, não conseguiu se impedir de olhar de relance para Briar mais uma vez, que tinha o olhar fixo no céu aveludado. Sem querer, se pegou procurando constelações, traçando fios invisíveis que uniam estrelas distantes. Talvez ela e Briar fossem conectados da mesma forma – partes de uma constelação maior, invisível para eles.

Aquilo lhe parecia demais com o destino. Fi forçou-se a esquecer a ideia. Ela afofou a mochila para servir de travesseiro e fechou os olhos.

Dois dias depois, Fi e Shane chegaram ao topo da portela. Do ponto mais alto, antes de tomarem de vez a direção leste, Fi se voltou para olhar para o caminho por onde tinham vindo e passou um bom tempo observando a cascata de montanhas, os picos mais baixos azuis e cinzentos na luz da tarde. Ao longe, as encostas de pinheiros se suavizavam com verde profundo dos álamos e choupos – e ali, aninhada na vastidão obscura da floresta, estava a cidade de Idlewild, uma faísca de luz solar piscando em janelas distantes.

Fi sentiu uma pontada de saudade ao pensar em casa. Ninguém sabia se o Bruxo Errante escapara da maldição da borboleta, ou se morrera como vivera, solitário e distante de todos que já o amaram. Fi considerou confidenciar-se com Briar, contar sobre a maldição e pedir ajuda. Afinal, ele era Bruxo. Talvez pudesse fazer alguma coisa. Talvez, mais do que ninguém, ele entendesse como era ser arrancado de casa.

Não. Ela foi tomada por uma sensação fria ao pensar. A marca da maldição era prova de uma falha terrível – confiar em alguém que não merecia –, e Fi nunca cometeria o mesmo erro novamente. Ela não tinha pedido ajuda com a maldição antes, nem planejava começar a pedir.

Deu as costas para a vista e seguiu seu caminho.

O vento ficou mais forte conforme elas desciam a colina. Fi apertou os olhos para o céu, onde nuvens de tempestade se espalhavam, turbulentas, sobre as montanhas. Elas conseguiriam comer uma refeição quente, e talvez até tomar um banho, se chegassem ao pequeno assentamento de Black Pines antes de escurecer. Havia pouquíssimos residentes na cidade, mas o assentamento acolhia um fluxo constante de viajantes que passavam pela estalagem enorme e surrada.

Quando a primeira gota grossa de chuva atingiu a aba do chapéu de Fi, elas viraram uma esquina e, de repente, viram as luzes de Black Pines piscando a distância. A estalagem se erguia acima das árvores retorcidas, uma estrutura enorme de troncos grossos e pedras bem encaixadas. Quatro janelas acesas brilhavam como olhos atentos em um rosto sombrio, e estábulos e anexos se agrupavam a seu redor.

– Finalmente! – gritou Shane.

Fi abriu um raro sorriso e apressou o cavalo. Parecia que elas conseguiriam fugir da tempestade.

13

FI

Fi e Shane chegaram à estalagem assim que o sol desceu atrás das montanhas e o vento se tornou uma chuva fria e fustigante. Uma jovem cavalariça correu para recebê-las, e Fi entregou o cavalo a ela, catando algumas moedas de cobre para deixar nas mãos da garota junto com as rédeas. Os olhos da cavalariça brilharam de gratidão, e Fi sorriu, subindo os degraus da estalagem, seguida de perto por Shane. Havia algumas coisas pelas quais ela não se incomodava de pagar mais caro.

Quartos não estavam nessa lista. A mulher de traços severos que administrava a estalagem era uma negociadora nata, mas Fi a exauriu até a mulher concordar em oferecer um quarto pequeno com dois estrados por metade do preço inicial. Fi deslizou o dinheiro pelo balcão em troca de um pedacinho de papel com o número do quarto. Ela decorou o número e jogou o papel no fogo.

Ao entrar na estalagem, ela dera uma olhada nos avisos de recompensa pregados na parede. O cartaz com a cara de ogro de Shane não parecia estar entre eles. Talvez tivessem conseguido escapar dos Caça-Bruxas, pelo menos por ora.

Shane as conduziu pelo salão apinhado de gente, finalmente se instalando em uma mesa sob um lustre gigantesco de galhadas. Elas colocaram as mochilas junto aos pés, e Fi deixou Shane pedir um prato de cada do cardápio enquanto admirava a atmosfera. A taverna era um amontoado de mesas bambas e cadeiras duras, com lareiras enormes instaladas nas paredes. As vigas rústicas de apoio eram mais grossas do que os braços de Fi e repletas de marcas de machadinha, e a sala era tomada por um cheiro defumado penetrante, como se algo tivesse sido esquecido no espeto até queimar.

Fi já estivera em Black Pines, mas não se lembrava de ver a estalagem tão lotada. A maioria das mesas estava cercada por mais cadeiras do que o habitual, todas ocupadas por homens e mulheres de jaquetas empoeiradas e capas de viagem simples. Fi sentiu um olhar penetrante às costas, mas, quando se virou, não conseguiu identificar quem a observava.

– Está assustada? – perguntou Shane.

Fi franziu a testa.

– A estalagem está estranhamente lotada.

A parceira riu.

– Talvez porque lá fora está estranhamente chuvoso.

Como se para reforçar seu argumento, uma lufada forte de vento sacudiu as janelas, chuva estalando no vidro.

– Provavelmente consigo arranjar outra cadeira, no entanto – ofereceu Shane.

Fi encarou a parceira, confusa. As duas já estavam sentadas.

– Sabe, uma para o seu… cara – disse Shane, fazendo um gesto vago com a mão.

– Ele não é meu *cara* – protestou Fi –, e não está aqui agora.

– Talvez não se sinta bem-vindo sem cadeira.

O tom de Shane era tão propositalmente vago que ela só podia querer irritar Fi. Infelizmente, estava funcionando.

– Só estou dizendo – continuou –, se quiser que ele goste de você…

– Ele já gosta de mim até demais – sibilou Fi, corando ao notar o que admitira acidentalmente.

Ela deu um chute fraco na cadeira de Shane por baixo da mesa.

– Quem é você para me dar conselhos românticos, hein? – perguntou.

– Pois saiba que fui noiva de uma moça lindíssima em Rockrimmon, prometida a mim desde a infância – bufou Shane.

– Um casamento arranjado? – perguntou Fi, se curvando para a frente, de repente interessada. – Não sabia que faziam isso em Steelwight, exceto entre a…

Realeza! O pensamento atingiu Fi com o peso de uma bigorna de ferreiro. O olhar dela foi atraído pelo machado reluzente aos pés da parceira – a mais bela arma que Fi já vira, incrustada com nós de prata decorativos entrelaçando a lâmina e a parte posterior. Sem dúvida era o símbolo de uma família governante. Como ela não tinha notado antes?!

Fi voltou a olhar para sua parceira, a tempestade e o salão lotado esquecidos diante de sua surpresa. Shane, por outro lado, parecia querer pegar as palavras e enfiá-las de volta na boca.

– Você é filha de um Rei da Guerra! – disse Fi, boquiaberta de choque.

Shane fez uma careta.

– Pode falar mais alto. Acho que não deu para ouvir do bar.

Fi apoiou as mãos na mesa e se aproximou ainda mais, abaixando a voz.

– Você deve ser no mínimo uma terceira ou segunda princesa – falou, a cabeça a mil, processando tudo o que sabia sobre Steelwight.

A expressão de Shane continuava contida. Fi arregalou os olhos.

– Você é a herdeira?!

– Ei, para de me ler – resmungou Shane, e se inclinou para trás, apoiando um joelho na mesa, que soltou um rangido. – Eu *era* herdeira de Rockrimmon, mas fui deserdada.

– Ah – disse Fi, de repente constrangida. – Eu sinto muito.

– Eu, não – declarou Shane, os olhos cinzentos duros e sérios. – Fui embora por escolha própria.

Mesmo morta de curiosidade, Fi engoliu o impulso de pedir por detalhes. Diferentemente de *certas* parceiras, ela não se metia no passado alheio.

– Então, o que uma princesa em fuga de Steelwight está fazendo trabalhando de caçadora de aluguel? – perguntou enfim.

Um sorriso se abriu no rosto da parceira.

– O que eu quiser – disse de maneira decidida, espreguiçando-se. – E sou muito boa nisso.

– E muito humilde – murmurou Fi, sem conter um sorriso.

A resposta era a cara de Shane. Fi não conseguia imaginar sua parceira na corte, muito menos ocupando o trono, oferecendo conselhos sábios e defendendo as leis do reino. Shane era uma alma tão livre e bravia que parecia se encaixar melhor exatamente onde estava: em uma taverna barulhenta e fumacenta, jogada na cadeira com aquele sorriso orgulhoso.

A chegada da comida as distraiu. Shane pedira cumbucas de ensopado e pratos de carne de caça, assim como uma travessa cheia de pão assado coberto de alho e cebolinha. Fi serviu um pouco de cada coisa em seu prato com cuidado, enquanto Shane comia direto das travessas. Para falar a verdade, Fi se surpreendeu com o fato de a parceira não ter simplesmente deslocado o maxilar como uma píton para engolir o banquete inteiro, inclusive os pratos. Era impossível acreditar que aquela pessoa um dia fora uma princesa.

Fi sentiu um arrepio. A sensação de estar sendo observada voltou, mesmo que ela não conseguisse identificar a fonte. Tentou se convencer de que estava sentindo Briar, mas o olhar dele nunca era tão frio.

Shane não parecia incomodada, encharcando um pedaço de pão no resto do ensopado. Ela enfiou o pedaço todo na boca e começou a se balançar na cadeira, olhando para Fi com satisfação até demais. Fi franziu o nariz, mas chegou a seu limite quando a parceira pareceu prestes a pôr os pés na mesa. Afinal, era preciso ter o mínimo de decência.

Fi esperou Shane inclinar a cadeira bem para trás, a sola da bota enlameada chegando à beirada da mesa. Então, ela casualmente empurrou a mesa uns cinco centímetros para a frente, fazendo Shane perder o equilíbrio e cair para trás com um estrondo.

Fez-se um som sibilante. Fi olhou para cima bem a tempo de ver o enorme lustre de galhadas despencar. Ela se jogou da cadeira assim que o lustre atingiu a mesa onde estavam com um estrépito ensurdecedor, estilhaçando a madeira. Lascas de galhadas quebradas atingiram seu ombro.

Algumas pessoas se puseram de pé, um homem mexendo desajeitadamente na bainha da espada. Fi encontrou o olhar de Shane, ainda jogada de costas do outro lado da mesa. Se o lustre tivesse caído dois segundos antes, sua parceira teria sido esmagada.

– Mas que...

Shane chutou a cadeira quebrada para longe e se levantou. Ela já estava com o machado na mão ao se virar para o resto do salão, uma expressão de fúria no rosto.

– Isso não foi um acidente – grunhiu.

Fi mal escutava. Seu olhar estava concentrado no punho daquela espada, incrustado com uma pequena pedra amarela que reluziu até o homem mal barbeado esconder a arma sob a capa de novo. Ela estreitou os olhos para a corda oscilante que prendia o lustre a uma âncora pesada instalada na parede. A corda fora cortada acima do nó. O sangue de Fi congelou quando todos os elementos se encaixaram de forma cristalina.

Olhando com mais atenção, ela reparou que a maioria dos clientes no bar vestia exatamente o mesmo tipo de capa escura de viagem. E o homem que pulara do assento... o pomo da espada fora coberto para esconder a pedra amarela. Ela apostaria todas as suas moedas que a pedra era um topázio. Havia Caça-Bruxas entre os clientes habituais da estalagem naquela noite. Eles ainda tentavam se manter incógnitos, mas Fi não planejava ficar ali para descobrir quanto tempo aquilo duraria depois de o lustre não conseguir esmagá-las.

Enfiou o chapéu de viagem na cabeça e pendurou a mochila no ombro.

– Shane, preciso conversar com você no quarto – disse, mantendo a voz calma.

Não queria se expor para ninguém.

– Do que você tá falando? – perguntou Shane, olhando ao redor, a um segundo de enfiar o machado na mesa mais próxima. – Alguém acabou de tentar me matar!

– *Agora*, Shane – advertiu Fi, empurrando a mochila pesada contra a barriga da garota.

Ela pegou o casaco de Shane e seguiu para a escada, mantendo-se atenta ao barulho de cadeiras sendo empurradas e passos calçados em botas que indicaria que estavam sendo seguidas.

– Sabia que deixamos um assassino para trás? – resmungou Shane enquanto Fi a arrastava pelos degraus estreitos que levavam ao segundo andar.

Ela parou abruptamente, empurrando Shane de volta para a escada. Duas silhuetas vestidas com pesadas capas de chuva estavam paradas no corredor, bem em frente à porta do quarto delas. Fi soltou um palavrão baixinho. Podia ser coincidência, somente dois viajantes se protegendo da chuva... ou a gerente da estalagem as entregara. Havia outro motivo para os cartazes delas não estarem pregados no quadro: alguém os tirara de propósito, para que elas não se preocupassem.

Eu devia ter notado que pagamos barato demais pelo quarto.

Shane a sacudiu.

— Tá, sei que você está acostumada com essa parada de *sei-me-virar-sozinha*, mas, como sua parceira, minha opinião é que...

— Shane — interrompeu Fi, segurando-a pelos ombros. — Entramos numa armadilha. Não é só um assassino. Metade do salão lá embaixo é Caça-Bruxas.

— Filhos da mãe persistentes — murmurou Shane. — Eu devia ter notado. A estalagem de Black Pines é a única parada perto dessa portela. É o lugar perfeito para uma emboscada.

— Acho que temos companhia aqui em cima também — disse Fi, apontando com o queixo para as figuras no corredor, enquanto uma delas tirava um saquinho de tabaco do bolso.

Shane se esticou para olhar para o outro lado do corredor, longe dos Caça-Bruxas, e cutucou Fi com o cotovelo. Fi viu na mesma hora o que Shane vira. A porta de um dos quartos fora deixada levemente entreaberta, a fechadura mal encaixada. O clarão de um relâmpago iluminou a janela, e os Caça-Bruxas se voltaram para vê-lo, virando-se de costas por preciosos segundos. Fi e Shane avançaram pelo corredor o mais rápido e silenciosamente que conseguiram, sumindo para dentro do quarto vazio e trancando a porta.

O quarto estava frio, sem fogo crepitando na lareira e quase inteiramente no breu, em meio à tempestade furiosa lá fora. Fi sentiu alívio por ninguém estar à espera delas ali. Ainda assim, os Caça-Bruxas não demorariam para descobrir aonde elas tinham ido. Shane virou as duas camas de lado com um estrondo e as apoiou na porta.

Fi mexeu na corda em seu cinto.

— A gente sai pela janela? Desce pela colina?

Seria mais seguro do que sair pela frente, pelo menos.

— Vamos pela janela — concordou Shane —, mas não vamos descer. É óbvio demais, vão estar à nossa espera. Temos que subir para o quarto acima deste.

– Como isso vai ajudar? – perguntou Fi. – Não vamos ter exatamente o mesmo problema no andar de cima?

– Se formos rápidas, não. Está escuro e chuvoso, então ninguém deve nos ver escalar e, quando chegarmos ao terceiro andar, podemos correr para a escada dos fundos – disse Shane, parecendo séria. – Se são tantos Caça-Bruxas quanto você falou, é nossa melhor escolha.

Fi mordeu o lábio.

– Tantos ou mais.

Shane assentiu sombriamente, pendurando a mochila nos dois ombros e empurrando Fi para a janela. Fi abriu o vidro. Gotas frias de chuva fustigaram seu rosto quando ela esticou a cabeça a fim de olhar para o pátio. Ela quase caiu do parapeito quando a porta sacudiu; alguém tentava arrombá-la. *Quem está na chuva é para se molhar*, pensou, sarcástica, se entregando à tempestade ao se virar para sentar de costas no peitoril e desenganchar a corda do cinto. O chacoalhar transformou-se em estampidos quando alguém se jogou contra a porta, a fechadura estremecendo com o impacto.

– Segure minhas pernas – instruiu Fi, e se jogou para trás antes da confirmação de Shane.

Shane soltou um palavrão e agarrou as pernas dela bem a tempo. Fi balançou o anel pesado da corda em um círculo, apertando os olhos contra a chuva. Ela mal conseguia enxergar em meio ao vento, mas identificou uma viga cinco metros acima delas, que esperava ser forte o bastante para aguentar seu peso. Ela girou a corda mais rápido, prendendo a respiração ao soltar. O anel de metal quicou no telhado e escorregou de volta, quase atingindo-a no rosto.

As batidas na porta ficaram mais intensas. As dobradiças rangeram quando outro corpo se juntou ao primeiro, dois ombros batendo contra a madeira como um aríete.

– Quando quiser, Fi! – grunhiu Shane.

Fi não precisava de mais incentivo para se apressar. Ela se inclinou ainda mais para trás, os músculos do ventre doendo. Em segundos, estava encharcada até a cintura, e o vento arrancou o chapéu de aba larga de sua cabeça, levando-o embora noite afora. Fi soltou um palavrão. Não tinha tempo para se preocupar, mas o chapéu nunca voltaria.

Ela girou a corda outra vez, tentando não dar atenção ao barulho da porta arrombada, da respiração ofegante de Shane e de seu próprio coração acelerado. Mirou na beirada do telhado, uma sombra escura contra um fundo ainda mais escuro, e soltou. Dessa vez o anel ficou preso e a corda deu duas voltas na viga, encaixando-se em uma reentrância.

Fi não perdeu tempo para se impulsionar. Seus pés escorregaram na madeira irregular da parede da estalagem, e ela enfiou as unhas na corda encharcada que ameaçava deslizar sob a luva. A chuva gritava furiosa em seus ouvidos. A bota de Fi escorregou, e ela se agarrou com toda a força, rangendo os dentes enquanto a corda queimava sua palma direita. Conseguia ver Shane de pé no peitoril da janela abaixo, o rosto ansioso voltado para a chuva.

Quando enfim alcançou a janela do terceiro andar, Fi arriscou soltar uma mão para se agarrar à veneziana, aliviada por não estar trancada. Ainda precisou de toda a força de seus dedos para forçar a janela a abrir, e as unhas pareciam prestes a ser arrancadas quando ela as enfiou nas frestas da madeira pesada. Finalmente a portinhola se abriu, e Fi se jogou no quarto. Estava vazio, mas havia um pouco de fogo na lareira. Era impossível saber quando o hóspede voltaria.

Fi jogou a mochila de lado e se virou, curvando-se para fora da janela a fim de ajudar Shane a subir. Ela não ouvia nada além do uivo do vento e dos pingos de chuva batendo no telhado, mas imaginava o ruído da porta do quarto abaixo cedendo sob o impacto. Se as duas não passassem pela janela antes de os Caça-Bruxas pensarem em olhar para cima, nada daquilo teria adiantado.

A mão de Shane estava molhada e escorregadia, mas ela segurava apertado. Fi puxou com toda a sua força, e Shane tomou impulso na madeira até se jogar pela janela para dentro do quarto, levando Fi ao chão com ela. Fi se debateu para levantar e pegar a corda de volta, puxando até soltá-la da viga. Voltou para dentro do quarto e fechou a janela, ofegante. Shane se recostou na parede, olhando para Fi por trás da franja desgrenhada.

– Nem um momento de tédio, hein? – riu.

– Que bom que você está se divertindo – arquejou Fi, pegando a mochila de novo.

– Vamos nessa – disse Shane, dando um tapa no ombro de Fi antes de conduzi-las para o corredor, o machado reluzindo em suas mãos.

Durante todo o caminho até a escada dos fundos, Fi tinha certeza de que estavam prestes a dar de cara com um Caça-Bruxas. O terceiro andar era um labirinto de cantos cegos e curvas fechadas. A única vivalma que encontraram foi um velho de olhar cansado, que quase acabou decapitado graças ao nervosismo de Shane. Antes que pudessem acreditar, estavam descendo às pressas a frágil a escada.

Fi quase tropeçou no último degrau estreito, destrancando a porta com dificuldade para sair noite afora. A chuva atingiu seu rosto como um tapa. Um relâmpago cortou o céu, seguido por um trovão tão próximo que ela sentiu a pele vibrar.

O quintal amplo atrás da estalagem era ladeado por postes de amarração surrados, o estábulo comprido e baixo ficava um pouco além, acima da colina... e nada de Caça-Bruxas à vista. Fi se sentiu quase tonta de leveza, subindo os degraus instáveis de dois em dois na direção dos cavalos e da rota de fuga. Ela se virou para sorrir para Shane, mas a parceira não parecia aliviada. Na verdade, parecia horrorizada, estendendo a mão, com medo.

– Fi, cuidado!

Um relâmpago cortou o céu, refletindo na curva de um machado que voou diretamente contra o peito de Fi. Não houve tempo para fazer nada no segundo entre o relâmpago e o trovão. Ela ergueu os braços e virou as costas, tarde demais. O trovão estourou em seus ouvidos, e por um momento ela só escutou seu coração frenético.

O machado nunca a atingiu. Afundou na madeira da escada, e algo macio e quente se chocou contra Fi. Era Briar, os olhos azuis arregalados e assustados. Os braços de Briar se fecharam ao redor dela, puxando Fi em um abraço apertado, e os dois caíram no chão e rolaram pela grama molhada. Quando enfim pararam, ela estava por baixo, com Briar encarando-a. Com o cabelo encharcado de chuva e lama, ela o olhou de volta.

Briar levantou o tronco, apoiando-se nas mãos, o peito ofegante.

– Está tudo bem?

– Acho que sim.

A respiração dela tremulava na garganta. Ela sentiu os braços de Briar estremecerem.

— E você? — perguntou.

— Também... mas eu senti.

Ele apertou uma mão contra a barriga, onde o machado o atravessara, como se esperasse encontrar uma ferida aberta. O coração de Fi deu um pulo. Por um momento, quando seus corpos colidiram, ela temera por Briar; temera, impossivelmente, perdê-lo.

— Nunca tinha salvado ninguém em uma batalha — disse ele, com a voz um pouco atordoada.

Ele se ajoelhou, e Fi o acompanhou, sentindo dor em todas as partes do corpo que bateram no chão. Ela estava encharcada até os ossos, mas ainda sentia o círculo de calor onde ele a segurara. *Espera!*

— Você me empurrou! — disse ela.

— Desculpa.

Briar se afastou rápido, com uma expressão culpada.

— Não — disse Fi, urgente. — Briar. Quis dizer... você me tocou.

— Eu te toquei — repetiu Briar baixinho.

O rosto dele então se abriu em um sorriso, tão luminoso que ela quase esqueceu a tempestade. Ele se aproximou, erguendo a mão.

— Eu posso te tocar.

Os dedos dele acariciaram o rosto dela, quentes e vivos. Fi piscou. Até que, de repente, ela engasgou, Shane a puxava pela gola e a forçava a se levantar. Os olhos cinzentos dela estavam desvairados com a tempestade.

— Se você não estiver morta, temos que nos mexer! — gritou Shane.

Fi se levantou aos tropeços. Quando olhou para trás, Briar tinha sumido na chuva ofuscante.

Com o coração em frangalhos, ela correu atrás de Shane, na direção do estábulo. No entanto, elas não estavam mais sozinhas. A escuridão ficou turva conforme figuras usando capas pretas as cercaram, todas erguendo amuletos de topázio e espadas incrustadas de joias.

Os Caça-Bruxas as tinham encontrado.

14

SHANE

Shane não conseguia acreditar no que vira. Em um momento, assistia horrorizada a um machado voar na direção do peito de Fi, certa de que estava prestes a ver sua parceira ser cortada ao meio, e, no seguinte, Fi voava pelo ar. Por um segundo entre essas duas coisas, contudo, Shane jurava ter visto um fiapo transparente de garoto loiro agarrar Fi pela cintura e jogá-la para longe. Ela não teve tempo de se beliscar e garantir que não estava vendo coisas. Supunha que sabia quem era o garoto e, por enquanto, teria que deixar por isso mesmo.

Shane devia saber que os Caça-Bruxas ficariam de tocaia nos estábulos. No segundo em que elas saíram pela porta dos fundos, pelo menos dez daqueles abutres apareceram, brandindo armas. Na escuridão da tempestade, eles pareciam uma centena.

Shane tirou a mochila pesada do ombro e a jogou no colo de Fi, que cambaleou sob o peso.

— Vou levar a gente até os estábulos — prometeu Shane. — Só fique comigo.

Fi hesitou, mas assentiu. Shane girou o machado, pronta para o ataque.

Um Caça-Bruxas parrudo se desgarrou do grupo, correndo na direção de Shane. Ele soltou um brado de batalha, mas a tempestade era mais barulhenta e Shane, mais rápida — ela levantou o machado acima da cabeça, deixando o corpo inteiro girar junto, e desceu a parte posterior, que não tinha fio, contra a lâmina da espada dele, afundando-a na lama. Acertou o queixo dele com as fivelas da bota. O Caça-Bruxas caiu com um estrondo de dar nojo.

Duas figuras se mexeram imediatamente para tomar seu lugar, as capas tratadas farfalhando conforme se aproximavam. Shane olhou de relance para Fi. Mais um minuto e não estariam só lutando com as costas grudadas uma na outra: ela estaria atingindo Fi a cada rebote.

Shane não parou para pensar. Deixou a luta dizer ao corpo o que fazer. A memória muscular das inúmeras horas passadas treinando, na infância, sob a instrução rígida da avó, repetindo os golpes até o machado ser como um novo membro, continuava viva nela – e se somava aos anos de experiência lutando contra oponentes de verdade, e ganhando.

Com um movimento da mão esquerda, Shane arrancou a adaga do cinto e a arremessou contra os Caça-Bruxas que se aproximavam de Fi. Ela só atingiu a capa, mas isso bastou para assustá-los e fazê-los dar alguns passos para trás. Uma mulher de cabelo curto atacou com uma fina espada de prata, mirando o espaço entre as costelas de Shane, enquanto um homem de peito largo se jogou contra ela, uma lança curvada e afiada apoiada em seu ombro.

Shane rebateu a lâmina fina com o machado e se abaixou para a lança passar por cima de sua cabeça, permitindo que se levantasse de novo e prendesse o cabo contra o ombro. Ela firmou um calcanhar na grama molhada e girou, arrancando a lança das mãos do homem e batendo com a ponta do cabo no rosto da mulher. Os Caça-Bruxas caíram em um montinho.

Um soco atingiu as costelas de Shane. Deixara o homem de peito largo se aproximar demais. Ela se desequilibrou, perdendo a lança e quase deixando o machado cair quando bateu de costas em um dos postes de amarração. Shane sibilou entre os dentes. Ia sentir aquilo de manhã.

Ela afastou a dor. A lança do Caça-Bruxas cintilou, largada na lama. Eles tentaram pegá-la ao mesmo tempo, mas Shane sabia que não deveria sair na mão com alguém com o dobro do seu tamanho. No segundo em que ele a puxou, Shane soltou a arma e deu um chute nas costelas do homem, que tropeçou e bateu com os joelhos no chão, caindo perto da lança.

Shane pegou a adaga e tirou a água da chuva dos olhos, tentando freneticamente enxergar em meio à tempestade. Ela abrira uma pequena passagem no círculo de Caça-Bruxas, mas não duraria.

– Fi, vá! – gritou Shane.

Em seguida, deu meia-volta e saiu correndo na direção oposta, enfiando-se no meio deles, vendo de relance a expressão maravilhada de Fi, que subia a colina lamacenta rumo ao estábulo.

Aquilo fez Shane sorrir. Ela não ligava para a opinião de Fi, mas sempre ficava feliz por ser valorizada.

Um relâmpago pontiagudo cruzou o céu. A carga elétrica pendeu no ar conforme a direção da tempestade mudava, fustigando as costas de Shane. Ela deixou a água impulsioná-la para a frente, erguendo o machado e golpeando desesperadamente uma dupla de Caça-Bruxas. Eles se esquivaram, mas era exatamente o que ela esperava. Shane enfiou o machado em um dos postes de amarração e, apoiada no calcanhar, girou o corpo, usando a bota para deslocar o ombro de alguém. Se conseguisse impedir os Caça-Bruxas de passarem por ela, Fi, esperta que era, aprontaria os cavalos, e a parte final da fuga – em que elas saíam vitoriosas a cavalo – ainda poderia seguir de acordo com o plano.

Shane arrancou o machado do poste, tentando ficar atenta a todas as silhuetas que se moviam. Ela quase perdeu o movimento abrupto à sua esquerda quando uma faca veio voando em sua direção, e só se salvou de levar uma punhalada no estômago por causa de um desvio instintivo. A arma escorregou, sem efeito, pela grama. Shane ousou olhar de relance para o estábulo, para ver se Fi ressurgira com os cavalos.

O que ela viu, contudo, fez seu coração parar. Mais uma dúzia de Caça-Bruxas saía da estalagem. Eles estavam prestes a descer atrás dela e bloqueá-la.

– Fi! – gritou Shane, sem saber se era um aviso ou uma súplica.

Como se lesse sua mente, Fi surgiu na porta do estábulo, o cabelo desgrenhado. Ela não conduzia nenhum cavalo, mas trazia uma corda nas mãos, e girou de maneira feroz o anel amarrado à ponta. Fi sacudiu a corda acima da cabeça e a abaixou, soltando-a rente ao chão. A corda voou na direção do grupo de Caça-Bruxas mais próximo, embolando-se em seus pés e os derrubando.

Shane comemorou com um grito, mas, em seguida, foi obrigada a se jogar na lama quando uma espada pesada e serrilhada cortou o ar com tanta força que pareceu interromper a chuva. Shane rolou, de cotovelos, e olhou para um rosto muito conhecido: o Caça-Bruxas com nariz adunco, agora visivelmente torto onde ela o esmagara com a bota.

— Dessa vez você vai morrer! — gritou Tavian, o rosto contorcido de ódio ao erguer a espada enorme.

— Sai do caminho — resmungou Shane.

Ela não tinha dúvida de que era capaz de ganhar daquele palhaço de novo, mas talvez não quando seus vinte melhores amigos estivessem bem atrás dele.

— Corra!

A voz aguda de Fi viajou pela confusão. Shane se jogou para longe do segundo golpe de Tavian e acertou o tornozelo dele com a parte posterior do machado. Não foi um golpe certeiro, mas bastou para derrubar Tavian. O homem foi ao chão e Shane levantou aos tropeços, correndo na direção do estábulo. Os ombros dela doíam sob o peso do machado escorregadio.

À frente dela, Fi encostara um lado das portas duplas do estábulo e mantinha a outra só um pouco entreaberta. Shane ficou chocada. Ela era extremamente baixa, não extremamente magra. Não havia como passar por aquela fresta.

Fi acenou, frenética. Shane nem tentou localizar os Caça-Bruxas — ela poderia ser atacada no tempo que levasse para olhar para trás. Apertou o passo nos últimos metros e se jogou contra o estábulo. No último segundo possível, Fi escancarou a porta e a fechou quando Shane passou por ela. A caçadora atingiu o chão e levantou cuspindo feno, enquanto Fi usava grossos pedaços de madeira para travar a porta.

Algo cujo barulho lembrava muito uma espada atingiu a madeira, mas a porta não cedeu. Shane deixou a cabeça pender para trás, aliviada. Eram portas pesadas, feitas para aguentar os invernos das Cragspires. Um punhado de Caça-Bruxas furiosos não bastaria para derrubá-las.

Elas tinham, contudo, um novo problema. Os Caça-Bruxas podiam ter ficado presos lá fora, mas Shane e Fi estavam igualmente presas. Pelo menos o estábulo fora todo trancado contra a tempestade, as janelas firmemente fechadas, então não precisavam temer que alguém entrasse por elas. Entretanto, Shane duvidava que aquilo impediria alguém. Quando os

Caça-Bruxas faziam alguém de alvo, não paravam por nada. Era como se ela e Fi estivessem do outro lado da porta de uma matilha de cães ferozes.

Fi parecia ter chegado à mesma conclusão e olhou ao redor do celeiro com uma expressão amarga.

– Estamos encurraladas – falou, desanimada. – Não tem saída.

– Claro que tem – disse Shane, se levantando. – Sempre dá para sair por onde entramos.

Assim que ela disse isso, outro estalido assustador soou do lado de fora da porta de madeira. Shane deu um pulo. Fi não disse nada, mas sua expressão seca era muito nítida.

– Não estamos encurraladas – disse Shane, irritada consigo por estar assustada, e irritada com Fi por desistir tão fácil. – Só apronte os cavalos.

Ela esfregou a lama do machado como pôde e o amarrou às costas.

Quando Fi se afastou, Shane olhou ao redor pela primeira vez. Havia duas fileiras de baias, metade ocupada por cavalos curiosos que passavam a cabeça por cima das grades para espiar as intrusas. Chamas crepitavam nas pequenas lamparinas de vidro penduradas perto da porta, todas prestes a apagar. Um mezanino estava repleto de feno e barris de aveia, e uma carroça de feno encontrava-se à esquerda das portas, cheia até a metade de palha fina. Shane sorriu.

Ela tentou puxar a carroça. Os músculos de suas costas berraram em protesto, mas ela insistiu, comemorando em silêncio quando as rodas pesadas começaram a girar.

Fi ressurgiu, trazendo os dois cavalos, a carga amarrada à sela. Ela encarou Shane com ceticismo quando a viu manobrar a carroça para a frente das portas.

– Vamos oferecer passeios? – perguntou.

Shane não sabia por que gastara tempo se preocupando com Fi. Se ela tinha energia para sarcasmo, era porque estava bem.

– Tive uma ideia bem mais impressionante. Monte no cavalo e esteja pronta para o meu sinal. Você vai precisar confiar em mim.

– Bom – admitiu Fi, com um sorrisinho para Shane –, você nos trouxe até o estábulo.

Vindo da silenciosa Filore Nenroa, aquilo era praticamente uma loa devota. Com a carroça no lugar, Shane desceu correndo a fileira de baias, destrancando e escancarando cada uma, só por via das dúvidas. Em seguida, pegou uma das lamparinas da porta.

Com uma rápida súplica para não estar prestes a cometer o maior erro de sua vida, ela arremessou a lamparina ardente na carroça de feno.

Os painéis de vidro se estilhaçaram. Fi ofegou quando o feno queimou mais rápido do que Shane imaginara, chamas coloridas lambendo os lados da carroça enquanto o feno soltava fumaça gordurosa. Os cavalos começaram a bater os cascos e relinchar de medo. Shane não tinha a intenção de queimar o estábulo. Com os olhos ardendo pela fumaça, ela correu até a porta, arrancando o pedaço pesado de madeira que a trancava e a escancarando.

Caça-Bruxas se arremessaram pela abertura, mas retrocederam na mesma velocidade, saindo do caminho quando Shane apoiou o ombro na base da carroça e a empurrou com toda a força, abrindo caminho entre os perseguidores com a carroça flamejante. O vento uivou e a chuva se derramou em lufadas conforme o fogo consumia a carroça. Shane empurrou com força uma última vez, e a carroça acelerou ao chegar à ladeira, descendo gramado abaixo na direção do grupo de Caça-Bruxas.

– Vai, Fi! Vai! – gritou Shane.

Fi apareceu a seu lado em um segundo, galopando para longe do estábulo e jogando as rédeas do cavalo para Shane no caminho. Mais cavalos passaram atrás dela, estalando os cascos. Shane agarrou a sela e se jogou na montaria. E assim elas se foram, deixando a carroça flamejante e os gritos dos Caça-Bruxas para trás. Shane abriu um sorriso feroz para a parceira, feliz com o sorriso discreto que recebeu de volta.

A chuva enchera a estrada de lama, e o lodo escorregadio fez os cavalos tropeçarem mais de uma vez. Assim que ficaram fora da vista da estalagem, Fi controlou as rédeas até os cavalos cavalgarem lado a lado.

– Por que desacelerou? – perguntou Shane, imaginando um exército de Caça-Bruxas montando em seus cavalos para persegui-las.

– É muito perigoso pegar a estrada na chuva – disse Fi, se aproximando para não precisar gritar em meio à tempestade. – A água lava as trilhas, e há o risco de deslizamento de terra. Devemos desmontar e descer a colina. Sei onde podemos nos secar.

— Achei que não tinha mais nada por aqui além de Black Pines — disse Shane.

— Nada habitado — concordou Fi. — Qual é sua opinião sobre cidades-fantasma?

Não era boa, afinal.

Elas levaram horas para descer a colina íngreme, escorregando e deslizando na lama. A única certeza de Shane era que não havia mais Caça-Bruxas atrás delas, porque nem aqueles fanáticos seriam desmiolados o bastante para sair da estrada com aquele tempo.

A cidade fantasma de Fi era pouco mais do que uma pilha de escombros. A chuva finalmente diminuíra, e, no luar aguado, Shane observou os restos desmoronados de prédios, paredes protetoras de rocha e caldeirões enferrujados no que sobrara das casas. Não havia um telhado sequer à vista, nem mesmo sobre o poço desabado.

Shane estava prestes a acusar a parceira de mentir da pior forma possível quando, no fim da cidade, chegaram a uma estrutura que estranhamente permanecia de pé: uma mansão gigantesca de pedra cinza reluzente. Ficava aninhada no penhasco, cercada por pinheiros retorcidos da floresta que começava a invadi-la. Pilares largos ladeavam a porta, que estava escancarada como uma boca faminta, e faltava um pedaço do muro de pedra, onde parecia que algo o mordera. Shane tinha certeza de que vira alguma coisa rastejar sob o alpendre ao se aproximar.

Fi suspirou.

— Não é uma casa e tanto?

Ah, era uma casa e tanto mesmo. Pela primeira vez, Shane mordeu a língua e deixou para lá. Pelo menos tinha telhado. Por enquanto, ela só queria fazer uma fogueira caprichada e passar a noite se aquecendo.

— Pelo menos é um abrigo — resmungou.

Elas desmontaram e entraram.

15

FI

Fi sentou em frente ao fogo crepitante, a camisola cinza cobrindo os joelhos. Ela e Shane tinham se refugiado em um salão espaçoso de pedra cinza. Shane exagerara, construindo uma fogueira com pedaços quebrados do corrimão e pernas gastas de cadeiras velhas, mas Fi não podia negar que caía bem, depois de horas na chuva. Elas até tinham tido a sorte de encontrar alguns tapetes – não muito mofados – para substituir os sacos de dormir encharcados.

Do outro lado da fogueira, Shane se recostara na mochila, a grossa trança caindo sobre o ombro. A caçadora aproximou os pés da fogueira, o que não seria grave se ela não tivesse se distraído e botado fogo em uma das meias.

Fi sacudiu a cabeça para a parceira, com afeto.

– Ei – disse, despertando a garota do devaneio. – Você foi bem impressionante lá na briga com os Caça-Bruxas.

– Isso foi um elogio? – perguntou Shane, balançando o dedão do pé através de um buraco na meia puída.

– Declaração de fatos – corrigiu Fi. – Você deve estar alucinando.

– Bom, de nada, de qualquer forma – disse Shane enquanto bocejava, já praticamente adormecida no calor nebuloso.

Fi, por outro lado, mal conseguia ficar parada. Talvez ainda estivesse agitada devido ao encontro com os Caça-Bruxas, ou talvez lugares antigos como aquele sempre a atraíssem. Não conseguia parar de olhar para o teto, a moldura esculpida e a sombra de tinta colorida nos cantinhos, onde um mural talvez um dia tivesse coberto o gesso descascado. O vento da tempestade continuou a suspirar e gemer nas calhas, como uma música vinda de um canto distante da casa.

Ela já estivera ali uma vez, também para se proteger da chuva. Fi e o ex-parceiro tinham se encolhido, lado a lado, diante de uma fogueira muito menor, e ela adormecera apoiada no ombro dele, escutando a chuva. Não eram só lembranças ruins, mas as boas conseguiam ser ainda mais dolorosas.

Esfregando as mãos nas meias grossas, Fi olhou para trás, para as profundezas da casa. Fazia muito tempo que não se permitia explorar só por diversão.

Ela se levantou, acordando Shane do cochilo. A caçadora piscou para Fi enquanto ela revirava as coisas molhadas, espalhadas para secar ao redor da fogueira. As poucas tochas restantes estavam úmidas, mas Fi conseguiu encontrar uma vela. Procurou um pedaço de madeira pela sala, que usou para acender a vela sem derretê-la nas chamas. Ela enfiou as botas com facilidade.

Isso chamou a atenção de Shane.

— O que você está fazendo?

— Vou dar uma olhada por aí — disse Fi.

A antecipação já lhe dava arrepios conforme ela se imaginava tocando as pontas esculpidas dos remates e as dobras de pinturas rasgadas. Aquele era o tipo de lugar que se podia visitar cem vezes, sem nunca descobrir todos os segredos.

— Aqui? — perguntou Shane. — De camisola? Sozinha?

Fi teve que sorrir.

— Hoje em dia nunca estou sozinha, lembra? — falou, segurando a vela e se voltando para os fundos da sala.

Shane soltou um ruído de desdém.

— Ah, é. Esqueci. Você trouxe seu próprio fantasma para essa casa assombrada.

— Ele não é um fantasma — corrigiu Fi quase automaticamente. — Volto antes do amanhecer. Você ia dormir, de qualquer forma.

Elas tinham decidido passar a noite escondidas, para que os Caça-Bruxas não acompanhassem seu rastro.

– Faça o que quiser – disse Shane. – Mas aviso logo: não vou largar essa fogueira, especialmente para salvar seu traseiro azarado.

Depois do dia que tinham passado, Fi estava certa de que era mentira. Ela deixou Shane se ater à ilusão, assentindo e indo embora.

O chão de pedra era frio mesmo sob as botas, e o silêncio, rompido por rangidos e gemidos, o prédio antigo se assentando ao seu redor. Fi ficou atenta a partes de chão e parede que podiam ser de madeira apodrecida e estar prestes a desabar. Não havia sinal de Bruxas nem Caça-Bruxas no saguão de entrada, então ela duvidava que precisasse se preocupar com armadilhas. Não que a mansão fosse segura.

Um sopro de ar às suas costas indicou a Fi que tinha companhia. Ela se virou para olhar para Briar, contendo um calafrio. Ele estava fora do alcance da luz da pequena vela, o rosto obscurecido por sombras estranhas.

– Fico feliz por você estar bem – disse ele baixinho.

Fi levou uma mão à cintura.

– Deu para notar, com esse seu sorrisão.

Briar suspirou, quase rindo, mas seu olhar continuava estranhamente sério.

– É que… Sou o motivo de você estar em perigo.

Fi esticou a mão e deu um peteleco no nariz de Briar. O dedo o atravessou, mas Briar se sobressaltou mesmo assim, como Fi suspeitara que faria. Era reflexo, afinal.

– Eu já sabia – disse ela. – Ataques de bandoleiros estavam na sua lista de possibilidades fatais da viagem, lembra? Mas você vai ter que dividir a responsabilidade com Shane, que anda roubando e antagonizando os Caça-Bruxas.

Fi sacudiu a cabeça, descrente, se perguntando se um dia encontraria um limite que Shane se recusaria a ultrapassar.

– Espero que esse olhar assustador seja reservado aos Caça-Bruxas – disse Briar.

– É só para a minha parceira – garantiu Fi.

Briar inclinou a cabeça para trás, pensativo.

– Quando eu era menor, surgiu um movimento contra usuários de magia em Andar. Era mais para uma seita, na verdade – disse ele, hesitando. – Eles se juntaram logo que nasci... Na verdade, porque nasci. Acreditavam que as Bruxas de Andar tinham atraído a fúria da Bruxa dos Fusos contra o reino inteiro, e que aqueles sem magia sofreriam por algo que não lhes dizia respeito. Eles se chamavam de Cavaleiros de Topázio. Mas, pelo menos na época, eram só um grupo insignificante.

Topázio? Ninguém sabia por que os Caça-Bruxas usavam aquelas pedras. De acordo com a superstição, o topázio protegia contra magia, mas talvez os amuletos dos Caça-Bruxas na verdade viessem do movimento antimagia da época de Briar. Um século de medo e ódio por magia poderia ter transformado os Cavaleiros de Topázio nos Caça-Bruxas que Fi conhecia.

– Não são mais tão insignificantes assim – murmurou ela.

Briar parecia assustado.

– Você podia ter morrido – falou, as palavras insuportavelmente suaves.

– Então acho que você chegou na hora perfeita.

A lembrança do corpo dele abraçando-a aqueceu seu baixo-ventre. Fi se mexeu desconfortavelmente.

– Eu te agradeci, antes, por salvar minha vida? – perguntou.

O olhar de Briar cintilou.

– Não. Na verdade, fomos interrompidos no meio de uma conversa.

– Bom, obrigada – disse Fi, ignorando o resto de propósito antes de se virar, inclinando a cabeça para indicar o resto do corredor. – Vem. Prometi a Shane que não exploraria sozinha.

Caminhar ao lado de Briar era uma sensação esquisita. Os passos dele não faziam barulho, e, quando Fi olhava para trás, só suas pegadas ficavam marcadas na poeira. Avançando pelo corredor, Briar passou à sua frente, olhando por trás de cortinas pesadas de veludo e se esticando para analisar o vidro quebrado em um vitral.

Na esquina, ela parou para examinar alguma coisa. Uma corda de ferro percorria como uma veia o espaço entre as pedras da parede, o metal opaco retorcido em uma sequência de nós protuberantes. Fi franziu a testa.

– Não acho que seja só decoração.

Ela acompanhou os símbolos entalhados nas reentrâncias. Voltas e espirais se sobrepunham a letras compostas de triângulos entrelaçados.

– Acho que é magia de amarração – falou. – Há duas línguas diferentes aqui, da Rosa Divina e da Ordem da Terra Fendida.

A Terra Fendida fora a escola de grandes construtores de Andar, mencionados nos textos mais antigos como Terremotos – Bruxas que esculpiam enormes montanhas e mudavam o curso de rios. Fazia sentido que Bruxas com afinidade com o ferro se juntassem àquela escola, mas Fi nunca vira metal ser usado em magia de amarração. Dando um passo para trás, ela notou que a maioria das paredes era reforçada com aquelas mesmas veias de ferro puro, amarrando a magia antiga nos alicerces da construção. Talvez aquilo explicasse por que a mansão continuava de pé.

– O que diz? – perguntou Briar, olhando para os nós.

Fi aproximou a vela.

– A maior parte do texto está gasta, e não ajuda que o inventor da língua da Terra Fendida tenha decidido que não precisava de conjunções. Mas é alguma coisa como *inquebrável, segure firme*.

Briar sorriu para Fi.

– Quantas línguas mágicas você sabe, afinal?

Fi mexeu a boca, contando mentalmente.

– Doze. Mas sei reconhecer e interpretar algumas outras.

Briar riu.

– Pare, nem me diga – implorou, apertando os olhos com a mão. – É coisa demais.

– Doze é medíocre entre historiadores – retrucou Fi.

Nos mil anos desde que Andar fora fundado pela Rainha Aurora, houvera centenas de Ordens Mágicas, que se ergueram e caíram. Algumas se consolidaram, crescendo o bastante para sustentar grandes escolas mágicas, enquanto outras operaram quase como sociedades secretas. Havia até certas ordens que só existiram durante a vida de uma única Bruxa. Era o sonho de qualquer pesquisador: um reino repleto de inúmeros bolsões escondidos ricos em história.

Briar ainda sacudia a cabeça.

– Como não reparei antes? Você foi o tipo de criança que passou a infância trancada na biblioteca. Já consigo te imaginar escondida atrás de pilhas de livros. Doze línguas mágicas, nenhum amigo, né? – provocou ele.

Fi não podia empurrá-lo, mas passou uma mão pela cara dele. Quando era mais nova, a piada a teria incomodado, mas fazia muito tempo que ela aceitara que preferia livros a pessoas.

– Quantas línguas mágicas você sabe? – ela devolveu a pergunta.

Ele tivera três professoras de três Ordens Mágicas diferentes, então provavelmente seria o mínimo.

Briar encolheu os ombros, ficando tímido de repente.

– Duas e meia? – disse, evasivo, e sacudiu a mão em um gesto que levou Fi a crer que provavelmente duas era mais preciso. – Nunca vi o propósito disso. Ler sobre magia era chato, se comparado a fazer magia de fato.

Foi a vez de Fi sacudir a cabeça. O pequeno Briar Rose, impaciente, atormentando as três maiores Bruxas do reino para pularem o estudo acadêmico e irem direto aos feitiços... Ela conseguia imaginar perfeitamente.

Briar estalou os dedos. O casaco azul esvoaçou quando ele fez uma pirueta, parando de frente para ela e andando para trás.

– Tenho uma nova ideia de por que você não gosta de mim.

– Por causa do seu senso de humor horrível? – sugeriu ela com secura, lembrando a piada sobre a biblioteca.

– Meu senso de humor é excelente – insistiu Briar. – Você acha que não sou inteligente o bastante. Acha que sou um mero principezinho cabeça oca.

Fi ergueu as sobrancelhas, esperando que ele provasse o contrário, com suas duas línguas mágicas e meia. Briar sorriu para ela, desarmando-a.

– Mas eu digo que os opostos se atraem – concluiu ele.

Eles seguiram caminho em um humor mais leve, entrando cada vez mais nas profundezas da mansão, até chegarem a um corredor comprido. Reentrâncias nas paredes eram decoradas com estátuas de cavaleiros de pedra mais altos do que Fi, com aberturas vazias para os olhos nos capacetes. A maioria segurava as espadas em posição de luta, como se prontos para pular da parede, mas Fi notou um cavaleiro em repouso, a espada enfiada no pedestal a seus pés.

Ela andou mais alguns passos além da estátua e parou, girando lentamente. Havia algo errado.

– O que foi? – perguntou Briar.

Fi caminhou de um lado do corredor para o outro, contando os passos. O corredor ficara mais estreito, tinha certeza.

– Encontrou alguma coisa? – insistiu ele.

– Um segundo – murmurou Fi.

Ela voltou para o cavaleiro. Distraída, puxou a própria orelha, ficando na ponta dos pés para erguer bem a vela. Ao contrário das outras estátuas, aquela não estava encostada na parede. Havia uma pequena abertura atrás do cavaleiro, um breu completo além da fissura na pedra. Briar olhou por cima do ombro dela.

– Como você sabia que aquilo estava aí? – perguntou.

– O corredor ficou mais estreito – disse Fi. – Imaginei que o espaço tinha sido usado para alguma coisa... como uma passagem secreta.

Ela enfiou a vela o mais fundo que conseguiu na abertura estreita. Não dava para ver nada além de um caminho escuro que seguia para baixo. Fi olhou para a direção de onde viera, pensando em Shane e na fogueira, e voltou a olhar para Briar, mordendo o lábio.

O olhar de Briar cintilou.

– Eu topo, se você topar.

– Como você está preso a mim, acho que, tecnicamente, não tem escolha – disse Fi.

Enfim ela se abaixou para entrar na passagem, se esforçando para conter um sorriso.

O espaço ali era apertado e estreito. Fi estava atenta demais à manga de Briar, que não parava de *atravessá-la*. Pensou em Briar na chuva, o peito ofegante depois de salvá-la dos Caça-Bruxas. Será que ele podia ficar sem ar? Qual era a sensação de ser um espírito feito de magia da luz? Ele sentia alguma coisa quando ela o tocava? O calor na nuca fez Fi decidir não perguntar.

Alguma coisa brilhante piscou à frente deles. Fi tropeçou quando a passagem de repente se abriu para uma sala redonda, todas as paredes cobertas por espelhos em molduras prateadas. Quase imediatamente, ela perdeu de vista a pequena abertura pela qual haviam entrado. A luz bruxuleante da vela reluzia em todas as superfícies, seu reflexo percorrendo a sala de forma atordoante. Briar não aparecia em espelho nenhum. Por todos os lados, Fi estava sozinha no escuro com sua pequena vela, refletida de novo e de novo até parecer estar cercada por cem chamas.

— Espetacular — suspirou Fi, virando-se, distraída, para olhar para Briar.

— É uma boa descrição.

Briar riu baixinho. Ele se aproximou para passar os dedos em um dos reflexos de Fi, fascinado, e ela perdeu o fôlego ao imaginar o toque.

— Por que esconder essa sala? — perguntou ele.

A cabeça de Fi estava a mil com as possibilidades.

— Pode ser um lugar onde se faziam feitiços. Alguns feitiços são realizados no reflexo de uma pessoa, em vez de no corpo presente. Mas neste caso... — disse Fi, se aproximando para examinar o reflexo — acho que está escondendo outra passagem.

A superfície lisa estava fria ao toque. A luz da vela ricocheteou conforme ela dava uma volta lenta pela sala, passando o dedo pelo vidro.

— O que te faz pensar isso? — perguntou Briar.

— Explorei muitas ruínas antigas como esta. Dá para sentir.

Ela deslizou a mão pela abertura da passagem pela qual tinha entrado.

Só ao virar o rosto notou que Briar estava bem a seu lado, a expressão iluminada de deleite. Devia ser imaginação, mas ela quase sentiu o calor da proximidade de outro corpo.

— Caçar tesouros é assim? — perguntou ele ao pé de seu ouvido. — É divertido.

Fi pigarreou.

— Quando dá certo.

Ela não teve coragem de contar que normalmente era mais comum ter que fugir para salvar a própria vida, ou, pior, encontrar os temidos becos sem saída.

Briar a distraiu tanto que ela quase perdeu a pista que procurava.

— Espera — disse Briar.

Ele esticou a mão, um movimento do dedo fazendo a vela de Fi arder mais forte enquanto ele a guiava de volta para um dos espelhos.

— Seu reflexo nesse daqui está diferente — falou.

Ele estava certo. O reflexo estava mais embaçado, a vela formando um círculo difuso em vez de uma chama nítida. Fi se aproximou e encostou a testa na superfície. Dava para ver alguma coisa ali, sob o reflexo.

— É porque não é um espelho — disse ela, animada. — É só um pedaço de vidro, sem a prata. Por isso o reflexo fica diferente.

Fi olhou ao redor da sala, procurando uma pedra solta. Ela mordeu a bochecha. Por que não pensara em levar mais nada, como a corda? Estudou o vidro de novo. Não parecia muito grosso. Fi deu um passo para trás, voltando ao centro da sala, e pulou em um pé só, arrancando a bota. Levantou o sapato pesado.

— E lá vamos nós — falou com ceticismo, impulsionando o braço para trás e arremessando a bota com toda a força.

Com um estrondo, o sapato atravessou o vidro fino. O reflexo de Fi se estilhaçou e caiu ao chão, o piso cintilando com cacos minúsculos. Outra passagem se abria à frente dela.

— Boa sacada — disse Briar.

Fi avançou aos pulos, desajeitada, tentando não deixar o pé que calçava apenas meia tocar o chão. Ela não pensara na etapa seguinte, com a bota do lado oposto do vidro quebrado.

— Quer ajuda? — perguntou Briar.

— Você acha que consegue pegar meu sapato?

Ele estivera concreto o bastante para tocá-la na estalagem, e o sapato não tinha caído tão longe.

— Consigo uma coisa ainda melhor — disse Briar, se ajoelhando na frente de Fi e indicando as costas. — Vou te carregar até o sapato.

Fi riu com desdém.

— Parece uma receita para me jogar no chão. Você não ficou exausto ao me salvar de novo?

Briar gargalhou.

— Eu nunca permitiria que você sofresse o mesmo destino da lagarta — prometeu. — Além do mais, minha magia me parece mais forte. Talvez seja bom testar. Caso você se meta em confusão de novo.

— Tá bom — disse Fi, relutante.

Ela preferia cair no chão daquela mansão a no meio de uma briga.

O sorriso de Briar era ofuscante.

— Sobe aqui — disse ele.

Fi não costumava ser muito desajeitada, mas não era fácil subir nas costas de Briar segurando a vela, especialmente porque temia atravessar o corpo dele. Não foi o que ocorreu, contudo; as costas de Briar estavam sólidas e quentes e o casaco de veludo, macio, quando Fi abraçou o ombro dele. O cheiro de rosas se derramou sobre ela. Briar se levantou de uma vez, e Fi se agarrou com força, a vela sacudindo loucamente na mão.

— Sorte que não botei fogo no seu cabelo!

— E ainda mais sorte que não caiu através de mim.

Briar parecia tão surpreso quanto Fi por ela ainda estar em suas costas.

— Briar, se você me derrubar... — disse Fi, em aviso.

— Não se preocupe. Tenho confiança total de que consigo te levar até o sapato... mas talvez não além disso, então é melhor não enrolar. Segure firme!

— Esper...

A palavra nem tinha saído toda da boca de Fi quando Briar disparou correndo na direção da passagem. Fi soltou um grito. Os braços de Briar estavam agarrados aos seus joelhos, e, por um segundo atordoante, ela sentiu como se voasse, a vela um brilho desvairado no mar de vidro.

— Briar! — gritou, mas saiu como uma gargalhada, e ele também gargalhou, o som ecoando à frente deles no escuro.

Foi repentino e empolgante, como tudo que Briar fazia. O rosto de Fi doía de tanto rir enquanto ela quicava nas costas dele, agarrando o pescoço dele com tanta força que parecia capaz de sufocá-lo. Ele pulou pela moldura quebrada e parou do outro lado da passagem.

— Seu sapato a aguarda! — declarou ele, sorrindo.

— Você é ridículo — disse Fi, sacudindo a cabeça.

De alguma forma, a voz dela saiu carinhosa.

— Eu nem te derrubei!

O ombro dele sumiu de repente. Fi caiu para a frente, arrastando a vela pelo tronco de Briar, que, felizmente, voltara a ser totalmente incorpóreo. Ela conseguiu colocar os pés no chão, mas tropeçou contra a parede, batendo o cotovelo, e mal conseguiu se segurar antes de ir ao chão. Olhou feio para Briar.

– O que você falou? – perguntou Fi, segurando o cotovelo.

Briar coçou o pescoço. Se Fi não estivesse enganada, o rosto dele estava levemente corado.

– Bom, magia não ajuda a ganhar músculo.

– Achei que esse nem fosse seu corpo de verdade – argumentou Fi.

Briar fez uma expressão intrigada.

– Verdade. Talvez eu possa imaginar uns músculos novos.

– Por favor, não – implorou Fi.

Ela não conseguia imaginar Briar como um príncipe de músculos inchados e maxilar desenhado. A aparência esguia e esbelta lhe caía melhor. Não que Fi tivesse uma preferência específica, na verdade. Ela sufocou o pensamento, pegando a bota, e equilibrou um pé em cima do outro para sacudir o sapato e se livrar dos cacos de vidro antes de calçá-lo.

Fi mordeu o lábio para conter a sensação calorosa que se espalhava por seu peito. Ela não planejava flertar com Briar, mas ele tinha um jeito de atraí-la. Fazia muito tempo que ela não ria tanto, nem se sentia tão leve.

É só o mistério, pensou Fi. *As ruínas*. Ela provavelmente conseguiria acreditar que estava apaixonada por qualquer pessoa, desde que estivesse cercada por passagens secretas e arquitetura antiga. *Foi como começou da última vez também*, se lembrou. O sorriso desapareceu de seu rosto.

O corredor era inclinado para baixo, uma passagem reluzente de pedra cinzenta atravessada pela corda de ferro com nós. Só as camadas de poeira e as cortinas de teia de aranha indicavam a idade. Fi se perguntou o que alguém quisera esconder com tamanho afinco. Finalmente chegaram a uma escadinha que levava a uma porta de ferro. Fi viu gravados em sulcos profundos os mesmos símbolos que encontrara anteriormente, a Terra Fendida e a Rosa Divina, lado a lado. A porta tinha três fechaduras diferentes, todas do lado de fora.

Uma onda de frio os atingiu quando Fi e Briar pararam diante da porta. O metal gelado da fechadura ardeu contra os dedos de Fi no momento em que ela puxou o primeiro ferrolho. A voz de Briar a interrompeu quando ela tocou o segundo:

– Tem certeza? – perguntou. – São muitas fechaduras.

Fi olhou para ele, e de volta para a porta. Ela já sabia a resposta. O tipo de pessoa capaz de dar as costas para uma porta sem saber o que estava do outro lado nunca se tornaria caçadora de tesouros.

– O que quer que esteja trancado aqui, já faz muito tempo – falou. – E a maioria das relíquias mágicas só é perigosa se tocada. Se tomarmos cuidado, deve ficar tudo bem.

Ela destrancou o segundo ferrolho e, em seguida, puxou uma corrente grossa de metal do gancho enfiado na pedra. Devagar, abriu a porta. Uma lufada de vento frio soprou contra seu corpo, como se estivesse esperando para fugir.

Fi avançou, levantando bem a vela. As paredes de pedra da câmara silenciosa erguiam-se até um teto abobadado, e os sons dos passos dela ecoaram mil vezes. A sala estava repleta de arte – estátuas, pinturas, tapeçarias elaboradas, entalhes e gravuras apodrecidos em baús de madeira e escudos enferrujados –, tudo retratando a mesma mulher. Fi avançou mais, fascinada.

Ela aproximou a vela de uma estátua pintada. A figura usava um vestido preto comprido, seu rosto escondido atrás de um véu da mesma cor, o tecido tão cuidadosamente esculpido que a renda parecia estremecer à luz da chama bruxuleante. O véu mudava em cada obra de arte – às vezes era um longo pedaço de tecido, outras, uma mortalha fina que revelava um vislumbre de lábios curvados e queixo pontudo e pálido. Uma estátua fora coberta com seda transparente, que, ao longo dos anos, apodrecera contra o rosto de pedra da mulher, mascarando-a com trapos carcomidos por traças. A estátua segurava um cesto de costura e mexia em um fio.

Fi perdeu o fôlego. A figura com o véu devia ser a Bruxa dos Fusos, que amaldiçoara Briar e todo o reino de Andar. A Bruxa que queria matar Fi. Ela se virou para olhar os milhares de rostos cobertos.

– O que é esse lugar? – sussurrou, inspecionando um espelho de prata gravado com fusos reluzentes e linhas desenroladas.

– É uma espécie de túmulo – disse Briar.

Ela deu um pulo ao ouvir a voz tão próxima de seu rosto, como se ele não ousasse falar mais alto.

– Depois que a Bruxa dos Fusos foi banida de Andar – continuou –, meu pai ordenou que todas as imagens dela fossem removidas do reino.

– Por que ele não as destruiu?

– A Bruxa dos Fusos era a mais poderosa das Grandes Bruxas – disse Briar baixinho, olhando para a região escura sob o véu da estátua. – Mesmo antes do exílio, ela nunca mostrou seu rosto. As superstições diziam que quem destruísse a imagem dela atrairia sua fúria. Então meu pai mandou que as trancassem longe de Andar, onde ninguém as encontraria.

Até agora, pelo menos. Fi sentiu um calafrio. Ela tentou se convencer de que era só a sala – fria e inabitada por um século –, mas estava pensando nas palavras inscritas nos nós de ferro na parede. *Segure firme.* Era por isso que a casa toda era reforçada por magia tão poderosa. O silêncio parecia sussurrar com o farfalhar de asas. Fi se encolheu sob o olhar pétreo de um corvo empoleirado no ombro da Bruxa.

– Como ela ainda pode estar viva, depois de tanto tempo? – suspirou.

Briar sacudiu a cabeça.

– Ela já era uma anciã quando *chegou* a Andar.

Olhando mais de perto, Fi viu que algumas das obras incluíam outras mulheres: as últimas Três Grandes Bruxas.

Briar se aproximara da escultura no centro da sala, e Fi o acompanhou, estudando a peça em tamanho real que retratava as quatro Bruxas juntas. A Bruxa das Cobras em uma ponta, erguendo uma serpente com reluzentes olhos de rubi. A Bruxa dos Sonhos encostava a cabeça no colo da Bruxa das Rosas, segurando uma ampulheta que parecia ter sido feita de vidro e areia de verdade, mas só restavam pedaços quebrados. A Bruxa das Rosas prendia um broto de cristal cor-de-rosa no cabelo da Bruxa dos Sonhos, com um sorriso doce congelado no rosto. A Bruxa dos Fusos se erguia sozinha. O fio que pendia de suas mãos pálidas era de ouro, e o fuso fora esculpido com tamanha precisão que ainda parecia girar.

Briar levou uma mão ao rosto da jovem Bruxa das Rosas. Fi deu um passo para o lado, de repente sentindo que invadia um momento pessoal.

Briar notou sua hesitação e abriu um sorriso triste.

– A Bruxa das Rosas era minha irmã mais velha. Camellia. Foi uma das poucas pessoas que escaparam da maldição.

Fi não sabia. Assim como o Bruxo do Papel, Bruxas poderosas abandonavam seus nomes e famílias ao assumir um título, o que tornava quase impossível traçar a árvore genealógica de Bruxas famosas. Contudo, olhando agora, ela sentia que deveria ter conseguido identificar aquilo muito tempo antes. Camellia era membro da Ordem da Rosa Divina, a ordem mágica da linhagem real, e tinha o cabelo dourado e os olhos azuis e alegres de Briar. Talvez tivesse sido a própria Camellia quem carregara o fuso de osso para longe de Andar e o escondera no fundo das montanhas, rezando pelo despertar do irmão enquanto entalhava a inscrição na porta das ruínas.

Uma gota de sangue, uma gota de esperança.

Fi estudou a estátua, fazendo um cálculo mental.

– Ela devia ser bem mais velha que você.

– Quase quinze anos – confirmou Briar –, e nunca me deixou esquecer.

Um certo brilho voltara a seus olhos, o que a deixou feliz. A expressão melancólica a lembrava da torre fria e branca e do príncipe adormecido de seus sonhos.

– Foram as Grandes Bruxas que me salvaram – continuou Briar. – Quando espetei o dedo, deveria ter sido entregue à Bruxa dos Fusos para todo o sempre. Em vez disso, me adormeceram. Eu nem estava acordado no fim, quando…

Briar parou de falar.

Quando as Grandes Bruxas se sacrificaram.

Fi lera inúmeros relatos incompletos de fontes primárias sobre a queda de Andar, e ainda muitas outras versões inventadas. Entretanto, era a primeira vez que a história lhe parecia impossível, inacreditavelmente triste.

Quando tudo parecia perdido, as Grandes Bruxas se ergueram contra a Bruxa dos Fusos uma última vez, dando suas vidas para alterar o destino do reino por meio de três atos finais de grande magia:

A Bruxa das Cobras jurou preservar um caminho, tornando-se uma enorme serpente de marfim e percorrendo a Floresta de Espinhos.

A Bruxa dos Sonhos prometeu proteger os habitantes do castelo, adormecendo-os junto ao príncipe.
E a Bruxa das Rosas assegurou que defenderia Briar Rose do poder da Bruxa dos Fusos, envolvendo sua torre em rosas e feitiços de proteção.

Fi viu a luz da vela dançar no rosto de Briar. Ele era um príncipe e um Bruxo poderoso, mas ele e Fi eram parecidos de muitas formas: ambos arrancados da família por maldições, ambos ansiando por retomar o que perderam. Talvez fosse por isso que o fuso de osso a escolhera.

Alguma coisa reluzia entre os pedaços quebrados da ampulheta da Bruxa dos Sonhos. Fi se abaixou para enxergar melhor. A areia que se derramara da ampulheta era tão luminosa que ela se perguntou se era mesmo ouro; mas, quando tirou um caco de vidro do caminho, o resto do pó se espalhou pelo chão, os grãos esvoaçando ao seu redor como uma pequena tempestade. Fi se levantou rápido, mas não o bastante para conter um espirro.

— Talvez seja pó de sonho de verdade — disse Briar, oferecendo um sorriso brincalhão. — Tem gente que tem alergia, sabia?

Fi coçou o nariz irritado.

— Acho que era só pó normal mesmo.

Ela espirrou de novo, e a vela gotejou de um jeito perigoso. Pela primeira vez, notou quanto a vela derretera. Uma gota quente de cera escorreu pela palma de sua mão, e Fi sibilou, largando a vela, que rolou pelo chão, jogando sombras nas imagens da Bruxa dos Fusos. Fi se agachou para recuperá-la antes que se apagasse.

A mão dela encontrou a de Briar quando o espírito se ajoelhou a seu lado. Surpreendentemente, ele pegou a vela. Fi o encarou.

— Sua magia já se recuperou?

Ela achava que a carona nas costas o deixaria mais exaurido.

— Estou ficando mais forte conforme nos aproximamos de Andar. Veja só.

Briar ergueu a vela, soprando suavemente até a chama se apagar. Por um momento eles foram mergulhados em escuridão, o vento frio esmagando Fi como as centenas de olhos da Bruxa dos Fusos. Depois, uma luz diferente irrompeu dos dedos de Briar, como se ele contivesse uma chama pura e branca na mão. Faíscas dançaram pelo ar como vaga-lumes encantados.

– Uau. Isso é tão... útil – suspirou Fi, imaginando todas as ruínas e todos os lugares maravilhosos do mundo que poderiam iluminar se Briar estivesse a seu lado.

Briar riu, um som doce e quente que afastou as sombras.

– Ah. Útil. Finalmente encontrei o caminho do seu coração pragmático.

Ele se aproximou de Fi, sorrindo.

– Admita – falou –, você está se apaixonando por mim, um pouquinho que seja.

Fi engoliu em seco, encarando os olhos de Briar, que cintilavam como o céu da meia-noite.

– Claro que não – sussurrou, mas era mais difícil se convencer de que era verdade quando Briar fazia magia tão bela.

16

BRIAR ROSE

Briar se empoleirou na beirada da cama de dossel na torre branca, acalentando uma rosa de vermelho profundo. Era o símbolo da primeira rainha de Andar, o símbolo da magia de amarração que o protegia ali – o símbolo de sua irmã, Camellia.

A memória dela tomava o quarto todo, do perfume doce de rosas ao mar de flores que o envolviam como oferendas em uma sepultura. Briar perdera inúmeras pessoas para a maldição, mas era dela que mais sentia saudade. Imaginava que ela teria morrido, depois de tanto tempo, mas ver seu rosto esculpido em pedra fria doera, como se alguém enfiasse a mão dentro dele e arrancasse alguma coisa. Camellia se fora, e as rosas na torre poderiam ser os últimos resquícios de sua magia – a magia mais preciosa que ele já conhecera.

Briar virou a rosa em suas mãos, tomando cuidado com os espinhos. A afinidade de Camellia era com plantas. A rosa não era só seu símbolo, era também seu meio. Para ela, trançar uma coroa de flores era como tecer um feitiço de magia viva, os botões desabrochando antes mesmo que ela acabasse. Usando a magia de amarração, podia lançar feitiços que duravam vidas inteiras, criando juramentos inquebráveis ou lacrando uma relíquia amaldiçoada em uma gaiola de raízes de árvore. Ainda assim, nada a fazia sorrir mais do que satisfazer pequenos desejos de Briar.

Para o povo de Andar, ela fora a líder da Ordem da Rosa Divina e um prodígio, mesmo na linhagem real, nomeada como Grande Bruxa aos onze anos de idade. Para Briar, contudo, ela fora muito mais. Uma irmã. Uma mãe. Uma melhor amiga. Os braços que o reconfortavam quando ele despertava engasgado em lágrimas por causa dos pesadelos, imaginando a Bruxa dos Fusos à espreita nas sombras. Fora Camellia quem prometera encontrar um jeito de salvá-lo. Camellia quem o amara, apesar da maldição. E ele a perdera para sempre.

A rosa estremeceu ao toque de Briar. Foi então que reparou que as cortinas também esvoaçavam, o tecido fino trêmulo como se pego por uma brisa suave.

Briar encarou as cortinas, confuso. Não fazia sentido. O lugar não mudara em cem anos. Com a lufada seguinte, contudo, ele de repente ouviu vozes escapando lá de baixo.

Era impossível. Ele estava sozinho. Sempre estivera sozinho.

Briar correu até a escada em espiral e a desceu dois degraus por vez. Era um sonho dentro do sonho? Era por causa de Fi? Estaria enfim despertando? Até a escadaria parecia diferente, a pedra, normalmente opaca, limpa e reluzente.

Briar se apoiou na parede para pular os últimos degraus. Sua mão deslizou na pedra, soltando uma nuvem de areia dourada. Os grãozinhos cintilavam como pó. Briar parou. Onde ele a tocara, a pedra parara de reluzir. Um pedaço frio e opaco de mármore tomara seu lugar, como se ele tivesse raspado uma camada de tinta, revelando a tela por baixo.

O peito dele afundou. Era a torre de verdade. O resto era só magia, frágil a ponto de se romper com um mero toque. Magia dos sonhos.

As vozes estavam logo à frente. Quase contra sua vontade, Briar se viu atraído pelo som, cada pegada deixando uma sombra cinzenta no tapete azul brilhante. Ele já sabia o que encontraria. Era uma de suas lembranças, afinal.

Uma versão mais jovem dele – aos doze anos, se lembrasse corretamente – encontrava-se em frente a uma janela alta de três arcos, olhando para o pátio e o portão. Uma mão se apoiava no vidro, os dedos tensos como se temendo atravessá-lo.

Bem atrás dele estava Camellia, os braços cruzados no vestido azul. Aninhada em seu cabelo, uma coroa de rosas cor-de-rosa, botões florescendo como se ela fosse o sol. Mesmo com a expressão de preocupação em seu rosto, Briar desfrutou daquela visão. Não era uma lembrança que escolheria visitar, mas não podia ignorar a oportunidade de vê-la de novo.

– Briar, venha – chamou Camellia, a voz suave.

O garoto girou. Briar se encolheu ao ver a expressão venenosa em seu rosto mais jovem.

– Estão mandando ela embora, e você nem vai tentar impedir!

Briar manteve-se na soleira. Se chegasse mais perto da janela, sabia o que veria: uma garota de cachos pretos cheios e vestido lilás sendo conduzida a uma fileira de carruagens com malas amarradas ao teto.

– Ninguém foi mandado embora, Briar – disse Camellia, calma. – A família de Ysabel simplesmente decidiu se mudar da corte e morar um tempo numa propriedade no oeste.

– Você está errada.

Mesmo da porta, Briar sentia o vidro frio sob seus dedos, o desespero e o desamparo que encheram seu peito, cada vez mais alto, até ele acreditar que sufocaria.

– Ysabel é minha amiga – disse. – Ela não iria embora sem falar comigo. Não iria!

O jovem Briar voltou-se para a janela, tentando convocar a garota de volta, querendo que ela soltasse a mão da mãe e corresse para o castelo.

Camellia suspirou.

– É complicado – começou.

Era o início de um discurso que ele ouvira bastante para saber recitá-lo de cor.

– Não é complicado. É por minha causa.

Briar ouvia os cochichos que o seguiam pelo castelo. Ele sabia como era chamado pelas costas na corte: o príncipe infortunado, destinado a arruinar Andar. Os pais de Ysabel não foram os primeiros nobres a querer afastar a filha de Briar Rose. Só fora a primeira vez que lhe doera tanto.

Ysabel parou à porta da carruagem e olhou para trás, mas estava muito longe para ver Briar na janela. Ela desapareceu quando a porta da carruagem se fechou, e Briar só pôde observar. Era tudo que ele sempre pudera fazer.

Briar passara a vida assistindo às crianças do palácio correndo e brincando entre os salgueiros ribeirinhos, observando o irmão e a irmã cavalgarem pela ponte de paralelepípedos na direção do reino que ele nunca vira e apenas podia imaginar. Só o mundo *dele* acabava nos muros do castelo.

– Briar.

Camellia levou a mão ao ombro do irmão em um gesto de conforto.

Briar – o Briar de verdade, na soleira – sentiu o coração murchar de culpa. Porque ele sabia o que vinha depois, e daria qualquer coisa para mudar. Para sentir aquela mão reconfortante em seu ombro uma última vez.

– Me deixe em paz! – gritou o jovem Briar, se soltando da mão da irmã e dando um passo para trás. – Você não pode me ajudar. Você é inútil. Mesmo sendo uma Grande Bruxa todo-poderosa, não pode salvar ninguém!

Camellia virou o rosto, os olhos fechados como se sentindo uma dor inenarrável. Briar apoiou a mão na parede. Será que, na época, ele soubera a tristeza que ela sentia? Ou só era capaz de notar em retrospecto, ver a preocupação e o luto já marcando seu rosto jovem? Ele queria ir até ela, abraçá-la e se desculpar, mas não aguentaria senti-la se desintegrar em pó dourado.

O rosto do jovem Briar era impiedoso, deformado por dor e raiva.

– Vá embora e me deixe sozinho nesta gaiola. É o que você sempre faz. – Em seguida, mais baixo, dirigiu-se à janela: – É o que todos fazem.

Quando Camellia saiu para o corredor, pétalas de rosa caindo da coroa como uma chuva suave, Briar fechou os olhos e suplicou por uma lembrança diferente – um só vislumbre de alegria, para carregá-lo no mundo sem ela.

Por favor.

Gargalhadas ecoaram além das paredes. Briar abriu os olhos. Seu eu mais jovem se fora. A luz mudara, como se estivesse em outra época, as janelas escancaradas para deixar entrar o canto dos pássaros. Briar foi atraído pelo som do riso, que seguiu pelos corredores reluzentes.

Uma chuva de areia dourada se derramou quando ele empurrou a porta que levava ao pátio. A princípio, o sol estava tão forte que ele mal enxergava, só via o salgueiro desgrenhado e os cosmos balançando nos caules finos. Ele piscou, e as figuras entraram em foco.

Acontecia um piquenique. Um garoto de cabelo dourado estava sentado no centro de uma toalha coberta por tortas, doces, cremes e morangos – nada de saudável à vista. Todos os pratos tinham sido pedidos pelo Briar de cinco anos. O menininho estava sentado ao lado da Bruxa dos Sonhos, que amarrara os cachos pretos em um lenço amarelo, combinado com seu manto dourado. Sob o olhar dele, ela jogou a cabeça para trás e riu – uma gargalhada cheia e linda que Briar lembrava ser tão contagiante que fazia as três "grandes" Bruxas respeitáveis se dobrarem de rir.

Do outro lado estava a alta Bruxa das Cobras. Apesar dos braços cruzados sobre a túnica branca, Briar via sua boca curvada em um sorriso. Uma xícara vazia pendia de um de seus dedos.

Uma gargalhada tilintando como um sino ecoou em seus ouvidos. Briar suspirou quando uma Camellia mais jovem, com vinte anos recém-completados naquela lembrança, se jogou na toalha ao lado do príncipe. Ele viu a si mesmo oferecendo à irmã um pedaço já meio mordido de bolo, mas não antes de pegar a framboesa mais suculenta com a mãozinha suja. Talvez seu irmão mais velho, Sage, estivesse certo ao chamá-lo de diabrete incorrigível.

Como se convocada pelo pensamento, a voz de um jovem flutuou pelo jardim.

– Fazendo confusão de novo?

Briar virou o rosto de repente. Sage estava apoiado no peitoril de uma janela, os braços cruzados e uma coroa reluzindo na cabeça. O jovem magrelo de cabelo castanho-dourado já era rei de Andar aos dezessete anos, após o luto levar o pai deles ao túmulo. Briar lembrava-se melhor de Sage na sala de audiências, escutando conselheiros vestidos em mantos azuis, com um cotovelo apoiado no braço do trono de jacarandá – antes de encontrar o olhar de Briar em meio à multidão sem graça e piscar, rápido demais para ser notado.

Briar viu seu eu mais jovem correr para baixo da janela, estendendo a framboesa esmagada.

– Sage! Vem!

Sage sacudiu a cabeça.

– Reis dignos não saem pela janela, Briar.

O pequeno Briar torceu a cara.

— Mas ontem...

— Reis não pensam no que aconteceu ontem — interrompeu Sage, jogando a capa de um jeito teatral, mas Briar viu que seus olhos brilhavam. — E, se me lembro bem, você jurou segredo.

— Mas você vai me contar, não vai, Briar? — riu Camellia, pegando Briar pelos ombros e o abraçando apertado enquanto ele tentava se desvencilhar.

Briar precisou desviar o rosto, o luto e a solidão retorcendo suas entranhas. Ele precisava acabar com aquilo. Não devia olhar para tudo que perdera.

De repente, notou que não estava mais sozinho. Um brilhante par de olhos verde-mel encontrou o seu do outro lado do jardim, a expressão de Fi era de fascínio. Briar se encolheu. Ele não planejara levá-la para lá.

Fi se aproximou dele, observando o jardim viçoso e a corda pendurada de um galho retorcido do salgueiro.

— O que é isso?

— É só um sonho — disse Briar, desejando que as palavras não soassem tão amargas. — Eu avisei que você talvez viesse parar aqui de vez em quando.

— Mas não estamos na torre — disse Fi. — E aquele é você, não é?

Ela apontou para o menininho Bruxo, que se exibia, fazendo o bule se iluminar com a faísca de um dedo.

— É — confirmou Briar. — Lembra o pó que te fez espirrar? Devia ser pó de sonho de verdade na ampulheta. É a cara dela — acrescentou, vendo a Bruxa dos Sonhos beber o chá iluminado. — Ela amava esconder coisas em lugares inesperados. Quando dormia, podia passar por sonhos, ou sussurrar na mente das pessoas e influenciar o que viam. O pó dourado foi o que criou isso tudo. Olha.

Briar se aproximou de um canteiro transbordando de sardônias. Ele passou a mão pelas flores, que se desmancharam, trocadas por restos secos. Briar se dirigiu a outro grupo de flores.

— Não — disse Fi, a mão roçando seu punho.

Quando ele ergueu o olhar, a expressão dela estava suave, quase melancólica.

— É sua família, não é? — perguntou ela. — Não quer ficar aqui mais um pouco?

Mais do que qualquer outra coisa, Briar queria se perder naquela memória. Queria ouvir a gargalhada de Camellia e viver aquela vida de novo. Mas nada era verdade – era uma visão em ouro de tolo, atraindo-o com as coisas que perdera para sempre.

Fi se virou ao ouvir o som de vidro quebrado. Briar fez uma careta, lembrando sua decisão de carregar os pratos equilibrados nas xícaras. Uma gargalhada escapou de Fi, algo entre um suspiro e um bufo. Vendo um sorriso se abrir no rosto dela, a solidão que carcomia Briar se aliviou um pouco, tornando-se uma dor menos aguda. O resto podia ser sonho, mas ela era real. E era algo a que ele podia se agarrar.

Fi estava linda no jardim. Vestia uma camisa creme e uma calça presa por suspensório, as barras dobradas até o joelho. O cinto dela estava repleto de ferramentas – escovas de três tamanhos, o que lhe parecia um cinzel e um conjunto de pequenas picaretas de prata. Uma lupa pendia de uma corrente em seu bolso. Era assim que Fi se via? O pó de sonho capturara a memória de Briar, mas um pouco da garota também se infiltrara. Era uma versão mais jovem da Fi que conhecia, menos resguardada. Ela nem usava a luva que parecia estar sempre presa à sua mão.

Olhando melhor, ele via algo ali, uma espiral de linhas pretas marcando sua pele – uma marca que nunca vira. Apareceu de relance na palma dela quando ela afastou o cabelo dos olhos. Briar ia perguntar do que se tratava quando Fi arquejou.

– O que é aquilo?

Briar se virou a tempo de ver uma cobra branca da grossura de um tronco de árvore dar a volta na toalha de piquenique e apoiar a cabeça no rabo, as escamas redondas e translúcidas ondulando sob o sol.

– É a Bruxa das Cobras – disse Briar. – Às vezes ela me protegia quando eu estava fora do castelo.

– Incrível – suspirou Fi. – Eu sabia que algumas Bruxas se transformavam, mas os detalhes, as escamas… e ela é tão… enorme.

– Eu a chamei de enorme uma vez, e ela não ficou feliz – advertiu Briar.

Fi revirou os olhos com carinho. Em seguida, mordeu o lábio.

– Me conte mais sobre elas.

Briar sentiu um aperto no coração. Contudo, pensar em compartilhar aquilo com Fi não doía tanto quanto ele esperava. O interesse dela era lisonjeiro, mesmo que Briar soubesse que ela não queria ouvir sobre o principezinho, e sim sobre as Grandes Bruxas. Se havia alguém em quem ele confiaria aquela memória, era Fi, que protegia as fábulas e os contos folclóricos e amava tantas coisas velhas e esquecidas.

Logo Briar sentou ao lado de Fi nos degraus do castelo, contando sobre a vida em Andar, as Bruxas e Sage. E, principalmente, sobre Camellia. A mão quente de Camellia segurando a sua ao correr pelo jardim à meia--noite, faíscas de magia voando ao redor como vaga-lumes. Camellia, que restaurara uma ponte desabada, trançando cordas de flores silvestres pelas fissuras na pedra — e que, sob súplicas de Briar, formara uma ponte de cipó entre as torres do castelo, deixando que ele andasse no ar. Camellia, que sempre bordava rosinhas em tudo que o irmão vestia — feitiços de proteção presos em cada linha que formava o símbolo mais poderoso de Andar. Fi escutou tudo com um sorriso tranquilo, os olhos iluminados como se ela lembrasse junto dele.

Quando o pó dourado começou a desmanchar, Fi segurava sua mão. As paredes do pátio desmoronaram, seguidas pelos salgueiros, escuridão invadindo as bordas da memória. A gargalhada se esvaiu, e depois o pequeno Briar, Camellia, Sage e a Bruxa das Cobras, cada um piscando como uma chuva de estrelas cadentes. Só restou a Bruxa dos Sonhos, um sorriso astuto no rosto, quase como se olhasse para eles.

Finalmente ela também sumiu, e o restante de sua magia cintilante escorregou pelo escuro como a areia de uma ampulheta, o símbolo de toda a magia dos sonhos. Briar apertou com força a mão de Fi, a única coisa de verdade que lhe restava.

Olhando para os dedos entrelaçados, ele viu de novo: a mancha preta marcada na palma da mão da garota. Briar buscou seu olhar.

— Fi. Que marca é essa?

Antes que terminasse a pergunta, ela desapareceu, e ele se viu de volta à torre, tudo cinza e escuro, exceto pelas rosas vermelho-vivo.

17

SHANE

Shane deu um tapa no pescoço, tentando pegar a mosca que zumbia a seu redor fazia dez minutos. O inseto também devia estar perturbando o cavalo, considerando a irritação do animal, que não parava de sacudir a cauda. Ela estava tentada a desfazer a trança, para espantar a mosca com o mesmo método do cavalo, mas só de pensar em uma camada grossa de cabelo na nuca desistiu da ideia.

Apesar de congelar toda noite que passava acampando, Shane ainda suava sob o sol fervente do meio-dia. Ela estava morta de sede por causa da estrada comprida e poeirenta, e uma gota de suor que escorria por suas costas a distraía. Shane se curvou na sela, coçando as costas até Fi olhá-la com uma expressão esquisita. Shane preferiu não levar para o lado pessoal. Fazia dias que a parceira andava daquele jeito.

O desvio bizarro de Fi para a mansão assombrada acabara servindo como uma espécie de atalho. Quando saíram se arrastando da mata dois dias depois, se viram novamente em uma estrada comercial larga, e dali foi muito mais fácil descer a leste das montanhas, conforme os desfiladeiros e os penhascos rochosos iam dando lugar a largos campos salpicados de flores e uvas crescendo ao longo das parreiras.

Dois dias depois, entraram no Ducado de Bellicia sob um belo céu azul.

Foi quando Fi começou a agir de modo meio esquisito – mais do que de costume, pelo menos. Na noite anterior, ela passara horas encarando a fogueira, dobrando e desdobrando o mesmo lenço, até Shane ficar tentada a pegar o pedacinho de pano e queimá-lo só para ter paz. Também andava mais irritadiça, praticamente arrancando a cabeça de Shane se ela perguntasse *qualquer* coisa sobre aonde iam. Shane não entendia. O humor da parceira deveria estar melhorando. Bellicia era o centro da Guarda da Fronteira. Diferentemente das cidadezinhas de montanha que dependiam de patrulhas irregulares, Bellicia tinha guarnição permanente, o que significava que não haveria Caça-Bruxas à espreita, oferecendo recompensas pela captura delas.

Talvez a viagem estivesse afetando Fi, ou talvez fosse o espírito invisível. Shane não via Briar Rose desde a estalagem, mas não se surpreenderia se ser assombrada por um príncipe morto-vivo se assemelhasse a estar com uma alergia cutânea, causando só irritação e sensibilidade.

Shane olhou para a parceira, sentada com as costas tão eretas na sela que parecia estar a caminho do cadafalso, e não do ducado de um ricaço. Fi usava a camisa azul larga de costume sob um colete escuro, o sobretudo marrom se espalhando na sela, e penteara o cabelo com os dedos, para que ficasse mais arrumado. Mesmo que estivesse visivelmente enlouquecendo por causa de algum segredo, ainda conseguia estar mais apresentável do que Shane, que fedia como um cavalariço e não parava de descascar o nariz queimado de sol. O cabelo dela estava tão embaraçado que provavelmente nem notaria se uma família de passarinhos fizesse ninho nele. Shane sentia que nenhum duque gostaria de vê-las.

Quase antes de ela reparar, a paisagem mudou de prados e florestas para gramados aparados. Um portão de ferro enorme se ergueu à frente delas, mais alto do que Shane montada no cavalo. Ela olhou por entre as barras grossas para os jardins esculpidos e as sebes podadas com cuidado, algumas fontes de mármore reluzindo ao sol. Era excessivo, um desperdício, e provavelmente exigia a manutenção de todo um exército de jardineiros. Além do mais, o portão de ferro ficava a quase dois quilômetros da construção, um mero vislumbre de prédios arenosos além das sebes densas.

Um homem de uniforme branco e dourado apareceu montado num cavalo do outro lado do portão, analisando-as criticamente. Na opinião de Shane, eram elas que deveriam criticar: branco e dourado eram uma combinação cafona demais até para a nobreza.

– O duque não receberá visitas hoje – disse o empregado em um tom rígido, com a nítida intenção de expulsá-las.

Shane se irritou, mas Fi nem se abalou.

– Vim ver o filho do duque – disse Fi com frieza. – Lorde Armand Bellicia.

O homem demonstrou surpresa, provavelmente por não esperar que duas viajantes imundas conhecessem um membro da família pelo nome. Shane também ficou um pouco chocada. O nome lhe parecia bem conhecido. *Armand*. Onde já o ouvira?

O homem se mexeu e o cavalo também, batendo os cascos polidos.

– A família não receberá visitas hoje, qualquer que seja o motivo – explicou. – O jovem senhor está se preparando para uma festa e pediu para não ser incomodado.

– Ele vai me receber – disse Fi, parecendo confiante. – Diga que é Filore Nenroa.

– Direi – respondeu o homem com ar de desdém, voltando-se para a mansão.

O cavalo dele balançou a cauda em um gesto altivo.

Shane já detestava aquele lugar. Ela não tinha problema com a nobreza, em geral, desde que não precisasse mais ser parte dela. Contudo, sentia profundo desprezo por pessoas que subiam até o alto da pilha só para cuspir em quem estava embaixo. Se o porteiro já era metido assim, como seria o duque velho e empolado, ou, pior ainda, seu filho mimado?

Pensar nisso finalmente mexeu em sua memória. *Armand*. Um tempo antes, ouvira rumores sobre o filho de um duque rico que andava por aí brincando de caçar tesouros no Porta-Joias das Bruxas com...

– Espera aí! – disse Shane, virando-se bruscamente na sela. – É esse o cara? Seu ex? Foi *ele* que viemos ver aqui tão longe?

A postura de Fi era tão rígida que parecia esculpida em pedra – ou em gelo, talvez, se ela tinha mesmo o sangue-frio para fazer aquilo.

– Não viemos *ver* ninguém – cuspiu Fi, sem encontrar o olhar de Shane. – Viemos arranjar passes. Não me obrigue a explicar novamente a situação do Mestre da Fronteira.

Típico de sua parceira astuciosa, tentar se esquivar. Shane não ia engolir.

– E seu *ex* vai fazer esse favorzão pra gente? O que te faz acreditar que ele não vai nos mandar embora?

O fim da parceria entre Fi e Armand caíra como uma bomba no circuito da caça a tesouros, porque, como time, tinham passado à frente de um punhado de caçadores e conquistado uma quantidade impressionante de tesouros. Uma dessas pessoas era a própria Shane, que ainda se ressentia um pouco. Sua parceira na época era uma garota alta de topete desgrenhado e um péssimo hábito de seguir pistas falsas. Elas tinham descido ao porão de uma ruína por um alçapão, quase morrido decapitadas por um machado pendurado e perdido horas tentando percorrer um espaço com armadilhas no chão, só para acabar encontrando um cofre vazio com a porta dos fundos escancarada. Fi e Armand tinham chegado mais de um mês antes delas e saído dali com uma fortuna em prata.

Shane não era a única caçadora de tesouros com uma história daquelas. Ainda se falava muito sobre a Mansão Azul. As ruínas labirínticas tinham sido consideradas indecifráveis até Fi e Armand descobrirem como mover as paredes de pedra e mudar o formato do labirinto por dentro. Eles tinham encontrado provas de uma ordem mágica misteriosa e desconhecida e, ainda mais importante, baús transbordando de artefatos de lápis-lazúli inestimáveis.

Fi não parecia contar com memórias carinhosas para atravessar o portão.

– Armand não vai recusar me ver – prometeu, fria.

O tom de certeza voltara. Shane estava certa de que tinha deixado alguma coisa passar. Bom, elas precisavam dos passes, mas em que mundo fazia mais sentido procurar seu ex detestável em vez de os próprios pais? Shane via a expressão de saudade no rosto de Fi quando os Nenroa eram mencionados. Qualquer que fosse a origem da nuvem turbulenta que pairava acima de Fi, Shane tinha cada vez mais certeza de que tinha a ver com o infame ex do outro lado do portão.

O homem de uniforme dourado e branco voltou a galope, sua postura inteiramente diferente ao destrancar a grade com rapidez. As dobradiças rangeram quando o portão foi escancarado. O homem fez uma reverência tão profunda que Shane ficou surpresa por ele não cair do cavalo.

– Por favor, me siga, lady Nenroa – disse com um gesto expansivo de mão. – O jovem senhor a aguarda na estufa.

Fi nem respondeu ao homem, só o seguiu pelos jardins. Antes de virarem para uma trilha perpendicular, Shane vislumbrou a mansão entre os galhos das ameixeiras, uma vastidão de arcos curvos, varandas espiraladas e amplas janelas fixas. Shane bufou. Se prédios tivessem personalidade, aquele as menosprezaria.

Uma dupla de guardas fazia a ronda da propriedade, usando uniformes novos e engomados. Shane sentiu o estômago embrulhar. Podiam ser soldados leais que serviam ao duque, ou mercenários arrumados para a festa, que estavam ali para fazer o trabalho sujo – carregar convidados menos respeitáveis pelas portas dos fundos e subornar festeiros que se divertiam um pouco demais antes de jogá-los à rua enquanto algum nobre ficava quietinho, devorando trufas e bebericando vinho do cálice de cristal em suas mãos limpíssimas. Olhar para eles era como ver quem ela fora outrora, antes de conhecer o Bruxo do Papel, e Shane não gostou do que via.

O jardim era ainda mais luxuoso de perto, com pérgolas de alabastro cobertas por buganvílias e belvederes arqueados encaixados entre árvores esculpidas. Elas cavalgaram em meio a um mar de cravos que iam do ouro-claro ao vermelho-ferrugem, ficando mais escuros conforme elas se aproximavam de uma estufa impecável.

O homem fez uma última reverência para Fi.

– O jovem senhor a aguarda.

Shane desmontou devagar, olhando com desconfiança para a estufa. A maioria dos nobres fazia reuniões em salões de chá ou escritórios. Ou ainda à porta, se estivessem ansiosos para se livrar do convidado. Ou o *jovem senhor* se arrumava para festas deleitando-se no jardim, ou escolhera aquele lugar especialmente para se encontrar com Fi. Elas deixaram os cavalos com o empregado e abriram a porta.

A estufa era abafada e úmida. Orvalho pingava de plantas que Shane nunca vira, com folhas do tamanho de pratos, e cada inspiração era como engolir perfume. Uma única trilha de ladrilhos circulares abria caminho pelo caos de lindas flores. O que mais chamou a atenção de Shane, contudo, foram as borboletas. Borboletas muito finas pousadas em caules grossos, abrindo e fechando as asas devagar, e minúsculas borboletinhas azuis esvoaçando em uma dança elaborada. Shane quase esbarrou em um pé de lavanda e espantou um enxame de borboletas amarelas que provavelmente tinham um nome chique qualquer, mas que ela conhecia como mariposas. Não havia dúvida: o gosto do ex de Fi era muito estranho.

Fi parou de maneira abrupta um ladrilho antes do fim da trilha, fazendo Shane quase trombar com ela.

– Deixa que eu falo – advertiu Fi sem olhar para trás. – Não diga *nada*. Shane não gostou da ideia, mas Fi avançou antes que ela pudesse protestar.

No centro da estufa, havia um pequeno pátio de lajotas vermelhas, decorado com uma mesa de ferro forjado e um jogo de chá em porcelana fina. Um homem encontrava-se de costas para elas, emoldurado pela folhagem. Ele vestia uma blusa branca sob uma túnica dourada, e o ar a seu redor era iluminado por borboletas-monarcas, os insetos alaranjados e manchados pendurados de todos os caules, como flores murchas. Borboletas brancas com as mesmas manchas pretas esvoaçavam pelo ar. O homem usava pelo menos uma dúzia de anéis nos dedos, alguns eram grossos aros de prata retorcida, outros cintilavam com pedras preciosas. Um rubi do tamanho de um ovo de codorna se destacava em seu polegar.

Armand Bellicia deu as costas às borboletas e cumprimentou as garotas com um sorriso. Ele era bem-apessoado, Shane supunha, para quem gostava de homens bonitos, com feições esculpidas e ombros largos. O cabelo castanho caía nos ombros, se abrindo ao redor do rosto, e a pele dele era um tom mais clara que a de Fi. Quando sorria não mostrava os dentes, os lábios finos apertados em uma curva arrogante. E ele só tinha olhos para Fi.

Fi ajeitou o sobretudo, desconfortável. Shane notou que ela se sentia malvestida. Bom, por sorte estava bem ao lado de Shane, cuja aparência era muito pior.

– Filore – disse o homem com a voz melodiosa. – Faz muito tempo.

Fi fez uma careta.

– Armand – respondeu ela simplesmente.

O homem estava alegre demais para mero papo-furado. Os dedos de Shane coçaram, desejando o machado.

– Tem aproveitado as viagens? – perguntou Armand com suavidade. – Tem sido difícil te acompanhar. E como vão seus pais?

Shane não sabia o que estava acontecendo ou por que sua parceira parecia uma corda de harpa esticada demais e prestes a estourar, mas até ela notara o tom cruel naquelas perguntas aparentemente inocentes.

– Preciso de passes para atravessar a fronteira – disse Fi, dando um jeito de soar calma. – Consegue arranjar pra mim?

Armand fechou a mão em punho, chocando os anéis uns nos outros, irritado.

– Sem cortesia. Assim você me magoa – disse. – Nem elogiou minha linda estufa e os tesouros que colecionei. Gostou? Das borboletas? Tenho quase cem monarcas brancas agora.

Ele sorriu, apontando as borboletas pretas e brancas rodopiando no ar acima deles.

Fi respirou fundo.

– Dois passes até amanhã. Pode ser?

A voz dela ainda estava gelada, mas Shane viu que enfiava as unhas na palma das mãos, deixando marcas fundas.

– Dois? – perguntou Armand, olhando para Shane pela primeira vez. – Um deles é para sua simpática camareira?

– Na verdade, sou parceira dela – corrigiu Shane.

Ela não tentaria se meter na dança complicada de Fi e Armand, mas também não ia ficar ali parada ouvindo insultos – especialmente insultos tão óbvios.

Os olhos de Armand brilharam de modo estranho.

– Então você arranjou uma nova parceira – disse, quase ronronando. – Que reconfortante. Ainda assim, me pergunto quanto ela te conhece, Filore. Se ela sabe como é perigoso viajar com você.

– Se não vai me arrumar os passes, não tenho motivo para continuar aqui – advertiu Fi, demonstrando certa irritação.

– Sempre tão apressada – disse ele, sacudindo a cabeça. – Tenho certeza de que chegaremos a um bom acordo.

Shane queria agarrar a gola de Fi e arrastá-la para Idlewild antes que qualquer *acordo* fosse feito. Contudo, Fi nem mesmo a olhava, assim como Armand. Ela encarava alguma coisa no chão.

Shane se abaixou. Um louva-a-deus devorava lentamente uma borboleta-monarca branca, os ganchos das patas rasgando as asas delicadas. A borboleta já morrera havia muito tempo.

Armand fez um ruído de nojo.

– Estragando minha coleção – murmurou, e ergueu a bota pesada, com uma fivela dourada, para esmagar o inseto.

– Não – disse Fi, aproximando-se para tocar o ombro de Armand.

Apesar de ter sido um gesto momentâneo, o homem se afastou de pronto, visivelmente assustado pelo toque. Shane guardou aquela informação junto ao resto dos mistérios.

Com uma suavidade estranha que Shane acreditava nunca ter visto na parceira, Fi pegou uma das enormes folhas de uma palmeira trêmula e a enrolou no formato de um cone, que usou para pegar o louva-a-deus e sua refeição sinistra em um só gesto ágil.

– Aqui – disse, depositando o cone na mão de Shane. – Solte o inseto no jardim. Assim, eu e Armand teremos tempo para chegar a um acordo.

Shane segurou o punho da parceira, puxando-a para cochichar:

– Você não precisa fazer isso.

Ela não sabia exatamente o que estava acontecendo, mas sabia que não gostava.

– Podemos arranjar os passes de outro jeito – continuou –, ou até escalar a muralha, se for preciso.

Um sorrisinho surgiu no rosto de Fi ao ouvir a sugestão, mas ela se afastou e abaixou o olhar.

– Essa solução é a sua cara, mas não será necessária. Está tudo sob controle.

Shane se perguntou se Fi acreditava mesmo no que dizia.

Com um último olhar por cima do ombro para a dupla, ela saiu da estufa. Fi estava imóvel, Armand se aproximando lentamente, como um predador se esgueirando entre árvores.

Shane não se sentia muito caridosa para com o louva-a-deus. Seguindo pelo primeiro caminhozinho do jardim, largou-o em meio aos cravos, sob uma ameixeira.

– Vê se pega umas borboletas livres – disse em desafio.

Um grito agudo a sobressaltou. Shane levantou a cabeça abruptamente, só então notando que a árvore estava lotada de corvos – dezenas deles, empoleirados nos galhos, se banqueteando de ameixas maduras. Já seria incômodo o bastante, mesmo se eles não a encarassem. Contudo, era o que faziam. Todos. Até o do meio, com olhos leitosos e inertes.

Corvos na Barão de Prata. Corvos nas Cragspires. Shane gastara dois pares de boas botas viajando por todo o reino de Darfell e nunca vira tantos corvos.

– Não sei qual de vocês é espião da Bruxa dos Fusos, mas podem bater as asas e sumir! Todos vocês!

Ela chutou o tronco com força o bastante para fazer a árvore toda tremer. Os corvos saíram em revoada, piando e girando ao seu redor antes de passar pelos muros do jardim.

Shane esfregou os braços. Em cinco minutos, já odiava aquele lugar – e o acordo horrível que Fi estava fazendo pelas suas costas.

18

FI

FI ESFREGOU O CABELO COM OS DEDOS ENSABOADOS, SUSPIRANDO QUANDO saíram grudentos de sujeira. Ela enfiou a cabeça de volta na água quente, relaxando. De maneira geral, Fi não se incomodava com viver na estrada, mas sempre sentia saudade do luxo de banhos demorados. Mergulhar em rios alpinos congelantes ou cachoeiras fortes não era a mesma coisa. No lado oposto da banheira gigantesca, Shane parecia estar espalhando mais água do que usava para se lavar, o cabelo castanho emaranhado ainda ensaboado pela metade, enquanto ela remexia na variedade de óleos e sabonetes caros.

Uma mulher usando o uniforme dourado e branco de Bellicia as levara aos aposentos luxuosos. O banho fumegante já estava à espera delas. A banheira de porcelana enorme levaria muito tempo para aquecer – tanto que Armand provavelmente mandara prepará-la antes mesmo de conversar com Fi. Ela odiava que ele soubesse que podia persuadi-la a ficar, e se odiava por ter ido ali, para começo de conversa. Através da espuma e da água leitosa, Fi encarou o emblema da borboleta marcada em sua mão esquerda. Ela tirara a luva antes do banho, mas tomara o cuidado de manter a marca da maldição submersa e escondida. Não que Shane prestasse muita atenção. Aparentemente, Fi não fazia *mesmo* o tipo dela.

A parceira era a única coisa mantendo a sanidade de Fi. Mesmo que tivessem sido levadas à suíte de hóspedes mais elegante, com camas de dossel, mantas de seda e janelas escancaradas com vista para o jardim, Shane não se mostrava intimidada nem impressionada por nada. Também não tivera nenhum problema em entrar na banheira com Fi em vez de aguardar educadamente do outro lado do biombo até que a garota saísse. Não que Fi fosse reclamar. A banheira era tão grande que ela não alcançaria Shane nem se esticasse o pé. Além do mais, não queria ficar sozinha.

— Então ele vai te dar os passes de graça? Sem amarras?

— Como eu expliquei — bufou Fi —, só temos que ir à festa de hoje. É um baile de máscaras.

— Sabe, isso me parece uma amarra — disse Shane, tirando a rolha de um frasco e fungando, curiosa. — Aposto que você vai ter que dançar com ele a noite toda, ou fazer tudo que ele pedir.

Como se Armand soubesse ser tão direto... Fi quase queria que ele tivesse pedido algo degradante e absurdo. Pelo menos assim ela saberia em que pé estavam.

— Não — disse, sacudindo as mãos e fazendo ondas entre as espirais de bolhas. — Vamos à festa, e de manhã ele nos escoltará pelo posto de controle. É o combinado.

Shane não parecia feliz.

— Sabe aquele momento em que, numa ruína, você acabou de ativar uma armadilha, mas ainda não sabe o que vai ser, e qualquer coisa... *qualquer coisa mesmo...* pode acontecer, e só sabe que vai ser ruim? Estou me sentindo igualzinha.

Fi não podia discordar. Também era o que sentia. Repetiu em voz alta:

— Está tudo sob controle.

Precisava estar. Ela já perdera a família e o lar para uma maldição. Não deixaria Briar na mesma situação.

— Se você diz...

Shane revirou mais frascos, puxando rolhas e acrescentando no banho gotas aleatórias de óleo e pitadas de pó. Fi foi acometida por uma tontura por causa da mistura de perfumes florais.

— Pegue mais leve com isso — sugeriu. — Ou, melhor, escolhe um só para usar.

— Usar? — riu Shane, pendendo para fora da banheira e deixando o frasco de lado. — Do que você está falando? Eu vou é roubar.

Ela abriu mais um frasco, levou-o até o nariz e engasgou de nojo.

– Esse não – acrescentou.

Mesmo do outro lado da banheira, Fi reconheceu o aroma pungente de óleos e ervas.

– É para remover verrugas – falou, sem conseguir conter uma gargalhada.

– Hum – disse Shane, tampando o frasco e olhando para ele de relance. – Talvez valha a pena roubar, afinal.

Aparentemente cansando da perfumaria, Shane mergulhou a cabeça toda na água e emergiu cuspindo, enfim esfregando a espuma no cabelo grosso.

– Não entendi por que temos que nos arrumar pra esse cara – reclamou Shane. – A gente devia aparecer na festa imunda e fedendo a porco. É o que ele merece.

– É, mas eu, não.

Fi mergulhou o queixo na água, escondendo um pequeno sorriso de prazer. Era bom ter alguém do lado dela, mesmo que sua companheira não soubesse a história toda e estivesse preocupada com roubar sabonetes.

Decidiu que era melhor sair do banho antes que a água a relaxasse demais. Precisava ficar alerta. Suspirando, levantou com esforço e puxou a toalha do suporte de madeira. Apertou-a bem ao redor do corpo e amarrou as pontas para não cair quando seguisse para o outro cômodo.

Uma criada aparecera em algum momento do banho para levar embora a pilha de roupas sujas e deixar uma bandeja com bolinhos e um bule fumegante. Havia mais uma coisa esticada na manta branca e dourada: saias cheias e tecidos ricos, com pequenas pedras preciosas reluzindo na gola. Era uma fantasia. Armand dissera que mandaria uma roupa *adequada* para a festa.

Todo o calor do banho evaporou, substituído por pavor. Fi se obrigou primeiro a olhar para a roupa de Shane na cama. Armand mandara um fraque preto, com calça, combinado com uma máscara de porcelana pintada com uma caveira tão convincente que, se já não conhecesse a fantasia, Fi acreditaria que era osso de verdade. Os guardas usavam as fantasias de caveira nos bailes de máscaras de Armand, para não se destacarem na multidão. Obviamente, ele não valorizava muito sua nova parceira.

Em seguida, olhou para o vestido na própria cama.

Era uma fantasia de borboleta-monarca.

O corpete preto ajustado se abria em camadas de saias de tons profundos de laranja e vermelho, com listras pretas bordadas nas costuras. Da parte de trás do corpete saía um par de asas, feitas de uma estrutura de arame cuidadosamente envolta em tecido fino de um tom de laranja queimado translúcido. As pontas delicadas eram esculpidas em cobre tão fino que pareciam tremeluzir, como se o vestido pudesse sair voando ao menor dos toques. Uma máscara de porcelana pintada de laranja e preto esperava no travesseiro.

Fi cerrou os dedos ao redor da marca da borboleta, o corpo todo tremendo. Armand fizera aquilo para torturá-la. Os comentários sarcásticos na estufa sobre *aproveitar as viagens* e *como vão os pais* a tinham abalado, mas ela se recusara a desabar na frente dele. De novo, não.

Com os olhos se enchendo de lágrimas, a fantasia ficando borrada, ela não sabia mais se conseguiria se conter. Fi sentou, apertando o vestido entre as mãos fechadas.

Talvez não tivesse mudado tanto quanto imaginava. Fora até ali para usar Armand, mas ainda assim tinha ido. Ela o odiava – o odiava com uma fúria que a fazia tremer até os ossos – e se recusara a ceder à vontade dele mesmo quando ele queimara a borboleta em sua mão. Mas talvez ele ainda tivesse conseguido exatamente o que queria. Porque, por mais que ela o odiasse, não tinha mais aonde ir.

Ainda que quisesse, mesmo desejando fazer a mansão toda desmoronar, aquele era o único lugar no mundo onde Fi não precisava se preocupar com a maldição da borboleta. Fora parte do plano de Armand desde o princípio. Os olhos dela se encheram de lágrimas ao se lembrar daquele dia.

Filore e Armand encontravam-se diante de uma enorme porta no coração da casa velha. Finalmente tinham descoberto o escritório escondido que buscavam. A porta um dia fora decorada por três painéis de vidro no formato de diamantes, criando um padrão de explosão de estrelas, mas agora estavam quebrados. Cacos de vidro estalaram sob os passos de Fi, e ela ergueu a lamparina para conseguir enxergar lá dentro.

Através do buraco chanfrado, via os contornos de uma mesa e de uma estante, que cedia sob o peso de livros antigos. Não haveria joias ou riquezas naquela sala. Era o motivo para a casa ter sido ignorada tantas vezes, e para não estarem apostando corrida contra outros caçadores de tesouros. No entanto, o conteúdo daquele cômodo valia dez vezes mais do que qualquer tesouro para Filore: os livros e as anotações de um dos pesquisadores de magia mais geniais e infames que já viveram.

Ela vislumbrou seu reflexo em um caco grande do vidro, o belo casaco preto se abrindo sobre a camisa branca justa. Armand era uma mera sombra atrás dela, a luz refletida em seu colete lindamente bordado. Filore quicou nos calcanhares de empolgação. A porta estava trancada, mas isso não seria um problema, já que o vidro estava quebrado. Ela estendeu a mão, mas Armand a empurrou de leve para o lado.

— Deixe-me ir na frente — disse ele, usando sua adaga para soltar os últimos cacos de vidro da moldura. — Se estivermos certos quanto ao dono do escritório, pode ser perigoso para você.

Filore queria argumentar que seria perigoso para os dois, mas sabia que ele tinha razão. A linhagem dos duques de Bellicia sempre fora muito resistente a magia e maldições. Era por isso que, antigamente, quando Andar ainda era um centro poderoso de magia, haviam recebido terras na fronteira do reino e o dever de Mestre da Fronteira.

Quando acabou de limpar o vidro, Armand jogou na abertura o lenço estampado com seu monograma e passou a mão para destrancar a porta, que se abriu com um estalo. Filore segurou o impulso de sair correndo e entrar antes de Armand. A resistência à magia certamente era útil, ainda mais para caçadores de tesouros, mas Filore já aprendera que, na verdade, a maioria das armadilhas não era mágica. Contudo, talvez aquela fosse uma exceção. Se estivessem certos quanto ao dono do escritório, aquele lugar era tão antigo quanto o próprio reino de Andar.

Seguindo Armand, a primeira coisa que Filore notou foi o estranho entalhe de pedra na parede. Ela ficou na ponta dos pés para passar os dedos pela reentrância funda, sujando a mão de gordura e pó amarelo-claro.

— Armand... sua tocha — disse Filore, deixando a lamparina envidraçada de lado.

Ele passou a tocha para ela, com um olhar confuso. Filore encostou a tocha na reentrância e se afastou. Fogo azul-claro irrompeu, percorrendo o cômodo pelo entalhe que espiralava parede acima. O fogo se apagou novamente em segundos, exceto no ponto em que atingira um leito de trapos encharcados em combustível atrás de painéis de vitral bem no alto da parede, projetando a imagem de borboletas laranja e pretas pela sala. Alguns livros estavam espalhados pela escrivaninha no canto, com marcadores saindo das páginas em ângulos tortos, como se tivessem sido fechados alguns momentos antes, em vez de séculos. Os livros eram tão antigos que ela precisaria tomar cuidado ao abri-los, pois havia o risco de se desmancharem em suas mãos.

— Essa talvez seja nossa maior descoberta... — murmurou Filore, observando as borboletas de vidro delicadas dançando nas chamas. — É lindo.

— É mesmo — concordou Armand, mas não estava olhando para as borboletas.

Estava olhando para ela. Filore perdeu o fôlego quando se virou e viu que Armand se aproximara.

— É o lugar perfeito para te perguntar isso uma última vez — disse ele. — Filore Nenroa, quer casar comigo? Volte comigo para Bellicia e seja minha noiva.

Os olhos dele estavam intensos, inabaláveis sob a luz baixa. Filore desviou o rosto.

— Não quero ter essa conversa de novo — disse ela.

Não era a primeira vez que ele pedia, nem a primeira que ela recusava.

— E não quero viver sem você — insistiu Armand, se abaixando até que ela tivesse que olhar para ele. — Eu te darei qualquer coisa. Acesso a todas as ruínas de Bellicia, comando sobre toda a minha propriedade. Financiarei qualquer expedição, encontrarei qualquer livro, qualquer mapa antigo... te darei tudo que você pode querer.

Filore mordeu o lábio, quase sentindo pena dele. Os pais dela tinham avisado para ela fugir de caçadores de tesouros, mas Armand era empolgante, inebriante, e, depois que se juntaram para explorar as antigas ruínas das fronteiras, todo dia era uma nova emoção. Ela se apaixonara *por ele e pelas viagens incríveis pelo perigoso Porta-Joias das Bruxas, pelas noites em claro debruçados sobre livros antigos, pelos beijos ardentes nas passagens secretas de mansões poeirentas. Mas Armand não ficava satisfeito. Ele sempre queria mais. Queria promessas. Queria exibir seus tesouros, exibir Filore em suas festas luxuosas. Queria alguém para levar para Bellicia quando herdasse o posto de Mestre da Fronteira. Fi se apaixonara por Armand, mas nunca quisera aquela vida. Eles tinham se encaixado perfeitamente por um tempo, mas aquele período acabara. Assim como a parceria. Ela já dissera que aquela seria sua última missão.*

— O que eu quero é que você me deixe ir — disse Filore.

Ela o empurrou e seguiu até a mesa, passando os dedos pelas páginas retorcidas pelo tempo.

Dava para sentir o olhar de Armand em suas costas. Ele soltou um suspiro profundo e afastou a franja do rosto com a mão enluvada.

— Bom, eu tinha que tentar uma última vez, não tinha? — disse, soando calmo, a voz fria.

Filore sentiu o ombro relaxar. No passado, ele insistira que continuaria perguntando até ela aceitar. Talvez também estivesse finalmente pronto para partir para outra.

Quando pegou a pilha de papéis, ela viu que estavam marcados pelos traços de um lacre de cera. Pegou a lamparina, a aproximou da madeira e percorreu o padrão com a ponta do dedo.

— É isso. Reconheço o símbolo. É...

— A marca do Bruxo Errante — completou Armand calmamente. — O Lorde das Borboletas.

Filore franziu a testa. Como Armand sabia aquilo? O símbolo estava tão gasto que ela mal o identificara. Talvez ele tivesse encontrado outro sinal mais óbvio? Ela se endireitou, mais uma vez maravilhada com as borboletas projetadas do vitral.

— Então este é o escritório perdido dele. Podemos conseguir... Podemos solucionar o mistério do que aconteceu com o Bruxo Errante após seu desaparecimento.

— Se ao menos tivéssemos tempo — murmurou Armand, para em seguida gritar: — Filore... pegue!

Por que ela se virou para ele? Por que só ouviu a malícia e o rancor em sua voz quando já era tarde? Nas noites que se seguiram, se revirando de dor e febre, ela reviveu o momento inúmeras vezes: o brilho de prata, o crepitar do fogo na parede, a agonia ardente dos dedos que se fecharam ao redor do abridor de cartas esculpido com uma borboleta estilizada.

Fi gritou. A magia da maldição queimou a palma de sua mão – e queimou, e queimou. Muito depois de soltar o objeto. Muito depois de cair de joelhos. Muito depois de os olhos se encherem de lágrimas e de o mundo se limitar a sombras e dor; o contorno bruxuleante de Armand pairando sobre ela.

– Sinto muito que isso tenha sido necessário.

– O que você fez? – sibilou Fi.

Ela estava tão tonta que as projeções de borboletas quase pareciam verdadeiras, mil espécimes dançando pelo rosto de Armand, que trazia uma expressão de escárnio.

– Você sabe melhor do que ninguém o que essa marca significa.

Sabia mesmo. Ela avisara a Armand que deveria evitar uma relíquia mágica perigosa: o abridor de cartas, o objeto amaldiçoado que transformara o grande Lorde das Borboletas no Bruxo Errante. A pele de sua mão esquerda estava chamuscada e rasgada, mas nem se comparava à dor em seu peito. Ela olhou para Armand através das lágrimas.

– Como pôde fazer isso comigo? – soluçou, balançando-se para a frente e para trás de joelhos.

– Fiz isso por nós – disse Armand, se ajoelhando como se quisesse abraçar Filore.

Ela se encolheu, horrorizada.

– Você vai perceber isso um dia – prometeu ele, se levantando e dirigindo a ela um olhar de desdém. – Bellicia é o único lugar em que a maldição não terá efeito. Não espero que você entenda imediatamente, mas, quando estiver pronta para voltar para casa, eu estarei esperando, Filore. Pelo tempo que você precisar.

***

Fi escutou um som que não reconheceu. Até que notou que estava gritando, berrando de raiva, frustração e ódio. Seus ouvidos zumbiam com o barulho. Ela agarrou o vestido de borboleta e rasgou a saia com toda a força, arrebentando o tecido fino bem na costura.

Um segundo depois, Shane apareceu, apressada e se enroscando na toalha. Ela correu até Fi, agarrou seus ombros e a virou para olhá-la de frente.

– Fi, oi! O que foi? Está tudo bem?

Shane a sacudiu pelo ombro, e Fi engasgou, apertando os olhos com a mão para conter as lágrimas. Shane limpou a espuma de sabão grudada em sua orelha.

– A gente passou bem rápido de *tudo sob controle* para um surto total – disse ela.

Fi não sabia se queria gargalhar histericamente ou se jogar nos braços da outra garota. Então caiu de joelhos.

– Desculpa, Shane, eu...

– Não se desculpe – disse Shane.

Ela olhou para o vestido e se abaixou para sentar no chão, ao lado de Fi, encostando na cama.

– Tenho a sensação de que tudo que eu souber sobre seu ex vai me dar tanta raiva que seu pedido de desculpas será a gota d'água e eu precisarei matá-lo – continuou.

Não parecia ser brincadeira. Fi soltou o vestido destroçado e se recostou, apoiando o ombro no de Shane, sem se incomodar por estarem as duas molhadas, Shane, ensaboada, e ela, quase chorando.

– Aquele cara me deu uma impressão nojenta no segundo em que o conheci – continuou Shane. – Não precisa me contar tudo... não espero isso. Mas me diga: qual é a dele com essas borboletas?

Fi não sabia em quem confiar. Não em Armand, claro, mas também não confiava mais em si própria. E havia Briar. Ela quase queria que ele aparecesse ali, tentando fazê-la rir – derrubando bolinhos pelos tapetes impecáveis de Armand ou resmungando por não tomar um bom banho há um século. Ou talvez ficasse tão assustado por vê-la de toalha que seria ele a corar, para variar. Ela nem sabia se ele podia aparecer em Bellicia.

Briar dissera que ele era todo composto de magia da luz. Talvez Fi estivesse sozinha de um jeito ao qual se desacostumara.

Não... sozinha, não, lembrou. Era provável que Shane fosse a pessoa mais confiável entre todas aquelas. Se Fi podia contar com alguém, era com aquela caçadora de aluguel impulsiva e cabeça quente.

Lentamente, Fi abriu a mão esquerda, erguendo a palma para mostrar a Shane a borboleta queimada na pele. As asas pareciam estremecer com o movimento de seus dedos.

– É a marca de uma maldição – falou, sem saber o que mais queria revelar.

Ela imaginava perfeitamente o olhar de pena da outra garota. Fi nunca quisera que olhassem para ela daquele jeito, como se precisasse ser resgatada.

A expressão de Shane demonstrou um milhão de dúvidas. Ela dirigiu a Fi um olhar firme.

– Ele fez isso com você? – perguntou, a voz tensa de raiva.

Fi assentiu.

– Para que eu sempre precisasse voltar para ele. Desde então, a borboleta se tornou uma espécie de emblema – falou, e apontou a roupa de borboleta na cama, amarrotada e rasgada, com um gesto desamparado. – Achei que conseguiria lidar com o fato de estar aqui, mas não posso vestir isso – disse, abraçando os joelhos.

De repente, sentiu muito frio.

Armand mantinha suas borboletas engaioladas.

– Eu não vou *deixar* você vestir isso – prometeu Shane. – Por sorte, não vejo seu nome em lugar nenhum da fantasia, e o tal lordezinho não pensou em mandar um bilhete, então acho que agora essa roupa é minha – disse, levantando-se com agilidade, pegando o vestido de borboleta e sacudindo-o. – Duvido que Armand sinta o mesmo prazer em me ver usando isso – falou com um sorriso. – E não precisa se preocupar, porque vou tirar proveito desse vestido. Vou enfiar a cara nos refrescos e suar bem gostoso. Quando acabar, ninguém nunca mais será capaz de usar essa roupa.

Fi fungou, soltando uma gargalhada trêmula.

– Você viu que eu rasguei a saia.

Shane deu de ombros.

– Vou ficar com uma fenda bem sexy na perna.

Fi conseguiria fazer aquilo. Ela se recompôs, olhando para Shane e agarrando-se à parte de si que um dia fora tão confiante, tão inabalável. Não estava ali porque Armand vencera. Estava ali porque tinha algo importante a fazer, e nada a impediria.

Fechando os olhos, imaginou a torre branca dos sonhos. Ela não era uma borboleta cativa. Era a heroína a caminho de salvar um príncipe e um reino. Shane vestiria a fantasia de monarca e Fi, a máscara de caveira e o fraque, no papel de morta-viva. Combinava muito mais com ela.

19

FI

A festa de Armand estava exatamente como Fi lembrava. Na verdade, os gostos do jovem lorde tinham ficado ainda mais extravagantes desde que eles se separaram.

O enorme salão de baile, amplo como um pátio, reluzia com seu chão encerado e peônias de perfume doce em vasos pintados, o espaço todo iluminado por arranjos de velas de alabastro em castiçais de ouro. Cortinas pesadas de veludo emolduravam as varandas com vista para o jardim, e o perfume inebriante de flores adentrava o espaço, carregado pela brisa, misturando-se aos aromas de berinjela assada no alho e flor de abobrinha. Tonéis pesados de vinho tinto fino tinham sido trazidos da adega e decantavam em jarros de boca larga. Uma parede era coberta por espelhos. Fi viu os dançarinos girarem no vidro. Os reflexos davam a impressão de que a sala se estendia de maneira infinita.

Armand nitidamente não poupara despesas naquela festa, nem seus convidados, que pareciam ter vindo de todo o reino de Darfell, e de mais longe ainda. Ninguém aparecera sem fantasia, mesmo que alguns tivessem levantado a máscara até o alto da cabeça e outros olhassem tímidos por buraquinhos finos, segurando máscaras em hastes delicadas. Mulheres com o cabelo trançado em rubis e pérolas dançavam com homens de paletós finamente cortados, se cumprimentando com reverências a cada movimento que as flautas executavam. A pista de dança era um mar de vestidos rodopiantes ou justos, a maioria em tons escuros. Fi sentia-se diante de uma pintura a óleo, vendo deslizar as cores enquanto os violinos encorpados começavam a música seguinte.

Em meio à multidão escura, Armand se destacava como um farol. Fi não tinha dúvida de que fora proposital. Seu ex vestia um terno branco com costura dourada, e a meia-máscara que cobria seu rosto era decorada com um diamante encaixado na testa, plumas brancas e compridas se abrindo sobre o cabelo castanho. Seus anéis também eram de ouro. O jovem lorde encontrava-se em meio a um bando de admiradores, especialmente mulheres. Algumas pareciam ter a idade de Fi e outras, um pouco mais. Ela viu uma moça de fantasia vibrante de pavão, o cabelo castanho radiante trançado com brilhantes que cintilavam contra sua pele marrom, rir por trás de um leque de plumas azuis reluzentes. Armand se aproximou para cochichar algo que a fez corar, enquanto uma garota loira de vestido preto e dourado lhe ofereceu um gole do próprio cálice.

Fi desviou o olhar. Ela já fora como aquelas garotas, fascinada pela aparência e pelo charme de Armand, incapaz de ver a crueldade escondida por baixo da fachada elegante. Agora ela a via, de uma maneira que não conseguia quando estavam juntos. Via que ele preferia ser servido pelas admiradoras do que pelos criados. Que sentia prazer em dar-lhes ordens e oferecia elogios e insultos em igual medida, para jogar umas contra as outras. Ao olhar para ele, Fi não reconheceu muito do jovem aventureiro que fora seu parceiro. Talvez ele tivesse mudado, ou talvez sempre tivesse sido assim e ela só não o observara com atenção o bastante para enxergar a podridão folheada a ouro.

Fi obrigou-se a olhar para outro lugar, procurando a nova parceira.

Não foi difícil encontrar Shane. A festa de Armand começara tarde, então ele não servira uma refeição completa, só aperitivos, mas Shane aproveitava como podia mesmo assim, instalada em frente à mesa do bufê e se entupindo de comida, como prometera. Na caçadora entroncada e musculosa, o vestido delicado de borboleta se assemelhava mais a uma fantasia de pirata, especialmente com a saia erguida e amarrada para esconder o rasgo que Fi deixara. As asas finas já estavam rasgadas, pendendo do corpete, e a máscara de borboleta estava presa nos cachos de Shane, para não atrapalhá-la ao virar mais uma taça de vinho. Na outra mão, ela segurava quatro espetinhos de cebola e cogumelos brancos macios, e mordia pedaços de dois espetos de uma vez. A maioria dos convidados mantinha-se bem afastada dela.

Fi sorriu. Ela encontrara um lugar próximo a uma das cortinas bordadas, onde podia ser uma mera sombra, de fraque preto e máscara de caveira. Considerando os convidados que passavam direto por ali, era como se fosse invisível. Ainda assim, era muito melhor do que ser o centro das atenções, como teria sido no vestido escolhido a dedo por Armand. Ela o viu lhe dirigir o olhar vez ou outra, provavelmente para aferir quanto a humilhara. Pensou em pedir um vinho, mas ver Armand e seu séquito embrulhara seu estômago.

Quando a música acabou, a orquestra abaixou os arcos e as flautas, fazendo um pequeno intervalo. Armand largou o cálice na mão de uma menina qualquer e avançou na direção de Fi, um sorriso arrogante no rosto.

— Que pena, Filore — disse com tristeza fingida. — Você poderia ter causado inveja em todas as mulheres desta festa, se ao menos vestisse o que escolhi.

— Não combinou comigo — disse Fi, apertando o maxilar.

— Tem certeza? — perguntou Armand, balançando a cabeça e fazendo uma pluma branca e comprida estremecer. — Você talvez se divertisse, se escolhesse ceder.

Você não é uma borboleta, lembrou-se Fi. Ela olhou para Armand com frieza através da máscara de caveira.

— Sua fila de parceiras de dança o aguarda.

— Está com ciúme? — perguntou Armand, levantando a máscara até a testa para encarar Fi diretamente. — Eu as mandaria embora, todas, por você. É só pedir.

Fi não mexeu na própria máscara.

— Não esqueça meus passes.

Armand estreitou os olhos em uma expressão perigosa. Ele olhou Fi de cima a baixo com um esgar de desdém, então ajeitou a máscara e caminhou de volta até o grupo de admiradoras. Se Fi estivesse um pouco mais próxima à parede, teria se largado contra ela, feliz.

Ela não queria estar ali. Não gostava daqueles joguinhos de Armand. Shane dissera que tudo ali lhe parecia uma armadilha prestes a capturá-las, mas estava errada. Os mecanismos das armadilhas eram ativados por um motivo, e podiam ser interrompidos se você decifrasse como funcionavam, o que os fazia girar, o que os acionava.

Não havia como decifrar Armand.

Ele a odiava, ou a amava. Fizera o que fizera por despeito, ou por uma espécie de obsessão perversa. Não havia resposta simples. Armand podia acreditar que a amava e, ainda assim, destruí-la. Era aquilo que mais apavorava Fi. Porque, em algum lugar, enterrada bem no fundo do ódio e da amargura, ainda havia uma gota de ciúme quando o via desfilar com uma garota em cada braço. Era a parte de si em que ela não podia confiar. Talvez o coração dela fosse tão egoísta e traiçoeiro quanto o dele – talvez todos fossem.

Uma capa vermelha rodopiou em seu caminho, bloqueando Armand completamente. Fi ergueu o olhar quando a silhueta parou diante dela, um jovem usando a fantasia vermelho-escura do infame ladrão Barão Vermelho. Ele usava um chapéu vermelho tricórnio decorado por uma única pluma comprida, e, sob a capa de gola alta, tudo que vestia era do mesmo tom escuro de vermelho, até a luva que cobria a mão que lhe estendia. Como Fi, usava uma máscara que cobria seu rosto inteiro, mas a dele era lisa e branca, sem nenhum detalhe além do buraco para os olhos. O lendário ladrão nunca fora desmascarado, afinal, desaparecendo e ressurgindo em fábulas antigas como um fantasma. Na maioria das histórias, ele era o filho de uma casa decadente, que se divertia roubando os nobres que tinham arruinado sua família.

– Permite-me esta honra? – perguntou o jovem.

– Não vim dançar – respondeu Fi, desviando o olhar.

– Nem comigo?

Fi se sobressaltou, surpresa ao notar a voz conhecida. O homem erguera a máscara o bastante para piscar para ela, os olhos azuis faiscando com malícia.

Era Briar.

O olhar de Fi seguiu para a fileira de espelhos. O reflexo da figura vermelha erguia-se bem ao lado do dela, parecendo tão concreto quanto o resto dos convidados. Fi pegou a mão que ele oferecia, puxou-o para perto e sibilou:

– Como isso é possível? Você está mesmo aqui?

Ela não via a expressão de Briar por trás da máscara, mas ouvia o humor em sua voz.

– É só um pouquinho de magia. Estou decepcionado, Fi... por que acha que eu treinei tanto?

– Não para dançar em uma festa – retrucou Fi. – Você está bem aqui? Preciso avisar que o lugar é especial...

Briar ergueu uma mão enluvada.

– Eu sei. Foi por isso que demorei tanto para chegar. E foi por isso também que precisei pegar emprestada esta linda fantasia. Só você me vê, Fi – disse ele, aproximando-se em tom conspiratório antes de se afastar com um floreio –, mas todo mundo vê as roupas!

Briar deu uma rápida pirueta, a capa esvoaçando ao redor dos tornozelos.

– Então venha... – falou. – Venha dançar com o misterioso Barão Vermelho.

– É incrível – admitiu Fi.

Briar pareceu satisfeito.

– Eu esperava um *sedutor*, mas aceito *incrível*.

Fi sacudiu a cabeça.

– Não. Quis dizer que é incrível que você também conheça a história do Barão Vermelho. A lenda deve ter bem mais de cem anos.

Briar riu.

– É essa a parte de minha charmosa aparência que mais te intriga? O contexto histórico?

Fi corou, mas pelo menos ele não enxergaria através da máscara.

– Isso não devia mais te surpreender – falou, seca. – E, se estar aqui gasta tanta magia, talvez você deva desaparecer e economizar para um momento importante.

– Isso é importante – insistiu Briar.

O olhar dele ficou sério por um segundo antes de ele abaixar a cabeça, e Fi imaginou seu enorme sorriso.

– Além do mais, sempre quis ser o misterioso desconhecido em um baile de máscaras – continuou. – Você me impediria mesmo de viver uma das minhas fantasias? – perguntou, estendendo a mão novamente. – Dance comigo.

Fi mordeu o lábio, contendo um sorriso. Ele era ridículo, usando mágica de modo tão frívolo, mas ela por acaso era menos ridícula, encolhida nas sombras, deixando-se afetar por Armand?

– Só uma vez – disse ela, levando a mão à de Briar.

– Espero que não – respondeu Briar com uma piscadinha.

Ele fechou os dedos ao redor dos de Fi e deu um passo para trás, se aproximando da pista e puxando-a consigo, conforme a música rodopiava em um crescendo. Beijou os dedos dela antes de entrelaçá-los nos dele, e Fi levou um segundo para lembrar que era simplesmente um costume, um dos gestos da dança da corte que perdera a importância ao longo do século. Aquilo era inesperadamente charmoso, como dançar com um livro de história.

Briar os manteve às margens dos dançarinos, próximos da fileira de espelhos. Fi mal escutava a música, de tão alto que seu coração batia.

De repente, ela voltou a respirar. A festa de Armand e o peso de seu olhar se esvaíram. Naquele momento, como ela poderia pensar em qualquer coisa que não fosse Briar? Briar, cuja mão era quente sob a luva vermelha; Briar, cujo olhar nunca se desviava dela, guiando-a sob a curva de seus braços, rodopiando-a para perto e para longe, rápido demais para a música pomposa. Assim como ela, Briar não sabia os passos daquela dança; ela notou isso quando ele a puxou de volta e seus pés se embolaram, ambos indo para a esquerda em vez de girarem em direções opostas. Ela quase caiu para trás quando Briar tentou rodopiá-la segurando suas duas mãos. Fi se recuperou e, tentando não rir, disse:

– Normalmente, quando se é convidado para dançar por alguém transbordando confiança, espera-se que a pessoa seja um pouco melhor.

Briar deu de ombros.

– Parece que fazemos um bom par. Mas, admito, não tenho muita experiência. Eu vivia fugindo das aulas de dança para estudar os livros de feitiço.

Ela sentiu um aperto estranho no coração quando ele se aproximou o bastante para sussurrar:

– Além disso, sempre achei alguns passos mais divertidos do que outros.

Briar segurou a mão de Fi por outro ângulo e a girou uma vez, depois outra, cada vez mais rápido, até ela ficar tonta e precisar se apoiar contra o peito dele. Enquanto ela recuperava o fôlego, foi a vez de Briar girar, andando em um círculo lento ao redor dela, as pontas de seus dedos mal se roçando. O reflexo do esqueleto e do Barão Vermelho os seguia pelos espelhos, a capa comprida e vermelha de Briar rodopiando no vidro. Fi sentia-se tão leve que nem acreditava que ainda estava no chão, e não flutuando a alguns centímetros acima da pista.

Ela dançara com Armand em festas como aquela – seguira cada passo impecável, sendo volteada por ele no ritmo perfeito, todos os olhares do salão os acompanhando. Nunca ficara sem fôlego e em brasa. Gargalhou alto quando Briar levantou o braço dela para se rodopiar, se abaixando a fim de passar pelo espaço.

Houve um tempo em que ela se incomodaria por Briar dançar mal, quando ela tinha uma imagem do amor e de seu significado, de sua aparência, e a imagem exigia movimentos graciosos pelo salão. Contudo, ela nunca fora assim. Sairia de uma festa em busca de uma ruína, trocaria um vestido por uma roupa mais prática e abriria mão de mil danças perfeitas com Armand pela chance de cair e tropeçar aos pés de Briar.

– Você não é mesmo um príncipe típico – disse Fi.

– Você preferiria que eu fosse? – perguntou Briar.

– Não – respondeu ela. – Nem um pouco.

Fi sabia que ele estava sorrindo. Quando a música começou a desacelerar, Briar a puxou de novo, para tão perto que ela podia sentir o coração dele, batendo tão rápido quanto o seu.

– Acho que merecemos um final grandioso – disse ele. – Mas nunca inclinei ninguém, então não me responsabilizo pelo resultado.

Fi apertou os ombros do casaco dele e jogou a cabeça para trás, deixando Briar incliná-la sobre o braço. A música acabava aos poucos, e não havia contexto para um final grandioso, mas ainda assim lhe parecia o encerramento perfeito para a dança. Ela viu de relance o reflexo e riu da imagem do elegante Barão Vermelho inclinando um esqueleto de fraque.

Briar também estava rindo, tanto que Fi quase caiu de verdade de seus braços. Ela conseguiu se levantar com a ajuda de Briar e uma boa tensão nos músculos abdominais. Mesmo depois de se endireitar, Briar não soltou sua mão. Eles tinham atraído alguns olhares curiosos, provavelmente de convidados se perguntando quem ousaria fazer tanto estardalhaço em uma das festas elegantes de Armand. Felizmente, ninguém parecia notar que Fi dançava com uma pilha de roupas vazias. Ainda assim, ela decidiu que era melhor não chamar mais atenção. Briar pareceu ter a mesma sensação, e a puxou na direção de uma das varandas.

Lá fora, Fi levantou a máscara de caveira, aproveitando o ar fresco. As estrelas lhe pareciam especialmente brilhantes, como sempre era o caso nas montanhas. Ela apoiou as mãos no parapeito de metal. Com Briar a seu lado, quase esquecia que olhava para Bellicia. Garoara no fim da tarde, e todas as árvores e arbustos floridos cintilavam sob as lamparinas dependuradas. Até a estufa de Armand lembrava um diamante tirado de um colar, reluzindo sob a lua que acabara de surgir no céu. Fi imaginou as borboletas presas entre aquelas paredes de vidro, as asas apertadas como botões de rosa.

Borboletas-monarcas brancas eram raras, um acidente de coloração que não podia ser criado propositalmente. Isso significava que todas elas tinham sido capturadas e levadas à estufa, algumas provavelmente daquelas mesmas montanhas.

Ela apertou o peitoril com mais força. Sabia que devia voltar para a festa, pois Armand a procuraria, mas não queria ir. Olhou de relance para Briar, com os braços cruzados sobre o parapeito. Ele ainda usava a fantasia vermelha, mas tirara a máscara para admirar o céu.

– Olhe – falou, apontando para cima. – Uma estrela cadente.

O rastro brilhante de luz percorreu a escuridão, e Fi perdeu o fôlego quando Briar se aproximou.

– Agora você precisa fazer um desejo – disse ele. – O que quiser.

Ele ergueu a mão, e as pontas de seus dedos faiscaram como se tivesse capturado a estrela cadente. Fi sabia o que ele queria dizer. Estava oferecendo magia. Ainda sorria, brincalhão, mas havia também uma luz sombria em seus olhos que ela nunca vira. Ela se perguntou do que a magia da luz de Briar era mesmo capaz. Será que poderia derrubar os candelabros e quebrar todos os espelhos, fazer a festa de Armand desmoronar a seu redor? Será que ele se exauriria na tentativa de transformar a mansão em cinzas e escombros? Ela não sabia, mas sentia que ele abandonaria qualquer precaução e arriscaria tudo – sua magia e talvez até sua vida – se ela pedisse. O coração de Fi martelou em seu peito enquanto ela olhava para as faíscas de luz branca refletidas nos olhos de Briar.

Ela não queria nada daquilo.

"Pequenos desejos", quase ouvia o sussurro do Bruxo do Papel. "É para isso que a magia serve." Fi desviou o rosto, olhando para a estufa cintilante.

– Quero soltar as borboletas de Armand.

– Que desejo pequeno – sussurrou Briar, mas não parecia decepcionado. A luz branca desapareceu de seus dedos quando ele abriu um sorriso.

– Bom, o que estamos esperando? – perguntou.

Em um instante ele estava bem ali, e, no seguinte, a capa vermelha esvoaçou ao redor dela, a fantasia vazia caindo contra o parapeito de metal. O chapéu pousou sobre a pilha com um ruído suave.

– Fi! – chamou a voz de Briar, abaixo dela. – Pule!

Fi se apoiou no parapeito e viu Briar à espera na grama úmida, mais uma vez vestindo o casaco de veludo azul. O cabelo dourado brilhava ao luar. Ele estendeu os braços.

Fi olhou para a festa. Em seguida, arrancou a máscara de caveira e a jogou sobre a fantasia de Barão Vermelho. Ela subiu no parapeito até estar equilibrada na ponta dos pés, de costas para a queda. Estava só no segundo andar, mas a altura ainda era suficiente para fazê-la hesitar.

– Se você me derrubar...

Briar riu.

– Depois de tanto treinar?

Fi apertou os olhos e soltou o parapeito antes de pensar demais. Percorreu o ar como uma rajada, e sentiu o estômago dar um salto em meio à queda repentina.

Até que caiu nos braços de Briar, o corpo macio dele cedendo sob o dela. Ele a girou para absorver a força antes de deixá-la deslizar para o chão. Não foi gracioso – Fi sentia que nada entre eles seria –, mas foi excitante.

– Agora, vamos realizar seu desejo – disse Briar.

Fi mal acreditava no que fazia. Sentia-se hipnotizada, como quando se vira atraída pelo fuso de osso, mas dessa vez era só Briar. Lado a lado, correram até a estufa. Parte dela tentou insistir que aquilo era má ideia, mas Fi estava exausta dos joguinhos de Armand, exausta de tentar antecipar seus dez passos seguintes, exausta de pensar, ponto. Queria se perder no sentimento e se entregar àquela coisa frágil, o que quer que fosse, que florescia entre ela e Briar. Por uma noite, ao menos.

Eles chegaram à estufa, ofegantes e sem fôlego. Fi girou a maçaneta, que estava destrancada. Afinal, quem roubaria uma estufa?

Ela trocou um último olhar atordoado com Briar e escancarou a porta. Nada aconteceu. Fi sabia que não deveria ter esperado nada diferente, mas seu coração afundou mesmo assim. As borboletas provavelmente nem notavam que estavam em cativeiro. Talvez o desejo dela não fosse tão pequeno, afinal.

De repente, Briar a cercou, o casaco de veludo se espalhando quando ele a abraçou. Ele não estava mais sólido, mas Fi ainda o sentia ali, a um sussurro de sua pele, elétrico. Ele ergueu a mão, desenhando uma espiral complexa com a ponta do dedo, e, no movimento, deixou um rastro de faíscas douradas e reluzentes. O ar de repente se encheu do perfume doce de rosas.

Com um enorme farfalhar de asas, as borboletas se derramaram para fora da estufa, seguindo os rastros de luz que Briar pintava no céu. Fi arquejou, e Briar riu ao pé de seu ouvido, levantando as duas mãos para reger uma sinfonia de borboletas ao redor deles. As monarcas de asas laranja e brancas redemoinhavam entre minúsculas borboletas azuis, borboletas amarelas de asas arredondadas, e tantas outras mais. As asas tremulavam ao redor dela como o coração em seu peito, e Fi olhou para Briar, ofuscada por seu sorriso radiante.

– Como eu disse, um desejo pequeno – sussurrou Briar.

As borboletas partiram de uma só vez, voando em todas as direções, querendo ir embora, escapar, se libertar. Fi esperava que elas fossem longe o bastante para não serem pegas novamente por Armand, e vivessem nos arbustos silvestres estivais que cobriam as colinas de flores brancas e roxas. As monarcas talvez até se juntassem aos enormes enxames que migravam para países distantes que Fi nunca conhecera. E a garota percebeu uma coisa enquanto o mundo turbilhonava com as cores do enxame: talvez ela estivesse começando a acreditar em destino, pelo menos um pouco.

20

SHANE

Shane não acreditava que Fi tinha fugido e a largado no meio daquela festinha de grã-fino. Ainda por cima, acompanhada pelo que ela desconfiava serem roupas assombradas!

A festa ao seu redor seguia a toda, mas, no que dizia respeito a Shane, o evento principal acabara. Ela se deleitara no calor do olhar furioso com o qual Armand percorrera a fantasia estragada de borboleta, escandalizara os convidados com seus modos horríveis e provara de todas as comidas dispostas na longa mesa de bufê.

Shane arrancou a máscara de borboleta, fazendo uma careta quando alguns fios de cabelo saíram junto. Ela a jogou em uma travessa vazia e melada de figos. Esperava que Armand a encontrasse ao final da pomposa festa e ficasse novamente ultrajado.

Uma gargalhada trêmula fez Shane levantar a cabeça bruscamente. Uma garota se encontrava de frente para os espelhos, uma mão encostada no vidro, a boca de rubi se curvando em um sorriso quando seu olhar encontrou o de Shane, no outro lado do salão. Shane ficou boquiaberta. Era Red.

Shane já achava Red estonteante de capa de viagem e botas gastas, mas nem se comparava ao visual daquela noite. O vestido carmesim de várias camadas se abria ao redor dela como uma rosa, as pétalas de seda salpicadas de mica triturada, cintilando a cada movimento. Uma máscara reluzente de prata tinha sido levantada em meio aos cachos em cascata. Red ergueu as sobrancelhas, como em um desafio, e deu meia-volta, o vestido se espalhando quando desapareceu por uma porta em arco.

Shane já estava em movimento. Pensara em Red tantas vezes desde o último encontro que não havia a menor chance de deixá-la escapar. Ela abriu caminho às cotoveladas, ignorando o grasnido indignado de uma mulher de toucado enfeitado com joias. Finalmente passou pela porta e entrou em um espaço estreito no qual uma escada de ferro forjado em espiral subia pela escuridão... e Red a esperava.

Red tinha uma mão apoiada no metal da escada. Diferentemente da festa cintilante que deixaram para trás, a escada só era iluminada por algumas lamparinas penduradas em ganchos de bronze moldado. Mal havia luz suficiente para identificar a forma da máscara prateada de Red: o focinho afiado e angular de um lobo.

— Red — suspirou Shane. — O que está fazendo aqui?

Ela tinha esperanças de encontrar Red, mas a casa de um filho de duque pomposo e metido era o último lugar em que imaginaria vê-la.

Red abriu um sorriso travesso.

— Bom, para começo de conversa, fugindo de uma festa tragicamente chata. Vem comigo?

Não havia nada que Shane quisesse mais. Ela seguiu Red pela escada estreita, deixando a música e as gargalhadas para trás.

— Então, o Duque de Bellicia tem alguma relíquia mágica inestimável da qual você planeja livrá-lo? — perguntou.

Apesar da implicância de Fi, ela tentaria flertar para conseguir respostas de Red. Red se aproximou dela, batendo os cílios compridos.

— Se eu disser que sim, você vai me entregar?

— Para Armand Bellicia?

Shane riu com desdém. Ela lutaria com os Caça-Bruxas mais dez vezes antes de fazer qualquer favor àquele cara.

Red riu como se soubesse no que Shane pensava.

— Não se preocupe. Dessa vez estou procurando uma pessoa. Ele é difícil de encontrar, mas acho que sei com quem anda viajando — falou, e deu de ombros. — Ainda assim, é bom saber que, se eu encontrasse algo que quisesse, você faria vista grossa.

— Não foi bem isso que eu disse — murmurou Shane.

Mas poderia ter sido. Red era inebriante, e Shane tinha uma certeza perigosa de que a deixaria fazer praticamente qualquer coisa. Sentia que Red sabia disso.

Subindo a escada em espiral, Shane analisou a garota à sua frente, o vestido cintilante se arrastando nos degraus de ferro. Havia centenas de perguntas que queria fazer a Red: sobre a tatuagem no pescoço, sobre seu lar em Andar e onde ela aprendera aquela canção de ninar linda e triste, que ainda voltava a Shane, às vezes, nas horas mais escuras da madrugada. Contudo, sentia que Red não gostaria de ser encurralada e interrogada.

Red parecia brilhar na luz das lamparinas a fogo baixo, o rosto corado e o cabelo cascateando pelas costas nuas. O olhar de Shane acompanhou as espirais de vermelho mais escuro bordadas no corpete do vestido de Red, que se ajustava ao corpo dela de forma a fazer Shane tomar consciência de cada milímetro de ar entre elas.

— Ficar encarando é falta de educação — provocou Red.

Shane engoliu em seco, voltando o olhar para o rosto da mulher.

— Só estou admirando sua fantasia. Não se veem muitos lobos vermelhos por aí.

Red pareceu alegre.

— Não se veem muitos lobos assim — falou, dando as costas a Shane para cobrir o rosto com a máscara e se voltar de repente. — Bu!

Shane quase caiu da escada. A máscara era mais monstro do que lobo, com orelhas esfarrapadas e rasgadas e uma carranca mostrando os dentes tortos. Sob a luz vacilante, os olhos castanhos de Red pareciam dourados, com um brilho feroz saindo dos buracos cavernosos da máscara.

— Estou surpresa por você não ter assustado ninguém na festa — disse Shane.

— Eu? — perguntou Red, levando a mão às costas de Shane e cutucando uma das asas de borboleta, já horrivelmente torta. — Olha quem fala. O que é para ser essa monstruosidade?

Shane sorriu, um orgulho descarado da sua fantasia rasgada e manchada.

— Sou uma penetra dedicada a destruir um vestido muito caro.

Red levantou a máscara com um sorriso.

— Bom, nesse caso, ficou perfeito.

O vão da porta à frente estava iluminado por velas. Shane saiu da escada estreita e se viu em uma varandinha discreta, com vista para o salão. Os lustres de ouro gigantescos, com mais de dois metros de altura, pendiam do teto a um braço de distância delas. Na parede de espelhos emoldurados às suas costas, eles se tornavam uma floresta de galhos dourados, o reflexo de Red e o dela cercados por velas bruxuleantes e correntes reluzentes. Um parapeito de mogno lustroso as separava da longa queda até a pista de dança.

— Agora sim, uma vista muito melhor.

Shane se virou. Red sentara no parapeito e balançava as pernas despreocupadamente à beira do abismo.

— Ei, toma cuidado!

Shane agarrou o cotovelo de Red, para mantê-la firme. A pele dela queimou com o toque, todos os nervos formigando quando Red entrelaçou os dedos nos dela.

— Estou perfeitamente segura — assegurou. — Além disso, acho que você conseguiria me pegar.

O olhar dela se demorou nos músculos dos braços expostos de Shane, e a caçadora teve que se esforçar para não flexioná-los para exibir o muque.

Ela levantou o queixo, sentindo-se ousada de repente.

— Sabe, de onde eu venho tem um ditado: "Se encontrar a mesma pessoa três vezes por acaso, vocês estarão destinadas a ficar juntas".

— Então não teria sido por acaso, não é? — perguntou Red, franzindo o nariz em uma expressão bonitinha. — Só o destino, desde o começo.

— Nunca pensei por esse lado — admitiu Shane, mas o olhar de Red continuava atento, então ela seguiu falando, só para ver se a outra continuaria ouvindo. — Vem da história de dois grandes guerreiros, Sigren e Alavar. Eles eram campões de dois clãs à beira da guerra, mas só se conheceram pessoalmente quando visitaram o mesmo Templo Verde em busca de uma bênção do oráculo. Meses depois, foram às mesmas águas termais a fim de preparar o corpo para a batalha.

— Que tórrido — disse Red, rindo.

— Finalmente, na véspera da batalha, os dois sentiram-se atraídos por um arvoredo de cicuta. À luz das estrelas, um reconheceu o espírito guerreiro do outro, e eles se apaixonaram.

– O que aconteceu depois? – perguntou Red.

Ela descera do parapeito, praticamente no colo de Shane. Assim tão perto, Shane podia contar os cílios que tocavam seu rosto quente.

– Eles se recusaram a lutar, e o amor deles impediu a guerra.

Red riu de desdém.

– Bom, agora eu sei que é uma fábula. Ninguém na vida real se livra das coisas com tanta facilidade.

Ela sacudiu os cachos, expondo o pescoço, e Shane finalmente viu: as cobras enroscadas pintadas em sua pele. A tatuagem de lacre que Fi descrevera.

Shane umedeceu os lábios.

– Red. Essa tatuagem no seu pescoço... – começou.

Red cobriu a marca com a mão.

– O que você sabe?

– Nada – soltou Shane. – Quer dizer, nada além do que ela é. Você é Bruxa, não é? E nasceu no reino arruinado?

O olhar de Red relampejou em aviso.

– E se eu for?

– Eu perguntaria se você está em perigo – disse Shane. – Se precisa de ajuda.

– Ah. Você é *dessas* – disse Red com uma gargalhada ácida. – Acha que preciso que alguém apareça e me resgate da minha vida miserável, é isso? Que previsível.

Ela olhou para Shane com uma espécie de pena, o rosto contorcido em um sorriso de desprezo.

– Desculpa pela decepção – continuou –, mas não preciso ser salva. E você não sabe nada sobre mim.

Com a agilidade de um gato, Red se esquivou por baixo do braço de Shane, se afastando... mas a caçadora a segurou pelo punho antes que ela pudesse sumir.

– Sei que você tem uma linda voz – insistiu Shane. – Sei que é bondosa, mesmo que tente esconder. Sei que o vermelho é sua cor preferida. Tá, essa última eu chutei, mas é que também é a minha preferida – admitiu, pensando não no casaco poeirento largado na cama, mas na mulher bem à sua frente: uma mancha carmesim no espelho escuro.

Ela deu um passo para a frente, na direção de Red, com a lentidão que usaria com uma corça assustada.

– E sei que, sempre que te encontro, você está viajando sozinha – concluiu.

Red deu de ombros e abriu um sorriso que não chegava aos olhos.

– Outras pessoas só me atrapalham. Fico melhor sozinha.

Shane se perguntou se Red ouvia a amargura por trás das próprias palavras.

– Sabe quem diz isso? – questionou Shane, apertando a mão de Red. – Quem acha que não tem escolha.

Era o que ela dissera a si mesma, de novo e de novo, depois de fugir de Steelwight. Fugira por conta própria, mas ainda estava magoada, sofrendo com a perda de seu primeiro amor e a perda ainda mais devastadora de Shayden – sua outra metade, o melhor amigo de sua vida toda. Pela primeira vez, Shane estivera inteiramente sozinha. Vagando por portos e fronteiras, conduzindo a vida de mercenária de aluguel, enterrara a dor e permitira-se endurecer, até não sentir mais nada. Contudo, aquela dureza tornara muito fácil fazer coisas que ela não sabia justificar.

Era aquilo que via ao olhar para Red. Alguém que vivia atrás de uma máscara porque fizera algo que não conseguia encarar. Shane não sabia o que era, mas conhecia o sentimento – a certeza nauseante, no fundo das entranhas, de que nada que fizesse importava, pois já tinha se embrenhado demais na estrada errada para dar meia-volta.

– Eu trabalhei como mercenária quando cheguei em Darfell. Fiz muitas coisas das quais me arrependo.

– Você? – perguntou Red, os olhos reluzindo como lascas de gelo. – É difícil de acreditar. Tenho certeza de que há limites que você não ultrapassou.

– Talvez – concordou Shane. – Mas sei que, às vezes, após tomar uma decisão ruim, é mais fácil tomar a próxima. E aos poucos a gente para de pensar nisso, no que faz. Mas cada decisão ruim nos mata mais um pouquinho, mesmo sem sentir.

Red sacudiu o braço para se soltar, e se voltou para a escada. Shane olhou para a máscara de prata enroscada em seu cabelo: um lobo com a cabeça jogada para trás, uivando entre presas afiadas.

– Você não faz a menor ideia do que está falando. Ou do que fiz.

— Mas quero fazer — disse Shane.

As palavras saíram de sua boca como um raio, fazendo todo o seu corpo vibrar. Ela não planejava cuspir tudo aquilo de uma vez, mas não conseguia mais parar.

— Me conte qualquer coisa, Red — falou. — Me conte *tudo*. Nada que você disser vai me assustar.

Red balançou a cabeça.

— Que coisa incrivelmente ingênua você disse.

O rosto dela, contudo, se suavizara, e as palavras eram quase um sussurro — como se não acreditasse, mas quisesse acreditar.

O momento se prolongou entre elas. Red entreabriu a boca, e por um segundo Shane se perguntou se ela ia mesmo contar tudo. Até que Red se aproximou dela de novo, um passo por vez, lentamente, a saia se arrastando no chão.

— Se quiser mesmo me ajudar, tem uma coisa que pode fazer — disse Red, levando a mão ao ombro de Shane, os dedos roçando a pele nua. — Dance comigo. Por um minuto só. Como se não existisse mais ninguém no mundo. Depois esqueça acaso, destino, qualquer ideia boba de me salvar, e deixe isso para lá.

O olhar dela ardia com a luz das velas, que gotejavam uma a uma.

— Não se apaixone por mim, Shane — continuou. — Vai acabar se magoando.

Se era verdade, por que era Red quem parecia prestes a chorar?

— Red...

— Xiuuu — fez Red, levando um dedo à boca de Shane. — Está ouvindo? É a última música.

Os violinos se elevavam, os convidados dançando em um turbilhão estontante bem abaixo delas. Shane não conhecia a dança, mas também não sabia recusar. Ela levou a mão à cintura de Red, que fez o mesmo. Então elas começaram a girar, devagar, tão perto — quase tocando os rostos — que Shane sentia o formigar dos narizes quase encostados. O olhar de Red nunca se desviou do seu. Mas ela manteve a outra mão apoiada sobre o coração de Shane, como se para segurá-la ali — *bem aqui, mas não mais perto*. Red expirou, Shane inspirou, e o mundo inteiro se conteve naquele instante, a minúscula ruptura daquela respiração suspensa.

Shane fechou os olhos, tentando se lembrar de tudo, mas sabia que já estava esquecendo. Só lhe restaria um borrão escarlate, a sensação de desejar algo que lhe estava tão próximo e de perdê-lo de novo.

Ela não sabia como se apaixonara por Red tão rápido. Só não conseguira se conter. Nunca sentira uma atração assim antes, nem mesmo por Kara. Com Kara, tudo era emocionante, doce, cheio de potencial. Apaixonar-se por Red era como ser arrastada pela correnteza, forte, irresistível, ameaçando afundá-la. Mas, mesmo que Shane fosse se afogar ali, não conseguia se decidir a nadar.

Rápido demais, a música acabou. Abaixo delas, os pares de dançarinos fizeram suas últimas reverências, os músicos se levantaram para receber os aplausos. Em algum lugar, um relógio soou a meia-noite.

– Obrigada pela dança – disse Red, erguendo o rosto e dando um beijo leve no canto da boca de Shane. – Não me siga.

Quando abriu os olhos, Red já estava desaparecendo escada abaixo, deixando Shane abandonada na varanda, o coração em chamas.

Kara nunca recusara Shane, mas também nunca a amara. Red parecia sentir algo por ela, mas mesmo assim a recusava. Ela ergueu a mão para tocar o ponto em que a boca de Red incendiara seu rosto.

"Não se apaixone por mim."

– Tarde demais – murmurou Shane, vendo os lustres se apagarem.

21

BRIAR ROSE

BRIAR ABRIU CAMINHO PELA SALA ESCURA, AS VELAS GOTEJANDO ATRÁS dele sendo o único sinal de sua passagem. Parou diante de uma cama com cabeceira decorada, coberta por lençóis de seda e travesseiros de pluma, e olhou para o rosto adormecido de Armand Bellicia.

Briar não sabia o que estava fazendo ali, na verdade. Devia voltar para Fi, ou para seu longo sono na torre branca, a fim de recuperar sua reserva de magia. Passara a noite usando o poder de modo descuidado e estava praticamente esgotado de novo. Contudo, não fora capaz de se conter, e o motivo encontrava-se deitado naquele leito luxuoso.

Pois, por mais inteligente que ela fosse, havia coisas naquele homem que Fi simplesmente não conseguia ver – mas Briar entendera tudo ao observar a forma como Armand Bellicia acompanhara Fi pela festa. Ele se exibira para a garota, olhando para ela através do salão, tentando atraí-la, adulá-la, até mesmo insultá-la para que prestasse atenção nele. Cada gesto, palavra fria e sorriso cruel era calculado para arrastar Fi de volta a seus braços. Ela seria única e ele, amado. Ela vestiria o que ele escolhesse, obedeceria a seus desejos. Entretanto, as coisas não saíram como Armand desejara.

Briar esperava que nada se desse assim. Ele nunca tivera a chance de fazer o papel de cavaleiro galante, mas fora como se sentira ao pegar a mão de Fi e rodopiá-la pelo salão. Não só por tê-la salvado de Armand, mas porque Armand não tinha mais importância. Ele a fizera sorrir, a fizera até gargalhar. Vendo o rosto de Fi voltado para o céu noturno, as constelações se rearranjando em seus olhos verde-mel, Briar se pegou pensando que talvez estivesse errado sobre o amor. Talvez se apaixonar não fosse um sonho, nem um destino. Talvez acontecesse quando se estivesse em meio a diversão demais para notar.

Como quando Fi revirara os olhos, *nada* impressionada pelas habilidades horríveis de Briar com línguas mágicas.

Ou quando corara e escondera o rosto sob a aba do chapéu largo – como se ele não visse a vermelhidão até as orelhas.

Ou quando dirigira a ele um olhar provocante antes de mergulhar na passagem secreta da velha mansão, dando-lhe um vislumbre de sua antiga vida como caçadora de tesouros. Ele não resistira a se exibir, fazendo faíscas voarem a seu redor para ver o fascínio no rosto dela.

Ou talvez quando ela se jogara em seus braços na pista de dança e gargalhara, conduzindo e se deixando conduzir ao mesmo tempo. Ele também rira, tendo esquecido tudo, o coração cheio demais para qualquer pensamento inútil. Ficara hipnotizado por ela durante toda a dança, e depois também.

Quantas vezes uma pessoa podia se apaixonar por outra?, se perguntou Briar. E Fi se apaixonaria por ele de volta?

A silhueta na cama se remexeu, gemendo no sono e chamando a atenção de Briar. Fi não queria se vingar de Armand, o que deixara claro. Contudo, ele ainda se vira pairando até ali depois que Fi adormecera, encostada em Shane, que subira na cama dela por engano.

Havia algo ardendo nele, uma fúria que não conseguia apagar.

Fi era uma pessoa discreta, e a confiança entre eles era tênue. Briar nunca arriscaria perguntar o que Armand fizera. Entretanto, precisava saber. Havia mais alguém que poderia contar, e Briar ia conseguir respostas, mesmo se precisasse invadir a mente de Armand para isso. Caminhar em sonhos era fácil, depois de tanto tempo.

Briar se debruçou sobre a cama, juntando magia na mão. Materializar--se naquele terreno fora mais difícil do que em qualquer outro lugar, e ele levara um tempo para entender que os membros da linhagem Bellicia eram também resistentes à magia. Mesmo ali, quanto mais Briar aproximava a mão de Armand, mais sentia algo o empurrando, como uma ventania que tentava bani-lo. Ele lutou contra o empuxo, forçando sua magia. Os dedos faiscantes de Briar pairaram sobre o rosto de Armand. Ele se esticou para cobrir a testa do homem com a mão e sibilou quando sua magia foi sugada, as faíscas desaparecendo no segundo em que o tocou. Briar sentiu-se tonto e vazio, a mão quase invisível no escuro.

Armand se revirou, gemendo.

– Filore! – chamou, em sono.

Fúria percorreu Briar ao ouvir aquele nome. Antes mesmo de notar o que fazia, ele foi mais fundo, convocando outro poder, um que jurara nunca usar. Era o poder sombrio que fluía nele através de sua conexão com a Bruxa dos Fusos. Veio a ele sem dificuldade, erguendo-se como uma maré fervorosa e cobrindo-o como uma segunda pele. Faíscas estalaram em seus dedos – não mais brancas, mas do vermelho-escuro das rosas e do sangue. Poder puro o percorria, um oceano de magia das trevas, só aguardando seu comando.

Briar se esticou, passando os dedos pelo rosto de Armand como se fechasse os olhos de um cadáver. Uma lufada de vento frio se esgueirou pelo quarto, e Armand gritou quando foi jogado em um pesadelo. Ele sofreria, pelo menos por uma noite. Era muito menos do que merecia.

– Filore! – gritou de novo.

O olhar de Briar endureceu. Mesmo nas profundezas do pesadelo, apesar de tudo que fizera, ele ainda sonhava com ela. A memória de Fi estava aprisionada na mente de Armand Bellicia como uma borboleta pregada em um quadro, e Briar não tinha como libertá-la. Ele fechou os dedos contra o pescoço do homem, com força o bastante para senti-lo se debater. Briar odiava ouvir o nome dela na boca de Armand.

Até que Briar notou que sua mão começara a mudar. As unhas tinham crescido, tornando-se afiadas, garras de osso reluzente. Encarou o encontro das finas pontas com a pele do pescoço de Armand. Ele podia acabar com Armand Bellicia ali mesmo, se quisesse.

E queria.

Mas não era o desejo de Fi.

Olhos cor de mel surgiram na mente de Briar. A lembrança de Fi cercada por sua magia da luz, o rosto iluminado de fascínio. A lembrança de Fi, com a possibilidade de fazer o que quisesse, pedindo por um pequeno desejo.

Briar voltou a si imediatamente, horrorizado pelo que contemplara. Ele se afastou da cama aos tropeços, ofegante.

A magia das trevas da Bruxa dos Fusos vivia dentro dele, um sussurro aveludado no fundo de sua mente. Se baixasse a guarda, as sombras o consumiriam. Briar acreditava ter controle sobre os poderes, mas, naquele momento, olhando para o homem que atormentara Fi, ele o perdera com muita facilidade. Não se sentia tão furioso, tão triste, tão *nada* havia muito tempo.

Briar sacudiu as garras até voltarem a ser dedos. Ainda sentia a atração da magia das trevas, baixa e sedutora, prometendo o poder de fazer qualquer coisa. Contudo, se a usasse, se tornaria um monstro muito pior do que Armand Bellicia. Não mereceria o amor de Fi, mesmo se ela o oferecesse.

Briar se sentiu desvanecer, os poderes exauridos. Seu olhar recaiu na figura na cama.

— Nunca serei como você — prometeu ao corpo adormecido.

Assim, desapareceu no escuro, a vela morrendo em um sopro de fumaça.

22

FI

A CIDADEZINHA DO POSTO DE INSPEÇÃO ERA MUITO DIFERENTE DA PROpriedade de Armand. Quando chegaram ao assentamento da fronteira, quartel-general do Mestre da Fronteira e de sua legião de guardas, tinham deixado as montanhas para trás, os picos distantes, cinzentos e sinistros sob nuvens baixas. Todos os prédios eram pequenos, exceto por algumas torres de vigia elevadas, mirantes esticados com escadas compridas e soldados curiosos observando da plataforma. Fi sentiu os olhares sobre eles quando cavalgaram na direção do posto de inspeção, com Armand na dianteira.

A fronteira de Andar e Darfell era marcada por uma muralha três vezes mais alta do que Fi e feita de grossas toras de madeira, encaixadas entre blocos lixados de pedra antiga. No alto, era salpicada de postes pontudos e percorrida em patrulha por soldados usando casacos cinzentos com detalhes dourados típicos de Bellicia. A única entrada era um portão estreito ladeado por uma dúzia de homens usando a insígnia da Guarda da Fronteira, um escudo cortado em quatro quadrantes por lanças cruzadas. O rastrilho de ferro, que se encontrava fechado, fora afiado em pontas cruéis. As barras do portão cortavam a paisagem adiante, fazendo da imensa Floresta de Espinhos uma mera mancha preta a distância.

O grupo adentrou a cidade em silêncio. Fi olhou de relance para Armand, que estava cansado e incomodado desde o café da manhã.

Provavelmente ficara acordado até tarde com uma linda mulher, supusera Fi, um gosto amargo na boca. Ainda assim, ele insistira em acompanhá-las pessoalmente até o posto de inspeção, e parecia remoer algo o caminho todo, mal pronunciando uma palavra. Fi tinha um pressentimento ruim.

A sensação piorou quando Armand parou em frente ao portão, desmontou e entregou o cavalo a um cavalariço. Ele não fez sinal de mexer nos alforjes, nem de tirar os passes de madeira do bolso. Um trovão grave fez os cavalos baterem os cascos no chão com estrépito. Fi e Shane desmontaram, e Fi entregou as rédeas para a parceira, observando Armand com desconfiança. Ele continuou a prolongar o momento, mexendo no cabelo curto, fazendo os anéis tilintarem.

— O que está esperando? — perguntou Fi.

Armand inclinou a cabeça, dirigindo a ela um sorriso.

— Achei melhor dar uma chance para você se despedir.

Fi se preparou para aquele joguinho.

— Não tenho nada a dizer a você.

As palavras ácidas não tiveram efeito. Na verdade, Armand pareceu ainda mais satisfeito.

— Espero que você não se arrependa disso — falou ele.

Em seguida, ele se virou, dirigindo-se ao Guarda da Fronteira em frente ao portão.

— Tenho dois passes. Um para ela... — falou, apontando para Fi — e outro para mim. Vamos atravessar para Andar.

Uma onda de descrença atingiu Fi. Ela sentia que o coração parara de bater, ou talvez batesse rápido demais. Sentia o sangue em um ruído ensurdecedor nos ouvidos.

— Como é que é? — rugiu Shane.

— Você me deu sua palavra! — protestou Fi.

— E a cumpri — disse Armand, despreocupado. — Você me pediu dois passes, e os arranjei. Simplesmente decidi que sou *eu* quem vai acompanhá-la. Vai ser melhor para você, e sua criada certamente encontrará outro emprego.

— Escuta aqui, sua cobra nojenta, traiçoeira, farsante...

Shane continuou, mas Fi não mais a escutava. Era como se o mundo tivesse se encolhido, restando só ela e Armand. Mais de um ano se passara. Ela não era mais a menina inexperiente de casaco preto e caro, e ele não era o parceiro em quem confiava. Ainda assim, Armand a levara de volta àquele mesmo momento e a traíra novamente.

– Você não pode fazer isso – disse ela.

– Não? – perguntou Armand.

Ele podia, notou, e ela não sabia por que esperara algo diferente.

O temperamento dela estourou. Fi investiu contra ele e agarrou sua gola alta de renda com os punhos.

– Você é um monstro – cuspiu. – Não sei o que vi em você.

Armand riu.

– Não seja dramática, Filore – falou, se soltando das mãos dela. – Não ficarei aqui para ser insultado. Estou faminto; o café não me desceu bem, mas parece que meu apetite voltou. Divirta-se com seu chilique. Quando voltar à racionalidade, me encontre na taverna.

Quando Armand lhe deu as costas, Fi notou que, aos olhos dele, ela poderia estar de joelhos, chorando de soluçar. A marca da borboleta ardia como brasa em sua pele. Ela fora tola antes, e foi tola de novo. Achou que o estava usando, que tinha tudo sob controle. Talvez fosse aquela a maior mentira: que ela já tivera *qualquer* controle.

Fi se virou e correu. Não conseguia pensar, nem respirar, nem lhe importava aonde ia, desde que saísse dali. Ouviu Shane chamá-la, mas não parou. Nem quando chegou ao último aglomerado de prédios frágeis. Nem quando um trovão estrondou nas nuvens escuras.

Fi só parou de correr quando chegou à periferia da cidade. Ela se jogou contra a muralha de pedra que percorria os limites do assentamento, as rochas ásperas da montanha contra suas costas quando escorregou até a grama, abraçando os joelhos.

Algo úmido tocou seu rosto. A princípio, achou que estivesse chorando, apesar de atordoada. Até que mais gotas se seguiram, atingindo os braços e ombros de seu sobretudo marrom. Estava chovendo, só um pouco, gotas suaves caindo do céu como lágrimas. Fi tirou a luva e, sentada com os joelhos dobrados, olhou para as mãos.

Na mão esquerda, a marca da borboleta, as linhas pretas da asa queimadas em sua pele. A marca que Armand pusera ali para aprisioná-la.

Na mão direita, a linha vermelha que enroscava seu dedo como um fio. A marca do fuso que a amarrava a Briar.

Seriam mesmo tão diferentes?, se perguntou Fi.

Ela queria acreditar que escolhera salvar o príncipe Briar Rose, mas talvez não fosse verdade. Talvez não tivesse escolha alguma e fosse só arrastada por maldições e magia – como uma folha na tempestade, jogada de um lado para o outro. Um desespero frio envolveu seu coração enquanto ela olhava, aturdida, para as mãos.

De repente, Fi notou que a chuva não a molhava mais. Inclinando a cabeça para trás, viu que Briar aparecera acima dela, pressionando as mãos contra a parede e bloqueando a chuva com o corpo. O casaco pesava a seu redor, e o cabelo estava grudado na testa. Ele a olhou com tristeza, os olhos azuis brilhantes tornados mais cinzentos e opacos.

– Agora eu entendo – disse baixinho. – Por que você não gosta de mim.

O peito de Fi estremeceu. Ela não podia fazer aquilo com ele, não naquele momento.

– Briar, por favor...

– Estou falando sério dessa vez, Fi.

A voz falhou no nome dela, como se ele mal conseguisse dizê-lo. Todos os rastros de seu modo brincalhão costumeiro tinham sumido.

– É porque você teve que vir comigo – continuou. – Eu te lembro *dele*.

Fi se perguntou se era uma lágrima que pingara em sua palma ou se uma gota de chuva escapara. Ela não sabia o que Briar entendia de suas duas mãos expostas, mas supunha que não era difícil adivinhar no que pensava. Briar esticou o braço, pegando a mão direita dela.

– Este vínculo entre nós – disse, apertando os dedos dela. – Sei que não é o que você buscava. Mas não é uma maldição... é o destino.

– Você não sabe disso, Briar – declarou Fi bruscamente, puxando a mão. – Você acha que amor é um lindo sonho, mas o amor pode levar as pessoas a fazerem coisas horríveis.

Parecia que as palavras tinham sido arrancadas dela e levado um pedaço de seu coração junto.

Briar pareceu surpreso. Ele se afastou e olhou para as próprias mãos por um longo momento. Fi não sabia o que ele via ali, mas nunca o vira tão severo.

– Talvez você esteja certa – admitiu. – Eu tinha tanta certeza de tudo no começo... que você quebrar a maldição do sono significava que era nosso destino nos unir. Mas agora...

Ele deixou a frase no ar e abaixou as mãos, encontrando o olhar de Fi. Briar expirou devagar.

– Não quero forçar isso – falou.

Fi piscou.

– Como assim?

Briar se ajoelhou na terra e se aproximou dela, secando uma gota de chuva de seu rosto com o dorso da mão.

– Não quero que você se apaixone por mim porque estamos conectados pelo fuso de osso. Acredito que estamos destinados como casal, mas sei como é ter tudo na vida decidido por você.

A mão pálida de Briar tremeu contra o rosto de Fi, e outra imagem dele ocorreu a ela – o príncipe solitário, sepultado em rosas.

– Não é o que desejo para você – concluiu ele.

Fi não conseguiu se mexer. Também não sentia mais a chuva, a tempestade um mero borrão distante. A dor no peito dela... era por Briar ou por Armand? Algo ardia nela, claro e suave como uma faísca da magia de Briar. Mas estava em guerra com a sensação fria e atordoada, a mão de ferro de Armand esmagando seu peito aos poucos. Tudo se misturava ali dentro. Ela só tinha certeza de duas coisas: o calor do toque de Briar e a expressão em seus lindos olhos, tão sérios e tristes.

Parecia que o mundo todo prendia a respiração com ela quando Briar se aproximou o bastante para unir suas testas.

– Eu quero isso, Fi – sussurrou. – Quero que a gente aconteça. Não quero um beijo e uma despedida. Quero que você fique comigo em Andar. Você é mais importante para mim do que eu jamais imaginei. Você é minha esperança... a esperança de todo um reino. Mas... – falou, e engoliu em seco, a voz ficando rouca –, se eu for um monstro para você, se eu fizer você se sentir como *ele* faz, então...

Briar afastou a mão, e o rosto dela sentiu sua falta. Ele se apoiou nos calcanhares e tirou o cabelo molhado do rosto.

– Então dê meia-volta – continuou. – Esqueça Andar... esqueça isso tudo. Vamos voltar ao Bruxo do Papel, e eu usarei tudo que aprendi sobre magia com a Rosa Divina para dar um jeito de romper nossa conexão.

Fi estava boquiaberta, em choque.

– E o seu povo? – gaguejou.

Não era só Briar que acordaria com seu beijo.

Ele sacudiu a cabeça.

– É meu reino. Problema meu. Darei outro jeito.

Fi se engasgou com algo entalado na garganta. Os olhos de Briar estavam claros e determinados. Mesmo que representasse abrir mão de sua melhor chance de se salvar e salvar Andar, ele estava pronto para ajudá-la a fugir.

E o que ela queria?

Parte dela estava tentada a lançar tudo pelos ares. Mas isso significava fazer isso com ele também. E ele não era só um príncipe amaldiçoado. Era Briar – Briar, cujo senso de humor era horrível, que a convidara para dançar e pisara em seu pé, que correra com ela pelo jardim, o coração bravio e instável, e soltara todas aquelas borboletas. Briar, que viera vê-la tantas noites, brincando sobre bandoleiros, deslizamentos e lagartas até fazê-la sorrir. Briar, que às vezes olhava para Fi como se ela fosse o único fiapo de luz que o iluminava de um céu muito escuro.

Briar não queria possuí-la, como Armand. Não queria poder sobre ela. *Precisava* dela.

Ela começara a sentir algo por Briar, algo muito frágil para descrever em palavras, como se, caso ousasse falar em voz alta ou mesmo desejar com muita força, fosse estilhaçar. Contudo, mesmo sem nomear o sentimento, sabia que nunca poderia deixá-lo assim, tão desamparado.

Fi não tinha certeza de muitas coisas. Não tinha certeza de ter escolhido ser a heroína de Andar. Não tinha certeza de que corações – qualquer coração – eram confiáveis. Mas tinha certeza de que Briar não se assemelhava em nada a Armand. Ele lhe dera uma escolha. Naquele momento, a decisão era dela.

Fi respirou fundo, se acalmando.

— Sabe – começou, levantando uma mão para beliscar a bochecha dele, fria e macia sob seu toque. – É muito irresponsável um príncipe dizer isso. Achei que o destino de todo o reino estivesse em minhas mãos.

Briar sorriu, alívio inundando seu rosto.

— Bom, como você deve ter adivinhado, eu era o mais novo, e nunca fui a primeira escolha de ninguém para o trono.

Fi riu.

— Vamos dizer que não me surpreende.

Havia mais uma coisa pendendo entre eles: a confissão de Briar. Fi engoliu em seco.

— Briar, eu... – começou, sentindo-se dividida.

— Ei. Eu falei que *não* queria forçar nada. Então não faça essa cara.

Briar abriu um sorriso torto. A dor sumira de seus olhos – ele voltara a ser só Briar, a voz leve, com a melodia brincalhona de costume.

— Só queria que você soubesse o que sinto – continuou –, sem expectativas. Joguei isso tudo em você no susto, e sei que não gosta de surpresas. Não achei que eu receberia a resposta que quero agora.

Aquilo a fez rir. Ela encostou a cabeça na parede fria de pedra, vendo Briar se levantar. O céu estava claro como uma pintura atrás dele, a tempestade varrida pelo vento.

Briar esticou a mão.

— Você é pragmática. Então pense bem, veja a situação por todos os lados e me diga o que *você* quer. Quando estiver pronta.

Fi assentiu, sem confiar em sua própria resposta. Contudo, havia uma coisa que queria esclarecer. Ela calçou a luva de novo e segurou a mão oferecida por Briar.

Quando ele a ajudou a se levantar, Fi disse:

— Você não me lembra dele. E nunca falei que não gosto de você.

Briar arregalou os olhos. A mão dele atravessou a dela, de repente sem substância, e Fi soltou um grito quando caiu de volta na terra úmida, respingando lama pelos braços. Ela olhou para Briar, chocada. Briar a encarou de volta, um pouco horrorizado.

— Agora você vai retirar o que disse, não vai? – perguntou ele com uma careta.

– Eu devia mesmo – resmungou Fi. – Você merece.

Contudo, ela sorriu ao oferecer a mão de novo, dando a ele uma segunda chance.

Depois que a levantou, Briar continuou segurando sua mão por um momento, observando seu rosto.

– Vai ficar mais perigoso daqui em diante – advertiu. – Assim que entrarem em Andar, cada passo as aproximará do castelo amaldiçoado e do poder da Bruxa dos Fusos. É sua última chance de dar meia-volta.

– Não vou fazer isso – prometeu Fi, e sentiu a faísca de magia estourar em seu peito quando Briar sorriu.

Ela tomara sua decisão. Queria ser a heroína que Briar acreditava que ela era. Se ao menos pudesse chegar a Andar sem dar a Armand tudo que ele queria...

23

SHANE

SHANE IRROMPEU NA TAVERNA, ESCANCARANDO A PORTA COM TANTA FORÇA que ela bateu na parede. A caçadora tinha uma missão: encontrar aquele babaca traiçoeiro do Armand. O que faria quando o encontrasse, já não sabia, mas, o que quer que fosse, o réptil nojento mereceria.

A sala que adentrara estava praticamente vazia, com exceção de um punhado de viajantes com mochilas estufadas e uns homens e mulheres da Guarda da Fronteira que se viraram para analisá-la. O grupo que jogava cartas em uma mesa do fundo nem se preocupou. Shane apertou os olhos em meio à luz fraca da tarde. O lugar não era exatamente um brinco, mas ainda assim era bem mais limpo do que a maioria das tavernas que ela conhecia.

Não via sinal de Armand. Contudo, uma mulher de olhar duro com uma espada embainhada guardava uma escada íngreme, fechada por uma corda dourada. Shane estalou a língua. Ela deveria saber que Armand não estaria misturado à ralé nas áreas comuns da taverna. Ele conseguira escapar, momentaneamente.

E ela não tinha mais ideia alguma.

Shane passou direto pelo bar e pelo barman calejado – ex-Guarda da Fronteira, pelo que supunha – e pegou uma mesa no canto, onde podia encarar aquela escada até queimá-la. Correr atrás de Armand e socá-lo até pegar os passes provavelmente não tinha sido um plano bom, de qualquer forma. Estavam no território dele, o que ele sabia, a julgar pelo showzinho no portão.

Um dia, quando nos encontrarmos sozinhos em um beco escuro, prometeu Shane, estalando os dedos.

Aquilo só a deixou frustrada. Ela não precisava acabar com Armand *um dia* – precisava acabar com ele imediatamente, se quisesse ajudar Fi. Sua parceira fugira, e Shane não fazia ideia do que ela pensava. Será que Fi iria com ele? Deixaria Shane para trás, fácil assim? Elas eram parceiras, claro – Shane não teria usado aquele vestido ridículo por mais ninguém –, mas nunca tinham feito promessa alguma. Talvez só chegassem até ali. Talvez aquela *uma missão* acabasse naquele lugar.

Só que ela se sentia horrível. Shane apertou a testa com os nós dos dedos. Odiava problemas que não podia resolver com o machado. Achava que tinha deixado aquela sensação de desamparo para trás, em Steelwight: a sensação de que, o que quer que desejasse, um futuro horrível vinha a seu encontro com força total, sem que ela tivesse o poder de impedi-lo.

Shane irrompeu pela porta e saiu para a muralha do castelo, o vento fustigando-a com lufadas de neve. O frio penetrava sua túnica fina, mas ela estava furiosa demais para sentir.

Shayden estava entre as ameias, onde ela sabia que estaria. O kyrtill grosso de lã esvoaçava a seu redor, o sobretudo comprido e as botas amarradas reluzindo na manhã vermelha enquanto ele olhava para o revolto mar invernal. O rosto dele estava corado pelo vento gelado. Abaixo deles, os penhascos mergulhavam na água escura, turbulenta de bruma. Ele mal a olhou.

— Como você pôde fazer isso comigo? — exigiu Shane. — Como me deixou encarar nosso pai sozinha?

Shayden manteve o olhar fixo no horizonte.

— Eu falei que nada mudaria a opinião dele. Mas você não escutou. Nunca escuta.

Como escutaria? Desde que beijara Kara e notara que o resto de sua vida seria vazio e oco, Shane sentia-se como uma panela cozinhando em fogo baixo que finalmente entrava em ebulição. Ela passara a noite anterior andando em círculos sob a janela, encarando as duas estrelas cintilantes — as Gêmeas, os Apaixonados — que brilhavam por trás dos olmos secos. Ao amanhecer, confrontara o pai.

Diante dele no Salão dos Reis da Guerra, implorara para que ele fizesse de Shayden seu herdeiro — para que o deixasse tomar seu lugar à frente do clã Ragnall e casar-se com Kara.

— Shayden não pode ser rei.

O pai parecera tão austero quanto as estátuas dos ancestrais alinhadas ao longo do salão, encarando Shane dos capacetes sem olhos, com as armas sempre em riste, um exército de sentinelas silenciosas.

— Por que não, pai? O senhor sabe que deveria ser ele!

— A linha de sucessão nunca foi interrompida — dissera seu pai, frio. — O título de Rei da Guerra passa para o herdeiro mais velho, sem exceção. É a tradição que manteve a força de Rockrimmon.

— Mas eu não sou boa nisso! — insistira Shane, batendo os punhos contra as pernas, tentando manter a voz um tom abaixo de um grito. — Shayden conhece a história de todos os clãs, lembra todos os tratados e acordos de comércio, e nunca insulta os embaixadores nos banquetes...

O pai fizera um gesto de desprezo.

— Ele será um excelente primeiro-ministro.

— Seria ainda melhor como rei — rugira Shane. — Minha vida toda, o senhor tentou me tornar mais parecida com ele: paciente, séria e sábia. Mas Shayden já é isso tudo. O senhor teria o herdeiro perfeito se mexesse em uma só regrinha... mas é teimoso demais para isso.

— Bom, pelo menos sabemos a quem você puxou.

O pai se ergueu do trono de carvalho nodoso, um sinal claro de que a conversa acabara. Shane, contudo, não podia deixar para lá — não com o oceano dentro dela, aquela força vasta e furiosa batendo contra seu peito. Não quando se lembrava da horrível expressão vazia de Kara quando o beijo de Shane esfriara em seus lábios.

— Shayden é a melhor escolha, para Kara, para Rockrimmon! Eles poderiam até ter um herdeiro juntos — argumentara, desesperada.

Fora a gota d'água.

— Você gestará o próximo herdeiro, Shane! — vociferara seu pai, batendo a mão no braço do trono. — E Kara escolherá um garoto de Icefern, da linhagem adequada. É assim que sempre foi feito. Não invente problemas onde eles não existem.

Ele respirara devagar e com dificuldade, voltando de um limite ao qual só chegava por causa de Shane.

— Sua mãe morreu ao te trazer ao mundo. Não permitirei que você desonre tal sacrifício por puro egoísmo.

Seu pai se transformara em rei de novo, rígido e inflexível.

— Você nasceu Rei da Guerra, Shane. Se não for isso, não será nada.

Foram aquelas palavras que a fizeram sair correndo do salão, pela neve, tão enfurecida que precisara de esforço para respirar.

Talvez soubesse que era inútil. Mas esperara que Shayden estivesse a seu lado, ombro a ombro. Não sozinho na muralha sob a torre de vigia, admirando o porto como se já tivesse desistido.

Shane se aproximou dele, os passos estalando na camada espessa de neve.

— Você precisa falar com ele. Você e Kara, juntos. Com pressão de Icefern, talvez nosso pai mude a linha de sucessão...

— Isso nunca vai acontecer — disse Shayden.

Tão decidido, tão resignado. Shane queria socar aquela cara solene e rabugenta.

— E tudo bem por você? — perguntou Shane, agarrando o casaco dele e puxando-o para encará-la. — Shayden, por favor! Lute por alguma coisa, uma vez na vida. Estou fazendo isso por você.

— E eu estou fazendo por você! — gritou Shayden.

As palavras ecoaram pelas falésias e pelas muralhas congeladas, repetidas vezes. Shayden apertou os olhos, a respiração ofegante.

— Você é a herdeira, Shane. Você nasceu para o trono... e para Kara. O que eu quero não muda nada.

Shane abaixou a mão.

— Você está errado, Shayden. Muda tudo — insistiu, a voz rouca. — Porque não posso viver assim... não sabendo o que você sente.

— Não será preciso — prometeu Shayden, abaixando a cabeça. — Pelo menos, não por muito tempo.

Por um momento ele não disse mais nada, silencioso como as estátuas dos velhos reis no salão. Finalmente, ele suspirou.

— Nosso pai recebeu uma oferta de noivado para mim... de Nika, segunda filha do Rei da Guerra de Blacksquall. Vou partir após o festival do solstício.

— Como assim?

A mente de Shane estava a mil. Shayden, indo embora de Rockrimmon? Não fazia sentido.

— Isso é impossível — disse ela. — Blacksquall é minúsculo, e Nika nem herdeira é. Nosso pai nunca aceitaria...

— Eu pedi. Será melhor. Para todos nós.

Shayden ergueu o rosto. Finalmente Shane viu tudo o que ele estivera escondendo — a mágoa e o desejo, a cobiça secreta e profunda que nunca admitiria em voz alta: que tivesse nascido três minutos e meio antes dela.

Três minutos e meio. Era aquela a diferença entre o mundo em que Shane era obrigada a subir ao trono, presa a um casamento sem amor com Kara, e um mundo em que Shayden herdaria a coroa que parecia nascido para portar e comandaria ao lado da mulher que amava. Como aquele poderia ser o caminho certo? Como os papéis que lhes foram atribuídos podiam ser tão errados? E por que o pai deles não enxergava aquilo?

Três minutos e meio. Era aquela a diferença entre um mundo em que todos teriam o que quisessem e outro em que ninguém o tinha.

— Você não pode ir embora.

A garganta dela se apertou. Doía ser a segunda escolha de Kara, mas ela começara a amar Kara recentemente. Já Shayden, ela amara a vida toda. Só pensar em uma vida sem ele a fazia sentir-se destroçada e vulnerável.

Shane sacudiu a cabeça.

— Prometemos liderar juntos, lembra? Reis da Guerra Gêmeos. O que aconteceu com esse plano?

Os olhos de Shayden se tornaram frios como o mar cinzento.

— Éramos crianças — disse simplesmente. — Cresça, Shane.

As palavras ecoaram nos ouvidos dela quando ele se foi. Ela ainda não sabia que seriam as últimas palavras que ele lhe diria. Tudo que sabia era que se sentia desamparada ali, apertando os dentes contra o uivo do vento – furiosa, culpada e inútil. Ela se debruçou na muralha, os dedos vermelhos enfiados na neve.

Talvez fosse hora de crescer. Shane sempre dissera que ela e Shayden deveriam liderar lado a lado, mas, na verdade, Shane simplesmente não deveria ser rei. Talvez se fosse outra época, quando os Reis da Guerra ainda levavam exércitos a batalhas grandiosas, como nas histórias antigas. Mas os oito clãs de Steelwight estavam em paz havia gerações.

Shayden era o rei que Rockrimmon merecia. Ele conquistava a coroa todo dia – ao se dedicar ao estudo das leis, ao ir no lugar de Shane às reuniões do conselho mesmo que sempre fosse repreendido pelo pai, ao fazer tudo aquilo sem pedir nada em troca. Mas ele nunca lutaria por seu lugar. Shayden, insensato, leal e abnegado – ele ia abrir mão de tudo e desaparecer. Pior, o faria por ela.

Ela não permitiria. Não por três minutos e meio. Shane viu os navios abrindo caminho pela água gelada até sumirem na bruma, e desejou sumir com eles.

Talvez pudesse.

A ideia lhe veio tão rápido que era como se estivesse dentro dela o tempo todo, só esperando a hora certa de emergir. Shane levantou a cabeça e observou os navios, lembrando-se do que sua avó lhe dissera muito tempo antes, quando suas mãos ainda estavam feridas e vermelhas devido ao machado de lenha.

"Minha guerreira bravia. A arma escolhe o Rei da Guerra, e não o contrário. O machado prova que você tem o espírito viajante – de quem sabe o caminho certo e o escolhe, por mais que tenha que deixar algo para trás."

Shayden dissera que ela não podia fazer nada. Ele estava errado. Ela podia ir embora – primeiro, imediatamente, na mesma noite – antes do festival do solstício. O pai seria obrigado a deserdá-la, e Shayden se tornaria o novo herdeiro. Com aquela simples escolha, ela consertaria tudo.

Um enorme peso pareceu ser tirado dela. De repente, o mundo voltou à vida – o ar salgado do mar, o vento forte do inverno que parecia cantar *sobre lugares desconhecidos, além do que ela era capaz de imaginar. Lugares onde poderia ser quem era.*

Doía pensar em abandonar a família. Também magoaria Shayden. Mesmo assim ela sabia, no fundo de seu coração, que era o certo. Shayden teria a coroa e Kara. E Shane também teria algo que desejava: a liberdade.

O pai dissera que, se não fosse um Rei da Guerra, ela não seria nada. Mas seu pai estava errado sobre muitas coisas, e Shane estava disposta a apostar que estava errado sobre isso também.

Assim ela fora embora de Steelwight, decidida a forjar seu próprio caminho. Não desistira à época, e não desistiria agora.

Gargalhadas altas dos jogadores de baralho fizeram Shane levantar a cabeça. A pessoa que estava ganhando o jogo ria como um chacal com dor de garganta. Shane fez uma careta. Sempre tinha um babaca se divertindo na hora em que ela queria se lamuriar. A escada continuava vazia, para sua irritação.

Outra gargalhada ecoou pela taverna, rouca e áspera, quase reconhecível. Espera aí.

Shane se levantou de um pulo, correndo até a mesa do jogo. Deu uma olhada nas cartas: pôquer. Duas mãos cobertas de cicatrizes recolheram uma pilha de dinheiro para um canto da mesa. Shane reconheceu perfeitamente o rosto pálido e enrugado do vencedor. Ignorando a guarda de Bellicia e o comerciante que reclamavam de perder, ela se concentrou no homem desgrenhado de cabelo grisalho e sorriso feio de escárnio.

– Stoleroy – rosnou Shane, encarando aqueles olhos de chacal.

Stoleroy era um caçador de tesouros – um dos mais antigos e bem-sucedidos entre os que ainda estavam vivos para se gabar. Vendia as relíquias mágicas que encontrava para quem pagasse melhor, normalmente Caça-Bruxas. Shane já brigara com ele algumas vezes, por vender informações sobre supostas Bruxas junto às relíquias.

– Shane – cumprimentou Stoleroy, empilhando as moedas de prata e cobre em uma torre precária.

Claramente era um jogo de apostas baixas, pois não havia ouro na mesa.

— Claro que eu encontraria um lixo que nem você aqui nessa pocilga — disse Shane. — Continua fazendo negócio com aqueles Caça-Bruxas imundos?

— Ei, você sabe que não ligo para rótulos — respondeu o homem com tranquilidade, fazendo uma moeda de prata rodopiar na mesa. — O dinheiro de todo mundo fala a mesma língua — continuou, e abaixou a mão, prendendo a moeda sob a palma. — Como anda, Shane? Vi essa sua cara feia em um cartaz de procura-se... pelo menos acho que era você.

Shane fez uma careta.

— E daí? Quer me vender?

Stoleroy era um vigarista salafrário e interesseiro que passava tanto tempo no território dos Caça-Bruxas do outro lado da fronteira que Shane se impressionava pelo fato de ele ainda não ter sido iniciado na ordem. Ela bateu com o quadril na beira da mesa, se divertindo com a expressão irritada de Stoleroy quando as pilhas de dinheiro desmoronaram.

— Vai circulando. Você está atrapalhando o jogo — disse o homem desgrenhado, embaralhando as cartas.

Shane lambeu os lábios, uma ideia se formando devagar. Normalmente ela mantinha toda a distância possível de Stoleroy, mas, pela primeira vez, talvez ele lhe servisse de alguma coisa.

— Só um assunto antes. Você ainda tem aqueles passes de fronteira dos seus amiguinhos Caça-Bruxas?

Passes permanentes eram mais raros do que ouro, e Stoleroy era um dos poucos caçadores de tesouros que tinham um par. Shane suspeitava que ele pagara uma pequena fortuna em propina para consegui-los.

— Acabei de voltar do outro lado — respondeu Stoleroy.

Ele chutou a mochila debaixo da mesa. Algumas laranjas gordas estufavam o bolso da frente.

Shane se obrigou a não demonstrar muita avidez.

— Também já vi que você continua viciado em jogatina. Por que não larga esse negócio sem graça e faz uma aposta melhor comigo?

Stoleroy olhou para ela de cima a baixo.

— Tem grana? Você anda notoriamente na pindaíba.

— Estou nadando em tesouro, na verdade — retrucou Shane.

Ela não trazia muito, claro. Normalmente deixava o lucro com o Bruxo do Papel, mesmo que boa parte acabasse desaparecendo nos bolsos de Bruxas em necessidade e outras caridades enquanto ela viajava. A bolsinha de ouro na mochila dela não duraria muito. Ela precisaria se dedicar bem ao jogo.

O olhar de Stoleroy indicava que ele sabia o que ela queria. Ele a analisou, lançando as cartas com o polegar calejado e refletindo. Shane sabia que Stoleroy não era de recusar dinheiro fácil, especialmente se pudesse humilhar alguém para ganhar.

– Está bem – concordou o homem. – Aceito mais uma rodada. Vamos ver se você melhorou no jogo desde a última vez.

Shane fez uma careta. Baralho não era seu forte, e ela era horrível no blefe. Estava contando com a sorte.

– Circulando – disse para os outros dois jogadores, antes de se largar no banco deixado pela mulher e apoiar os cotovelos na mesa. – Pode dar as cartas.

Depois de duas mãos, Shane reparou que aquela ideia talvez não fosse das melhores.

Apesar de a primeira rodada ter empatado, a segunda mão dela fora um zero à esquerda, enquanto Stoleroy pegou dois pares fáceis. Metade do dinheiro dela se foi com um gesto dele. Todo o plano dependia de arrancar o ouro de Stoleroy, para convencê-lo a apostar os preciosos passes. Se tirasse outra mão como aquela, o jogo já era.

Ela deu as cartas da rodada seguinte com violência demais, e precisou embaralhar de novo quando o sete de ouros virou na mesa. A carta a fez pensar no bolso interno do casaco e no item que escondera ali no que já parecia fazer eras. Não era o tipo de coisa que se apostava, mas ela talvez não tivesse opção.

Shane conferiu as cartas. Tinha um par de rainhas, espadas e copas, mas as outras três cartas também eram de copas. Era melhor manter o par, ou tentar o flush? Ela olhou para Stoleroy, que estava calmamente ordenando as cartas com uma expressão de tédio proposital. O par talvez não bastasse para ganhar dele.

– Diz a sabedoria que nunca se abandona uma dama – sussurrou uma voz suave ao pé do ouvido de Shane.

Ela quase caiu do banco, chocada ao erguer o rosto e ver uma figura conhecida curvada a seu lado.

– Red – balbuciou, surpresa.

A garota usava outro vestido vermelho, a saia curta o bastante para revelar botas pretas pesadas, com solas quase tão grossas quanto as de Shane.

– Não esperava ver você de novo tão cedo – disse Shane.

Honestamente, não esperava ver Red de novo *nunca mais*, de forma alguma. Contudo, ali estava ela, o sorriso perfeito de volta ao rosto, agindo como se nada tivesse acontecido entre elas. Shane adoraria saber como ela conseguia – já que Shane sentia como se todos os seus órgãos estivessem entalados em sua garganta, o que dificultava para engolir.

– Bom, eu também não esperava vê-la, especialmente perdendo até as calças num jogo de baralho em um lugar desses – disse Red, a voz leve de humor. – Você devia me escutar.

Ela apontou para a mão de Shane e acrescentou em um sussurro só para ela:

– Algo me diz que as damas são suas cartas da sorte.

Shane sentiu um frio na barriga ao se lembrar do beijo de Red ardendo em seu rosto como se queimado a ferro. Será que ela vira significado demais naquele momento na varanda? Talvez aquela fosse só a ideia que Red fazia de uma boa festa: uma dança rápida, uma conversa de doer na alma, uns corações partidos, e pronto. Mas, mesmo querendo sentir raiva, Shane não conseguia esquecer o sorriso agridoce de Red contra os candelabros, mentindo para si mesma tanto quanto mentira para Shane ao dizer: *Fico melhor sozinha*.

Stoleroy pigarreou alto, olhando ambas com impaciência.

– Quero uma carta – disse ele. – A não ser que você tenha achado ocupação melhor. Pode desistir a qualquer hora.

Shane se voltou para o jogo, mas deixou Red onde estava, debruçada sobre seu ombro. Para dar sorte. Afinal, nunca fazia mal ter uma garota linda a seu lado – mesmo se sentisse coisas complicadas por ela. Shane jogou fora as três copas soltas, passou uma só carta para Stoleroy e pegou três para si.

Quando viu suas cartas, quis beijar Red – por vários motivos que não tinham nada a ver com o jogo, mas principalmente porque mais uma dama viera. Ela sentiu o sorriso de Red quando fez as apostas finais. Shane empurrou o resto do ouro para o centro da mesa.

– Trinca – declarou, baixando as damas.

Stoleroy riu baixo, sacudindo a cabeça.

– Você tem bom olho para mulheres, Shane – disse –, mas péssimo para baralho. Full house.

Ele baixou os valetes por cima dos quatros na mesa.

Shane soltou um palavrão. A sorte não devia abandonar ninguém em um momento como aquele! Por outro lado, a dela só costumava virar no último momento, e ela ainda não chegara a revirar os bolsos.

– Que pena – cantarolou Red.

– Deu azar, novata – disse Stoleroy, puxando o ouro dela da mesa.

– Espera! – interrompeu Shane, esticando a mão. – Uma última aposta.

Uma plateia tinha se formado, alguns outros clientes da taverna atentos e interessados. Stoleroy abriu um sorriso presunçoso.

– Não sei se seria justo arrancar mais ouro seu.

Shane riu com desdém.

– Que bom... porque tenho algo mais valioso do que ouro, e quero algo seu de igual valor.

Shane enfiou a mão no bolso do casaco e tirou de lá seu ás na manga: uma coroa de diamantes cor-de-rosa incrustados em uma estrutura delicada de prata. A coroa que pegara segundos antes de Fi tocar o fuso de osso e tudo ir por água abaixo. Tinha sido a única parte do tesouro que ela não tivera coragem de deixar para trás.

Um ruído de assombro se ergueu do bar. Até Red parecia surpresa, os braços de repente tensos contra os ombros de Shane.

– Última mão, quem ganhar leva tudo – disse Shane. – Minha coroa pelos seus passes de fronteira e todo o meu ouro de volta.

Era um gesto de desespero. E daí? Ela estava desesperada. Vira o horror no rosto de Fi quando Armand se virara contra elas, e não seria uma boa parceira se não pudesse fazer algo para resolver a situação.

Stoleroy se chocou, levando uma mão ao bolso.

– Esses passes valem uma fortuna!

– Essa coroa também, você sabe muito bem.

– Um tesouro, por mais inestimável, não vale meu negócio inteiro – resmungou Stoleroy, o olhar ávido atraído pela coroa. – Mas por que não? – declarou finalmente, pegando o baralho. – Estou sentindo a sorte.

Shane viu Stoleroy embaralhar e dar as cartas, cinco para cada um. Ela estudou a mão, sentindo um calafrio de empolgação. Já tinha dois pares, reis e valetes. Era o tipo de mão que ganharia aqueles passes.

– Só uma – disse Shane, confiante, empurrando um seis na mesa.

– Até que enfim você deve ter algumas cartas que valem a pena – disse Stoleroy com uma expressão insuportavelmente confiante para alguém que declarara precisar de três cartas.

Sem aviso, Red se jogou no colo de Shane, sentando-se em seu joelho e abraçando seu pescoço para falar bem ao pé do ouvido.

– Ele não está dando sorte, sabia? Está roubando.

– Como assim? – sibilou Shane.

Certamente, nem Stoleroy ousaria trapacear na taverna local da Guarda da Fronteira.

A gargalhada de Red aqueceu seu rosto.

– Ele tem cartas na manga. Pode olhar.

Era verdade: Shane viu Stoleroy pegar com cuidado três cartas do baralho e as jogar discretamente no colo, trocando pelas três cartas que estavam em sua manga. Ele era tão bom naquilo que dava nojo, ágil como um ladrão que arrancava anéis de dedos sem se fazer notar.

– Mentirosos e ladrões sempre notam outros mentirosos e ladrões – sussurrou Red.

Shane mal a escutou. Ela avançou de uma vez, se jogando por cima da mesa e agarrando o braço de Stoleroy. Red caiu ao chão, soltando um grito de surpresa. A parte de Shane que não conseguia desviar os olhos de Red a achou bonitinha assim, chocada e corada. O resto dela estava furioso demais para admirar.

– Trapaça? – perguntou, forçando Stoleroy a se levantar, fazendo as cartas escondidas caírem do colo dele. – Eu devia quebrar seu pescoço.

– Ei, ei – disse Stoleroy, tentando se afastar. – É só um jogo.

– Que falta de vergonha, roubando de mim em uma sala cheia de Guardas da Fronteira – rosnou Shane. – Eu podia jogar você na prisão até seus dentes caírem.

Stoleroy emitiu um ruído de desprezo.

– Você não faria isso. Não é seu estilo.

Shane apertou o braço dele.

– Verdade. Não é.

Ela o soltou. Um olhar de satisfação surgiu no rosto de Stoleroy. Antes que ele pudesse piscar, Shane virou a mesa, espalhando ouro e cartas pelo chão. Em seguida, tomou impulso e socou a cara de Stoleroy. A cabeça dele estalou para trás, e ele caiu do banco. Os dedos dela arderam como se tivessem socado uma parede de pedra, mas ela nunca esqueceria a imagem do rosto dele todo retorcido, sangue jorrando pelo nariz.

Cadeiras rangeram quando os Guardas da Fronteira pularam de pé, junto do barman, que avançou armado com uma vassoura velha. Shane se abaixou, puxando Stoleroy por cima do ombro e obrigando-o a se levantar.

– Meu velho amigo aqui só está um pouco bêbado – falou para o barman. – Ele escorregou e bateu a cara na mesa.

O barman não pareceu se convencer.

– Foi isso que aconteceu?

Shane olhou feio para Stoleroy, mas nem precisava. O caçador de tesouros não queria se meter com a autoridade da fronteira, assim como Shane.

– Mais ou menos – disse o homem, secando o nariz.

Ele deixou Shane carregar o resto de seu peso e enfiou a mão no bolso, tirando um odre de aparência bem cara, cheio pelo menos até a metade de uma bebida de cheiro forte.

– Exagerei, mas reconheço quando passo dos limites – falou, olhando diretamente para Shane.

O barman olhou entre eles e enfim voltou ao bar, deixando os outros clientes se acalmarem, com murmúrios baixos.

Shane soltou Stoleroy antes que o sangue manchasse seu casaco. O homem se afastou imediatamente, pressionando o nariz com uma expressão azeda.

– Leve seu ouro – resmungou, apontando para as moedas espalhadas pelo chão.

— E os passes — lembrou Shane, estendendo a mão.

Stoleroy olhou de Shane para a porta, como se calculasse suas chances de fuga. Finalmente, desamarrou a algibeira na cintura e tirou de lá duas fichas de madeira marcadas com a insígnia do Mestre da Fronteira.

— Pegue, sua canalha — grunhiu, empurrando as fichas no peito de Shane.

Shane o empurrou com o dobro da força.

— Olha, eu ia te deixar ir embora, mas essa grosseria foi demais. Pode deixar o odre também... e as laranjas! — acrescentou, apontando para as frutas redondas saltando da mochila.

Stoleroy a olhou com descrença, mas acabou fazendo o que ela pedia. Shane endireitou a mesa e catou o ouro antes que alguma moeda pudesse convenientemente acabar na bota dele.

— Se já tiver acabado de me assaltar... — murmurou Stoleroy, o sorriso feio transformado em careta.

— Por hoje, sim — disse Shane, se aproximando o bastante para ver a barba por fazer. — Mas vou ficar de olho em você, Stoleroy, e, se não gostar do que vir, da próxima vez vamos levar isso para o beco atrás da taverna.

Stoleroy riu, sem humor.

— Você sempre foi malvadona.

Ela quase acreditou ouvir um tom de respeito nas palavras, o que compensava o fato de que não podia olhar de cima para uma pessoa pelo menos trinta centímetros mais alta. Stoleroy fez um aceno brusco com a cabeça e saiu da taverna, mancando devido ao ego ferido.

Shane jogou todo o ouro na mochila, batendo os passes um no outro, animada, antes de notar que tinha esquecido a coroa. Só sobrara no chão o baralho espalhado. Ela girou no lugar, em pânico.

— Procurando isso? — perguntou Red, rodando a coroa em um dedo. — É linda... muito preciosa para desperdiçar aqui.

— Então acho que foi bom eu ter ganhado.

Red riu, provavelmente pela definição de "ganhado" de Shane — mas ela conseguira tudo que queria, e Stoleroy fora embora sem nada. Ia contar como vitória.

— Como eu disse — murmurou Red —, sempre aposto na dama.

Ela estendeu a coroa.

Shane se aproximou devagar, hesitando quando seus dedos encostaram nos de Red. Havia o mesmo calor, a mesma força que a atraía apesar de ter se queimado tão feio na noite anterior. Se Shane pegasse a coroa, Red desapareceria de novo. Ela tinha certeza.

Mas Shane não estava pronta para deixá-la ir embora.

Red não queria sua ajuda. Fi não acreditava que era *possível* ajudar Red. Então por que alguma coisa dentro de Shane ainda se recusava a desistir? Mesmo que Red fosse ladra. Mesmo que Shane fosse acabar magoada.

De repente, a resposta lhe ocorreu. Ela se viu, ingrata, furiosa e magoada – enfiada em um bar sujo, praticamente incapaz de acreditar que merecia ajuda, depois de tudo que fizera. E o Bruxo do Papel, de mão estendida, os olhos enrugados em um sorriso tranquilo.

Que tipo de pessoa dá as costas para alguém em perigo?

Mesmo que Red tivesse rejeitado seus sentimentos, ainda precisava de ajuda – e Shane podia ajudar.

– Tenho uma oferta – disse Shane, encontrando o olhar de Red por cima da coroa. – Você é mesmo de Andar, não é? Então já atravessou os escombros.

Red franziu o nariz, como se não soubesse decidir se era um golpe para conseguir informação.

– Conheço os escombros – disse finalmente.

– Eu e Fi estamos tentando chegar à Floresta de Espinhos.

– Imaginei – disse Red, dando de ombros, nada impressionada. – O que mais duas caçadoras de tesouros fariam tão perto da fronteira?

Shane lambeu os lábios. Fi ia matá-la... não, Fi ia *assassiná-la* brutalmente por isso, mas...

– Você consegue nos levar até lá? Servir de guia?

Red soltou uma gargalhada de desdém. Em seguida, piscou, a expressão se alterando.

– Está falando sério?

Shane não se lembrava de ter falado mais sério. Sempre que encurralava Red, a garota atacava e recuava. Ela não estava pronta para mostrar suas cicatrizes a Shane, então Shane não podia curá-las. Correr atrás de Red só iria afastá-la. Se Shane quisesse mesmo ajudá-la – e queria –, precisava oferecer a Red o que o Bruxo do Papel lhe oferecera. Uma chance que pesasse menos na consciência. A chance de viver nos próprios termos. Não fora aquilo que libertara Shane, afinal?

– Venha com a gente – suplicou Shane.

Emoções que a caçadora não sabia interpretar cruzaram o rosto de Red.

– O que eu ganho com isso?

Shane pegou a coroa das mãos de Red e a manteve entre as duas.

– Algo muito precioso para desperdiçar aqui.

Red engoliu em seco, a garganta se movendo. O olhar dela se demorou na coroa. Shane sabia que ela estava tentando tomar uma decisão – uma decisão muito maior do que o valor da viagem pelos escombros. Ela voltou a olhar para Shane.

– Vou levá-las à Floresta de Espinhos – disse Red finalmente. – Mas isso não muda nada do que falei ontem.

– Não espero que mude – concordou Shane, guardando a coroa de volta no bolso. – Até lá, vou manter isso guardado.

Não era exatamente o que o coração dela queria, mas era a coisa certa a fazer e, por enquanto, teria que bastar.

Shane se distraiu com o som de botas descendo a escada. Um momento depois, seu nobre menos preferido entrou cambaleando na taverna, quase tropeçando na própria corda dourada.

– O que está acontecendo aqui? – exigiu saber, o olhar percorrendo a taverna até parar em Shane.

Shane o encarou de volta, sem se deixar abalar.

– Nada. Só pegando o que mereço.

Ela ergueu os passes, vendo a compreensão tomar o rosto de Armand.

– Acho que Fi não precisa de você, afinal – disse Shane, e segurou a mão de Red, puxando-a porta afora.

Tinha uma parceira a encontrar e uma enorme virada da qual se gabar. Finalmente sua sorte chegara.

24

FI

Fi não sabia se queria abraçar a parceira ou esganá-la. Talvez um pouco das duas coisas.

Voltara à cidade resignada a continuar a viagem sozinha, só para encontrar Shane à sua espera, acenando triunfante com duas fichas de madeira e sorrindo sem parar. A parceira conseguira arranjar passes – por meios não exatamente corretos, pelo que ela dissera, mas conseguira. Infelizmente, Shane também esbarrara na ladra com quem estava brincando de rato e gato desde Wistbrook, e convidara Red para se juntar a elas, como guia. Sem nem consultar Fi.

– Shane, no que você estava pensando? – perguntou.

Ela e Shane fizeram alguns acordos para guardar os cavalos no estábulo e se encontravam encostadas no muro poeirento da estalagem, esperando a nova companheira fazer as malas e encontrá-las. Fi esfregou o rosto com a mão.

– Como pôde contar a Red sobre a gente? – insistiu.

– Não contei nada que ela já não soubesse – protestou Shane. – Ela só acha que somos caçadoras de tesouros a caminho da Floresta de Espinhos.

– E não tem nada de suspeito nesse destino, né? – disse com sarcasmo uma Fi cada vez mais frustrada. – E se ela descobrir Briar? Como você pôde convidar uma desconhecida qualquer?

Shane se afastou da parede, os olhos duros.

– Red não é *uma desconhecida qualquer*. Ela é uma pessoa enfrentando dificuldades. Passou por muita coisa e precisa que alguém aposte nela. Eu já precisei disso.

– Você não sabe nada sobre ela… – começou Fi.

– Sei tudo que preciso saber.

A expressão de Shane estava inteiramente séria, fazendo Fi se perguntar se acontecera algo entre elas na festa de Armand, além do que a parceira lhe contara.

– Tudo bem. Digamos que você esteja certa. Acha mesmo que o melhor jeito de ajudar Red é arrastá-la pelos escombros de Andar com a gente? – perguntou Fi, jogando as mãos para cima diante do olhar teimoso de Shane. – Você disse que ela nem quer sua ajuda!

– Pelo que lembro, *você* também não queria – retrucou Shane.

Fi se sobressaltou, surpresa. Ela quase esquecera. Mesmo assim, não se deixou abalar.

– É uma falta de prudência, até para você. O que estamos fazendo é muito importante para arriscar por causa de uma *paixonite*. O reino todo de Briar está em jogo... além da vida dele, e da nossa.

Shane apertou o maxilar.

– Sabe, fico esperando essa parceria ser uma via de mão dupla, mas não vai acontecer, vai? É só você e Briar, sem espaço para mais ninguém.

As palavras foram como um tapa e deixaram Fi boquiaberta.

– Quê? Não, eu...

– Já entendi – interrompeu Shane com a voz tensa. – Você não para de ver o príncipe e quer salvá-lo. Mas você precisa entender que eu sinto o mesmo pela Red – disse, procurando o olhar de Fi. – Não posso deixá-la para trás. Não posso.

A raiva à qual Fi ainda se agarrava se esvaiu de uma vez. Ela se largou contra a parede ao lado de Shane, inclinando a cabeça para trás.

– Você está certa – admitiu. – Eu sei como é precisar de ajuda mesmo sem querer. E não teria chegado até aqui sem você.

Ambas tinham percorrido um longo trajeto desde aquele momento, na torre do Bruxo do Papel, em que ela aceitara a contragosto que não podia impedir Shane de acompanhá-la.

– Se você acha que Red deve ser nossa guia, eu concordo – disse Fi com um suspiro. – Só fica de olho nela, por favor.

– Era meu plano – prometeu Shane, batendo o ombro no dela. – Obrigada, parceira.

Alguns minutos depois, Red saiu da estalagem. Ela trocara o vestido por uma calça e uma túnica de manga comprida e prendera bem o cabelo. Uma bandana muito parecida com a de Fi pendia de seu pescoço. Ela parecia mesmo habituada a viajar por Andar.

– É isso que menos gosto nos escombros – bufou Red, franzindo o nariz. – Não é lugar para roupas bonitas... a não ser que você goste de muita areia entrando debaixo da saia.

Fi se afastou da parede, estudando a nova companheira.

– Shane me disse que você sabe nos guiar por lá. Você tem passe, não tem? Shane olhou para Fi em aviso, mas ela ignorou.

Red não pareceu se incomodar.

– Bem aqui.

A garota tirou uma ficha de madeira do bolso e a sacudiu de leve. Era idêntica às que Shane carregava, exceto por um detalhe. No verso da insígnia do Mestre da Fronteira, não estava marcada pelo brasão de um clã, nem pelo símbolo de comerciante, mas pelas reentrâncias profundas de um X queimado na madeira.

Aquele X indicava que ela não era cidadã de Darfell, mas uma estrangeira, do reino arruinado. Um passe daqueles permitia que Red voltasse a Andar a qualquer momento, mas não necessariamente que saísse. Fi se pegou pensando de novo na tatuagem no pescoço de Red e na vida que ela devia ter vivido. Talvez Shane estivesse certa e Fi fosse egoísta, querendo dar as costas a alguém que precisava de ajuda. A sensação não era boa. A caminho do portão, Fi decidiu dar uma chance a Red.

Quando elas chegaram ao posto de inspeção, mostraram os passes ao guarda, que bateu os calcanhares das botas lustrosas e fez sinal para abrirem os portões.

Fi afastou suas últimas dúvidas quando o rastrilho se ergueu, os guardas de cima da muralha girando a manivela com força. Não importava o que tinha acontecido até aquele momento, ela estava cruzando a fronteira ao lado de Shane, sua parceira.

Armand estava no alto da muralha, junto de alguns guardas. Seu olhar, duro como obsidiana, prometia que aquele não era o fim – mas era, sim, pelo menos para Fi. Ela nunca voltaria a Bellicia. Resgataria Briar e, se o castelo de Andar contivesse todas as relíquias e a magia antiga que ela esperava encontrar, talvez conseguisse até resgatar a si mesma. Ela não dirigiu nem um olhar a mais a Armand.

O portão finalmente parou com um rangido. Fi sorriu, e Shane guardou os passes de madeira no bolso. Em seguida, as três atravessaram o arco a pé, lado a lado.

Fi protegeu os olhos quando vislumbrou pela primeira vez o reino de Andar.

Ela já o vira uma vez, atrás da mãe no cavalo quando mal chegava à altura do joelho dela, os olhos arregalados diante da paisagem sombria. Perguntara à mãe por que estavam entrando em um pesadelo. À frente, as últimas colinas íngremes da cadeia montanhosa desabavam em penhascos atordoantes e davam lugar a um deserto de poeira preta, que se estendia da fronteira até a Floresta de Espinhos. As histórias antigas descreviam Andar como verdejante e viçoso, o vale reluzindo com campos de grãos dourados e prados de flores silvestres. Desde então, contudo, se tornara uma vastidão de rochas afiadas, terra seca e tempestades de areia sibilantes, fustigada pelos ventos fortes.

– É uma alegria e tanto, essa magia das trevas – murmurou Shane.

Red empurrou uma bandana no peito de Shane.

– Aqui.

– Para que serve isso? Já estou com muito calor sem mais isso sufocando meu pescoço.

– Você vai me agradecer depois – prometeu Red.

Fi trocou um olhar de compreensão com Red enquanto Shane resmungava, amarrando a bandana no pescoço. Fi estava derretendo com o casaco marrom curto e a bandana, mas ficaria feliz de ter as duas coisas se ela e as companheiras acabassem no meio de uma tempestade de areia.

– É melhor irmos por aqui – disse Red, apontando para as dunas a nordeste.

– Tem certeza? – perguntou Fi, apertando os olhos por causa do mormaço. – Achei que a Floresta de Espinhos fosse mais a leste.

– É mesmo, mas a rota direta atravessa algumas das partes mais perigosas dos escombros, com areia movediça e armadilhas escondidas sob o pó. Conheço um caminho mais seguro.

Fi mordeu o lábio, em dúvida. Red a olhou de relance.

– O propósito de contratar uma guia não é deixar que ela guie? – perguntou Red.

– É, claro – cedeu Fi. – Pode ir na frente, Red.

A viagem pela vastidão era lenta. As panturrilhas de Fi ardiam de escalar a areia instável, e ela logo cansou da vista: um sem-fim de cinzas e o espectro distante da Floresta de Espinhos, que não parecia ficar mais próxima, por mais que elas andassem. Red alterou a rota algumas vezes, mas, para alívio de Fi, nunca parecia seguir no sentido errado.

Elas não cruzaram com ninguém. Os poucos comerciantes e caçadores de tesouros que viajavam a Andar tendiam a se ater aos desfiladeiros, onde as ruínas estavam quase intactas, ou seguir ao norte, para os assentamentos das montanhas. Ninguém tinha motivo para enfrentar os escombros. A poeira preta era ainda mais espessa do que Fi supusera, obrigando-a a apertar os olhos doloridos e vermelhos. Não demorou para Shane segurar a bandana contra o rosto, desesperada.

Depois de algumas horas, elas passaram pelos destroços de uma cidade havia muito abandonada. Estruturas esqueléticas se ergueram de repente em meio às nuvens pretas – restos de paredes desabadas e colunas de um passeio com o teto arrancado. Red pediu um intervalo breve, para descansar na sombra e pegar o precioso odre de água. Shane arrancou a bandana e se largou sentada contra uma parede.

Fi sentiu-se tentada a fazer o mesmo, mas talvez nunca tivesse outra chance de ver aquele lugar. Por isso vagou pelas ruínas, parando para admirar uma estátua de uma enorme cobra de mármore, quase duas vezes maior do que ela, enroscada, sinuosa e apontando para cima, como se escalasse até os céus. A cabeça da cobra tinha sido arrancada completamente, mas Fi soube na mesma hora onde estavam: nas ruínas da Ordem da Chuva Ascendente, uma escola de Bruxas dedicada à magia da transformação. Onde não tinham sido inteiramente gastas, as escamas da cobra eram redondas, como pedrinhas, exatamente iguais às da serpente branca do sonho de Briar. A Bruxa das Cobras dominara a magia da transformação mais poderosa já conhecida, e por isso sua estátua se erguia no coração da escola.

Fi olhou para os arredores, tentando conectar os prédios desabados ao que lera em livros de história. Em vez de estar cercada por cinzas e poeira, deveria se encontrar no meio de um pátio repleto dos sons de insetos, pássaros e outras criaturas, algumas das quais eram Bruxas em forma alterada. O que Fi a princípio interpretara como uma vasilha ampla de mármore devia ser o vaso central da enorme fonte que cercava a estátua de cobra branca. Vasos maiores, desde então destruídos, se abriam em círculos concêntricos ao redor da estátua, como ondas em um lago. De acordo com registros da época, acólitos da Chuva Ascendente praticavam magia na fonte, já que a água era o meio mais associado à transformação: de gelo a água, de água a vapor, de vapor a chuva. Toda Bruxa da ordem começava com esses princípios básicos e, a partir deles, aprendia a fazer coisas fantásticas. No inverno, dizia-se que construíam torres gigantescas de gelo puro, todas esculpidas com salas, escadas e sinos de gelo que soavam sob cúpulas de um branco ofuscante, e as deixavam derreter em cachoeiras revoltas sob o sol da primavera.

Alguma coisa estalou sob sua bota. Fi puxou o pé, recuando. Era um pedaço de osso, talvez uma costela. Aqui e ali, mais ossos brancos e poeirentos surgiam em meio ao pó preto. Alguns eram humanos, mas outros pareciam restos de imensas feras – uma costela curvada alta como uma porta, e um crânio que ela conseguiria atravessar engatinhando pelas cavidades oculares. Deviam ser de Bruxas, mortas em suas formas alteradas. Quanto maior a transformação, mais magia exigia; o simples ato de tentar tomar uma forma gigante bastaria para derrubar algumas Bruxas. Fi só imaginava a batalha que ocorrera ali, entre o exército da Bruxa dos Fusos e as Bruxas de Andar.

Quando se virou, Fi pensou ter visto Briar. Ele passou a mão, triste, pela curva do rabo da cobra de pedra. Em seguida, abaixou a cabeça e desapareceu.

Fi apertou o casaco para se proteger do vento. Briar dissera nunca ter saído do castelo. Provavelmente era a primeira vez que via seu reino, e aquilo era tudo que restava. Isso fez Fi se lembrar de quando caminhou em meio às cinzas da casa da tia, destruída pela maldição da borboleta.

* * *

Quando a noite começou a cair, Red as conduziu a outra pequena cidade fantasma para acampar. Sob o abrigo de um prédio de pedra que as protegia do pior do vento fustigante, elas alternaram entre tossir poeira e atiçar uma fogueira fraca. Fi precisava admitir que a guia era útil. Ela estivera preparada para vagar sozinha pelos escombros, mas provavelmente teria passado as noites encolhida debaixo das cobertas, meio enterrada pelas dunas.

Shane tirou algo da mochila.

– Aqui – disse, jogando uma laranja para Fi.

Uma segunda se seguiu, passando pelas mãos surpresas de Red e caindo em seu colo.

– Peguei lá na cidade – explicou Shane.

– Da próxima vez, avisa antes de jogar – protestou Red.

Fi teve a impressão de que, se não quisesse tanto comer, Red teria arremessado a laranja bem no nariz de Shane.

– Obrigada – disse Fi, agradecida.

Ela se forçara a engolir um pouco de carne-seca e pães amassados mais cedo, mas não aproveitara tanto, considerando a camada de areia na boca. O primeiro gomo de laranja bateu doce e fresco em sua língua seca.

Shane apalpou a própria laranja, olhando feio para o céu quando o polegar abriu o meio da fruta, espalhando suco por suas mãos.

– Sabe, era para ter lua cheia hoje... se desse para ver através dessa poeirada.

Fi tentou identificar a silhueta da lua através das nuvens.

– Em Andar, a lua cheia era conhecida como Olho da Bruxa – disse, distraída.

– Que pessoal macabro – murmurou Shane.

– A história é de antes da maldição – explicou Fi, se apoiando em uma mão. – Há uma lenda antiga sobre uma Bruxa trancada em uma torre tão alta que se tornou parte do céu. Ela observava Andar por uma única janelinha redonda, que mantinha acesa a noite toda.

– Eu conheço essa história – interveio Red, se curvando para a frente e engolindo um gomo suculento de laranja. – Na versão que meu pai contava, ela tinha sido trancada lá pelos pais. A garota nascera com um poder vil e um coração cruel, e os pais usaram um truque para fazê-la subir a torre e depois a trancaram. Dizem que, se prestarmos atenção ao vento que uiva pelos cânions do leste, ainda dá para ouvi-la gritando para sair.

– Que horror – disse Shane, o suco da fruta que enfiara toda de uma vez na boca escorrendo pelo rosto. – Que pais fariam isso?

Red fungou.

– Pais que faziam o que precisavam para sobreviver, imagino.

Fi a observou atentamente. Ela se perguntou se Red, como Bruxa nascida em Andar, tinha experiência pessoal em fazer o necessário para sobreviver.

– Há muitas versões dessa história específica – disse Fi. – Em uma, a menina Bruxa aprende a sugar a magia da Terra e acaba com o corpo rígido, transformado em uma torre preta. Nessa versão, a lua é o olho dela de verdade, que percorre o reino.

– Eca! – disse Shane, jogando uma casca de laranja nela.

Fi não conteve um sorriso.

– Em outra versão, é uma menininha que é enganada e convencida a deixar um monstro entrar nela.

– *Alguma* das versões tem final feliz? – perguntou Shane.

Fi inclinou a cabeça para trás, olhando para o miasma nebuloso onde deveria estar a lua. Apesar de a lenda ser antiga o bastante para ter tantos finais diferentes, a Bruxa nunca era salva.

– Não – admitiu.

– Então acabou sua vez – disse Shane. – Calem a boca, vocês duas, e vou mostrar como contar uma história de verdade... com final feliz! – Ela se inclinou para a frente e abaixou a voz antes de continuar: – Há muitas eras, nas ilhas do norte, um ladrão jurou que roubaria a lua do céu, mergulhando a noite em sombras eternas. Ele pegou a vara de pescar mais comprida da aldeia e remou a jangada pelo mar escuro...

A história de Shane era fantasiosa, cheia de reviravoltas improváveis, e até fez Red gargalhar quando o ladrão tentou usar um pedaço enorme de queijo como isca para pescar a lua. Fi, que normalmente ficaria fascinada por ouvir uma lenda do reino de onde Shane viera, mesmo que uma versão muito exagerada, não conseguia se concentrar. Só pensava na Bruxa na torre, nunca salva, por mais que a história fosse contada.

Seus pensamentos passaram para Briar, trancado em sua própria torre. Ela nunca pensara muito em por que ele a chamara de esperança, mas, olhando para os escombros arrasados ao seu redor, talvez enfim entendesse. Estremeceu só de pensar em passar um século presa ali. A história dele não acabaria como a da Bruxa na torre – ela ia se assegurar disso.

O conto de Shane chegou ao fim, o ladrão fazendo fortuna como pescador magnífico e talvez se casando com uma garota derretida do gelo por um raio de luar – Fi não prestara tanta atenção. Depois, sua parceira se deitou, socando a mochila para usá-la como travesseiro, e Red se enroscou contra a parede de pedra. Fi entrou no próprio saco de dormir e decidiu tentar descansar.

NAQUELA NOITE, BRIAR NÃO VEIO ATÉ ELA. SEMPRE QUE ACORDAVA, PERTURbada pelos uivos do vento, Fi o via sentado na beirada quebrada do muro, o olhar fixo nos espinhos distantes.

Ela queria ir até ele, sentar-se ao seu lado e se aproximar até apoiar o ombro contra o dele – se ele estivesse sólido e permitisse. Contudo, mesmo se fizesse isso, o que diria? Ela reconhecia a devastação da tristeza no rosto dele. Andar era um túmulo de poeira, escombros e ossos, e Briar estava sentado ao lado de uma sepultura, em luto. Ela nem conseguia imaginar algo de tal magnitude. Era o tipo de perda de que ela passara um ano fugindo.

Fechou a mão da marca da borboleta, apertando até as articulações doerem. Briar deixara claro o que sentia e dissera para ela levar o tempo necessário para responder. Fi, no entanto, temia que nenhum tempo fosse bastar. Enquanto carregasse a maldição da borboleta, sua vida seria solitária, em movimento constante, incapaz de reconhecer qualquer lar. O mesmo aconteceria com qualquer pessoa com quem ela escolhesse dividir aquela vida. Como podia cogitar trazer tanto tormento a Briar?

Quando finalmente adormeceu, seus sonhos foram repletos do espectro sombrio da Bruxa dos Fusos, os lábios vermelhos curvados por trás da renda preta do véu. O fuso rodava e girava, torcendo o emaranhado entre seus dedos até transformá-lo em linha dourada e cintilante. A torre branca de Briar, normalmente linda, estava cercada de espinhos pretos subindo entre as rosas, como uma praga que tentava sufocá-la. Em vez de deitado na cama, sereno, Briar estava envolto em uma rede de fios dourados, a cabeça puxada para trás e os membros retorcidos em ângulos estranhos, como uma marionete embolada.

25

SHANE

Percorrer os escombros não ficou mais fácil no segundo dia. Nem nos três dias seguintes. Na verdade, Shane decidiu, enxugando o suor do rosto, que aquele deserto maldito estava rapidamente chegando ao primeiro lugar de sua lista de piores destinos de viagem – e a lista era comprida.

Era quente. Poeirento. O chão era permeado por poços de areia movediça à espera de mergulhá-la nas dunas e enterrá-la viva. Pior ainda eram as tempestades de poeira, que as obrigavam a se recolher por horas, esperando passar.

E tinha Red.

Viajar com Red era frustrante, maravilhoso e, às vezes, pura tortura. O senso de humor dela era ácido o bastante para competir com o de Fi, e Shane logo decidiu que talvez fosse um erro juntá-las, já que pareciam passar a maior parte do tempo rindo da cara dela. Ainda assim, Shane não podia negar que amava o som da gargalhada de Red e vê-la à luz do fogo baixo, o rosto fascinado enquanto trocavam histórias. Shane contara todas as lendas de que se lembrava e tivera que começar a inventar novas, só para manter aquele lindo olhar sonolento fixo nela por mais um tempinho.

Diferentemente dos breves encontros anteriores, em que Red sempre parecera misteriosa e intocável, viajar junto dela dava a Shane a oportunidade de vê-la em momentos mais vulneráveis. Como os primeiros segundos nebulosos ao acordar, quando esfregava os olhos, ou a frustração dela ao desfazer os nós do cabelo embaraçado. E havia o olhar que Red lhe dirigia quando achava que Shane não estava vendo, a expressão cheia de uma emoção que a caçadora não sabia bem identificar – arrependimento ou melancolia ou desejo. Um sentimento que inerentemente escondia algo.

Naqueles momentos, tudo que Shane queria era abraçá-la e pedir para Red confiar nela mais uma vez. Mas ela prometera a si mesma que não passaria daquele limite, a não ser que Red permitisse.

Shane olhou de relance para Red, e deixou o olhar recair em Fi, que marchava à sua direita. Sua parceira estava tão arrumada que dava nojo, como se ela nem se incomodasse de estar caminhando pelo maior poço de areia do mundo. Shane não sabia como Fi conseguia. Sempre que Red sacudia o cabelo, meio deserto de areia caía de seus cachos. Shane suspeitava que a outra metade estava em sua própria calça.

Shane pulou em um pé só, tentando sacudir a perna da calça. Apenas alguns grãos escorregaram, enlouquecendo-a. De repente, sua bota esmagou alguma coisa escondida sob a superfície de areia.

Shane puxou o pé de volta com um grito. Havia algo grudado na bota: um crânio meio esmigalhado, os dentes da mandíbula retorcida agarrados ao seu calcanhar. Ela torcia muito para ser de algum bicho.

Red e Fi pararam e a encararam. As sobrancelhas de Fi estavam franzidas de preocupação, provavelmente temendo que Shane estivesse destruindo artefatos preciosos. Red parecia tentar conter uma gargalhada.

– Eu odeio este lugar! – grunhiu Shane, chutando com força, até o crânio sair voando e se estilhaçar contra uma pedra. – Queria estar na praia em Pisarre. O único lugar que pode ter tanta areia é ao lado do oceano.

O olhar de Red faiscou, interessado.

– Nunca vi o oceano – admitiu.

– Sério? – perguntou Shane, sacudindo a cabeça. – Comparado com isso, é um paraíso – falou, e abriu os braços. – Imagine essa vastidão toda, mas, em vez de areia, é água azul-esverdeada escura, se estendendo até o horizonte. O ar tem uma brisa fresca, e o sol brilha tanto na água que parece que alguém jogou uma fortuna de ouro e joias nas ondas.

– Claro que você descreveria assim.

A voz de Fi estava abafada pela bandana, mas o revirar de olhos foi cristalino. Shane a ignorou.

— Água até o horizonte? — repetiu Red, olhando para Fi em busca de confirmação.

— Ei! Por que tá olhando para ela? — protestou Shane. — Ela não sabe tudo.

— Ela também nunca me contou uma historinha sobre gente que tenta pescar a lua — argumentou Red.

Shane não via a expressão da parceira, mas suspeitava que era de arrogância.

— Enfim — resmungou Shane. — Dá para nadar ou se estender na areia para cochilar. E, se você pisar em alguma coisa, vai ser só uma estrela-do-mar, ou um búzio, ou uma concha... nada de esqueletos horríveis e coisa morta!

Fi pigarreou e abaixou a bandana.

— Tecnicamente, isso que você mencionou são restos de criaturas marinhas mortas.

— De que lado você está? — perguntou Shane.

Red riu.

— Só achei que... — começou Fi.

Shane esticou a mão e puxou a bandana da parceira com firmeza para cobrir a boca dela.

— Não escute o que ela diz — falou para Red. — O oceano é glorioso. Um dia, você tem que ir ver pessoalmente.

— Está se oferecendo para me levar? — brincou Red.

— Você me deixaria?

As palavras escaparam da boca de Shane antes mesmo que ela pudesse pensar.

Os olhos de Red de repente ficaram frios, o sorriso perfeito de volta ao rosto.

— Se eu te deixaria me levar embora, ou fazer uma promessa que não pode cumprir? — retrucou e saiu andando, deixando Shane para trás, boquiaberta.

— Ela está certa — disse Fi, com um tapinha no ombro de Shane. — Você tem o mau hábito de fazer promessas sem pensar direito.

Shane bufou.

— Diz a pessoa que se beneficiou da minha última promessa.

A expressão de Fi se turvou.

— Olha, Shane, se você quiser desfazer nossa parceria, eu te deixo ir, num piscar de olhos.

Era aquela a Fi que ela conhecia tão bem – sempre tentando deixá-la para trás, para seu próprio bem.

– Não me obrigue a enfiar essa sua bandana goela abaixo – disse Shane, sorrindo. – Você não vai se livrar de mim tão fácil.

Fi soltou uma pequena gargalhada. Juntas, elas se apressaram para alcançar Red.

A garota parara no alto de um declive íngreme, o olhar concentrado no horizonte ao leste. A Floresta de Espinhos se erguia à frente delas. De algum modo, nas horas que tinham passado subindo e descendo dunas, o horizonte se aproximara muito, a massa escura entrando em foco, um labirinto de galhos enroscados em pontas afiadas e cruéis.

Fi afastou o cabelo do rosto.

– Estamos mais perto do que imaginei.

– Vamos chegar ao anoitecer – disse Red, e apertou os lábios com tanta força que Shane achou que ela tinha engolido areia amarga. – Vou levá-las até o limite da floresta. Depois disso, vocês seguirão sozinhas.

O olhar dela se dirigiu a Shane, e a caçadora queria desesperadamente ler a emoção ali. Perguntou-se se, como ela, Red não estava pronta para acabar com aquilo.

– Já é mais do que suficiente – disse Fi. – Obrigada, Red. Qualquer pagamento que Shane tenha oferecido foi mais do que justo.

Shane duvidava que Fi ainda sentiria o mesmo se soubesse que era uma coroa inestimável que ela roubara de uma ruína de Bruxa. Mas Shane não precisaria ouvir um sermão se Fi não ficasse sabendo.

– Vem – disse ela. – Vamos deixar esses escombros para trás.

R ED ACERTARA EM CHEIO. O SOL MAL COMEÇARA A SE PÔR QUANDO ELAS chegaram à Floresta de Espinhos. Quilômetros de mata espessa e ameaçadora se alastravam acima delas, os galhos imensos subindo contra o céu vermelho. Lembrava Shane de um ninho de cobras pretas com espinhos no lugar das presas. Por mais feio que fosse, ela não conseguia parar de olhar – talvez porque não tinha a sensação de que a floresta as encarava de volta.

Elas estavam todas à flor da pele, pulando com o som de cada passo arrastado enquanto armavam o acampamento, a fogueira fraca era o único ponto de luz em meio à escuridão que se expandia rapidamente. Shane se enroscou na coberta, e suas companheiras fizeram o mesmo.

O olhar de Fi se concentrou no fogo.

– Dizem que os sobreviventes de Andar tentaram incendiar a Floresta de Espinhos muitas vezes – murmurou. – Mas os galhos eram duros como osso calcificado. Eles escureceram, mas nunca pegaram fogo.

– Claro que não seria tão fácil.

Shane virou a cabeça para trás. No breu, a floresta era apenas uma mancha agourenta, mas ela via os galhos pontudos se esticando para o alto, como se pudessem rasgar as estrelas do céu.

Red não disse uma palavra. Só ficou ali, agachada e encolhida, remexendo as brasas.

Shane adormeceu agarrada ao machado, voltada para a escuridão além dos espinhos.

– Psiu. Ei, você.

Shane acordou de sobressalto, agarrando o machado. Red, que estivera debruçada sobre ela, sacudindo seu ombro, deu um pulo para trás.

– Red? – perguntou Shane, rouca, piscando para afastar o sono e a poeira dos olhos.

– Sou eu, sim – disse Red, estendendo um único dedo para empurrar o machado de volta para o colo de Shane. – E me retalhar com isso aí seria uma despedida horrível.

Shane estreitou os olhos, reparando no cabelo preso de Red e na mochila pendurada em seu ombro. A capa forrada de vermelho esvoaçava a seu redor, fustigada pelo vento.

– Escapulindo na calada da noite? Não vai nem esperar o pagamento?

– Eu não teria te acordado se estivesse *escapulindo* – disse Red, com as mãos no quadril. – E já peguei meu pagamento.

O olhar de Shane desceu para o próprio casaco, que se encontrava largado em cima da mochila, os bolsos revirados.

– Ladra – acusou Shane, sorrindo.

Red não sorriu de volta. Ela levantou e envolveu o corpo com os braços, protegendo-se do vento.

– Eu falei que só viria até aqui – disse ela. – Mas queria te dar a chance de dar meia-volta antes que seja tarde. Não entre aí.

O rosto dela se voltou para a massa emaranhada de espinhos, o fogo reluzindo em seus olhos sérios.

– Do que você está falando?

Shane se levantou devagar. O vento da noite parecia atravessá-la.

– Maldições são coisas bem poderosas.

A voz de Red estava baixa, pouco além de um sussurro. De repente, ela lembrou Shane da noite na mansão Bellicia, os olhos de Red brilhando por trás da máscara assustadora de lobo.

– Sua parceira pode precisar entrar aí – continuou –, mas você, não. É uma sentença de morte.

Shane se virou abruptamente, em busca da forma enroscada de Fi. Sua parceira estava de costas para elas, mas Shane via os fios soltos de seu cabelo e a mão enluvada com que se abraçava. Red sabia alguma coisa sobre Fi e a marca da maldição que carregava? Ou falava só da antiga maldição do príncipe de Andar?

O primeiro instinto de Shane foi entrar na defensiva, se enfiar entre a parceira e a ameaça. Mas Red não lhe parecia ameaçadora. Parecia desesperada.

– Você está me dizendo para largar minha parceira para morrer? – cuspiu Shane. – E fazer o quê?

– Você pode vir comigo.

Aquelas palavras lhe tiraram o fôlego. Shane encarou a garota diante dela no escuro. As centelhas do resquício de fogueira brilhavam nos olhos de Red quando ela ergueu a mão e agarrou a camisa de Shane, rearranjando os batimentos do coração da caçadora com aquele mero toque sussurrado.

– Talvez eu *esteja* cansada de ficar sozinha – disse Red, sacudindo a cabeça, os cachos que se soltaram esvoaçando contra o rosto. – Talvez você possa me mostrar outro caminho.

Shane não tinha palavras. A expressão de Red estava mais vulnerável do que ela jamais vira, esperançosa e suplicante ao mesmo tempo. Ela sentia que Red não pedia nada a ninguém fazia muito tempo.

Shane não queria quebrar aquela partezinha frágil de si que Red oferecia. No entanto, isso não mudava o que ela tinha a dizer:

– Red, não posso ir com você.

Ela odiou ver aqueles lindos olhos castanhos ficarem escuros e cautelosos outra vez. Algo dentro de Red se fechara.

– Olha – continuou –, depois que isso tudo acabar, vou te encontrar. Prometo.

– Você e essas promessas.

Red avançou até as botas das duas se encostarem, ficou na ponta dos pés e beijou Shane. Foi suave e breve, um leve roçar de lábios, e, mesmo ao beijar de volta, Shane queria muito mais.

Não bastava. Nunca bastaria. Red começou a se afastar, e Shane a segurou pelos braços, tomando o controle e aprofundando o beijo. Ela sentiu Red suspirar contra sua boca, mas continuou. Beijou Red até estar tonta, a pele pegando fogo em cada ponto de contato. Se fosse o único beijo que teriam, queria ter certeza de que Red nunca o esqueceria.

Ela subiu a mão pelas costas de Red, apreciando seu calafrio e puxando-a para mais perto, até ficar sem ar. Red se derreteu sob seu toque. A boca se abrindo contra a de Shane, que não conseguia mais pensar, o corpo todo zonzo. Por um momento, não havia nada entre elas – nada de segredos, nada de máscaras –, só a boca de Red e a dela, um ponto de calor escaldante em uma noite gelada.

Até que Red se afastou. O frio se infiltrou nos braços repentinamente vazios de Shane, e ela só sentiu dor e desejo.

– Não existe *depois*. Não para nós – sussurrou Red.

Doeu ouvir a amargura na voz de Red e saber que havia uma boa probabilidade de que ela estivesse certa. Se elas se despedissem ali, Shane talvez nunca mais visse Red, nunca soubesse no que elas poderiam dar.

– Última chance – ofereceu Red.

Parte de Shane queria ir com ela. Mas, para isso, precisaria deixar Fi encarar o resto sozinha, e isso, ela não faria.

Ao longo do caminho, a parceria delas se tornara mais do que um favor que fazia ao Bruxo do Papel. Fi era sua amiga, talvez a primeira amiga de verdade que ela fazia em muito tempo. Não chegara até ali – se convidara para a viagem, conquistara a confiança da parceira, se tornara procurada pelos Caça-Bruxas e fizera inimizade eterna com Armand Bellicia – só para desistir agora.

– Sinto muito – disse, com um passo para trás. – Mas Fi é minha parceira. Não vou abandoná-la.

Red estalou a língua.

– Temi que fosse dizer isso. Você é muito...

– Leal? – sugeriu Shane, encontrando um sorriso. – Corajosa? Heroica?

– Eu ia dizer *teimosa* e *cabeça-dura* – disse Red, dando-lhe as costas. – Adeus, Shane.

– Cuide-se, Red.

A garota olhou para Shane uma última vez, por cima do ombro. A capa vermelha açoitava o vento, e por um segundo ela parecia estar emoldurada por dentes pretos famintos, a tempestade a devorando.

– Sempre me cuido – prometeu Red.

Assim ela se foi, engolida pela noite.

Shane não conseguiu dormir muito depois da despedida, se revirando até a luz vermelha do amanhecer irromper no horizonte. Ela sentou no ar frio da manhã e encontrou Fi já desperta, chutando as cinzas da fogueira.

– Red foi embora durante a noite – disse Shane, massageando o pescoço tenso.

– Imaginei.

Fi tirou da mochila um pão frio e a última laranja. Ela jogou a fruta para Shane.

– É uma pena... eu estava começando a gostar dela – disse Fi, com um sorriso de desculpas, que Shane aceitou como a bandeira branca que era.

Não demorou para engolirem o café da manhã e arrumarem as malas. Quase rápido demais, elas estavam diante da floresta retorcida.

– Pronta? – perguntou Fi.

"É uma sentença de morte." As palavras de Red ecoaram em sua mente, mas Shane as afastou. Ela tomara sua decisão.

– Manda ver – disse ela, erguendo o machado.

Em seguida, se enfiou debaixo dos galhos tortuosos atrás de Fi e a seguiu Floresta de Espinhos adentro.

26

FI

A Floresta de Espinhos era um pesadelo. Não havia nada verde à vista, nada de grama, nem sinal de folha – só os galhos retorcidos, sinuosos, espirais e dilacerantes, cobertos por espinhos cruéis, as raízes afundadas nas profundezas da terra preta. A floresta toda lembrava a Fi uma fortaleza, com muralhas grossas, passagens estreitas e escadarias grandiosas, todas construídas de trepadeiras emaranhadas. Aqui e ali, ela vislumbrava resquícios da floresta original, esqueletos de árvores havia muito mortas, sufocadas por caules espinhentos. Em outros lugares, os cachos de vinhas tinham se entrelaçado, formando enormes árvores retorcidas, que pareciam uma gaiola de espinhos às vezes tão densa a ponto de bloquear o sol.

A princípio, o vento assobiava, amedrontador, às costas delas, mas, conforme avançavam, um silêncio mortal ia tomando conta do lugar. Não havia animais nem pássaros fazendo ruídos entre as árvores, nem mesmo insetos rastejando pelos galhos. Fi estremeceu, passando com cuidado por cima de um galho grosso como um tronco de carvalho. O menor deslize poderia furar sua mão ou sua bota com os espinhos.

Os galhos afiados eram escuros e duros como granito, impossíveis de cortar, mesmo com o machado de Shane. Elas só tentaram uma vez. Shane batera o machado contra uma vinha que bloqueava o caminho, mas só conseguira arrancar um espinho brutal, que voara e a arranhara com rancor no rosto, deixando um corte vermelho irregular. Depois disso, desistiram de abrir caminho à força.

Fi pegara a bússola velha, mas, mesmo assim, era impossível se guiar. Elas começavam a seguir na direção certa, a agulha apontada de forma clara e firme para o leste, e encontravam o trajeto impedido por uma parede de espinhos. Se insistissem em atravessar, iam parar em áreas apertadas, como cavernas, onde os espinhos afiados pareciam pular do escuro e os túneis davam voltas labirínticas, e as duas acabavam perdidas. Fi sabia que não era um pensamento racional, mas os próprios espinhos lhe pareciam perversos, e as pontas reluziam horrivelmente quando arrancavam sangue.

O corpo de Briar, puxado e torcido como a marionete do sonho, veio à mente de Fi, junto com seu aviso. "Cada passo as aproximará do castelo amaldiçoado e do poder da Bruxa dos Fusos." Fi sentiu-se enjoar.

– Acho que já vi esse arco de espinhos – murmurou Shane, olhando para uma curva de pontas pretas.

Um segundo depois, elas cruzaram com uma trilha das próprias pegadas.

– Tá, já deu – declarou Shane, se largando no chão e chutando uma nuvem escura de terra. – É hora de chamar seu príncipe invisível.

– Como assim? – perguntou Fi.

Shane a olhou.

– Bom, está claro que não vamos chegar a lugar nenhum sozinhas. Não espero que um fantasma faça muito, mas ele supostamente é dessa área, né? Então chame ele para nos guiar.

Fi nunca tentara chamar Briar. Ela não sabia por que pensar naquilo a deixava nervosa.

– Briar? – chamou, sentindo-se um pouco boba. – Briar Rose?

Por um momento, nada aconteceu, e Fi se perguntou se estava falando com o vento. Finalmente, Shane se levantou do pó, aos tropeços e com estardalhaço, soltando um jorro de palavrões.

– Que... Eu vejo ele! – disse Shane, apontando com o dedo. – É ele, né? É esse o cara?

Briar aparecera bem atrás de Fi. Ele passou a cabeça por cima do ombro dela para sorrir para Shane.

– Sou eu, sim, o cara – disse Briar, acenando. – E você me vê porque, quanto mais perto chegamos de onde meu corpo dorme, mais forte eu fico. Estou quase com meu poder total. Prazer em conhecê-la, Shane, parceira de Fi.

– Digo o mesmo, acho.

Shane analisou Briar de cima a baixo com o olhar. O que encontrou pareceu passar por seu crivo.

– Então... – disse ela, apontando para as torres de espinhos. – Como a gente atravessa?

– Não sei – admitiu Briar, se aproximando de um dos galhos retorcidos e passando a mão pelo tronco. – Toda essa floresta cresceu depois que eu adormeci, como parte do ataque da Bruxa dos Fusos contra Andar. Não sei as trilhas... só sei que definitivamente há uma passagem.

– Que útil – resmungou Shane.

Fi lançou um olhar para a parceira. Ela se aproximou de Briar, que tocava com o dedo a ponta de um dos espinhos.

– A gente deve estar deixando passar algum detalhe – falou. – Você sabe mais alguma coisa sobre essa floresta? Qualquer coisa?

Briar apertou os olhos, fitando os galhos acima dele com uma expressão distante, como se tentando imaginar a floresta vista de cima.

– Tem um rio – disse finalmente. – Já vi da janela da torre. Acho que sei indicar a direção.

– E o rio dá direto no castelo? – perguntou Shane, esperançosa.

– Seria muito prático, não seria? – concordou Briar. – Sinto dizer que o rio serpenteia pela floresta e acaba em um lago no pátio do castelo.

– Já é um bom começo – disse Fi. – Nos guie até lá.

Ela avançou atrás de Briar, seguindo-o pelas passagens de espinhos sinuosas, a cabeça a mil. Não havia como cortar os galhos, nem como se guiar pela bússola; nem era possível um método de tentativa e erro, como fariam em um labirinto, pois não havia garantia de resultado. A dúvida tomou o peito de Fi como uma lufada de ar frio. A caverna alta de espinhos parecia esmagá-la por todos os lados. Ela nem tinha certeza de que conseguiria voltar.

"Qual é a única coisa mais poderosa que a magia, Filore?"

De repente, ela ouviu a voz da mãe, acompanhada de lembranças sobrepostas. A mãe, com a trança comprida caindo sobre o ombro, sorrindo para Fi, que tentava decifrar um livro de feitiços cuja tinta se mexia pela página. A mãe, armada de um chapéu gasto e um mapa cuidadosamente desenhado, à beira do desfiladeiro chamado de Porta-Joias das Bruxas.

A voz da mãe, nítida e firme no escuro, depois de todas as tochas queimarem e morrerem, abafadas nas ruínas esqueléticas de uma mansão desmoronada. "Qual é a única coisa mais poderosa que a magia?"

Acima de tudo, fora o momento, quando criança, em que ela correra até a mãe, agarrada ao livro de histórias sobre as Três Bruxas, e implorara para ganhar poderes mágicos.

"Vou te dar algo melhor", prometera a mãe, ajoelhada ao seu lado. Filore arregalara os olhos, deixando o livro cair. Melhor do que magia?

Lillia sorrira. "Só existe uma coisa mais poderosa que a magia, Filore", dissera, se aproximando como se fosse contar um enorme segredo. "Isso bem aqui." Ela tocara um dedo suave na testa de Filore. "Conhecimento."

A testa de Fi formigou com o toque fantasma. Talvez ela estivesse pensando da forma errada sobre aquele lugar. Só por ser mágico, não significava que não seguia regras. Ela quase esquecera que havia uma pista para chegar ao castelo, escondida nas histórias da queda de Andar: "A Bruxa das Cobras jurou preservar um caminho, tornando-se uma enorme serpente de marfim e percorrendo a Floresta de Espinhos".

Ela precisava abordar aquele lugar como faria com qualquer outra ruína. Onde estavam as pistas? Quais peças não se encaixavam?

Fi tentou se lembrar de cada coisinha que já lera sobre a Bruxa das Cobras. Ela era capaz de conversar com cobras e outras feras, assim como comandá-las, mas aquela era sua afinidade natural, e não havia criaturas ali para guiá-las ao castelo. Ela era da escola de magia da transformação. O corpo queimado de uma árvore morta lembrava a Fi os ossos enormes nos escombros, mas ela afastou a ideia. Transformado ou não, ali não restava nada vivo. Então, o que a Bruxa das Cobras fizera?

O rio era parte da resposta, ela sabia, porque era a peça que não se encaixava. Até onde ela sabia, só havia um grande rio naquela parte de Andar. Descia das montanhas, passava pelo castelo e desembocava nos espelhos-d'água ao sul. Mesmo que o rio tivesse se dividido ao longo dos anos em afluentes e riachos menores, não teria entrado pela Floresta de Espinhos. O lugar estava morto, tão morto quanto a vastidão de poeira preta. Os galhos ósseos não precisavam de água. Então o que poderia ter cortado um canal fundo o bastante para formar um rio – e com que propósito?

– Fi.

A voz de Briar a tirou dos pensamentos. Ela ergueu o olhar e o viu sorrir, com expectativa. Fi sorriu de volta, sem saber o que ele queria.

– Sim? – perguntou.

– Não vou segurar isso para sempre! – avisou Shane.

Com um susto, Fi notou que a parceira segurava um emaranhado terrível de trepadeiras para ela atravessar sem se machucar. A garota corou e correu pela abertura. Quando Shane soltou, o galho caiu com força brutal, e só os reflexos ágeis da caçadora a protegeram de um rasgo na barriga.

Briar passou por baixo de uma última cortina de espinhos, e de repente Fi conseguiu respirar outra vez, as paredes cheias de espinho se abrindo até revelar uma pequena clareira. Imediatamente, ela notou o que estava diferente. Até então, a floresta estivera em silêncio, mas ali o som da água corrente os cercava, ecoando sob o manto de espinhos. Uma ravina com margens íngremes cortava a clareira, percorrida por água rápida e revolta. Algo branco e fantasmagórico pendia dos galhos acima deles, esvoaçando no sopro do vento. Quase lembrava farrapos de tecido, mas não dava para enxergar bem.

Fi se aproximou para estudar o rio. Havia um desnível de quase um metro da margem para a água. Ela ouviu Shane interrogar Briar de novo, exigindo mais pistas, mas os ignorou. Deixou a mochila de lado e se deitou de barriga para baixo, pendurada na beirada.

Fi tocou a água com a mão. Esperava que fosse gelada, como a maioria dos rios que descem da montanha, mas era morna como uma poça de água da chuva. A correnteza era rápida – tão rápida que Fi tirou a mão, com medo de ser arrastada. Ela seguiu o rio com o olhar até uma curva fechada, sumindo floresta adentro.

A resposta óbvia era seguir o rio. Por mais que demorasse, se ele acabasse chegando ao castelo, eles também chegariam. Contudo, Fi já via que seria impossível. Havia arbustos grossos demais nas margens para que seguissem por elas, e a floresta era tão densa que ela só escutara o rio quando estava praticamente dentro dele, então não daria para acompanhá-lo pelo som.

Por um momento, Fi se perguntou se poderiam construir uma espécie de balsa e navegar até o castelo, mas provavelmente isso os mataria rápido. Mesmo ali na clareira, o rio era cortado por grossas cordas de trepadeiras espinhentas, alguns cipós tão baixos que a água lambia suas pontas escuras. Uma área especialmente densa e assustadora os esperava a poucos metros dali, rio abaixo. Qualquer pessoa que flutuasse pela correnteza seria destroçada.

Ainda assim, o rio deveria ser a resposta. Fi se agachou, puxando a orelha e deixando o olhar se demorar pelos espinhos. Ela estreitou os olhos ao notar outro grupo de fios brancos pendurados.

Olhando melhor, havia muito mais deles do que ela imaginara, enroscados pela parede de espinhos que seguia as margens, até o alto. O que seria? Algum tipo de musgo? Era improvável, considerando a espessura. Lembravam cordas penduradas entre as trepadeiras, cada fio salpicado de pó.

– Acho que vi alguma coisa se mexer ali – disse Shane, apontando.

Ela largou a mochila e pegou o machado.

Fi se levantou, olhando para as sombras. Não viu nada, exceto um grosso nó de espinhos. Havia algo de estranho em sua forma, contudo – os galhos se agrupavam ao redor de um objeto redondo, como um bulbo. Por um segundo, podia jurar que a floresta rastejava para mais perto, as vinhas pretas e compridas se desenraizando da terra.

Fi entendeu quando oito vinhas – na verdade, patas – se debateram e uma criatura se desdobrou, saindo da reentrância entre os espinhos onde estivera encolhida. Era uma aranha gigante, o que significava que os fios pendurados ao redor deles eram sua teia. A criatura escorregou para fora das sombras, fatalmente graciosa e silenciosa. As pernas listradas de marrom eram finas, mas só em comparação ao resto do corpo. O animal era facilmente muito maior do que eles três, com pinças afiadas que estalavam sob oito olhos reluzentes. A boca de Fi secou como os escombros de Andar.

– Que troço é esse? – gritou Shane.

– Uma aranha da caverna – ofegou Fi. – Nunca vi uma dessas.

Aqueles aracnídeos gigantes viviam principalmente em cavernas profundas e fissuras de rocha desmoronada nos picos mais altos – mas às vezes eram encontrados em ruínas que tinham passado décadas sem interferência. E que lugar passara mais tempo sem interferência do que o castelo de Andar?

– Talvez essa seja a aranha gigante mais velha já vista – concluiu em voz alta.

Shane a olhou, desesperada.

– Prioridades, Fi!

Os muitos olhos da aranha observaram a clareira. Abruptamente, ela se jogou contra eles, mais ágil do que Fi jamais imaginaria. Por sorte, seu alvo era Briar. O príncipe levantou os braços por reflexo, e a aranha voou através dele, debatendo as patas. O corpo segmentado deu um solavanco ao se virar, agarrando-se aos fios da teia.

Fi correu para soltar a corda da cintura, se xingando por ainda não tê-lo feito. Só tinha conseguido pegar o anel de metal, o resto ainda amarrado ao cinto, quando a aranha deu as costas a Briar e se jogou contra ela.

– Cuidado! – berrou Shane, empurrando-a.

Fi viu de relance as pinças pingando peçonha quando Shane interceptou as patas agitadas com o machado e jogou a criatura para o lado. Fi deu um passo para trás, horrorizada, ainda tentando soltar a corda.

A bota dela encontrou o ar. O tempo pareceu se prolongar quando ela encarou os olhos azuis arregalados de Briar. De repente, o som da água encheu seus ouvidos e ela caiu para trás, da margem para o rio e para os espinhos que a aguardavam.

– Fi! Não!

– Fi!

Ela ouvia Shane e Briar gritarem seu nome, mas estavam muito longe para ajudá-la. Fi só tinha um segundo. No momento em que atingisse a água e a correnteza a jogasse contra os espinhos, morreria.

Fi se esticou o máximo que conseguiu para trás, estendendo os braços para transformar a queda em um mergulho. Ela arremessou para longe o anel de metal na ponta da corda, que ainda estava com metade de sua extensão amarrada em seu cinto, e era com isso que ela contava. Inspirou fundo, atingiu a água e mergulhou, rápido e fundo, sob os espinhos. Havia uma área limpa no centro do rio – ela só precisava alcançá-la.

Fi lutou, desesperada, contra a correnteza que agarrara seu corpo, o rio a arrastando. Abriu os olhos, e as mãos deslizaram pelas pedrinhas brancas e lisas que cobriam o leito. As pedras eram mornas, como a água.

De repente, alguma coisa puxou sua cintura, com força o bastante para arrancar o ar de seu peito. O anel de metal tinha prendido em algum galho lá no alto, impedindo-a de avançar, a corda esticada.

Fi teria comemorado, se conseguisse respirar. Ela se impulsionou no leito do rio, agarrou a corda e se içou para cima. A correnteza ainda era forte, jogando-a de um lado para o outro como um graveto, e ela quase foi esmagada contra um nó afiado de espinhos ao chegar à superfície. Remexeu no cinto, liberando mais um pouco de corda para a correnteza afastá-la dali.

Não bastou. Um grito escapou de seu peito quando um dos espinhos perfurou seu braço, deixando um rasgo irregular logo abaixo do ombro.

Fi ofegou, tentando respirar, se contorcendo na água. Ela não ousava tentar agarrar nenhum dos cipós, e um olhar rio abaixo só revelou mais espinhos, esperando para despedaçá-la assim que soltasse a corda. Nunca conseguiria mergulhar fundo o bastante ou prender a respiração por tempo suficiente para passar por eles. Não havia saída – nada à vista além dos espinhos, da corda tensionada e de um lampejo branco sob a água, as pedrinhas lisas reluzindo no leito do rio.

Não, não eram pedras. Eram *escamas*. Escamas que ela já vira, esculpidas na estátua da cobra branca e cintilando na serpente do sonho de Briar.

Imediatamente, a resposta lhe ocorreu. Ela sabia como chegar à Floresta de Espinhos. Tudo de que precisavam estava bem ali, no jazigo da Bruxa das Cobras, que dera mesmo a vida para formar aquele caminho.

Mas como explicaria a Shane – se a parceira ainda estivesse viva? Fi não via nada além da margem, e o ruído do rio abafava qualquer som de luta. Shane não podia estar longe. Se Fi conseguisse sair da água, a veria, a ajudaria, explicaria como fugir...

Fi afundou de novo, puxada pela correnteza. Ela irrompeu da água, inspirando fundo e desistindo de qualquer plano de chegar à margem. Sozinha, não tinha como lutar contra o rio. Por enquanto, precisaria confiar em Shane, e se agarrar firme.

27

SHANE

Horrorizada, Shane viu Fi perder o equilíbrio e deslizar da borda, mergulhando no rio. Teve um segundo para rezar para os espinhos não fazerem picadinho da parceira, mas então a aranha gigante que ela empurrara para longe voltou a se levantar, e Shane só tinha tempo para os próprios problemas.

A aranha avançou em um segundo. Era brutalmente rápida para algo tão colossal. Shane tentou atingi-la no abdômen, mas a fera recuou contra um tronco espinhento, ao qual se agarrou para golpear com as patas peludas como se fossem picaretas.

Os olhos reluzentes observaram Shane. Em seguida, o corpo do bicho deu um solavanco, e uma corda de gosma estranha e pálida voou contra Shane de repente. Teia – como nas árvores.

Shane se jogou para o lado, mas não foi rápida o bastante. A corda grudenta se prendeu à sua bota, puxando a caçadora pelo pé e derrubando-a. A aranha sacudiu Shane como se fosse uma boneca de pano, agitando o tronco de um lado para o outro antes de, com um tranco horrível, começar a puxar a rede de volta, arrastando Shane.

Houve um breve lampejo de azul, e Briar apareceu a seu lado, tentando agarrá-la pelo casaco. A mão dele a atravessou, confirmando que o espírito do príncipe era exatamente tão inútil quanto Shane imaginara.

O berro de Shane foi menos um grito de guerra e mais uma torrente de palavrões enquanto ela era arrastada pela clareira, voando na direção de pinças agitadas e olhos pretos revirados. O machado abria um sulco na terra conforme ela deslizava, até estar perto o bastante para sentir os pelos ásperos e marrons da pata da aranha contra seu pescoço – perto *demais*. Shane chutou com o calcanhar entre as presas da aranha.

A criatura tombou a cabeça para trás. Shane se debateu para se soltar, enfiando o machado na barriga exposta do animal, e deu um pulo para longe quando sangue preto como tinta começou a jorrar na terra. A aranha caiu de costas, encolhendo as pernas contra o abdômen. Shane abriu caminho pelo resto da teia aos chutes, xingando aquela aranha e todas as outras que já tivessem rastejado pela terra. Ela não sabia como sua parceira aguentava aqueles bichos nojentos e feios de oito patas.

Fi. Pensar nela foi como uma injeção de adrenalina. Shane se virou e correu até o rio, o machado quicando contra o ombro.

– Fi! – gritou.

Ela parou logo antes da margem, cambaleando para trás quando terra solta deslizou sob seus pés. Estava com o coração na garganta, prestes a engasgar. Olhou rápido para o rio, em busca de qualquer coisa na água revolta – até que viu a figura agarrada à corda um pouco abaixo, balançando entre dois emaranhados de espinhos. Viva! Shane sentiu tanto alívio que gargalhou.

– Fi! Espera aí!

Ela não sabia nem se a parceira a ouviria em meio ao ruído da correnteza.

– Shane!

Levou um segundo para reconhecer a voz: Briar. Shane se virou e encontrou o príncipe fantasmagórico no meio da clareira. Outra aranha deslizava por um fio comprido da cobertura de espinhos, parando acima deles como uma mão podre. Se Briar não gritasse, ela teria caído sobre Shane sem aviso.

Embora quisesse tirar Fi da água, a verdade era que a parceira provavelmente estava muito mais segura do que ela. Shane estudou a aranha, sentindo suas entranhas revirarem. Pela primeira vez na vida, desejou usar uma lança ou arco e flecha – qualquer coisa que não exigisse lutar de tão perto.

– Espero que você lute melhor do que parece! – gritou para Briar.

O príncipe sacudiu a cabeça.

– Na verdade, não. Magia da luz não é exatamente de batalha, mas farei o possível.

– Que reconfortante.

A aranha atingiu o chão e correu para o rio. Quase tarde demais, Shane notou que o alvo não era ela, e sim Fi, uma presa fácil lutando contra a água. Shane não deixaria aquilo acontecer de jeito nenhum.

Quando a aranha deu a volta nela, Shane girou com toda a força e enfiou o machado bem na pata do animal, arrancando um segmento peludo. A aranha se virou abruptamente, se debatendo de fúria, e uma das patas agitadas atingiu Shane na barriga. De repente, ela se viu no ar, o machado voando de suas mãos quando caiu na terra.

Shane não esperava que uma pata fina como aquela fosse tão forte. As costelas doíam como se alguém tivesse aberto um buraco do tamanho de um punho em seu peito. O machado estava do outro lado da clareira, enfiado na terra.

Ela definitivamente chamara a atenção da aranha, que veio atrás dela com velocidade demoníaca, os movimentos desconectados da pata que arrancara. Shane se levantou com esforço e correu na direção dos espinhos. Sem a arma, não duraria nem um segundo na clareira.

A aranha quase a alcançava, tão próxima que dava para sentir o gosto da peçonha no ar. Os espinhos estavam bem à frente. No último segundo, Shane se jogou no chão e deslizou sob um dos galhos baixos. As pontas cruéis rasgaram sua pele e seu casaco vermelho, mas ela só se importava com a aranha: sacudindo as pernas, revirando os olhos acima dela, agitando as presas famintas. Shane rolou de barriga para cima e chutou com força o galho, enfiando os espinhos na cabeça do bicho. A criatura se jogou para trás, se debatendo cegamente. Se ela estivesse com o machado...

De repente, a arma foi jogada em sua mão pela forma etérea de Briar. Shane não sabia que ele podia fazer aquilo, mas não ia questionar. Ela se levantou com um impulso e ergueu o machado sobre o ombro. Então o baixou com toda a força de seu peso, enfiando a lâmina bem no limite entre a cabeça e o abdômen da aranha.

O animal desmoronou, os pelos compridos recobertos de sangue escuro e viscoso. O fedor acre da peçonha fez os olhos de Shane arderem. Ela se apoiou nos espinhos, ofegante.

As costelas doíam sob a pele, e ela certamente ficaria roxa. Usando seus anos de disciplina, empurrou a dor para o fundo da mente e rastejou para fora do emaranhado de galhos.

Briar a aguardava além dos espinhos. Shane olhou para ele.

– Tá bom. Talvez você não seja completamente inútil.

Briar fez uma careta.

– Obrigado, acho.

Ouviu-se um barulho no rio, seguido de um grito. Shane guardou o machado na bainha nas costas e correu para a margem, seguida de perto por Briar.

Fi ainda estava no rio, agarrada à corda e batendo as pernas para ficar com a cabeça para fora. Shane via o que a fizera gritar. Quando mergulhara, a corda se enroscara em um galho grosso que pendia sobre a água, mas a corda estava se desenrolando lentamente, uma volta por vez. O coração de Shane parou quando o anel de metal escorregou de um espinho e se prendeu em outro, mais baixo. Não aguentaria para sempre.

– Fi! – gritou Shane.

Uma parede de espinhos bloqueava a margem. Fi ainda estava a um metro e meio rio abaixo, mas seu olhar se concentrava em Shane, a expressão visivelmente aliviada.

– Você está bem! – gritou ela.

– Achou mesmo que eu deixaria um bichinho que cresceu além da conta me matar? Espere um pouco, vou tirar você daí – disse Shane, apesar de não saber como faria aquilo.

Exceto por umas teias horríveis, a floresta só tinha espinhos, espinhos e mais espinhos assassinos, e a corda de Fi já estava sendo usada. Talvez a próxima aranha gigante pudesse pescá-la antes de devorá-los.

Briar não hesitou: pulou da margem para um galho enroscado e abriu caminho até Fi. No entanto, Fi sacudiu a cabeça, berrando para ser ouvida sobre o som da água.

– Vocês não precisam me tirar daqui. É o caminho para o castelo!

– Como assim?

Fi estava encharcada, e um fio de sangue escorria por seu ombro, mas trazia aquele brilho no olhar que Shane aprendera a reconhecer como sinal de que ela resolvera um enigma.

– É a Bruxa das Cobras! – gritou Fi. – *O rio é a Bruxa das Cobras!*

– Nenhuma palavra que você disse faz sentido – retrucou Shane.

A corda de Fi estava tremendo no espinho, os fios trançados se esgarçando rápido. Parecia que um solavanco forte a soltaria de vez.

– Briar, tira ela daí! – gritou Shane.

– Shane, cala a boca e me ouve! – berrou Fi.

Quase foram suas últimas palavras. A vinha sacudiu e a corda se soltou com um estalo, o anel de prata reluzindo no ar. Fi gritou e afundou. De repente, uma mão surgiu e agarrou a corda – era Briar, se segurando em um dos galhos, o rosto retorcido com o esforço de lutar contra a correnteza. O coração de Shane afundou até o estômago quando Fi subiu, engasgada, piscando para afastar a água dos olhos.

– Briar! – disse Fi, agradecida.

Shane se jogou no chão na margem alta, sem se preocupar com a poeira, o fedor podre ou o rio revolto, e encontrou o olhar da parceira.

– Me diga o que fazer.

Se o momento fosse outro, Shane sentia que Fi estaria se gabando sem parar. Felizmente, a parceira tinha outras preocupações.

– Encha nossas mochilas com alguma coisa pesada! – gritou Fi.

– E por quê? – perguntou Shane, já se virando e pegando as mochilas.

A de Fi não pesava nada se comparada com a dela, então ela pegou o saco de ouro que ganhara de Stoleroy e o trocou de bolsa.

Fi engasgou com a água ao explicar.

– Você já ouviu as histórias de como as Grandes Bruxas deram suas vidas por Andar? Dizem que a Bruxa das Cobras se transformou em uma serpente e percorreu a Floresta de Espinhos para abrir caminho. Ela literalmente virou esse rio, só não parece mais uma cobra, depois de um século. Você precisa acreditar em mim!

O pior era que Shane acreditava, porque Fi não falava como alguém cujo cérebro tinha sido afetado pela quantidade de água – falava como Fi, clássica e genial. Ainda assim, sua parceira esquecera um pequeno detalhe.

– Mesmo que você esteja certa, quem descer esse rio vai ser despedaçado pelos espinhos.

– Não podemos discutir essa questão para sempre – interveio Briar.

Ele soava ofegante, e Shane de repente se perguntou por quanto tempo ele aguentaria manter a forma sólida, antes de a corda atravessá-lo.

– Por isso as mochilas! – explicou Fi, falando tão rápido que Shane mal acompanhou. – Os espinhos estão só na superfície. Se a gente ficar perto do fundo, a correnteza vai nos levar ao castelo. Você pode usar o odre para respirar. Confie em mim, Shane!

– E lá vem essa história de confiança – resmungou Shane, pegando o odre.

Era uma pena ter que derramar bebida cara no chão, mas... era o desespero. Sem o líquido, o recipiente de couro tratado ficou triste e murcho. Shane soprou no gargalo, enchendo o odre com o máximo de ar que conseguiu, antes de tampá-lo. Serviria para respirar um pouco, mas não muito.

– Não quero te apressar, mas...

O rosto de Briar estava pálido de esforço.

– Prontos? – perguntou Shane, erguendo a mochila de Fi.

Briar se abaixara para Fi sussurrar algo em seu ouvido. Ele assentiu.

– Pronta! – gritou Fi.

Shane jogou a mochila. A bolsa pesada voou pelos ares, atingindo Fi em cheio. A corda se soltou da mão de Briar, e ele mergulhou com Fi quando ela afundou no rio, desaparecendo com mochila e tudo. Shane entrou em pânico, notando, tarde demais, que esquecera algo importante.

Ela tinha o odre, mas como Fi ia respirar? Precisaria torcer para o *confie em mim* de Fi significar que ela já tinha dado um jeito.

Shane segurou bem o odre e o levou aos lábios. Então, mergulhou no rio. O peso da mochila na correnteza a arrastou em segundos. Ela precisou de todas as suas forças para manter o odre grudado à boca enquanto era jogada de um lado para o outro, batendo contra o leito do rio.

Era melhor ser um trajeto bem curto, ou ela teria mais preocupações do que a mera falta de ar.

28

BRIAR ROSE

Briar abraçou Fi, segurando-a com força enquanto mergulhavam no rio caudaloso. Espinhos os cercavam por todos os lados, pontas perversas rasgando a água. Os olhos de Fi estavam fechados e apertados, o cabelo escuro espiralando na correnteza que os arrastava rio abaixo.

Ele ainda escutava as palavras frenéticas em seu ouvido, segundos antes de afundarem. "Briar, pode respirar por mim? Como fez no lago?"

Briar sentia-se de volta ao momento em que a conhecera. Fi também estava se afogando na ocasião, os braços inertes e os olhos fechados. Na luz suave submersa, ela lhe parecera quase em paz, bela. Briar não hesitara antes de beijar sua boca fria e soprar dentro dela, nadando até a superfície. Seu coração batia forte em seus ouvidos, porque, depois de cem anos de espera, ele finalmente a encontrara – a garota que o libertaria.

Sabia que Fi o salvaria da maldição do sono, mas ainda não tinha notado todas as outras coisas das quais ela o salvaria. Ele estivera enlouquecendo, sozinho na torre, sem nada a fazer além de treinar a magia até ela se tornar rápida e forte. Mesmo quando se tornara poderoso o bastante para caminhar fora dos sonhos, ainda estava sozinho, vagando entre os corpos adormecidos espalhados como cadáveres pelo castelo. Camellia se fora, mas Briar conhecia os outros rostos: o mestre de armas que tentara ensiná-lo a usar uma espada, a empregada que fora expulsa da cozinha porque quebrara pratos demais, o velho magistrado que falava tão devagar quanto andava. Sage, seu irmão, caído no trono.

A solidão e o desespero eram tamanhos que ele até tentara romper a maldição do sono sozinho. Não tinha funcionado, mas um poder monstruoso o inundara pela primeira vez, a mesma magia das trevas que ele invocara ao tentar adentrar a mente adormecida de Armand Bellicia.

Quase o destruíra. Se não estivesse sob o feitiço protetor das Grandes Bruxas, Briar sem dúvida teria se perdido para a Bruxa dos Fusos a partir daquele momento, para toda a eternidade. Em vez disso, preso ao sonho, só assombrara o castelo, como um fantasma apavorante. Ele se esquivava de todo espelho, incapaz de aguentar as garras esqueléticas que tinham substituído suas mãos, o corpo todo transformado em pedaços desconexos de osso e pesadelo, ficando menos humano a cada gota de magia das trevas.

Levara anos para voltar daquela primeira vez, e Briar jurara nunca se permitir chegar tão longe de novo. Ele passara a se contar histórias, viver das boas lembranças e sonhar com um amor tão luminoso e forte que redimiria até suas partes mais sombrias.

Uma curva fechada os puxou para o fundo, arrastando-os pelas escamas-pedras brancas. O estômago de Briar se revirou de medo quando sua magia vacilou e ele quase perdeu a força com que segurava Fi. Apertou os braços ao redor dela, usando cada resquício de poder que tinha. Ela confiara sua vida a ele. E se estivesse errada sobre o rio e ele não pudesse salvá-la? E se a perdesse para sempre? O que o impediria de se perder?

Um nó de espinhos se projetava dentro do rio. Briar o viu bem a tempo e trocou de lugar com ela, para que os espinhos atingissem suas costas, e não as dela. Sentiu a dor só por um momento, enquanto eles passavam pelos espinhos. No entanto, ainda sentia Fi, quente e sólida contra seu peito. Eles giraram e giraram na água, e Briar fechou os olhos, permitindo-se fingir que estavam de volta à pista de dança, o mundo todo desaparecendo enquanto gargalhavam juntos, sem fôlego de tanto rodopiar.

Uma mão puxou seu ombro. Briar piscou e viu que Fi o olhava. Os olhos verde-mel eram ofuscantes, a única coisa estável em um redemoinho de água branca, veludo azul, cabelo escuro, espinhos pretos. Ela o puxou de novo, e Briar entendeu do que ela precisava: ar.

Ele aproximou o rosto e grudou sua boca à de Fi. Tentou se derramar inteiro no beijo, não só dando ar, mas fazendo-a entender como ela se tornara importante e preciosa para ele. Como ele precisava dela.

Fi se derreteu contra ele, encontrando o desespero dele com o seu próprio. Ele sentia os lábios dela estremecerem, os dedos agarrando com força seu colarinho.

Era aquilo que Briar queria ser: um Bruxo da Luz, um garoto de casaco de veludo azul que podia salvar Fi, como ela o salvara. Fi era sua esperança, e ele nunca a deixaria se afogar.

29

FI

Fi se arrastou para a margem e se largou na terra. Soltou a mochila pesada e respirou fundo uma, duas vezes. O rio as carregara pela Floresta de Espinhos inteira, arremessando-as por curvas e voltas até cuspi-las em um pequeno lago. A seu lado, Shane tossia. Fi precisou lutar contra o impulso de passar os dedos pela boca. Falta de ar não era o único motivo para ter ficado tonta.

Talvez fosse efeito do rio, mas o beijo de Briar lhe parecera diferente. Não fora um leve roçar dos lábios macios como pétalas de rosa – fora desesperado, apaixonado, profundo o bastante para causar calafrios.

Era vida ou morte, lembrou Fi com severidade. *Claro que foi intenso.*

Ela sentou na margem, procurando por Briar. Ele estava de pé na borda, um pouco distante, a cabeça inclinada para trás. Fi arquejou ao notar para o que ele olhava.

O castelo de Andar se erguia diante deles, feito de pedra branca reluzente, com torres elevadas e janelas de vidro jateado que cintilavam como cristais de gelo. Mas era um castelo sitiado.

Os galhos escuros da Floresta de Espinhos cobriam os muros, se retorcendo pelas balaustradas e se enroscando nas torres. Os espinhos ainda não tinham chegado ao alto dos pináculos, mas subiam quase àquela mesma altura por todos os lados, os caules se esticando como mãos esqueléticas que um dia se entrelaçariam, completando a gaiola espinhenta. Uma névoa branca tremeluzia ao redor do castelo, e pontinhos pretos circulavam no céu, bem acima deles. *Corvos*, pensou, sentindo uma pontada.

Diferentemente da floresta, ali não estava tudo morto. A terra sob as mãos de Fi era macia e marrom. Juncos finíssimos cresciam na extensão das margens do lago, e ela via grama seca entre os paralelepípedos largos.

Fi tinha a impressão de ver dois castelos ao mesmo tempo. Um era a linda estrutura de pedra branca, coberta por flores silvestres e cercada por rosas altas, reluzindo como sob um céu azul. Era Andar antigo – o reino descrito com assombro nos relatos de viagem. "Pináculos tão altos que tocavam as nuvens e beijavam as estrelas no céu noturno. Um lugar estonteante de aprendizado, gargalhadas e magia."

E bem ao lado dele, como um reflexo em um espelho sombrio, via o que se tornara sob a maldição: um castelo silencioso em um reino arruinado, nada além da sepultura daqueles aprisionados em morte viva entre suas paredes.

Shane grunhiu, se arrastando para fora da água. Ela empurrou as mochilas colina acima e voltou para buscar a parceira. Quando chegaram ao topo, Shane se largou junto às mochilas, apertando a barriga.

– Tudo bem? – perguntou Fi, preocupada.

Shane fez uma cara irritada.

– Tudo ótimo. Só resmungando por causa da minha parceira avoada, que ficaria sentada à beira da água, olhando para um castelo velho, até morrer de hemorragia.

Como se estivesse esperando por sua atenção, uma pontada de dor percorreu o braço de Fi. Ela quase esquecera que fora cortada por um espinho. Shane revirou a mochila, jogando fora pão molhado, cobertas e o velho mapa que as metera naquela situação, inteiramente encharcado.

Fi recuperou a corda e a arrumou em um laço apertado. Ela sibilou de dor ao tirar o casaco e olhar para o ombro exposto. A ferida era como uma boca arreganhada, a carne viva e vermelha. Ela desviou o olhar, um pouco enjoada.

Shane encontrou o que procurava: um potinho de vidro com mel. Abriu a tampa e cheirou o pote, avaliando.

– Não acredito que você está pensando em comer agora – disse Fi, que só queria conseguir manter o café da manhã no estômago.

– Comer mel direto do pote? Não sou um animal, sabe, preciso de manteiga e pão – resmungou Shane, arrancando a bandana do pescoço.
– Dá para fechar feridas com mel, se necessário. Só nos falta álcool.

Ela olhou, triste, para o odre vazio, largado entre os juncos.

– Você não disse que dá para usar mel na ferida? – perguntou Fi.

– O álcool seria para você, para doer menos.

– Que ridículo – retrucou Fi, tentando ignorar o estômago embrulhado.
– Eu não quero acabar essa história bêbada.

– Jura? – perguntou Shane. – Achei que seria perfeito para uma missão que supostamente acaba com um beijo.

Fi riu, antes de sibilar de dor quando Shane começou a tratar a ferida.

– Ei, você aí! – ladrou Shane para Briar, que ainda encarava o castelo.
– Seja útil. Distraia ela, sei lá.

Antes que Fi pudesse impedi-la, ela pegou uma pedrinha do chão e a jogou no príncipe. A pedra voou, sem causar nenhum dano, através do ombro imaterial.

Briar pressionou o casaco com uma mão.

– Acho que foi uma boa hora para acabar a minha magia – disse ele, um pouco assustado.

Fi esqueceu a dor no braço.

– Já acabou sua magia?

– Talvez eu tenha me exaurido demais no rio – admitiu Briar. – Perto assim do castelo, devo me recuperar rápido.

O brilho brincalhão voltou a seu olhar quando ele acrescentou:

– Mas, fique tranquila, não há nada em que eu preferiria ter gastado minha magia.

Fi desviou o olhar, querendo que ele não fosse tão bom em fazê-la sorrir.

Shane amarrou a bandana, causando uma última pontada de agonia no ombro de Fi, e se afastou para admirar o trabalho.

– Pronto. Agora seu braço não vai cair – disse para Fi, esfregando o mel dos dedos.

– Entendo que essa piada pareceu engraçada, da sua perspectiva.

Com o ombro latejando, Fi se levantou, seguiu Shane e Briar, amarrando a corda ao cinto. Eles deixaram o resto dos pertences espalhados por ali. Haveria muito tempo para buscá-los depois.

– Uau, obrigada, Shane – resmungou baixinho sua parceira. – Gosto muito desse braço, e estou muito agradecida por não perdê-lo, graças ao seu pensamento ágil.

Apesar de tudo, Fi sentiu um sorriso repuxar seu rosto.

– Essa imitação não foi nada parecida comigo – disse. – E obrigada.

Shane olhou para ela, surpresa.

– Ah, cala a boca – resmungou, empurrando Fi para passar, mas não antes de Fi vê-la sorrir.

Fi voltou-se para trás, querendo trocar um olhar com Briar, mas ele ainda estava atento ao castelo, uma expressão preocupada no rosto. Fi esbarrou de leve no ombro dele, mesmo sabendo que o atravessaria.

– Ela está brincando, tá? Sobre o meu braço cair.

Briar forçou um sorriso.

– Eu sei. Estava só pensando na cicatriz horrorosa que vai restar.

– Muito obrigada – disse Fi.

Ela não precisava mesmo pensar naquilo, considerando o quanto já estava enjoada.

O olhar de Briar voltou à expressão brincalhona.

– Era um elogio. A salvadora de Andar, trazendo cicatrizes de batalha, dá uma boa história. Se não tivesse nenhuma cicatriz, como iria se gabar?

– Acho que vou deixar a parte de se gabar para Shane.

No caminho para o castelo, eles passaram sob a sombra das torres brancas, tão próximos que olhar para elas lá no alto deixou Fi tonta. Uma brisa suave mexeu seu cabelo, e ela estremeceu, feliz pelo sol forte que as secava. Eles abriram caminho entre jardins malcuidados e cocheiras cobertas por hera. Ela olhou, fascinada, para o que um dia provavelmente fora o grande pátio, uma extensão de lajes polidas largas o bastante para caberem cem carruagens. Ao redor dela, encontravam-se as estátuas quebradas das Três Grandes Bruxas, que tinham sido arrancadas dos pedestais. Uma rachadura cortava o rosto sereno de Camellia.

Uma grandiosa escadaria levava à porta principal. Quando chegaram ao último degrau, Fi notou que a estranha bruma que parecia cobrir o castelo na verdade era composta de camadas de teias, como as que vira na floresta. As aranhas gigantes tinham feito ninhos por todo o castelo silencioso, as teias cobrindo-o como uma mortalha. Uma cortina leve de teia pendia do toldo acima das portas duplas, cintilando com milhares de fiozinhos tecidos por aranhas de tamanho normal.

– Entendi por que Andar não aguenta mais essa Bruxa – murmurou Shane, pegando um dos fios gigantescos de teia entre os dedos. – Não está muito grudento, então pelo menos não é novo.

Um grasnido agudo fez Fi dar um pulo. Um corvo deu um rasante sobre eles e se instalou em uma árvore magra atrás dos três. Fi conteve um calafrio, encarando a criatura, que pulava de um pé para o outro, impaciente.

A Bruxa dos Fusos certamente sabia que eles estavam ali, mas não os atacara, e Fi não entendia o porquê. Seu estômago se revirou de ansiedade. Ela sentia que estava deixando alguma coisa passar, alguma coisa importante. Estava tudo fácil demais, ou ela estava pensando mais do que deveria?

– Me dá uma mãozinha? – pediu Shane.

Fi deu as costas para o corvo e ajudou Shane a rasgar a cortina de teia entre elas e a porta. Os fios brancos eram grossos e grudentos, e aranhinhas marrons correram por suas mãos e seus braços. Fi sentiu uma subir por seu queixo e quase não conseguiu fechar a boca antes que acabasse por engoli-la. Inclinou a cabeça, esmagando a aranha contra o ombro. Até Briar parecia um pouco enjoado, vendo as criaturas rastejarem através de seu corpo insubstancial.

Shane soltou um grunhido de nojo, jogando aranhas para todo lado.

– Isso é, de longe, a pior coisa que aconteceu com a gente até agora!

Fi riu.

– Bom para manter a perspectiva – disse, arrancando uma aranha de aparência especialmente incômoda do pescoço de Shane.

Shane apontou um dedo coberto de teia para Briar.

– É bom o controle de pragas ser bem melhor lá dentro do que aqui fora! – advertiu.

Em seguida, ela segurou uma maçaneta de ferro, Fi pegou a outra, e juntas empurraram a porta e adentraram o castelo.

30

SHANE

O castelo de Andar era tão grandioso quanto aparentava. O tamanho era muito superior ao dos sólidos castelos de torres quadradas de Steelwight, construído para ter a função principal de fortaleza, com muros grossos e aberturas para o lançamento de flechas. Cada centímetro do castelo de Andar fora construído para impressionar, das janelas altas às flâmulas de um azul vivo tremulando nas paredes. Shane apertou os olhos para enxergar o teto, todo pintado de ouro, e Fi soltou um suspiro enquanto girava devagar, tentando ver tudo de uma vez. O barulhinho ecoou mil vezes no saguão cavernoso.

Uma fileira de janelas de vitral em arco lançava um mosaico de cores pela escadaria que levava ao coração do castelo. De um quadro com moldura dourada, uma mulher de olhos azuis, cabelo loiro comprido e coroa de rosas os olhava. Shane não precisava que Fi explicasse. Até ela ouvira falar de Aurora Rose, a primeira Bruxa-Rainha de Andar, mesmo que Shane admitisse ter se interessado principalmente pelo rubi gigantesco incrustado em sua coroa.

Por sorte, apesar do que tiveram que enfrentar para chegar ali, não havia uma teia de aranha, um ninho de rato e nem mesmo um grão de poeira à vista lá dentro. O ambiente todo era surreal, como um castelo de sonho. Shane esfregou os olhos, lutando contra uma onda de exaustão. A batalha na Floresta de Espinhos tinha exigido muito dela – ou talvez fosse o rio, que a jogara de um lado para o outro como uma boneca de pano. Ou aquelas aranhas todas.

Shane estremeceu. Só de lembrar, sentia um calafrio.

Briar já estava ao pé da escada. Ele parecia mais concreto do que nunca ao acenar para elas, os olhos cheios de animação.

— A torre é por aqui. Venham comigo.

Shane ficou um pouco para trás conforme Briar as guiava pelo labirinto de corredores, passando sob arcos esculpidos e cortinas de veludo ainda macias, como se recém-fabricadas. Fi continuava de olhos arregalados, claramente fascinada por cada tapeçaria, colher de sopa e maçaneta naquele lugar. Shane precisava de muito esforço para acompanhá-los. As costelas latejavam. Ao entrar no castelo, ainda se sentia bem, mas seus pés estavam ficando tão pesados que ela mal conseguia erguê-los.

Provavelmente foi por isso que quase tropeçou no homem dormindo em frente ao salão de banquetes. Usava o uniforme azul da guarda e trazia um chapéu com uma pluma na cabeça. Uma de suas mãos estava fechada com força ao redor do punho de uma espada. Shane soltou um palavrão e desviou das pernas esticadas, esbarrando em um pilar e quase derrubando um vaso de vidro azul.

— Está tudo bem? — perguntou Fi, franzindo a testa de preocupação e endireitando a relíquia inestimável.

— Tudo — respondeu Shane. — Só não estava atenta aos pés dos outros.

Ela olhou uma última vez para a expressão tranquila do guarda. Ele não parecia um cadáver, mas um homem que passara a noite na taverna e acabara cochilando no trabalho, o peito subindo e descendo com uma respiração lenta. A espada ainda estava polida e afiada. As pessoas do castelo não tinham simplesmente adormecido — tinham sido congeladas no tempo, os anos passando sem deixar rastro.

O corpo de Shane tremeu quando ela conteve um bocejo. Fi e Briar tinham ganhado a dianteira de novo. Ela os via no fim do corredor; Briar andando de costas na frente de Fi e prometendo mostrar tudo a ela, dos jardins ao salão de baile, e especialmente a biblioteca. Em outro momento, Shane teria exigido que o cofre do tesouro fosse incluído na lista. Contudo, ela mal conseguia ficar de olhos abertos. Sabia por que Briar não estava cansado — tecnicamente, ele ainda estava dormindo —, mas por que Fi não estava igualmente exausta?

Conforme se aproximavam da torre, foram passando por mais gente: guardas dormindo apoiados nas lanças, homens e mulheres trajando belos mantos da corte, uma criada de rosto doce cochilando contra um pilar, ainda agarrada a uma bandeja. Briar desviava dos corpos adormecidos sem nem olhá-los.

Shane não era de desistir. Ela se forçou a continuar em movimento, andando às cegas e despertando com um susto sempre que esbarrava numa parede. Quando chegaram à base da torre, contudo, ela olhou para a escadaria em espiral e soube que nunca chegaria ao topo. O olhar dela se demorou em uma mulher de cabelos grisalhos dormindo sob a janela, a cabeça pendendo suavemente contra o peito. Parecia tranquila e serena.

– É bem ali em cima – dizia Briar.

Os passos dele soavam muito distantes. Shane usou toda a sua força para dar um último passo, até que seus joelhos cederam e ela caiu, largada contra a parede. Aliviada, apoiou o rosto na pedra fria.

– Shane! Shane, levanta!

Ela ouvia o chamado de Fi, as mãos insistentes sacudindo seus ombros, mas estava esgotada, e nenhuma súplica, teimosia ou prece impediria o escuro de tomar seus olhos.

– Desculpa, parceira. Acho que você vai ter que acabar essa história sem mim – disse Shane, a voz arrastada, sentindo o prazer de fechar os olhos com facilidade.

O rosto preocupado de Fi tornou-se embaçado antes de desaparecer.

A última coisa em que Shane pensou foi que talvez aquilo não fosse normal, afinal, e que ela deveria ter pensado duas vezes antes de entrar em um castelo sob uma maldição do sono.

31

FI

Fi subiu dois degraus por vez, correndo pela escada em espiral da torre branca. As palavras de Briar ecoavam em seus ouvidos, fazendo-a acelerar: "É a maldição do sono". A maldição pegara Shane, e só havia um jeito de despertá-la.

O furo do fuso começava a arder no dedo de Fi, como se ela estivesse sendo puxada por um fio invisível. Seus pés praticamente voavam pelos degraus. Ela só desacelerou quase no alto. Seu coração martelou no peito quando avistou as rosas cintilantes pela abertura da porta.

Fi estava tão preocupada com Shane que não parara para pensar sobre o que a aguardava na torre. Ou melhor, quem.

A porta se abriu com um rangido, e Fi adentrou o cenário que visitara tantas vezes em sonho. Só que, dessa vez, era real. Rosas se enroscavam em todos os cantos da torre, um emaranhado de caules verdes se derramando pelas janelas arqueadas e escalando as paredes brancas. Uma pequena escrivaninha encontrava-se no canto, brotos vermelhos brilhantes enrolados nas pernas de madeira. O perfume das flores pairava no ar como se tivesse acabado de chover. Fi se voltou para a cama. Um dossel de cortinas finas estava preso aos espinhos das rosas, e, através das camadas de tecido transparente, ela via a silhueta deitada nos lençóis brancos. A mesma que estava a seu lado.

O príncipe Briar Rose encontrava-se esparramado na cama, usando seu casaco de veludo – não rigidamente acomodado com as mãos no peito, mas sereno, uma mão ao lado do rosto, como se tivesse apenas cochilado. O cabelo dourado se espalhava no travesseiro. O rosto não estava pálido, mas corado e vivo, e ela via o peito subir e descer a cada respiração. Fi estava paralisada, olhando para o príncipe adormecido de Andar. Se ela o tocasse, ele continuaria sólido e verdadeiro, de uma forma que o Briar que aparecia e sumia de sua vida não podia ser.

Fi se virou para olhar o garoto que conhecera, mas Briar já passara por ela, o casaco de veludo esvoaçando no movimento até a cama. Fi o seguiu devagar, abrindo com suavidade as cortinas trêmulas que Briar atravessara. Tudo levara àquele momento, mas, de repente, ela não se sentiu nada pronta. A figura adormecida não se mexeu.

Briar se virou para ela. Havia algo de triste em seu sorriso, mas ela também via esperança ali, uma esperança pequena, frágil e tênue, como se prendesse a respiração.

– Aqui estamos.

– Sim – disse Fi, engolindo em seco e se preparando para o que precisava fazer. – E tomei minha decisão. Vamos nos beijar... e nos despedir.

Ela queria que as palavras saíssem frias e decididas, mas escaparam-lhe como pouco mais que um sussurro.

Briar arregalou os olhos. Mil momentos passaram em sua expressão, os mesmos que ela lembrava: toda vez que ele a fizera sorrir, que sua mão quente segurara a dela, que ele se aproximara e ela sentira um calafrio. Briar expirou devagar, e ela viu a mágoa em seus lindos olhos azuis.

– Você não precisa fazer isso, Fi – implorou ele. – Já prometi que não vou forçar nada. Mesmo que você fique, não precisa ser por mim. Fique na posição que quiser... bibliotecária real, caçadora de tesouros oficial, amiga da coroa. Mas *fique*.

Fi sacudiu a cabeça para conter a ardência nos olhos.

– Não é nosso destino, Briar – disse baixinho.

Cada palavra rachava seu peito, mas Fi se sentia mais determinada do que nunca, pois sabia que fazia a coisa certa. Ela apertou com força a mão enluvada, desviando o rosto.

– Sinto muito – falou. – Sei que não é o que você queria ouvir.

— Esqueça isso — disse Briar, agarrando seus ombros e virando-a para encará-lo. — Esqueça tudo o que eu já disse, tudo o que já pedi. Olhe nos meus olhos e me diga o que quer, de verdade. Não fuja de mim. Por favor.

Ele puxou Fi para o abraço mais forte e desesperado que ela já recebera.

— Eu te amo — sussurrou no cabelo dela. — Fique.

Fi apertou os olhos com força para segurar as lágrimas. *Eu te amo*. Essas palavras eram mais doces e dolorosas do que ela jamais imaginara. A pequena faísca em seu peito que parecia uma fagulha da magia de Briar se acendeu em um incêndio, uma onda de calor que a percorreu até seu corpo todo formigar, até ela ter certeza de que brilhava. Fi abraçou o pescoço dele para que aquilo fosse o mundo todo por um segundo: o abraço de Briar, aquelas palavras em seu ouvido. Ela tentou gravar cada detalhe mentalmente: a maciez do casaco, o perfume das rosas, as batidas rápidas do coração dele. Já sentia tanta saudade dele, mas, o que quer que acontecesse, ficar era a única coisa que nunca poderia fazer.

De alguma forma, de um jeito impossível, Briar abrira caminho para o seu coração, atravessando cada defesa e muralha, cada pensamento amargo e lembrança envenenada, e a fizera rir pelo percurso inteiro. Não havia uma só coisa de que ela não gostasse em Briar. Gostava de tudo: o fato de ele ser péssimo com línguas mágicas, de não dançar nem um pouco melhor do que ela, de ainda sorrir como se tivesse dezesseis anos, em vez de cento e dezesseis, e, mais do que qualquer coisa, de querer fazê-la sorrir também.

Ela o amava.

Talvez o destino existisse mesmo, porque, como Briar previra na torre do Bruxo do Papel, ela se apaixonara. Contudo, nada disso mudava o fato de que ela não podia ficar ali com ele, naquele lindo castelo. Enquanto estivesse amaldiçoada, transformaria o lugar em cinzas. Ele vira a marca da borboleta na chuva. Deveria saber que ela fora amaldiçoada, mas não o horrível efeito na vida dela — do que custara a Fi, do que custaria a ele.

Fi estivera tantas vezes à beira de contar tudo a Briar. Mas ela era pragmática. Vira aquilo por todos os ângulos, como ele sugerira, e já sabia como acabaria.

Mesmo no melhor dos casos, se todas as Bruxas revivessem e conseguissem restaurar o reino da magia, não havia garantia de que remover a maldição da borboleta seria simples, nem rápido. Era uma das maldições mais poderosas já feitas, e banira um Bruxo de poder lendário. Fi ainda teria uma longa jornada pela frente.

Contar a Briar sobre a maldição seria pedir que ele escolhesse entre ela e tudo que amava. Ela sabia que ele sacrificaria tudo para acompanhá-la – sua família e sua vida ali em Andar, tudo que estava prestes a recuperar. Não podia permitir que ele fizesse isso. Fi sabia como tais coisas eram preciosas e o significado de ir embora. Ela vivia assim. Era um sacrifício que nunca permitiria que ele fizesse.

Abraçou Briar apertado. As cortinas finas ondulando ao redor deles, os botões vermelhos se abrindo em rosas. Ela encontraria um jeito de romper a maldição da borboleta e voltaria, e Briar – o Briar de verdade, o que acordaria naquela cama, o que tinha uma família amorosa e um reino todo do qual cuidar… se *aquele* Briar a amasse, se eles estivessem mesmo destinados, então acabariam juntos, por mais que demorasse. Era naquele tipo de destino que Fi podia acreditar.

Até lá, ela precisava deixá-lo.

Sabia que nunca conseguiria fazer Briar entender. Levantando-se na ponta dos pés, sussurrou no ouvido dele:

– Obrigada pela aventura.

Então ela se soltou dos braços dele e se curvou sobre o príncipe Briar Rose na cama, pressionando sua boca contra a dele. Os lábios do príncipe eram macios, mas, num primeiro momento, ela não sentiu nada, o beijo vazio e frio se comparado ao do rio. Aos poucos, no entanto, Fi sentiu o calor voltando ao corpo dele, e uma mão quente subiu ao seu pescoço, segurando-a. Ela fechou os olhos e agarrou com força o casaco de veludo. O beijo era tudo de suave, tudo de leve e bom entre eles, tudo que tornara Fi a salvadora de Briar Rose. O melhor beijo dos dois, provavelmente porque ela, enfim, se entregara inteira.

Olhos azuis impossivelmente claros piscaram quando ela se afastou, olhando para a figura na cama. Não sabia bem o que dizer. Ainda era Briar? O Briar que dissera amá-la um momento antes? Um sorriso torto esticou a boca dele. O peito de Fi doeu de alívio. A mão de Briar passou pelo rosto dela e se enroscou no cabelo, enrolando os fios macios entre os dedos.

– Fi... – começou Briar, a voz doce como um sino ecoando em seus ouvidos.

Se ela ficasse, se ouvisse o que Briar estava prestes a dizer, sabia que perderia a firmeza.

– Tenho que encontrar Shane – disse Fi.

Ela se afastou, praticamente correndo até a porta.

Na metade da escadaria, quase bateu de frente com Shane, que estava subindo. Fi foi tomada por alívio.

– Shane! – exclamou, agarrando os ombros da parceira. – Você acordou... funcionou.

– Não tão bem quanto o esperado – disse Shane com uma expressão sombria. – Tem alguma coisa errada. Venha, rápido... Você também, Briar – acrescentou, o olhar indo de Fi para Briar, que a seguira escada abaixo.

Os olhos dele estavam escuros e sérios, mas Fi não sabia se era por causa do que acontecera entre eles ou do que os aguardava lá embaixo.

Fi entendeu o que Shane queria dizer no segundo em que chegou ao fim da escada. O castelo estava quieto. Com o fim da maldição do sono, todos deveriam estar acordando, se levantando, sacudindo o século de sonhos. Mas nenhum dos corpos se mexera. O desconforto que seguia Fi desde que chegara ao castelo voltou com tudo, retorcendo suas entranhas em nós. Havia algo de muito, muito errado ali.

Briar passou correndo por ela e se agachou ao lado de uma mulher grisalha que vestia um longo manto azul, chamando seu nome e sacudindo-a devagar. O colarinho da roupa dela era bordado com uma cobra de marfim, e um cantinho da mente de Fi se perguntou se seria uma Bruxa da Ordem da Chuva Ascendente. A cabeça da mulher caiu contra a parede.

Briar olhou para Fi e Shane, lívido de choque.

– Não entendi. Eles deveriam ter acordado.

– Acho que deve ter a ver com isso – disse Shane, se agachando ao lado de Briar.

Ela puxou de leve um fio quase invisível amarrado com força no pescoço da mulher. Afastado da pele, cintilava, amarelo, à luz do sol.

Fio de ouro. O sangue de Fi congelou.

– Quando acordei, estava brilhando – explicou Shane. – E não só nela. Em todo mundo.

Ela apontou para o corredor com a cabeça.

Fi seguiu o olhar dela, horrorizada. Sabendo o que procurava, enxergou: fiozinhos dourados enroscados no pescoço de todas as pessoas largadas pelo corredor, retesados como cordas de piano e invisíveis até a luz refletir.

– A Bruxa dos Fusos – sussurrou Briar, caindo de joelhos, a mão trêmula no ombro da mulher adormecida. – Ela fez isso. Ela os amarrou para não acordarem.

– Vamos dar um jeito nisso.

Shane arrancou uma adaga de prata da bota, pressionando a lâmina contra o fio de ouro.

Fi poderia ter dito que não iria funcionar, mas estava paralisada, como se visse aquilo de muito longe. O sangue ecoava em seus ouvidos, sufocando todos os pensamentos, menos um.

Ela estava certa. *Fora* fácil demais.

A faca de Shane deslizou no fio e fez um corte fundo no dedo. Ela sibilou.

– Não entendi – disse ela, levando o dedo à boca. – Por que a Bruxa dos Fusos faria isso tudo? Se quisesse acabar com eles, não seria mais fácil matar todo mundo?

O silêncio perdurou por um longo momento antes de Briar responder:

– Porque ela ainda não acabou de usá-los – falou, a cabeça abaixada, as sobrancelhas franzidas como se sentisse dor. – A Bruxa dos Fusos sempre drena a magia das Bruxas antes de matá-las. Mas não pode fazê-lo enquanto estiverem protegidas pelo encanto da Bruxa dos Sonhos.

Então ela as amarrara. Para guardá-las para mais tarde, Fi entendeu, como uma aranha que sepulta as presas em teias sufocantes antes de devorá-las à vontade. Não poderiam ajudar Briar, mas ainda pertenciam a ela.

O mundo parecia estar mudando de eixo. A mente de Fi estava a mil, tentando processar. Ela se orgulhava de considerar todas as variáveis, de sempre ter um plano B. Daquela vez não tinha nada. Estavam sozinhos no castelo, na Floresta de Espinhos, sem Bruxas aliadas poderosas, sem plano de fuga. Tinham caído na armadilha da Bruxa dos Fusos, e Fi sentia que o pior ainda estava por vir.

– O que fazemos agora? – perguntou Shane, colocando em palavras o que todos pensavam.

Fi olhou para Briar, mas o príncipe não estava olhando para ela, nem para Shane. Ele olhava para a Bruxa adormecida sob a janela, em uma busca frenética por qualquer sinal de que ela despertaria.

Fi engoliu em seco.

– Briar...

– Não sei – disse Briar, rouco.

De joelhos, ele se encolheu, os dedos agarrados ao cabelo.

– Não sei – repetiu, desesperado. – Não era para acontecer assim. Salvar o reino, derrotar a Bruxa dos Fusos... era tudo parte do plano das Grandes Bruxas. Não sei fazer isso sozinho.

Ofegante, Briar se curvou sobre a Bruxa adormecida.

– Você precisa acordar – suplicou ele, puxando os fios de ouro do pescoço dela até os dedos sangrarem. – Por favor! Eu não posso mais ficar sozinho!

Foi aquilo que fez Fi retomar a consciência. Ela se ajoelhou ao lado de Briar, o afastou da Bruxa adormecida e segurou as mãos dele.

– Você *não* está sozinho!

Fi o forçou a olhar para ela, sangue molhando a mão quando entrelaçou seus dedos.

– Ainda estou aqui, Briar, e vamos sair dessa juntos – disse Fi. – Prometo.

O olhar de desespero de Briar quase partiu o coração dela.

– O que quer que a gente faça, é melhor ser rápido. Vejam.

Shane estava apoiada na janela, encarando a Floresta de Espinhos.

Fi se levantou atrás dela. A princípio, olhando por cima do ombro da parceira, achou que fosse uma nuvem – uma tempestade gigante se aproximando pelo céu. Finalmente entendeu que era uma massa de corvos, as aves voando juntas como um enorme vendaval.

Sem esforço, os relatos da queda de Andar vieram à mente de Fi: "Bruxas fugiram e caíram de joelhos em desespero quando o céu foi coberto por asas pretas farfalhantes, a ira da tempestade de corvos eclipsada unicamente pelo poder e pela crueldade da Bruxa que carregavam. A tormenta furiosa. O arauto da ruína de Andar".

A Bruxa dos Fusos estava a caminho.

Shane se virou da janela.

– Tenho bastante certeza de que é melhor não estarmos aqui quando *aquilo* chegar. Qual é a saída mais rápida? Briar! – exclamou, irritada, quando ele não respondeu, ainda perdido em reflexão.

Briar se sacudiu.

– Os caules das rosas da minha torre descem até o chão. Podemos descer por eles, mas... – hesitou, olhando para as figuras adormecidas – não podemos deixá-los aqui. Temos que salvá-los. Meu irmão, Sage, está no salão do trono...

– Nunca conseguiremos chegar lá – interrompeu Shane. – E, mesmo chegando, acha que nós três conseguiríamos carregá-lo?

Fi sabia que a parceira estava certa. Mesmo que, de alguma forma, conseguissem tirar o irmão do castelo, nunca conseguiriam arrastá-lo através das aranhas, da Floresta de Espinhos e dos escombros. Fi já tinha sérias dúvidas de que eles três sobreviveriam.

Briar também parecia saber. Ele encarou as mãos, como se não entendesse para que elas serviam.

Shane puxou o casaco de Briar para levantá-lo.

– Você só vai salvar seu irmão, salvar todo mundo, se sobreviver para lutar. Agora vamos.

Emoções se debatiam no rosto de Briar: raiva, desespero, preocupação, dor. Finalmente a determinação venceu.

– Certo – disse, apertando os lábios em uma linha reta. – Uma batalha por vez. Primeiro, escapamos juntos.

Shane assentiu, satisfeita, e começou a correr, guiando-os pelo caminho torre acima. Fi seguiu Briar, de olho nas costas da parceira, e se perguntou se tinha acabado de vislumbrar como Shane seria como Rei da Guerra.

Quando chegaram ao alto da escada, Fi correu até a janela. A torre era tão alta que lhe dava vertigem, mas as rosas que protegiam Briar cresciam, volumosas e verdejantes, parede abaixo, em direção ao chão.

– Príncipes na frente – disse Shane, empurrando Briar para a janela. – Isso ainda é um resgate.

– Ela está certa. Vá, Briar – insistiu Fi.

Briar subiu no peitoril e hesitou por um momento, a mão cobrindo a de Fi entre as rosas. Ela nem imaginava tudo que ele pensava ao olhá-la. Tudo que ele disse, porém, foi:

– Não caia.

Não fui eu que passei cem anos sem prática, pensou Fi.

A tormenta de corvos quase chegara à Floresta de Espinhos. Fi via os pássaros do pátio decolando para juntar-se aos outros, batendo as asas freneticamente.

– Vá! Vá! Vá! – gritou Shane, quase jogando Fi pela janela.

Fi olhou de relance para o chão lá longe, ficando tonta, e quase despencou a seu encontro, mal conseguindo se impedir de morrer, graças ao empurrão *solícito* de sua parceira. Shane se jogou depois deles, gritando ao agarrar um punhado de trepadeiras e evitando cair.

Eles aceleraram torre abaixo, mão ante mão, se arrastando entre as rosas na direção dos espinhos pretos abaixo do castelo. Sob os galhos densos se esconderiam dos corvos, mas estariam novamente à mercê da Floresta de Espinhos.

32

SHANE

Shane já vira espinhos suficientes para a vida inteira. Ela abriu caminho pela floresta correndo a toda, deixando o instinto guiá-la pelas voltas e curvas. Não havia como seguir um trajeto em linha reta, mas sair deveria ser mais fácil do que entrar. Afinal, podiam escapar por qualquer lugar, desde que não acabassem no castelo.

A expressão fechada de Fi indicava sua discordância, mas ela era pessimista. Por mais genial que fosse, sua parceira tinha o péssimo hábito de desistir com facilidade, como se a resposta não existisse, se ela não a visse. Era aí que entrava Shane. Ela aprendera por experiência que, desde que não desistisse, sempre haveria chance de dar a volta por cima.

Shane pulou um galho afiado que cruzava seu caminho e olhou de relance para o céu. Não via mais os corvos, e só notara alguns fios de teia esgarçada entre os galhos, mas não era boba a ponto de baixar a guarda.

Eles irromperam em uma clareira. Shane desacelerou, considerando os próximos passos. Uma reentrância escura, profunda e comprida como um túnel, cortava o bosque do lado oposto da clareira, mas ela via pelo menos mais três lugares em que os espinhos formavam caminhos divergentes. Qualquer alternativa podia levá-los para fora – ou mais para dentro.

Fi estava curvada, ofegante, e Briar Rose parecia prestes a desmaiar. Ela não tinha tempo de errar. Por mais voltas que tivessem dado, no fundo do peito Shane ainda sabia de que direção tinham vindo. Ela precisava confiar em si mesma. Fixou o olhar no túnel escuro.

Um uivo assustador quebrou o silêncio da floresta. Shane soltou um palavrão baixinho. O chamado ecoou entre os pilares de espinhos, seguido por outro e mais outro, até a gaiola de galhos toda tremer com a aproximação de algo que esmagava os galhos ossudos. Ela não via o que era, mas acreditava vislumbrar um movimento à esquerda, uma sombra à espreita entre as árvores.

Aranhas não uivavam. Era uma nova ameaça – algo que estivera escondido na Floresta de Espinhos, à espera deles.

– Fiquem atrás de mim – avisou para Fi e Briar, pegando o machado.

Outro uivo se ergueu acima do resto, demorado e estarrecedor. Lembrava os chamados dos lobos em Steelwight, que ecoavam pela neve profunda e pelos vales de gelo. Quando aquele uivo desesperado cessou, os outros cessaram também. A barriga de Shane revirou no silêncio repentino.

– Será que eles estão se afastando? – sussurrou Fi.

– Não – disse Shane, firmando a mão no machado.

A maioria dos animais ficava quieta quando estava prestes a atacar.

Gravetos e galhos explodiram quando a primeira criatura arrebentou os troncos grossos. Outra se seguiu, e mais outra. Em segundos, estavam cercados.

Shane puxou o ar por entre os dentes. Ela estava errada. Não eram lobos – eram *monstros*.

Passara tempo o bastante em bosques profundos e vira lobos de perto. Eram animais majestosos, com pelagem macia em cores discretas, bonitos e inteligentes. Os lobos cinzentos de Icefern eram até venerados como presságios de sorte. Os animais na frente dela se assemelhavam mais aos monstros grotescos das histórias de fantasma de sua avó, feras colossais cobertas por pelagem espessa, suja e arrepiada. Tinham pelo menos o dobro do tamanho de lobos normais, e as costas deformadas por saliências grossas de espinhos apodrecidos. Uma criatura branca enorme, nitidamente o líder, mastigou um galho pontudo, transformando-o em lascas.

Shane não conseguira nem amassar os espinhos, mas os monstros os estraçalhavam como gravetinhos. Eram criaturas da Floresta de Espinhos, criaturas da Bruxa dos Fusos.

Fi conseguira pegar a corda, apertando os dedos com força ao redor do material esgarçado. Briar se inclinou um pouco para a frente.

– A gente foge? – murmurou ele.

Shane rangeu os dentes.

– Não dá. Vão matar a gente nas árvores.

Quatro das feras rondavam a clareira, mas ela via outras formas em movimento entre os espinhos, bloqueando a rota de fuga.

Ela sabia que tinham escapado muito fácil do castelo. Tinham ido exatamente para o lugar onde a Bruxa dos Fusos queria que fossem: aos dentes dos seus monstros.

Shane analisou o lobo branco que a encarava. Os outros se esgueiravam pelas bordas da clareira, e Shane virou a cabeça de um lado para o outro, tentando localizá-los ao mesmo tempo. Ela encontrou o olhar de Fi por cima do ombro.

– Vamos ter que sair daqui na briga – disse em voz baixa. – Vou mantê-los afastados de você e de Briar como puder. Só... fica viva, tá? Não cheguei até aqui só para perder uma parceira agora.

Fi arregalou os olhos.

– Shane...

– Cuidado! – gritou Briar.

Uma das feras investiu contra Fi. O monstro estalou os dentes no ar, e Briar agarrou Fi pelo cotovelo, saindo do caminho com ela. Shane atacou com força e rapidez, acertando o bicho bem na costela e o arremessando nos espinhos. O lobo branco aproveitou o momento de distração para atacar, se jogando contra o pescoço dela.

Shane se esquivou – por pouco. A trança caiu solta em suas costas, o nó desfeito por aqueles dentes afiados. Ela não ficaria surpresa se tivesse perdido uns centímetros de cabelo. Agarrando o machado com as duas mãos, enfiou a lâmina no pescoço da criatura. A cabeça monstruosa foi jogada para o lado, fazendo voar saliva – mas logo voltou contra ela, arreganhando e batendo os dentes, empurrando Shane com o ombro largo e jogando-a com tudo no chão.

Shane ofegou ao bater na terra. O machado deixara uma fenda na pelagem grossa do lobo, mas o animal não sangrava. Nem mesmo uma gota escurecendo os pelos fétidos.

A fera se virou, correndo na direção dela. Shane levantou o machado bem a tempo de enfiar o cabo na boca do bicho, bloqueando sua mordida.

Ela vira aquelas presas quebrarem com facilidade os espinhos indestrutíveis, e sabia que o machado só duraria alguns segundos. Era preciso agir mais rápido.

Com as costelas ardendo e os braços tremendo, Shane se esticou até conseguir dar um chute bem na garganta do monstro. A força do golpe o jogou no chão, e o animal se afastou, se recompondo. Shane se forçou a levantar. As costelas machucadas doeram com uma pontada, avisando que ela não deveria repetir aquele movimento.

– Briar! – gritou Fi.

Shane se virou bruscamente. Um dos lobos tinha fechado os dentes na bota do príncipe e o arrastava para os espinhos. Em segundos, ele estaria perdido. Ofegante, Shane se arremessou contra o lobo. Os ossos do ombro dela estalaram quando ela bateu contra o flanco cavernoso, e os dois saíram rolando pela terra. Briar escapou aos tropeços, sem fôlego.

– Shane, atrás de você!

Shane viu de relance as presas amareladas seguindo em sua direção, saliva voando e pelos arrepiados. Até que algo as deteve – a corda de Fi, enroscada na pata traseira do lobo, se esforçando para arrastá-lo. Shane estava agradecida pela determinação da parceira, mas se agarrar àquela corda estava prestes a passar de muita coragem para muita tolice. O lobo rosnou, espumando pela boca, ao se virar contra Fi.

– Cubram os olhos!

Shane presumiu que Briar não estava falando com os lobos, e cobriu o rosto com o braço. Um lampejo de luz brilhante se espalhou a seu redor, tão claro que ela viu estrelas, até de olhos fechados. Dava para ouvir os monstros ganindo. Tateando às cegas, encontrou o machado – e girou o corpo com força, arremessando o machado e atingindo a barriga do lobo mais próximo. Um uivo foi arrancado da garganta podre do animal. A corda de Fi caiu quando o monstro saiu correndo de volta às árvores, os olhos amarelos estreitos, à espreita por entre os espinhos.

As costelas de Shane estavam pegando fogo sob a pele. Ela rolou até se apoiar nos cotovelos, juntando forças para se levantar – mas Fi apareceu, oferecendo uma mão para puxá-la.

– Valeu pela ajuda – disse Shane, ofegante.

Fi afastou o cabelo do rosto.

— Também não quero perder minha parceira — admitiu, permitindo-se um raro sorriso.

Shane desejava ter um segundo para aproveitar o momento. No entanto, os lobos já estavam se recompondo, e eram muitos. A qualquer instante, os monstros os dominariam. Ela esfregou uma mão na boca, o peito balançando. Os braços dela tremiam devido ao peso do machado. Naquele ritmo, ela não aguentaria muito mais — nem Fi, nem Briar.

Shane não desistiria, mas suas ideias tinham acabado. Como lutar contra algo que não sangrava?

Um assobio ressoou das profundezas do bosque. Os lobos empertigaram as orelhas, alertas e atentos. O assobio soou mais duas vezes, forte e agudo. Até que uma figura apareceu na abertura que o enorme lobo branco fizera ao arrebentar os espinhos, a capa colorida era uma mancha carmesim na floresta escura.

O queixo de Shane caiu quando Red adentrou a clareira. O que ela estava fazendo ali?

Dessa vez usava um vestido simples, de mangas esvoaçantes, justo no peito, com uma saia longa de camadas irregulares. Olhos astutos encontraram os de Shane quando Red abaixou a mão.

— Cuidado! — gritou Shane, sentindo um aperto no peito quando o lobo branco gigantesco pulou na direção de Red.

Shane esticou a mão, desesperada — e congelou quando a criatura parou de repente e abaixou a cabeça, empurrando o focinho na mão aberta de Red. A garota abriu um sorrisinho tímido.

— Você — sussurrou Shane, se revirando por dentro, com horror e descrença.

— Ah, sim. Eu — concordou Red, coçando atrás das orelhas do lobo deformado, que estava com a língua pendurada para fora da mandíbula ossuda.

— Esses monstros... — disse Shane, engasgada.

No fundo ela sabia o que estava acontecendo, o significado de Red estar ali, ao lado do lobo. Contudo, cada fibra de seu corpo implorava para não ser verdade.

– Meus bichinhos de estimação – disse Red, carinhosa. – Não precisa ter medo deles. São muito bem adestrados.

O coração de Shane ecoava até a cabeça. Ela sentiu Fi e Briar se aproximando por trás dela, hesitantes. Finalmente, algo tocou seu ombro – a mão de Fi, encostada nela em uma combinação de "Estou aqui" e "Te avisei". Shane não sabia o que era pior.

– Por que você nos atacou? – perguntou.

Red franziu os lábios.

– Não estou *te* atacando, Shane. Não tenho nada contra você. Na verdade, tentei te oferecer uma saída.

O peito de Shane deu um pulo, lembrando a súplica de Red para irem embora juntas.

"Não existe depois. Não para nós."

Red sabia – naquele momento, soube exatamente o que aconteceria. Talvez fosse o motivo de ter se mostrado tão devastada, como se ir embora arrancasse seu coração do peito. Shane entendia. Era o que ela estava sentindo naquele momento, lembrando cem pequenos momentos entre elas – o sorriso ousado de Red quando correram pela feira, a canção doce e vulnerável, o corpo suave junto ao de Shane na dança, o calor do beijo de despedida. Era tudo mentira?

Red pareceu ler tudo aquilo em seu rosto. Ela inclinou a cabeça, com um sorriso sarcástico.

– Não precisa ficar tão magoada. Não é pessoal. Estou só seguindo ordens.

Briar ficou tenso.

– Você trabalha para a Bruxa dos Fusos.

Red deu de ombros, mas não negou.

As últimas esperanças de Shane desmoronaram.

– Mas você nos ajudou a chegar aqui – protestou. – Se ela estivesse tentando nos impedir...

– Impedir? – questionou Red, parecendo achar graça. – Se a Bruxa dos Fusos quisesse impedi-los, vocês estariam mortos muito antes de chegarem ao castelo. Ela, mais do que qualquer outra pessoa, queria que Briar Rose acordasse.

O olhar dela passou para o príncipe.

– Ela tem muitos planos para Vossa Majestade – prometeu Red, antes de se voltar para Fi. – É por isso que me mandou para ficar de olho em vocês, para segui-los e informá-la e, acima de tudo, para garantir que o príncipe ganhasse seu beijinho.

A expressão de Fi se transformou, com horror e compreensão.

– Porque ela não conseguia alcançar Briar em sonho. Precisava que eu o acordasse.

– Que espertinha – confirmou Red. – Provavelmente é por isso que quer te matar, Fi. A Bruxa dos Fusos foi bem explícita quanto a isso. Matar você e levar Briar Rose de volta, vivo.

– E eu? – perguntou Shane, empurrando Fi para trás, esperando que a parceira tivesse o bom senso de ficar ali.

Red desceu os dedos pela coluna do lobo branco.

– Acho que a Bruxa dos Fusos não sabe da sua existência, Shane. Provavelmente é melhor assim, não acha? – perguntou, arqueando a sobrancelha.

Shane não aguentava aquela expressão. Era ao mesmo tempo estranha e conhecida – o sorriso provocante de Red, porém mais afiado, cortante como cacos de vidro. Como podia ser a mesma garota que dançara com ela em Bellicia, que implorara para Shane não se apaixonar, pois acabaria magoada? Era aquela a garota que ela precisava trazer de volta.

– Você não é assim de verdade, Red – suplicou Shane. – Eu sei e, no fundo, acho que você também sabe.

– Como sou de verdade – riu Red, rouca. – Eu nem saberia dizer. A Bruxa dos Fusos me acolheu e me fez um favor que não posso pagar. Sou a caçadora de relíquias dela. É isso que sou, Shane – disse, seu olhar queimando na luz baixa. – Mas você está certa sobre uma coisa: eu queria mesmo que a nossa história acabasse de outro jeito.

Por um segundo, Shane achou ver um lampejo da Red de verdade, a fachada rachando quando a garota esticou a mão, de palma para cima.

– Vou te dar uma última chance. Vá embora agora, e eu pouparei sua vida.

Ali estava de novo: o mesmo desespero, a mesma rachadura na máscara perfeita que Shane vira na noite anterior.

— Eu já disse que vou ficar — rosnou Shane baixinho. — Agora é sua vez de escolher — falou, levantando o machado sobre o ombro. — Não sei o que aconteceu com você. Não sei o que deve à Bruxa dos Fusos. Mas sei que não é tarde demais. Ainda posso te ajudar.

Red riu com desdém.

— Por favor. Você nem sabe *se* ajudar.

Todo o calor sumira do rosto dela.

Shane sustentou o olhar de Red, tentando demonstrar tudo que sentia naquela expressão.

— Se pudesse fazer tudo de novo, mesmo sabendo, desde o começo, onde isso terminaria, eu ainda tentaria te salvar.

— Eu sei — murmurou Red. — Foi o que tornou tudo tão fácil.

Ela levou os dedos à boca, se preparando para assobiar.

— Você vai se arrepender de trabalhar para a Bruxa dos Fusos — disse Briar.

Shane não sabia se era uma ameaça ou um aviso.

Os dedos de Red hesitaram logo à frente da boca. Uma sombra de medo perpassou seu rosto.

— Acho que eu me arrependeria mais de ir contra ela.

Em seguida, a boca de Red se curvou em um sorriso cruel.

— Além do mais — continuou —, só preciso matar um de vocês.

Ela levou o olhar para Fi e soltou um assobio agudo.

Outro lobo explodiu de entre os espinhos, bem atrás de Fi. Deveria estar dando a volta neles enquanto Red falava.

Shane soltou um palavrão. Ela devia ter se preparado!

Lascas dos espinhos quebrados voaram para todo lado. Fi levantou os braços. Um pedaço de madeira bateu com força na cabeça dela, e Shane, desamparada, viu Fi desabar no chão, arregalando os olhos de choque antes de fechá-los. O lobo gigante parou em cima dela, os dentes arreganhados em um rosnado triunfante.

— Não! — berrou Shane.

Ela não conseguiu dar nem um passo. A clareira inteira foi mergulhada em sombra, como se algo arrancasse o sol do céu. As árvores espinhentas pareciam se retorcer na luz estranha.

Briar se mexeu mais rápido do que o olhar de Shane conseguia acompanhar. Em um segundo estava atrás dela e, no seguinte, fechara a mão ao redor do pescoço de Red. A mulher engasgou, o som abafado quando ele apertou mais forte.

Shane só conseguiu olhar. As pontas dos dedos de Briar tinham se alongado, terminando em garras ossudas. O cabelo dourado fora jogado para trás, e poder fervilhava ao redor dele. Shane estremeceu ao ver sua expressão. A boca dele se torcera em um sorriso, e os olhos ardiam, derramando desdém ao analisar o rosto chocado de Red. Uma só gota de sangue escorreu pelo pescoço dela, de onde a ponta curva da garra dele furava a pele macia.

Sombras saíam de Briar. Até os monstros se encolheram diante dele, ganindo e se arrastando de barriga na terra.

— Mande eles pararem — advertiu Briar, empurrando Red na direção dos espinhos.

O sangue de Shane ecoava nos ouvidos. Briar Rose, o príncipe de Fi, acabara de salvar sua vida, mas mesmo assim tudo dentro de Shane gritava que aquilo estava errado.

Red tossiu, fraca. Ela soltou dois assobios rápidos. As criaturas se levantaram, ressabiadas, e escaparam para a floresta. O lobo branco gigante foi o último a ir embora, ganindo da beirada das árvores, olhando para Red.

— Fiz o que pediu — começou Red, erguendo as mãos para segurar os dedos de Briar em seu pescoço. — Me solte, ou…

— Ou? — repetiu Briar, a voz sedosa e perigosa.

Ele a empurrou, e Red ofegou ao se aproximar cada vez mais dos espinhos, até estar a um milímetro de ser empalada. O peito dela subiu e desceu.

— Por favor — implorou, chorando.

Ela não olhava para Briar. Estava focada em Shane.

Shane viu o que estava prestes a acontecer, quase em câmera lenta. Briar retorceu a boca, tensionou os músculos. Ele ia prensá-la contra os espinhos cortantes. Red ia morrer, e só Shane poderia impedir isso de acontecer.

Se escolhesse. Não seria aquele um tipo de destino?

Shane não sabia bem quando tinha começado a correr. Estava agindo por puro instinto. Não sabia se era por causa da expressão aterrorizada de Red, ou porque Fi não ia querer que Briar se perdesse na escuridão, ou se, apesar da traição, apesar de tudo, porque alguma parte dela ainda estava apaixonada por Red. Só sabia que não podia permitir que aquilo acontecesse.

– Pare!

Shane levantou o machado e desceu a parte posterior contra as mãos de Briar. Ela não se importava de quebrar os pulsos dele.

Briar soltou Red, dando um pulo para trás e deixando a garota cair no chão. Seus olhos em chamas se viraram para Shane.

– Vá embora! – gritou Shane para Red, postando-se entre os dois.

Red olhou para Shane, surpresa. Em seguida, se virou e correu, a capa vermelha esvoaçando em seu encalço enquanto desaparecia na escuridão atrás dos lobos. Shane esperava muito, muito mesmo, que não se arrependesse de poupar a vida de Red. No momento, seus problemas eram maiores.

Ela se voltou para Briar, sem saber o que esperar. A expressão dele era de fúria. Shane tinha a sensação incômoda de que ele estava prestes a retalhá-la, e que só se arrependeria de ter sujado o casaco de sangue. Ela apertou o machado, se preparando.

Um gemido interrompeu o impasse – Fi estava se mexendo, retomando a consciência devagar. Briar olhou para ela, e sua expressão assassina se desfez, substituída por choque. Ele ergueu as garras à frente do rosto, andando para trás como se pudesse fugir do que quase fizera.

Briar sacudiu as mãos, e Shane viu as sombras e as garras de osso desaparecerem, deixando apenas o Briar de sempre, de casaco azul, dedos trêmulos. Shane não abaixou o machado.

Briar abriu um sorriso fraco, que não chegou aos olhos.

– Não precisa disso – falou. – Voltei a ser eu mesmo.

Era o *voltei* que não descia bem para Shane.

– O que acabou de acontecer? – perguntou.

– Perdi o controle da minha magia por um momento – disse Briar. – Mas acabou. Não vai se repetir.

Ele falou com firmeza, como promessa para si mesmo, mas se o *controle* de Briar fosse como o de Fi, não era muito confiável.

Shane entendia que a vida de Fi estava em perigo. Até compreendia a ideia de Briar perder o controle da magia. O que não conseguia ignorar era a imagem do rosto dele se retorcendo em um sorriso, se preparando para esmagar Red contra os espinhos, se deleitando com o ato.

– Briar? Shane?

Fi sentou devagar, levando a mão à cabeça.

Briar avançou na direção dela, mas Shane entrou no caminho, encostando o machado reluzente no peito dele.

– Se você for um perigo para ela...

– Não sou – disse Briar, desesperado. – Eu nunca faria nada para machucar Fi. Você não me conhece há tanto tempo, mas precisa acreditar em mim. Por favor. Quanto mais nos demorarmos aqui, mais tempo a Bruxa dos Fusos terá para nos impedir.

E, com *impedir*, ele queria dizer *matar*. Pelo menos a ela e a Fi. Relutante, Shane abaixou o machado.

– Está bem. Mas eu e você teremos uma boa conversa mais tarde.

Briar assentiu, se esquivando dela e correndo até Fi. A parceira de Shane estava um pouco abatida, sangue escorrendo devagar da cabeça, molhando o lado do rosto. A aparência era horrível, mas Shane sabia, por experiência própria, que feridas na cabeça sangravam muito.

O garoto ajudando Fi a se levantar não se assemelhava em nada ao espectro de pesadelo que quase empalara Red nos espinhos. Mas aparências podem enganar.

Shane olhou para a clareira estilhaçada, imaginando Red nas profundezas do bosque escuro, cercada por seus monstros. Ela não sabia se fizera a coisa certa ao deixar Red ir embora. Contudo, mais do que nunca, sabia que a história delas não tinha acabado.

33

FI

F I LIMPOU O SANGUE DO OLHO, GALHOS PASSANDO RÁPIDO ACIMA DELES enquanto corriam. Um túnel escuro de espinhos se estendia à frente deles, mas Fi mal enxergava, de tanto que a cabeça latejava, a dor batendo como uma marreta em seu crânio. As pernas dela estavam fracas e moles, os joelhos ameaçando ceder a qualquer momento.

A névoa em seu cérebro finalmente começava a se dissipar, mas ela devia ter batido a cabeça com mais força do que imaginara, porque, quando começara a despertar, acreditava ter visto Shane brigar com Briar. Mas era impossível. Não era?

As sombras estavam ficando mais espessas, o túnel de galhos retorcidos se fechando ao redor deles como um laço. Fi tentou não imaginar lobos monstruosos irrompendo dos espinhos. Ela não via uma saída – só mais escuridão, se estendendo eternamente. Talvez fosse outro beco sem saída. Os passos dela desaceleraram, e Briar parou a seu lado. Shane quase bateu neles, vindo de trás.

– Estamos chegando, estou sentindo – prometeu Shane, apesar de não ter prova alguma daquilo.

Uma brisa suave tocou seu rosto como uma mão macia, entrando pelo espaço entre os galhos. Fi cerrou os olhos, tentando localizar a sensação conhecida. Ela os abriu de repente. Pedacinhos de papel queimado, alguns já em cinzas, e outros ardendo em brasa, formavam um redemoinho ao redor dela, voando e se juntando como um cardume de peixes.

Papel. Fi arregalou os olhos. Claro que conhecia aquela magia. Era a primeira magia que já vira – o poder que concedia pequenos desejos.

Shane gargalhou alto, pegando um pouco de papel.

– Inacreditável! Aquele Bruxo veio nos mostrar a saída!

Fi sentiu o coração crescer até doer. O papel estremeceu no ar antes de sair voando, abrindo caminho pela escuridão.

– Vamos! – disse Shane, empurrando-os para a frente.

Fi juntou o que restava de energia e seguiu os papeizinhos que cintilavam como um rastro de estrelas.

Em determinado momento, sem pensar, segurou a mão de Briar. Ele a segurava com força, a mão suada e até um pouco grudenta de sangue, mas era sólida, concreta, de um jeito que Briar nunca fora antes. Fi não sabia o que aquilo significaria para ele – não sabia nem o que significava para *ela* –, além de que, apesar de tudo que acontecera, ele ainda estava ao lado dela.

Os pedaços de papel diminuíram até uma única fagulha flutuar pelo ar diante dela. Fi avançou, os espinhos espetando sua pele. Finalmente, um lampejo forte atingiu seus olhos: um círculo luminoso de luz do sol a distância e, além dele, o Bruxo do Papel, todo de branco, iluminado como um farol.

Com um suspiro, Fi e Briar atravessaram a última camada de espinhos. O Bruxo do Papel segurou o ombro de Fi, mantendo-a de pé.

– Você está aqui – disse ela, rouca.

Ele não parecia real, o cabelo loiro e fino, o sino tilintando, o manto imaculado, intocado pelos escombros.

– Filore – disse o Bruxo do Papel, os olhos azuis apertados enquanto ele segurava os ombros dela. – Estou tão aliviado em vê-la.

– E eu? – perguntou Shane, praticamente agachada, as mãos nos joelhos.

O homem riu.

– Certamente não quer dizer que eu deveria me preocupar com *você*.

Em seguida, ele se virou, abrindo um sorriso gentil para o último membro do grupo.

– E Príncipe Briar Rose – disse o Bruxo do Papel, fazendo uma reverência, os olhos reluzentes. – Permita-me ser o primeiro de seu povo a dar-lhe as boas-vindas.

– Obrigado – disse Briar, a voz soando um pouco grossa.

Fi via a importância do momento para os dois. Ainda ouvia a voz do Bruxo do Papel em sua memória, de quando ele examinara a marca do fuso em seu dedo: "O momento por que todos os descendentes de Andar esperavam havia tantos anos". Ela deu um passo para trás e os deixou conversar, voltando-se para encontrar a parceira.

Shane estava a alguns passos dali, de braços cruzados. O rosto pálido reluzia de suor, o vento fustigando o cabelo castanho-acinzentado desgrenhado. Fi caminhou até ela. Juntas, olharam para a floresta descomunal, em busca do brilho branco do castelo perdido entre os espinhos. A tormenta de corvos gigantesca descera sobre ele como uma mortalha, alguns sobrevoando as torres mais altas, outros empoleirados nas muralhas e ameias.

– Essa definitivamente vai entrar para a história – disse Shane, sacudindo a cabeça.

Fi sabia o que ela queria dizer. Por um segundo, imaginou a história delas escrita em um dos livros infantis, uma ilustração espetacular de Fi, Shane e Briar diante de um mar de rosas vermelho-carmim. Pelo sorriso da parceira, sentia que Shane imaginava outra versão, provavelmente contada em uma taverna para uma bela moça.

– Quase morremos – lembrou Fi.

– E, ainda assim, sobrevivemos – retrucou Shane, sem parecer especialmente preocupada.

Fi cruzou os braços, contendo um sorriso.

– Não saímos com tesouro nenhum.

– Saímos com um príncipe. Eles valem muito.

Como refém? Era o que a voz de Shane dava a entender. Fi riu, a contragosto.

– A Bruxa dos Fusos ainda está à solta.

Shane fez uma careta.

– É, isso vai dar problema.

– De todas as perspectivas, essa missão foi um fracasso.

Shane deu de ombros.

– Só se acabar aqui. Não gosto de deixar as coisas pela metade. Além do mais, atravessamos a Floresta de Espinhos, o que todo mundo dizia ser impossível, quebramos a maldição do príncipe de Andar, escapamos da Bruxa do mal mais poderosa da história e até fizemos o Bruxo do Papel sair de casa uma vez na vida. Eu diria que é um bom começo, parceira.

Bom, pensando por esse lado... Fi sorriu para a caçadora.

– Ainda é só essa missão, certo, *parceira*?

A expressão de Shane valia ouro.

– Palavra de honra.

EPÍLOGO

BRIAR ROSE

B RIAR SE RECOSTOU NO ABRIGO DA TORRE QUEBRADA ONDE TINHAM MONtado acampamento, olhando para as estrelas que piscavam através da névoa de poeira preta. A noite caíra sobre o reino de Andar como um manto. Pela primeira vez na vida, Briar vira o sol se pôr de fora dos muros do castelo.

Ele esticou os pés na direção da pequena fogueira, fazendo uma careta quando os joelhos estalaram. Briar passara um século sonhando com a volta ao corpo de verdade, mas esquecera muitas coisas, ou nunca as soubera. O braço latejava, marcado por arranhões vermelhos que sofrera durante a fuga através da floresta. As pernas rangiam como se feitas de madeira, e ele tinha bastante certeza de que não conseguiria correr nem mais um passo, nem que fosse para salvar a própria vida. Não parava de espirrar, por causa da poeira que entrava no nariz. Contudo, havia algo de satisfatório em cada ardência, hematoma, espirro e dor – porque ele sentia. Sentia tudo.

Briar olhou para os dedos, se lembrando da agonia dos fios de ouro cortando sua pele. Ele não via mais os cortes, pois as mãos tinham sido enfaixadas com finas tiras de papel branco, todas gravadas com as letras compridas e curvilíneas da Rosa Divina. Aquela língua, ele sabia ler. No segundo em que os curativos foram feitos, a dor sumira.

O Bruxo do Papel estava sentado diante dele, rabiscando os mesmos símbolos em mais curativos. Fi e Shane tinham adormecido havia horas.

Fi estava enroscada de lado, perto da fogueira, com a parceira largada a seu lado. Se Shane se esticasse mais um pouco, ia socar o nariz de Fi.

O Bruxo do Papel sacudiu a cabeça, demonstrando carinho. Briar sentiu um aperto no peito, imaginando o mesmo sorrisinho discreto em outro rosto. Era a expressão que sua irmã, Camellia, fazia sempre que ele trazia uma flor com as raízes ainda sujas de terra, ou inseria um poema absurdo em um dos livros de feitiço das Grandes Bruxas, só para ver se notariam. Elas sempre notavam.

Procurando as semelhanças, era inconfundível: a silhueta esbelta, o cabelo loiro-prateado comprido, a faísca de compreensão nos olhos azuis e o brinco de cristal elaborado, esculpido com um sinal vermelho bem no fundo. Só de perto ficava claro ser uma rosa. Briar encostou a cabeça na parede de pedra.

– Eu deveria saber que você era o neto de Camellia.

O Bruxo do Papel sacudiu a cabeça.

– Não era para você saber. Feitiços contra maldições são muito peculiares... eu não podia interferir sem correr o risco de mudar o resultado.

Briar suspirou.

– Eu não me incomodaria se tivesse mudado. Pelo menos um pouco.

Ele fechou os olhos por um segundo, tentando não imaginar o irmão caído no trono, fios de ouro apertados em seu pescoço. Sage e todas as pessoas do castelo ainda dormiam, e ele simplesmente as abandonara.

O Bruxo do Papel esticou uma mão, tocando o cotovelo de Briar.

– Não havia mais nada que você pudesse fazer por eles. Pelo menos por enquanto.

Briar levantou a cabeça abruptamente, e o Bruxo do Papel riu baixinho diante da expressão surpresa.

– Não é o fim – disse ele. – É só o início.

Briar engoliu em seco. Era exatamente o que Camellia teria dito se estivesse sentada a seu lado, com flores, em vez de papel, caídas no colo. A dor da saudade dela ainda estava presente, mas ficou mais suave, sabendo que um pouco da magia dela ainda vivia no Bruxo do Papel – e talvez em outras Bruxas. Uma linhagem inteira de descendentes reais com olhos azuis e sorrisos astutos. Talvez um dia ele até os conhecesse, enfim livre da maldição do sono.

O fogo enfraqueceu, como se prestes a se apagar. Automaticamente, Briar ergueu a mão, chamando a magia já conhecida para convocar fagulhas aos dedos. O Bruxo do Papel segurou seu pulso, o rosto sereno tornando-se sério de repente.

— Eu tomaria cuidado ao invocar esse poder — advertiu.

Briar puxou a mão.

— Por quê?

O Bruxo do Papel inclinou a cabeça.

— Magia pode ser imprevisível — disse por fim. — Faz muito tempo que você está conectado à Bruxa dos Fusos. Temo que usar seu poder o torne mais suscetível a se perder. Lembre, Briar: as Grandes Bruxas impediram a Bruxa dos Fusos de tomá-lo em seu aniversário de dezesseis anos, mas, até ela ser derrotada, você nunca estará completamente livre.

Briar engoliu em seco, olhando para as mãos. Sob os curativos brancos, elas eram macias e humanas, sensíveis onde os fios as cortaram. Mesmo assim, ele ainda se lembrava da sensação de se perder no poder, das garras ossudas apertando o pescoço de Red. Não queria sentir aquilo de novo nunca mais.

O Bruxo do Papel assentiu, solene.

— Vejo que você entende o que está em jogo.

Ele observou Briar por mais um momento e finalmente se levantou para pegar mais lenha, tocando de leve o ombro do príncipe.

— Tente lembrar. Magia, sobretudo a *sua* magia, Briar Rose, funciona melhor para pequenos desejos.

Briar se lembrava daquela declaração. *Pequenos desejos* era o que Camellia acreditava ser a função da magia — uma filosofia que devia ter passado adiante, para os descendentes.

O Bruxo do Papel se afastou. Com as mãos trêmulas, Briar pegou um graveto e cutucou os pedacinhos de lenha na fogueira, restos velhos de assoalho e corrimão que tinham encontrado nos prédios desmoronados ao redor da torre. Quando criança, ele acreditara na filosofia da magia da irmã sem questionar, mas não conseguia mais deixar de se perguntar se pequenos desejos eram o bastante.

Olhos cor de mel se abriram, piscando, pegando-o no ato de se curvar sobre ela — o mesmo olhar que trocaram na torre, mas a posição invertida.

Briar se endireitou correndo.

– É o meio da madrugada – disse ele. – Você devia voltar a dormir.

– Você está acordado – argumentou Fi.

Ela se levantou um pouco, se apoiando no cotovelo. O casaco de Briar deslizou do ombro de Fi, e ela o pegou de volta.

Briar riu baixinho.

– Passei a vida dormindo. Muitas vidas, na verdade. Se insistir nesse sono da beleza, vou ficar bonito demais, e você não vai mais gostar de mim.

A piada escapou antes que Briar tivesse tempo de pensar. Ele inspirou rápido demais, e a dor o alcançou, latejando em seu peito como um soco. Sentado ao lado de Fi no escuro, com a luz do fogo refletida nos olhos dela, ele quase esquecera que ela o rejeitara meras horas antes. As palavras dela ecoaram em sua mente. "Não é nosso destino."

– Fi... Eu... – gaguejou Briar, sem saber como voltar atrás.

– Não – disse Fi, sacudindo a cabeça. – Você está certo. Acho que não gostaria de viajar com alguém *tão* bonito assim.

A boca da garota se curvou em um sorriso, e Briar riu de alívio, um nó de tensão se desfazendo dentro de si. Ele perdera o coração de Fi – mas, mesmo sem isso, não queria abandonar a esperança de ser amigo dela. Havia uma coisa que ainda precisava dizer, contudo.

– Você não precisa mais viajar comigo – disse ele, e então fez uma careta ao ver Fi piscar, surpresa. – Calma, me expressei errado. Só quis dizer que o vínculo do fuso entre nós foi rompido.

Devagar, ele desfez os curativos e ergueu a mão perto do fogo. Não havia mais fio vermelho enroscado em seu dedo, nada de linha cintilante o amarrando a ela. A marca de Fi também desaparecera.

– Se você for embora de Andar, a Bruxa dos Fusos não terá motivo para te perseguir. Eu darei um jeito de salvar meu reino e derrotá-la de vez. Mas...

– *Nós*, você quis dizer – interrompeu Fi, falando com tanta tranquilidade e certeza que o coração de Briar parou por um instante. – Nós vamos fazer isso tudo.

– Tem certeza? – perguntou ele, hesitante, mesmo que não quisesse, de jeito nenhum, encorajá-la a ir embora.

Fi o olhou, séria.

– Quero ver você tentar se livrar de mim... ou de Shane, por sinal. Ela já decidiu que você é a melhor chance de ela encontrar riquezas e glória inimagináveis.

O rosto dela se suavizou e ela o cotovelou de leve, fazendo Briar dar um pulo ao toque. Fi sorriu.

– Prometi que daríamos um jeito nisso juntos, lembra? – disse, oferecendo a mão para Briar. – Vamos continuar... até a Bruxa dos Fusos ser derrotada e Andar estar livre.

– Até Andar estar livre – concordou ele, já se sentindo mais leve.

Ele mal conseguia respirar, temendo que fosse tudo um sonho, que ele fosse acordar sozinho. Mas a mão dela era quente e concreta – a mesma mão que agarrara a dele, guiando-o pela Floresta de Espinhos até chegar à luz. Alguém um dia lhe dissera que uma garota viria salvá-lo, e ela o salvara. O resto, podiam fazer juntos.

AGRADECIMENTOS

LANÇAR UM LIVRO É UMA JORNADA DESAFIADORA, MARAVILHOSA, INCRÍVEL e apavorante. São tantas as pessoas que ajudaram este sonho a virar realidade, e sinto gratidão por todas elas!

Obrigada às minhas maravilhosas agentes, Carrie Hannigan e Ellen Goff, que viram o potencial deste livro e trabalharam incansavelmente para encontrar um lar para ele. Eu não poderia pedir por parceiras e defensoras melhores nessa jornada! Também agradeço a Rhea Lyons, Soumeya B. Roberts e toda a sensacional equipe da HG Literary.

Obrigada a Arianne Lewin, a melhor editora possível para uma autora estreante. Seus conselhos e suas sugestões foram perfeitos. Você levou a mim e a este livro muito além do que achei que chegaríamos, e fico impressionada com quem Fi e Shane se tornaram sob a sua orientação!

Obrigada à minha equipe incrível na Putnam: Elise LeMassena, Anne Heausler, Jessica Jenkins e a todos que possibilitaram este livro.

Obrigada a Chris Lupo e Verve. Vocês me maravilharam com seu entusiasmo.

Obrigada a Rosaria Munda e Akshaya Raman, autoras sensacionais que me procuraram naqueles primeiros dias confusos depois de assinar meu contrato, quando estava tão perdida. Adrienne Tooley e Alexandra Overy: vocês são tão gentis e me deram tantos conselhos, além de escreverem livros fenomenais e inspiradores! Obrigada a Emily Thiede, Meg Long, Lillie Lainoff e a todos os incríveis 22Debuts. Ser parte de um grupo tão maravilhoso de autores faz toda a diferença – vocês me ensinaram tanto!

Obrigada a Kyle, Christie, Sarah, Jennica, Natalie, Clare e a todos os primeiros leitores cujo entusiasmo foi uma luz bem quando eu mais precisava. Os comentários e o encorajamento de vocês têm toda a importância do mundo para mim.

Obrigada à minha família – meus pais, que me ensinaram a amar livros e fantasia; minha irmã, que ficou acordada vendo anime comigo até de madrugada; e minha avó, que leu todos os meus livros, mesmo sendo fã de mistérios! E um grande obrigada aos Dotter, especialmente ao meu sogro, que é um dos meus primeiros leitores e foi de um apoio incrível.

Obrigada aos meus dois gatos mimados. A muito delivery. A uma boa quantidade de café. E ao Broken Shovels Farm Sanctuary, que estava sempre presente quando meu coração precisava de descanso.

Por fim, obrigada à minha parceira, Michelle, a quem dedico este livro. Você sofreu por um milhão de rascunhos diferentes. Caminhou incansavelmente pelo parque comigo, até chegarmos a diálogos que nos faziam rir. Esteve presente para me apoiar quando cheguei a becos sem saída na escrita e quando passei noites em claro dando um jeito de escapar. Você é minha primeira leitora, minha maior fã, minha editora e minha colega escritora. Como Alinor, você é uma rocha!